公元 787 年，唐封疆大吏马总集诸子精华，编著成《意林》一书6卷，流传至今

意林：始于公元 787 年，距今 1200 余年

意林红石榴出品

时尚+情感+励志

错过你
不在回忆里

明月听风／作品

contents

错过你 不在回忆里

contents

错过你 不在回忆里

contents

错过你 不在回忆里

第一章 遭人陷害

她用力握紧手，告诉自己要镇定，可是委屈与难堪瞬间已经填满心头，她为什么总遭遇这样的事，为什么她总是倒霉的那个？

1

“语岚。”

高语岚出差回来，刚进办公室，还没来得及坐下，就听到有人叫她。

高语岚回头看，是温莎。

说起这个温莎，姿色在公司里排第一，每月业绩收益在公司里也排第一，为人干练，颇有手腕，笼络领导的本领也是数一数二，可以说是公司里的大红人。

此刻，温莎正快步向她走来。

高语岚不知道她有什么事，正要开口问，却不经意看到旁边座位上的同事神情古怪。她还没反应过来，就被温莎一把抱进了怀里。

“亲爱的，对不起，我都说了。”

说什么了？高语岚如丈二和尚摸不着头脑，正疑惑间，忽然眼前一暗，唇上一紧，淡淡的香水气息和绵软的唇间触感吓了她一大跳。

温莎很温柔地吻了她，然后轻声细语，温柔腻人：“亲爱的，别生我的气。”

高语岚僵住，像被人点了穴。

发生了什么事？

她刚才，是被人吻了吗？被一个女人吻的？

高语岚呆若木鸡，脑袋空空，简直不敢相信。

她是个老实本分、古板守旧的良家妇女……不，是良家姑娘啊！

除了高中时早恋了一把，全心投入耗时七年最后却惨遭男友抛弃之外，她可是清清白白，从不乱搞男女关系，至今空窗感情没着落，这怎么就被人给吻了？

简直，太乱来了！

温莎似乎并不在意高语岚的反应，她只安慰式地抚了抚她的脸，然后转身走了。

高语岚傻呆呆地以极慢的速度转头，愣愣地看着温莎离去的身影，为时已晚地抖着手，指着那个方向，说不出话来。

这……这……犯罪分子从容潜逃，怎么办？

高语岚的神志慢慢归位，她闹不清怎么回事，却完全不敢去看同事们的眼光，她心里明白，此时此刻，自己绝对是众人目光的焦点。

神啊，给我个地洞可好？

神没回答，倒是有个小小的声音说：“语岚，经理让你一回来就去找他。”

高语岚一震，转头看了眼那名通风报信的同事，在她的眼睛里看到了同情。

同情？一股不祥的预感顿时涌上了高语岚的心头。

经理是个近五十岁的男人，秃头。

他认真严肃地端详了高语岚十分钟后终于开口："我说小高啊……"

高语岚正襟危坐，不明所以，忐忑不安。经理长时间的沉默让她开始走神。

她一会儿得去找那个温莎算账，莫名其妙地吻她做什么？都是女人，好恶心！这种恶作剧不解释清楚，她以后怎么在公司做事？

"你来公司也一年多了，其实一直表现不错。"

"应该的，应该的。"

温莎刚才说她都说了，这话是什么意思？

"你知道公司一直不赞成办公室恋情。"

"经理放心，我不会的。"

刚才那些同事奇怪的表情，是怎么了？

"可你恋爱也就算了，还弄个这么……不同寻常的，这在公司里的影响很不好。"

高语岚一呆，猛地抬头，对上了经理的眼睛，那眼神，恕她愚钝，看不明白。"经理，你说谁谈恋爱？"

"你啊！"经理摸摸自己光秃秃的脑门。这次的表情高语岚看懂了，经理的脸上分明写着"再装下去就没意思了"。

"可是，谁恋我了？"高语岚惊愕，难道公司里有哪位精英男士看上了她而她不知道？

经理大人横她一眼。

高语岚莫名其妙，不是有人恋她，那难道是误传她恋了别人，造成别人的困扰了？

"经理，我没有恋谁啊。"高语岚认真地为自己辩解，虽然她也很想谈恋爱，走出感情的低谷，开始全新的人生，可这事就是没发生啊。

经理咳了两声，看着高语岚，用手指敲了敲桌面，似乎在斟酌着该怎么说。

高语岚心中那种不祥的预感更强烈了。刚才发生的怪事一幕一幕在她脑海中过场，然后她听见经理说："你和温莎的事，全公司都知道了。"

"温莎？"高语岚一声大呼，顿然醒悟！

真的太乱来了！

“经理，我绝对没有爱上温莎，我喜欢的是男人！”

经理瞥了她一眼，没说话。

“经理，我跟温莎绝对不是那种关系。难道她跟你说她爱上我了？就算是这样，也与我无关啊。我跟她都不熟，这里面一定有误会，真的，要不把她找来，我们当面说清楚……”

经理咳了一声，打断她的话：“小高啊，我理解你现在的心情。”

理解？不是相信？

那有屁用！

“经理，你一定要相信我！”

经理无语，默默地开始摆弄电脑。

“经理，我发誓，我爱的是男人！是男人！是男……人啊……”高语岚那“人啊”二字差点儿没咽进嗓子里，因为经理把他的笔记本电脑转了过来，高语岚见鬼一样地盯着屏幕。

那是温莎与一个女子拥吻的照片，似乎是在一间酒吧之类的地方，她们穿着火辣，吻得热烈。温莎露了半张脸，被看得清楚，那个女人却是只能被看到后脑勺和身段，乍一看，还真的很像高语岚。

高语岚惊讶得张大了嘴，指着屏幕，手又开始抖，“这个……这人不是我。真的，那不是我！”

可经理已经不想跟她在“是不是”这个问题上纠缠了，他正了正脸色，语重心长地说道：“小高啊，这恋爱呢，是个人的自由；爱男的还是爱女的，也是个人的自由。不过公司有公司的规定，我也不想这样，可我还是很遗憾地通知你，你的离职申请，公司批准了。”

“我没有提交离职申请啊！”高语岚跳了起来。

“如果你没有申请离职，那公司就得给你发辞退通知，那多不合适。所以，还是你自己提出更好些。”

高语岚傻眼了，这太欺负人了！

她用力握紧手，告诉自己要镇定。可是委屈与难堪瞬间已经填满心头，她为什么总遭遇这样的事，为什么她总是倒霉的那个？

“经理，我不能接受，我没有犯错。”

“小高，这张照片今天一早全公司的同事都收到了。你刚出差回来，可能没来得及看邮箱。这件事的影响非常不好，也违反了公司的管理规定。温莎已经把所有的事情都坦白了，事实就是如此，你不承认又有什么用？为了纠正公司的风气，稳定工作情绪，公司做出让你离职的决定，合情合理。况且公司里的气氛已经不适合你继续工作下去了，所以你还是配合得好。”

高语岚恍然大悟，原来同事们的反应是那个意思，但她冤枉啊！

“我是被陷害的，照片上那个人不是我！”

经理叹气，“小高，温莎都承认了，你现在说这些都没用，公司已经做出决定，你今天就把工作交接清楚吧，人事部会找你办手续的。”

高语岚咬紧牙关，再也按捺不住满腔怒火，“我找温莎去，她为什么要这么害我？”

高语岚“咚咚咚”猛踩地板，杀到了温莎的办公室。屋里没人。

温莎的助理小声说：“莎莎被批评了，公司放她一周长假反省。”

长假？凭什么始作俑者放长假，而她这个受害者却被开除？凭什么？

她是小人物，她不重要，所以她就得被陷害、被欺负吗？

“把她的电话号码告诉我！”高语岚凶巴巴的，吓了小助理一跳。她递了张温莎的名片给高语岚。高语岚一把抢过，开始按上面的手机号码拨电话，结果对方竟然关机了！

旁边一名男同事用暧昧的眼神看着高语岚打电话，好像在笑她装模作样。

高语岚大怒，冲他喝道：“我跟她不熟！”

她转过头来，又问小助理：“她住在哪儿？”

小助理连连摇头称不知道，旁边几名同事又看过来，那些目光让高语岚急火攻心，一拍桌子，冲他们大叫：“我跟她真不熟！”

所有人猛地低头，佯装在忙。

高语岚站在那儿环顾四周，偌大的办公室，排满了工作间，塞满了人，每一个人的电脑里都有一张所谓她的同性亲热照。有人路过，借机偷偷看她一下，有人埋首于位置上，等她一望过去，就把头埋得更低。

高语岚心里发凉，终于知道，这里的气氛确实不适合她了。

高语岚忍着气，含着泪，回到座位交接工作，收拾东西。平时几名关系好的同事过来帮忙，安慰了她几句，但高语岚还是觉得心里很不好受，很快办完手续，回家去了。

2

这天晚上，高语岚趴在酒吧买醉。

她一向是个乖宝宝，烟酒不沾，早睡早起，工作认真，老实本分。买醉这种事，真的是她太受刺激了才干得出来。今天的经历实在太令人悲痛，所以，她决定放纵一回。

酒过三巡，越喝越愁。

碰到这样的事该怎么办？高语岚不知道。

事实上，这不是第一次了，她有过类似的经历。她耗时七年的甜蜜初恋，就是因为有人栽赃她出轨而悲惨终结。而她的上一份工作，也是因为上司为求自保让她背黑锅，把签错的合同责任推到她身上，于是她被解雇。这次更离谱，居然因为“跟同事闹同性之爱”被开除。

高语岚一边喝酒一边抹眼泪。喝了酒并没有变开心，问题解决不了，她失业了，她该怎么办？

女人爱女人没有罪，可她爱的是男人，她是被冤枉的。为什么总冤枉她？为什么她总是被欺负？

酒吧里的女歌手“咿咿呀呀”地唱着：“不要害怕，向前走，一切的不美好都会过去，会有天使来爱你……”

哪里有天使？天使在哪里？

高语岚抽泣着继续抹眼泪，她现在不需要什么虚幻的天使，她觉得来个男人更靠谱。她要是有男朋友，就能证明她不爱女人，她爱的是男人。

高语岚自怨自艾，喝得晕头转向。忽听得手机铃声响了，她接起来，粗声粗气地问：“哪位？”

“我是温莎。”

一听这名字，高语岚全身细胞都在冒火，她一拍桌子：“你这个王八蛋！你为什么要害我？”

“很抱歉，我也是被逼无奈。有人陷害我，这么巧那张照片上的背影与你很像，再加上你没有男友，条件符合，我只好拖你下水了。抱歉，我会补偿你的，若有合适的工作机会，我一定介绍给你。”

“呸！介绍你个头！你快把你的女朋友带到公司去，跟他们说清楚，还我清白！”高语岚越嚷声音越大，“你告诉他们，我爱的是男人！是男人！知不知道？”

她一口一个“男人”，还凶悍无比地拍桌子，把旁边两个之前想勾搭她的男人全吓跑了。

“你要证明与我没有关系，很简单，找个男朋友不就好了。”温莎根本不打算听她的，她做都做了，当然不会自己揭穿自己。她完全不受高语岚的大嗓门影响，慢条斯理地出主意：“你把你的男人带到公司去，就能揭穿我的谎话了。”

这意思是看扁了她没男人，是不是？她高语岚是这么好欺负的吗？

高语岚霍地站了起来，摇摇晃晃，大声道：“我就找个男人给你看，有了男人，牵他去公司遛遛，你给我等着！”

她说干就干，晕头晕脑地买完单，脚底打飘往门口晃去，心里正想着找个什么样的男人好时，“咚”的一声撞到门框上。

周围的人全看过来，她却不觉得痛。

守店门的服务生赶紧过来扶她：“小姐，你没事吧？要不要我替你叫辆出租车？”

“不用。”高语岚相当豪迈地一挥手，“不用出租车，我家离得很近。我不回家，我要先找个男人！要男人！”

喝醉酒又疯癫的女人！

周围的男人全都火速闪开，生怕被这个女人看到。

“不要害怕，向前走，一切的不美好都会过去，会有天使来爱你……”女歌手仍在唱，高语岚就在这歌声中摇摆着、撇着八字步出了酒吧。

她此时醉意上头，两眼发蒙，一步一撞地往前挪步子。这大晚上的，街上还真有不少男人啊，选哪一个好呢？

高语岚揉揉眼睛，怎么看不清楚？看不清楚要怎么选？

她停下了脚步，微眯眼瞪着前方，人说择日不如撞日，那她选男不如撞男吧。

就他了！正前方那个！

高语岚闷头向前冲，也不知道自己究竟干了什么，反正迷迷糊糊之间，就听到一个男人的大叫声：“你要干什么？喂，喂，你别乱来！”

阳光透过窗帘没遮严的缝隙投射进来，落在了凌乱的床上。

高语岚头痛欲裂地从被子下面挣扎着探出头，发现自己一半身子正挂在床边，惊险万分。她居然用这么高难度的姿势睡了一夜？难怪腰酸背痛。

她呻吟一声，捂着脑袋掀了被子准备爬起来。然后她一呆，被自己不着片缕的状况吓了一跳。紧接着零碎的记忆涌入脑子里——她昨天喝醉了，好像很认真地满大街找男人来着。

高语岚倏地坐了起来，用被子迅速把自己包好，横眼一扫，快速搜索：谢天谢地，床上屋里并没有来路不明的野男人。

高语岚松了一口气，感谢天感谢地，感谢自己。她仔细回想昨晚自己都干了什么，可惜脑袋空空，什么都想不起来，再看看自己，身上没什么痕迹，也没什么不舒服，应该没事，肯定没事……吧？

可她不穿衣服睡得这么奔放是怎么回事？内衣裤丢了一地的激烈场景也让她很不安。

昨晚到底发生了什么？

正苦思之际，屋外忽然有些小动静，似乎是从厨房里传出来的。

高语岚的神经一下子绷紧了。“男人”这个词瞬间跳入脑海。难道她真抢了个汉子回家？现在那个人正在厨房给她做早饭？

不会吧，她不会做出这么令人发指的事吧？

退一万步，就算她真的酒后乱性了，那被抢回来的男人得有多粗的神经，在这种情况下赖着不走还在做早饭？

厨房那边再一次响起了物体碰撞的声音。高语岚吓得半死，火速跳起来穿好衣服，探头探脑地打开房门往外看。

妈呀，是谁把客厅弄得这么乱？为什么靠枕都丢到了地下，鞋子东一只西一只，小摆设还滚了一地？

高语岚刚要开骂，忽又想是不是自己昨晚喝多了闹的？她把话咽了回去，决定先找到那个野男人再说。

高语岚租的小套房不大，厨房没多远，可她磨来磨去好一会儿才走到。她一边走一边想该跟那个男的说什么，是要问问昨晚自己怎么了，还是不管三七二十一先把他骂一顿？

嗯，无论要说什么，她得有气势！一定要镇住场面！要占上风！

别管昨晚是她抢了人回来还是勾引了人回来，别管是不是她主动的，也别管事情进行到了什么程度，反正依她起床的架势看，她肯定被人占便宜了。

所以无论如何，她得先声夺人！要逼迫他把这事儿忘了，她绝对不会负责的。而且，她可不是什么随随便便的女人，这个男人最好能清楚地认识到这一点，他别想再占她便宜！

想到这儿，高语岚深吸了一口气，双拳紧握，武装好了快速拐进厨房，中气十足地一声大喝：“喂，你……”

所有的话在这一瞬间全噎在嗓子里，高语岚瞪大了眼睛，不敢置信地看着前方。

好半天，她抖着手指向对方，好不容易憋出了一句：“你……怎么变成狗了？”

眼前的小狗竖着两只耳朵，短短的腿，黄棕色的毛，水汪汪的眼睛，长得要多可爱就有多可爱，它很乖巧地坐在地上，正歪着脑袋看着她，还可怜兮兮地叫了两声。

为什么野男人变成了卖萌犬，这世界灵异了？

高语岚完全不知该怎么反应，傻呆呆地站半天，直到那只小狗不耐烦了，扒了扒橱柜门，又跑到高语岚的脚边蹭，她这才醒悟过来。她的家里，真的平白无故多出了一只狗！

“你是男人变的？还是本来就是只狗？”这话问得确实相当笨，高语岚对自己能问出这种水准的问题很唾弃，但事情实在是太诡异，她还能怎么想？

小狗被她托着两只前腿举了起来，眼睛与她平视。它咂着嘴，瞅了她一眼后伸出舌头喘气，那小模样要多无辜就有多无辜。

“不许装可爱！”高语岚认真严肃地批评它，顺便瞄了一眼狗狗的关键部位，确实是个“男生”，难道……这世上真的有玄幻的可能？

小狗被她举着不太舒服，开始“呜呜”地叫，扭着小身子想下地。

高语岚终于投降，行了行了，反正兵来将挡，水来土掩。如果一会儿这只狗狗变成了男人，她就把他打出去。她把小狗放回地上，开始收拾屋子。这一收拾，发现客厅里有两泡狗尿、一泡狗屎，这让她气不打一处来。

小狗原本围着她脚边转，看到她对着自己的“杰作”生气，居然露出心虚的表情来，还退远几步。

高语岚一看这样更气，她抄起一个衣架，对着小狗摆开架势，“你别以为现在装出这副可爱样儿我就下不了手了，赶紧该变成什么就变回来，看我打不死你！”

小狗一屁股坐在地上，摇着尾巴对她讨好似的“呜呜”低叫。

高语岚装模作样地骂了两句，想想也没意思。她把家里收拾干净，把自己也收拾利索了，洗漱好换好衣服，觉得饿了。

冰箱里只有三个速冻肉包子可以吃，于是她煮了一锅白粥，把肉包子蒸上。

小狗殷勤又欢喜地在她脚边转着，尾巴讨好地甩啊甩。高语岚摸了摸它的头，问它：“你是怎么来的？”

小狗当然不会说话，只抬眼用水汪汪的眼睛看她，尾巴继续甩。

很快，包子蒸好了。一人一狗坐在茶几跟前分包子，小狗激动坏了，守在盘子下面拼命流口水。高语岚笑起来：“我两个，你一个，知不知道？”

小狗显然不明白高语岚的意思，它吃完一个，渴望地盯着另外两个。

高语岚犹豫了半天，“好吧，那你两个，我一个。”说着，把另一个包子掰开，喂给小狗吃了。这只狗又乖又可爱。高语岚很喜欢它。但它凭空出现，来路不明，她也不知道接下来该拿它怎么办。

这时候门铃响了，高语岚开了门。

一位年轻警察和一名腿上打了石膏、坐着轮椅的年轻男子站在外头。

高语岚扫了他们一眼，问：“你们找谁？”

警察没说话，低头看了看石膏男。石膏男盯着高语岚看了好一会儿，皱起眉头问：“你不记得我了？”

高语岚仔细看了他两眼，摇头：“不认识。”

“再给你一次机会。”石膏男一脸不高兴。

简直是莫名其妙！

“你们敲错门了。”高语岚想关门，可这时石膏男指着她大声道：“警察先生，就是她，她打伤了我，抢走了我的狗！”

晴天霹雳！

高语岚惊得张大了嘴。抢狗？

所以昨天晚上，她竟然没抢男人，抢了狗？这就是真相？

高语岚把嘴闭上了，认真苦思，她抢狗的时候，到底在想什么？

她什么也想不起来，这时听到身后“噌噌噌”的细碎脚步声，转身一看，那只小狗叼着最后一个包子喜滋滋乐颠颠地跑了过来。

石膏男喊道：“馒头，馒头……”

高语岚欲哭无泪，三个包子，全没了。

石膏男夸张地张开了双臂：“馒头，馒头，你受苦了，我来接你了。”

高语岚愣愣地看着那只叫馒头的狗欢天喜地地咽下了最后一口包子，然后扑进石膏男的怀里。

“我可怜的馒头啊，这个女人有没有折磨你、非礼你、恐吓你？”

高语岚闭上了嘴，牙根都咬上了。

他该打石膏的不是腿，是脑子吧！

3

警察先生和石膏男进了屋。高语岚没敢拦，因为石膏男说在这里谈或是去警察局聊都可以。

谁愿意去那里喝茶啊？高语岚当然选择在自己家里谈。

“证件先给我看一下。”高语岚虽然心里惊疑，但还是佯装镇定地说道。

石膏男酷酷地把身份证掏出来甩在茶几上，警察先生也把证件拿出来让高语岚看了一眼。原来石膏男叫尹则，而警察先生叫雷风。

高语岚把证件还了，面无表情地问尹则：“你有什么证据？”

其实他们刚刚一坐下，高语岚就认真看了看尹则的脸。他朗眉星目，仪表堂堂，虽坐在轮椅上，但也能看出来他身形颇高大。高语岚不记得他的样子，但她脑海里闪过昨晚她冲过去摸了某人脸一把，然后踹了他两脚，抱起狗就跑的零碎片段。

现在看来，那个某人，就是他了。

原来喝醉了，记忆也乱来了。早不想起，晚不想起，等人家找上门来算账了她才想起来，这下要怎么补救才好？

“要证据？你是想赖你没做过？那我家馒头怎么会在你家里？”尹则质问。

高语岚看了看一旁正玩自己尾巴的馒头，心一横，装傻说道：“我怎么知道它是怎么来的？我喝醉了，一起来就看到它在我家里。也许是我昨天在路上看它流浪所以捡回来的呢？还有，你怎么证明这狗是你家的，你叫它馒头就行了吗？我还叫它包子呢。”

馒头在地上听到它的名字，抬头看了看他们。

高语岚学着尹则的样子夸张地一张双臂，“包子，包子，来！”

馒头相当配合地摇着尾巴就过来了，坐在高语岚脚边亲热地靠着。

高语岚神气地一昂头，一副“怎么样”的得意表情。

尹则冷冷一笑，“我家的狗没节操，你得意什么？”

高语岚一噎，说道：“反正你口说无凭，带着警察来也没用！”

她比画着自己的胳膊，“你看，你比我高、比我壮，就我这细胳膊，还能从你那儿抢走狗？还把你打到坐轮椅，谁信？”

“哟，挺嚣张，还带推理分析的。”尹则夸张地挑着眉毛，然后不知从哪儿摸出个牛皮纸袋来，“要证据是吧？你看！”

他从纸袋里掏出几张纸，“你昨晚先是过来摸我的脸，我让你别乱来你不听，然后你就发脾气踢我，我绊倒在台阶旁，扭了脚，你抱起我家馒头就跑。那时，正好过来一辆出租车，你跳上去就逃了，虽然我没来得及追，但是车牌号我记下了。”

他把那些纸片一页页摆开，“雷警官帮我联系上了出租车司机，他对那个醉醺醺抱着一只小狗的女人很有印象，于是告诉了我们你下车的地点，我们就找到了小区，又问了物业保安，就找到你了。你看，这是出租车司机的证词，怕你不认账，事发当时我立刻让周围的目击证人留下了联系方式，这三份是目击证人的证词，证明你对我施暴并抢走了我的狗。”

高语岚傻眼了，不会吧，要不要这么周全，这么短的时间里连证人证词都找齐了？

尹则接着又说：“这一份是医院的验伤证明，因为你对我残酷殴打，致使我脚腕骨裂，韧带扭伤，现在打了石膏，起码一个月都得靠这轮椅，这是医药费的单子。”

高语岚盯着那五位数的医药费看，这是什么医院？吃人黑店吗？

尹则还没完，乘胜追击，又说：“你刚才露了个馅儿，你说把我打到坐轮椅，请问，你怎么知道我原先没坐轮椅？我说你打了我，可没说我坐轮椅是被你打的。”

高语岚抬眼看他，慢吞吞地答：“你想太多了，我这是合理推测。任何一个人看到一个受伤的大叫‘你打了我’，肯定会以为他说的就是身上现有的伤。不这么推测的肯定是傻子。”

还敢偷偷骂人？尹则微眯双眼，对上高语岚的眼睛。

高语岚虽然心虚得不行，但也不愿示弱，干脆瞪着双眼回视过去。

两个人你看我我看你，最后，尹则笑了：“你真是有趣，我就喜欢有趣的。”

他拍拍那些证词和医药单据，“总之，你得赔偿我医药费，还有我的精神损失费，不然就让雷警官抓你去坐牢。”

高语岚这个时候才想起旁边坐了名警察。

这位警察先生在两名市民中间也太没存在感了，从开始到现在都没说过话。

不过此刻尹则点到了他的名字，雷风这才开了口：“这件事证据确凿，如果你们不能达成和解，尹先生执意告你的话，我也只好带你回去调查。”

真的假的？

高语岚权衡着局势。按理说这件事确实是她不对，人家又是有备而来，证据都找好了，她不和解不行。可这五位数的医药费确实太多了，她没钱，又刚失业，实在赔不起。

高语岚想着想着，又恨起那个温莎来。都怪她，要不是她陷害自己，自己又怎么会失业？不失业就不会去买醉，不买醉就不会发酒疯。对了，是温莎在电话里怂恿自己去找男人的，都是她的错！

她怎么就这么倒霉，总碰上这样的事？

高语岚看看尹则，又看看雷风警官，心想：不行，我得想想办法，我真的赔不起。

高语岚偷偷用力掐了下自己的大腿，眨了眨眼睛，感觉眼睛里滋润泛起了水汽，就开始装可怜，“我昨晚真的喝得很醉，根本不记得发生了什么事。尹先生说的这些，我一点儿印象都没有。如果真的是我干的，我愿意负责。话说回来，其实我真的是一个可怜的人。我以前就曾被人陷害，迫不得已离开了老家，独自到东麓市打拼的。结果昨天是我人生中最灰暗的一天。我又被人陷害了，丢了工作，对了，还有还有，我在上一家公司也蒙受了不白之冤。雷警官既然在这儿，我顺便问一问，我被陷害的事能立案吗？”

雷风一愣，怎么话题转换这么快？

尹则在一旁哈哈大笑，“你是受冤枉专业户吗？”

高语岚白他一眼，继续往下说。她把昨天发生的事全都说了，她怎么独自在东麓市奋斗，没有朋友，没有家人照顾，辛苦上班，勤勤恳恳，而公司却无情无义，听信谣言解雇了她。她受了很多委屈和酸楚，她把自己说得真的难过起来，半真半假地流下了眼泪。

她一边抹眼泪一边认真问雷风：“警官，你说我这事，警察会管的吧？”

雷风无语，这女人说的话也不知是真是假，怎么说话风格感觉跟某人很像？他瞄了一眼尹则，正不知该怎么应答，尹则开口了，“你有证据吗？”

高语岚拿出包包，从里面掏出她和温莎的名片来，“你看！这是我们公司，就是这个女人害了我，雷警官只要到公司里一问就知道，那里全是目击证人。昨天我心里难过才会去酒吧喝酒的，而且这个女人还打电话来，趁我喝醉了刺激我，说她不会替我澄清这事，有本事找个男人去公司，让大家知道我的对象不是女人。

所以我一冲动，酒后乱性才做错事的。”

尹则接过名片仔细看，看着看着，声情并茂地说：“太可怜了，真是跟我一样可怜。”

他演得投入，雷风顿时闭嘴。有尹则在，果然他不说话就对了。

高语岚原本看警察先生表情软化，心中暗喜，可旁边这个尹先生阴阳怪气地一说话，好像整个局面又变了。

高语岚忍不住瞪尹则，却见尹则一挥手，对雷风说：“警官，我不告她了。”

高语岚一呆，有些不敢相信，这么好说话？

可尹则又指指那张医药费单据，“反正你欠我这个数，要是赖账，我再告。”

高语岚暗自咬牙。

尹则眨眨眼睛，接着道：“你这件事情太好玩了，我第一次听说有这样的事，我来帮你吧。你不是要找个男人装成男朋友杀回去摆摆威风吗？你看我怎么样？不过，丑话说在前头，我只冒充一下你男友，不能当真，不然我亏大了。”

雷风在旁边一个劲地咳，尹则和高语岚同时转头看他一眼，又转回来大眼瞪小眼。

尹则一脸期待，高语岚却斩钉截铁，“不要。”

“噢！太伤人了！”尹则捂心口。雷风揉揉额角当没看见。

“你一定要给我一个理由！”尹则悲痛万分，“我一表人才，相貌堂堂，出得厅堂，入得厨房。路见不平，勇于拔刀相助，你现在正是缺男人的时候，天上掉下个好男人，你还有什么好嫌弃的？”

高语岚瞄瞄他打着石膏的腿，慢吞吞地答：“连只小狗都护不住的男人，这出息的，拿不出手。”

尹则被噎住，瞪她。

高语岚转头看看脚边的馒头，对上它水汪汪的眼睛，问：“对吧？”

馒头“汪”地叫唤了一声，居然应了。

高语岚被逗得哈哈大笑，把馒头抱起来亲了一下。

对个鬼！尹则转而瞪向自家那只没节操只会卖萌的狗，对高语岚道：“咱俩水平一样，你不抢男人抢只狗，就这出息。”

高语岚的笑容僵在脸上，最后“哼”了一声，把馒头丢进尹则怀里，开始下逐客令：“雷警官，这人说不告我了，那就没什么事了。你快把他领走吧！”

尹则抗议，说非要知道这件事的真相不可，要假扮高语岚的男友去她公司玩玩。不过雷风和高语岚都没理他，三两下把他的东西收拾好，送他出大门。

尹则被雷风推着出去，嘴里还大喊着：“你会来找我的，等着瞧！”

“砰！”回答他的是高语岚用力关上门的声音。

送走了瘟神，高语岚开始认真想这事，如果这个尹则真的再来问她要钱该怎么办？她现在租的这个房子很好，她不想搬不想逃。最后，她决定不管他。反正兵来将挡，水来土掩。

接下来的一周，高语岚过得稀里糊涂。她没什么存款，所以得赶紧找份新工作，可上网一看，没什么合适的，但她还是硬着头皮把能投简历的全投了。可一周过去了，一个通知面试的电话都没有。

前公司里有几名要好的同事跟她联系，问她的情况。高语岚很认真地解释自己被陷害，她跟温莎没这种事，但每个人都说爱莫能助，现在解释也没用了。甚至有人说，她这事传得很快，连客户那边都知道了，还有打电话到公司里问的。这让高语岚有些难过，谣言越传越广，却没人能帮她。

一个多星期后，高语岚接到一个电话，是原来公司里一名跟她关系不错的同事打来的。

“岚岚，你快到公司来，你男朋友来找温莎了。”

“我男朋友？找温莎？”

“对！”

“我男朋友长什么样？”高语岚心里有着强烈的不祥预感。

“嗯，还挺帅的，高高的，笑起来有点儿痞痞的。”

“腿打石膏坐轮椅？”

“呃，那倒是没有。”同事觉得奇怪了，“岚岚啊，你有几个男朋友？”

高语岚深吸一口气，虽然没有石膏和轮椅，但个子高高的，笑得痞痞的，还会冒充她男友去公司找乐子的，她能想到的，只有一个人。

“那不是我男朋友，那是馒头它爹！”

第二章 讨还公道

高语岚一激动，一个箭步冲上去，狠狠一个倒扣！那男人头一个垃圾桶还没摘下来，又被扣上一个。

1

高语岚挂掉电话，火速赶到了前公司。

前台小姐一见到她就眼睛发亮，压低了嗓音喊："语岚，你男朋友来了哦。"

高语岚心里一抖，祸害啊，怎么就弄得尽人皆知了？

"温莎在哪儿？"高语岚自认为这个问题问得很有水平，既没承认什么男朋友，也能打听到他所在的地点。现在当务之急，就是在不良影响扩大之前，赶紧把那个祸害拎走。

可前台小姐也回了一个很有水平的答案："温莎跟你男朋友在一起。"

高语岚眼角一抽，"那他究竟在哪里？"她咬着牙，顾不上装斯文卖客气了。

"在温莎的办公室。"

高语岚头一扭，抬脚就往温莎的办公室走，走了两步忍不住猛回头，大声解释："他是冒充的，我都不算认识他！"

前台小姐捂着嘴笑："知道，知道，你快去吧。"

高语岚看着那笑容，越想越憋屈，"真的不认识他！"

前台小姐脸上的笑容更灿烂了，高语岚眼看解释无望，只得转身朝着那两个祸害的方向疾奔而去。

她前脚刚走，后脚前台小姐就赶紧拨了电话："注意注意，女主角来了啊，你们看到什么情况一定要告诉我啊。我跟你说，我现在才发现原来语岚好可爱哦！女朋友她不熟，男朋友她不认识，你没看她那表情，好害羞好萌哦……"

高语岚没听到前台小姐那些睿智得会让人吐血的话。她走到温莎的办公室前头，一眼就看到了尹则坐在里头，与温莎正相谈甚欢。

此时正是下午，阳光明亮温柔，正透过大落地窗洒进温莎的办公间门外，落在那一男一女的身上。男的高大帅气，女的美艳夺目，两个人一言接一语，虽然表情有些认真严肃，但看上去气氛融洽。这景致真美好，在阳光的映照之下，真是一幅美好的画卷。

好一对璧人！卑鄙无耻的小人！

高语岚咬牙切齿，恨不得抄起办公室的垃圾桶，给他们一人头上扣一个。

她不知道尹则来这儿干什么，也不知道这两个人到底在聊些什么，左右一看，办公室里人人都在看着她。好吧，冲进去开骂显然不是上策，于是她站在原地，静静地盯着那两个人看，她其实有些不知所措，只能以不变应万变，看清楚情况想好对策再说。

她不动，办公室里的人却动了。

有人拿起电话，“喂喂，现在情况微妙，女主角站着没动，目光闪烁瞪着那两个人看。那两个人也有趣，在里头说了半天话也没出来。嗯嗯，不知道后面会怎样，要有新情况再告诉你。”

“真的，真的，我没骗你，我头一次见一男一女抢一个女的，没……没……现在还没打起来，嗯嗯，我等着看……”

在这种诡异的气氛中，高语岚的耳力骤然提升了两倍，竟把这些窃窃私语听到了七八成。她心一横，好吧，她是想低调来着，而她们偏偏不给机会！

高语岚大踏步向那对璧人走去，虽然没想好能怎样，但抬头挺胸，气势十足准没错！

高语岚猛地推开了玻璃门，里头坐着的俊男美女同时回头，见到她均是一愣，然后同时都展开了迷人的微笑，异口同声喊道：“亲爱的，你来了。”

两个声音一个有磁性，一个甜美，高语岚的气势一下被他们喊灭了一半。她僵在门口，不敢回头看外面办公区众人的反应。可这样不是办法，最后，她深吸了一口气，快速在心里重新武装，接着一个箭步冲上前去，拉起尹则，拖着他就往外走。

说多错多，这年头地球人的想象力都强大到占领了宇宙，她无论说什么肯定都会被演绎成匪夷所思的剧情，所以她不说话，她只要把这个家伙拎走就行！

高语岚打定主意沉默是金，而尹则却咧着嘴笑，一派轻松。有人故意问：“高语岚，这谁呀？”尹则居然认真答：“我是岚岚的男朋友，温莎可以做证。”完全不知低调与羞耻为何物。

还温莎可以做证！高语岚气得一甩手，这算是跟温莎合起伙来欺负她吗？

尹则举起双臂作投降状，嘴里哄着：“好了，好了，别生气，我这不是听说你被欺负了，来看看怎么回事嘛。没跟你打招呼是我不对。”他说着，挨近高语岚，低声快速地又说了一句，“我来都来了，你就顺手利用一下嘛，我会配合的。”

高语岚用力瞪他，利用他个头，配合他个脑袋！她压低了声音警告道：“听着，这事对你来说或许很有趣，对我却不是。如果你再乱来，我就拿垃圾桶扣你头上。”

尹则微笑，露出纵容又无奈的表情，摆了摆手说道：“好了，好了，别生气。”

两个人挨得近，又贴着耳朵低语，在外人看来，的确像是亲密的一对。

旁边一名男同事用讥讽的语调说道：“她平时看着正正经经的，想不到居然是这种人，男的女的都搞，真够烂的。”

这句话清清楚楚地刺进高语岚和尹则的耳朵里。高语岚僵在那儿，握着拳头，控制着自己不要转头去看那个人，她瞪着前方，前方就是尹则的脸。

尹则收敛了笑容，转头去看那说话的人。

高语岚的脸涨红，被那侮辱的话气得不知该怎么反应。她满脑子的后悔，真不该来这儿的。这次来，比上次更屈辱。她为什么这么笨跑过来？他们在这儿怎么闹都随便了，反正她离职了，眼不见为净，她为什么要跑来这儿，听到这么恶心的话？

尹则拉过她的手，牵着她往外走。此时此刻，高语岚没了挣扎的情绪，低下头，借着他的身形挡着自己，暗自发誓再也不来这个地方了。

尹则忽然停下了，高语岚也跟着停下。她抬头一看，他们竟然是停在刚才说话侮辱她的那个男同事身边。那个人素来嘴贱，鲜有人喜欢他。

尹则这时忽然发难，猛地抄起那个人座位旁边的垃圾桶，一下子扣在那个男人的头上。

大家震惊哗然，高语岚目瞪口呆。她还没反应过来，手上已经被尹则塞上另一只垃圾桶。尹则大声道：“亲爱的，上啊！”

高语岚一激动，一个箭步冲上去，狠狠一个倒扣！那男人头一个垃圾桶还没摘下来，又被扣上一个。高语岚一边扣一边骂：“你才烂人，大烂人！”

尹则拍手助威，打完了就撤。他拉着高语岚往外走，嘴里还说着：“好了，这下都解释清楚了，我们走吧。”

打完了人叫解释清楚了，这个逻辑让高语岚很高兴。人果然不能太软弱，对付贱人就得用暴力。

他们刚迈出两步，就听到身后一声暴喝。那个贱男把垃圾桶从头上摘下，站了起来，满嘴粗话大声叫骂着朝高语岚冲过来。尹则一转身，狠狠一把将那男的推开，喝道：“要打架？你动手试试！”

尹则身形高大，眼神冷厉，逼前一步，冷冷盯着那个贱男，很有几分恶狠狠的架势。高语岚看在眼里，顿时觉得这个石膏瘸腿男瞬间变成了汉子！

她受了鼓舞，跟在他身后卷袖子。要真打起来，她就在后面呐喊助威扇扇子！

男的凶悍，女的泼辣，这事他也不在理，真打起来也不知会怎样。贱男见此情形，一时间倒不敢真动手。

剑拔弩张的场景把偷偷看热闹的都吓到了。公司里众同人纷纷挤过来，劝架也不是，不劝又不好，围了一圈，这样倒像是在明目张胆地看热闹了。就连温莎也站在办公室门边，静静地看着这一切。

公司里闹哄哄的，终于把高层惊动了。秃头经理一马当先，“这是干什么？都没事做了吗？”

尹则立刻精神抖擞大声应：“是啊，领导，他们好闲啊！”

高语岚一惊，这汉子眼看要变身影帝了，危险！

高语岚生怕尹则把事情闹大，赶紧拉了他就跑。尹则一边跑还一边回头喊：“领导啊，他们太调皮了，要扣他们薪水，一定要扣啊！”

高语岚无语，拼尽全力将尹则拖进电梯，眼看着电梯门关上了，她终于舒了口气。

“你跑什么，不是要讨回公道，证明清白吗？”

高语岚瞪他一眼，要不是他来闹，她的流言版本也不会出来这么多。她转头盯着电梯楼层面板，盘算着后面该怎么办。

“好嘛，我道歉。没想到你也会过来，让你遭遇这么难堪的场面，我道歉。”尹则端正脸色，但高语岚就是觉得他很没诚意。

电梯门开了，高语岚闷头往外走。尹则追过去，还没开口，高语岚猛地回头问：“你的石膏呢？不是得坐一个月轮椅吗？”

尹则一愣，而后痞痞一笑，“我的复原能力超出了医生的想象。”

“骗子！”高语岚骂完，忽然灵光一现，“你全是骗人的对不对？那石膏是假的？什么验伤报告、医药费单子都是假的？”

“被你殴打，脚受伤，绝对是真的！”

“到底是怎么回事？”高语岚头顶开始冒火。

“那个大夫正好是我同学，看我脚有些扭伤，就很好心地顺便让我做了个很细致的全身检查，然后夸张地打了石膏，开了最贵的药，要榨干我身上的油水。”

“他跟你有仇？”

“那是我铁哥们儿，只是表达友情的方式比较特别而已。”

高语岚真想咆哮：“你只是扭伤脚，干吗要找警察上门说要抓捕我？”

“哦，雷风也是我同学，我找到你的过程是真的。找到你后，我要去接馒头，脚打了石膏不方便，得有人伺候一下才好。”尹则很不以为意，“人民警察为人民，人民打了石膏，警察帮忙推推轮椅，应该的，应该的。”

“应该你个头！你们几个爱玩是你们的事，干吗这么无聊欺骗恐吓无辜百姓！”真是太乱来了！高语岚气得七窍生烟。

“怎么是欺骗恐吓？”尹则捂着心口，一脸受伤的表情，“你在羞辱我的幽默感。”

“不，我在鄙视你的节操！”高语岚咬着牙，再不想看他，扭头走了，一边走一边嚷嚷，“错了，这家伙没节操，我的鄙视还浪费了！”

尹则看着她的背影，大声喊：“岚岚啊，我们趣味相投，做个朋友吧！”

“滚！”高语岚很有气势地一边走一边回头吼，浪费就是犯罪，她的鄙视存货不多，不能就这么浪费光了。

她大步疾走，吼完了那声“滚”转头回来，不料方向走偏，竟一头撞到了大树上。她痛叫一声，捂着额头蹲在地上。

身后传来尹则哈哈大笑的声音，高语岚在心里咒骂，她决定了，浪费就浪费吧。她鄙视这无赖到底！

2

那天晚上，高语岚一夜没睡好。陈年往事在她的脑子里一一浮现，还有温莎的陷害和尹则的戏弄，也让她越想越憋屈，越想越烦躁，最后干脆起来收拾行李。

衰神率领的恐怖组织火力太过强大，我军不敌，撤退暂避总可以吧？她决定先不找工作了，不找男人了，最近做什么都不顺，还是先回爹娘家寻找家庭温暖，转转运的好。

高语岚的父母住在花荫市，离她工作的东麓市只有四个小时的车程，坐大巴很方便。这也是爱女心切的高爸高妈愿意让宝贝女儿自己出来闯荡，在东麓市工作打拼的原因之一——女儿还在可监控的路程范围内。

第二天，当高语岚提着一个旅行包出现在家门口时，把在家里闲得正无聊的高妈妈吓了一跳：这怎么不打招呼就回来了，没过节没喜事没丧事的啊？

高妈妈把高语岚上下一打量。嗯，看那两眼无神、一脸皱巴的包子样，肯定是在外头出什么事了。可略略一问，高语岚却只推说没什么。

高妈赶紧给正在上班的高爸打电话。老两口一合计，达成了共识。当年女儿伤透了心远走他乡，如今萎靡归来，铁定是又有了伤心事。不能让她更难过，要沉住气，别逼问，等找个适合谈话的时机再说。而且趁着这次女儿回来，他们想赶紧把找女婿的大事给推进推进。

恋爱是个好东西啊，能疗伤，能振作，能上进，能把女儿的下半辈子照顾好。

老两口商量好后，高妈妈心里踏实了。为了欢迎女儿回来，制造良好的沟通氛围，好好跟女儿交交心，高妈买了一大堆菜，施展功力做了一顿丰盛的晚饭。

烧排骨、炖鸡汤、麻辣豆腐、红烧鱼……六菜一汤摆满了一大桌子，把高语岚吓了一跳。

“爸，咱家中彩了？”

“没有，不过差一点儿就中了。”

“差一点儿？”

“嗯，我上星期脑子突然灵光一现，想到了一组数。大奖开出来一看，那些数都对上了，一个也不差。”高爸的语气里充满了自豪。

“既然都对上了，怎么还差一点儿呢？”高语岚又被吓了一跳，她家老爸居然也有全猜中数蒙对大奖的时候？

高爸长叹一声，表情相当遗憾，“可是我写的时候，觉得有两个数得改一改，然后临出门的时候，又把另两个数给改了，到了彩票销售点，我把人家写的数和自己写的对照了一下，又把别的几个数改了。”高爸一脸的沉痛，“最后一个数都没中。”

高语岚无语，这差一点儿还真是差得挺远的。她安慰老爸：“嗯，那也算是一如既往，保持了风格。”

高爸皱着脸，很不甘心，把两个鸡爪子全夹到自己碗里。“吃什么补什么，我吃点儿爪子，好抓钱。”

提到彩票，高爸有说不完的心得，一边啃鸡爪子一边说开了。

正滔滔不绝，腿上突然挨了高妈的一记踢，高爸赶紧控制住了话匣子，给女儿夹了一堆菜，然后开始打听她为什么回来。

高语岚一边努力吃菜，一边琢磨着怎么说才好。老爸老妈不笨，她突然不工作了跑回来，怎么也说不过去。于是她干脆把丢了工作的事说了，当然没提那个被陷害的过程，只说公司小人当道，她被人排挤丢了工作，还被同事笑话没男朋友。

一听这些，高妈猛地一拍大腿，“岚岚，咱可不能输了，快找个男人，带回公司给他们看！”

“对对，岚岚，别伤心，爸认识不少好小伙子，给你介绍介绍，挑个皆大欢喜的。”高爸也赶紧加把劲游说。

高语岚埋头认真吃饭，还皆大欢喜呢，她爸的成语运用真是越来越灵活了。她就知道，这家庭温暖控制不好会太热，整得她一身汗。

“爸，妈，我很好，不着急，就是突然有时间了，也好久没见你们，就回家住住，过几天我就回去了。工作啊，男朋友啊，找找就有了，没事。”她想了想，补充一句，“可千万别给我安排什么饭局相亲，我先说好了，我是不会去的。”

高爸高妈一听，互看一眼，没再说什么。晚上，老两口关在屋里仔细商量，女儿在外头受了挫折，正是他们留人的好机会。现在回家了，一定要让她开心振作起来。一定要多留她住一段时间，把好小伙给她找着了，她自然就不走了。至于不能安排饭局的警告，那都是小问题，很好处理。

“明天看我的。”高妈一拍胸脯，信心满满。

第二天一大早，高妈就把高语岚拉起床，要她陪着去练太极拳，说是年轻人要多运动，运动舒展肢体能愉悦身心，走出低谷。

高语岚一想，对，练练拳，说不定还能把衰神给赶走。于是她抖擞精神，跟着去了。

没想到，高妈去练的太极拳是山寨货。当老师的老太太舞的拳法那叫一个“出神入化”，各种诡异看不懂，一堆老人跟在后面比画，那真真是群魔乱舞！

高语岚站在他们中间鹤立鸡群、青春耀眼，非常醒目。公园里来来往往的人都看着她，脸上的笑容让高语岚脑子里泛起各种猜测。偏偏那群老人舞得欢天喜地，就高语岚傻子似的瞪大眼看着，要多尴尬就有多尴尬。她也很想融入集体，低调行事，可这舞不出手怎么办？

谁能告诉她，为什么电视里老人家健身的太极拳那么飘逸潇洒，轮到她亲娘参加活动，就是手脚动作都乱来的山寨版？

好不容易，这场“愉悦”的运动舒展终于熬完，高语岚想赶紧拉着老妈快逃。结果她走近高妈，却听见她跟两名拳友说：“太早了，他们不肯来啊，也是也是，年轻人嘛，喜欢睡懒觉。我们再找机会好了。”

高语岚听了这话，觉得有点儿古怪，再配上老妈那两名拳友用一种相亲的眼光打量她，她心里顿时升起了一种不祥的预感。于是，她赶紧拉着娘亲大人飞也似的离开，下定决心明天绝对不来了。

头一天的开场就失败，高妈没有气馁，又带着高语岚逛菜市场。

高语岚一手提菜，一手拎鱼，陪着高妈逛了半天，最后跟着在猪肉摊前站定了挑猪肉。她看着老妈把每片猪肉都摸遍了还不舍得离开，正觉得奇怪，这时迎面来了个夸张爆炸式卷发的胖老太太，那个人见着高妈喜笑颜开，一看高妈身边的高语岚更是满意地点头。

高妈高兴地叫道：“燕大姐也来买菜啊，真是巧啊。这是我女儿岚岚，岚岚，快叫燕阿姨。”

高语岚叫了人，看自家娘亲一个劲儿往燕阿姨身后看，就知道她又捣鬼了。

果然从燕阿姨身后走过来一个高高瘦瘦的男青年，长得人模人样，不过此刻一脸嫌弃的表情，明显对菜市场的环境很不满意。

“妈，你买完没有？快点儿走了，这里脏兮兮的。”那个男青年一过来就对燕阿姨抱怨。

燕阿姨把他拉过来：“这是我们家强子，今天难得愿意陪我来买菜。”高妈赶紧客气了几句，夸了夸那强子一表人才，孝顺体贴什么的。听得高语岚在心里使劲撇嘴。

那强子冲高妈和高语岚点点头，又催燕阿姨快点儿，买完好走。燕阿姨顺着话尾赶紧说：“你们年轻人就是不爱逛，那你跟岚岚在这儿等着我们，我跟岚岚妈妈先去买点儿菜，一会儿回来接你们。”

高语岚无语，不是吧？

敢情是两位长辈知道要是明说是相亲吃饭小辈一定不愿来，因此干脆就约买菜相亲了？她家娘亲也太有才了，这变相相亲要不要挑在猪肉摊前面啊？

两个当妈的手挽着手高兴地走了，留下高语岚跟那个强子先生面面相觑。

高语岚正觉得尴尬，那强子先生忽然冷笑一声，说道：“我说我妈怎么今天说腿有些不舒服，非要让我送她来买菜不可呢，原来是安排了这一出。”他瞥了两眼高语岚，“你行情不好找不到对象？别的地方约不到，干脆连菜市场都用上了？”

强子先生的语气是高语岚非常反感的嘲讽，尤其他那自以为是的高姿态更是让高语岚讨厌，大家都是被逼出来相亲的，凭什么他就高她一等？

她侧头瞅他一眼，又瞅了瞅旁边的猪肉摊，说道：“你错了，约在这儿不是我行情不好，是特意到这里来比较比较——”

她拖长了声音，看到强子先生扬了扬眉，对她后面的话似乎有些好奇，便一指猪肉摊上挂着的猪头，大声说道：“是要比较一下，如果见到的那个男人不如猪头，那就宁可买个猪头！”

她说完这个，大声对卖猪肉的喊道：“老板，这猪头我要了！”

晚上，吃完了猪头大餐，高妈跟高爸又关在屋里说悄悄话，今天的工作没有成效，第一场健身相亲没见着人影，第二场买菜相亲不欢而散。女儿对那个强子先生非常反感，说他一副抛妻弃女的衰样，看来是完全没有看上眼。

高爸高妈总结了一番，现在相亲都不容易，他们老两口还得再接再厉。

最后，高爸一拍胸脯，“明天看我的。”

第二天，高语岚打死不出门，窝在家里，醒了就吃，吃饱再睡。而高妈除了出门买菜，也窝在家里陪着女儿。

高语岚放心了，都宅在家里头了，可不会再有什么危险出现了吧？

吃晚饭时，高爸没回来。高妈招呼女儿吃饭，说高爸今天约了人喝酒，不回来吃了。高语岚也没在意，吃完了饭，看了会儿电视，然后拿了本杂志蹲厕所去了。

杂志最后她也没看，因为她在厕所里开小差想着温莎的事。她陷害她，说是不得已，说自己也是被人陷害。那就是说，那张照片是有人偷拍的，打算给温莎制造点儿丑闻？可她说自己是她女朋友又有什么好处？

难道她是怕这事影响不好，公司会开除她，所以拉一个垫背的？如果是两个人犯错，那公司择其一斩立决，另一个就有台阶下能留下来。她对公司来说可有可无，那能留下来的当然就是温莎。

高语岚越想越生气，真是太狡猾，太阴险了！

这时候，她听到家里大门开了，她爹喝得醉醺醺地大声叫：“岚岚，岚岚啊，你快出来……”

“出不来，我在厕所！”高语岚大声应着，心想她老爸真麻烦，又喝醉了，一喝醉就喜欢大声嚷嚷。

果然高爸接着嚷：“出来出来，在厕所干吗呢？”

在厕所还能干吗？高语岚没好气地大声回答：“拉屎！”

“哦哦，那你先拉着。”高爸的嗓门贼大，“我女儿在拉屎，你等一下啊。老伴儿、老伴儿，你看，小郭是我给岚岚相看的对象！”

高语岚全身一颤，差点儿从马桶上栽下来。

发生什么事了？什么对象？她刚刚这么大声喊“拉屎”了？是她喊的对不对？然后她那睿智的爹还说“我女儿在拉屎，你等一下”什么的，是吗？

高语岚抚额，只觉头顶乌云惨布。

老天爷太残忍了！她还要不要做人啊？

3

高语岚躲在厕所里，大气都不敢喘，生怕外头还能听到厕所里的什么动静。

高爸依然精神抖擞地在嚷嚷，但是她听不到那小郭先生的声音，高语岚猜疑着是不是老爸喝多了幻想着带了一个人回来，事实上根本没这个人？如果真是这样就太好了！

可这时候她听到高妈说话了："不好意思，老头子喝多了。"

"没关系，没关系，我只是送高叔回来的，现在他安全到家就好了，那我走了啊。"这清清朗朗的声音一出，高语岚绝望捂脸，亲爹大人居然真的拐了个男人回来。真是太丢人了！

走吧，走吧，快走吧，此地不宜久留，快撤吧！后会无期！

高语岚在心里使劲对那小郭先生说。

谁知她爹的大嗓门又开始了，"别走！小郭，别走！"

高语岚真想挠墙。爹啊，亲爹啊，你究竟想干什么？给你家亲闺女留条活路吧！

"小郭，你再等等，拉屎很快的，见一面再走吧。"

还提拉屎！高语岚这下确定了小郭先生不走她就决不出厕所的决心。

好在厕所外头还有高妈是清醒又理智的。她把高爸按在沙发上，塞了杯水给他灌下去了，"你别吵吵，这么晚了，让小郭早点儿回去休息。"

小郭先生和厕所里的高小姐同时松了口气。小郭先生箭一般地冲到大门口，在高妈一连串的抱歉声中，飞快离去。

高语岚在厕所里侧耳倾听，听到关门的声音，听到高爸打呼噜的声音，再然后，有人敲厕所门，高妈在门外道："小郭走了，你安心出来吧。"

高语岚长长舒了一口气，太惊险了，这真是一个惊心动魄的如厕历程。

当晚高语岚又失眠了。她翻来覆去，越想越后怕。她知道老爸老妈是为她好，想帮她找到幸福，可他们越这样，她就越心慌。她虽然口口声声说要找男人，可是当年受到的伤害还在心里烙着印，要让她正儿八经去相亲，她还是有些心理障碍的。

高语岚痛定思痛，人果然不能偷懒，要想过自在的日子，还是快振作起来，回去找工作吧。

高语岚这么一想，便连夜起来收拾行李。

第二天一早，吃过了早饭，高语岚谎称自己接到了一个工作面试的电话，得赶紧赶回东麓市准备一下。高爸高妈当然依依不舍，想再多留她几天，高语岚吓得连说工作不好找，这个面试很重要云云，夹着尾巴赶紧逃了。

高语岚走后，高爸高妈执手相看泪眼，互相鼓励："下次等女儿回来，再接再厉！"

高语岚回到了东麓市，决定立即开展就业自救活动。她中饭也没顾上吃，就先开电脑上网投简历。

打开邮箱，居然看到了温莎发来的一封信。邮件里她一点儿废话都没有，只是介绍了一家正招人的公司，公司背景实力、招聘的职位和薪水都不错。虽不如高语岚原来的公司规模大，但条件确实挺好。

温莎在邮件里留了一个联系人的电话，说已经跟对方打好招呼，只要高语岚联系他，这工作的事就应该没什么问题了。

高语岚把信看完，果断地点了删除键。她可是有气节的，决不向敌人示弱。

可是不示弱，她自己也没找到什么好的工作机会，把招聘网上所有能投的简历全投完，高语岚就只有发呆的份儿。马上就到"五一"假期了，网上新增的招聘职位并不多，她也没有收到任何面试的通知。

惆怅、失落、着急……最重要的是——穷。

高语岚心里很不好受。她独自来东麓市工作，朋友都是同事，出了这档子事后，她发现竟然连个可以谈心的人都没有。说起来，她真失败。

就这样在家无所事事一个多星期，好不容易熬到"五一"假期后，网上终于更新了许多职位信息。那天高语岚一口气又投出多份简历，从早晨奋战到中午，终于觉得饿了，一看表，都一点多了，于是拿了钱包和钥匙，出门觅食去。

高语岚所在的小区门口没什么好吃的。她走了一条街，在街口看到她上次买醉抢狗的酒吧，不由得撇了撇嘴，这种蠢事她再也不会干了。

不过话说回来，这家酒吧离她家这么近，她当时抢了馒头冲上出租车，肯定被那司机绕远路坑钱了。高语岚后知后觉地开始心疼钱包，忍不住又瞪了那家酒吧的招牌一眼。

再走半条街，前面是家快餐店，量大味美，高语岚是常客。在她拐进店里之前，看到店前面站了个五岁左右的小女孩，长得很标致，像娃娃。她穿着漂亮的衣服，烫着齐肩小卷发，头上戴着美丽的发箍，整个人很整洁，看来家境不错。高语岚左右看看，没看到她家大人，她想了想，还是走进了快餐店。

也许这个娃娃是在等家长，也许她父母就在附近买东西或是开车去了。快餐店的生意好，这个点居然还要排队。高语岚排着队，忍不住又看了那个女孩两眼。

女孩盯着对面的麦当劳，忽然转过头来举目四望，望着望着，正好对上了高语岚的目光。她与高语岚对视了几秒，露出一个怯怯的、可爱的微笑来。

高语岚一向对可爱的事物没什么抵抗力，这笑容一下击中了她，她也回了一笑。小女孩看了看她，又把头转了回去，那小小的孤单背影，说不出的可怜。

高语岚这时听到了服务生叫她点餐，她应了，点了份牛腩饭。刚要掏钱，却看见一个穿着土气的中年妇女在跟那个小女孩说话，听不清说什么，却见小女孩摇头。那中年妇女继续说着，还伸手去拉她。小女孩还是摇头，退了两步。

高语岚察觉到了一丝不对劲，饭也顾不上买了，几个大步冲过去，听见那妇女使劲拉着小女孩说："真的，姨帮你找妈妈……"

"你打算怎么帮她找妈妈？"高语岚不客气地插话。

那个妇女猛地抬头。高语岚看她目光不正，夹着一丝慌乱，当下心中更是肯定，她问那小女孩："你认识她吗？"

小女孩摇头。那妇女说道："我看她一个人站在这儿，应该是跟家长走失了，所以好心想帮帮她。"

高语岚点头，"这样啊，我也是个好心人。不如一起吧，我们先报警，然后……"她话没说完，那个中年妇女撒腿就跑了。

高语岚看着她远去的背影，咬牙切齿，她最恨欺负小孩子、小动物的人了！

她低下头，对上那小女孩黑晶晶亮闪闪的眼睛，问道："小朋友，你叫什么名字？"

小女孩想了想，反问："你怎么证明你跟刚才那个女的不是一伙的？"

高语岚傻眼，"你为什么会怀疑我跟她是一伙的？"

"家里大人都有教啊，这叫团伙作案，她一个人不容易得手，所以摆出一副拐骗小孩子的样子来，然后你就装出一副好人的样子来，然后她走了，我就容易对你产生信任，就会跟你走了。"

高语岚目瞪口呆，这家里都是什么大人啊？现在的儿童安全教育都这么高深了？她一时也不知该怎么分辩，"呃"了半天才说道："你家大人教得好，教得好。你要多加小心。"

女孩黑亮黑亮的眼睛盯着她看，高语岚也不知接下来该怎么办。这会儿要是跟女孩说"我带你去找警察叔叔"，是不是就会让她觉得自己是个拐骗犯？可是把这个小女孩丢在这里不管也不合适。

高语岚想了想，还是得问问：“你是迷路了，还是跟家长走失了？”

“迷路了跟走失了有什么区别呢？”脆生生的童音配上无辜又可怜的表情，真是招人疼。

高语岚一愣，“迷路就是不知道该怎么回家，走失就是跟家长失去了联系……”是这样吧，她解释清楚了吗？

“那都是找不到家长，回不了家，对吧？”

高语岚呆了呆，她是多管闲事了吗？这种小孩，会被拐骗才奇怪呢。

她叹口气，硬着头皮继续问：“你父母知道你在这里等着吗？一会儿是不是会来接你？”如果这孩子联系不上家里人，那她就打算报警，让警察叔叔来解决好了。

可这次小女孩点点头，说道：“妈妈会来接我的，我们约好了，如果找不到对方，就找最近的麦当劳或肯德基，这样目标明显，而且里面人多，又是二十四小时营业，比较安全，这样妈妈就容易找到我了。”

高语岚再一次觉得这家大人太有才了，说得真是有道理。这时，小女孩突然牵住了高语岚的手，用甜甜的童音说着：“姐姐，我叫妞妞。你陪我去麦当劳等一等好不好？我妈妈应该就在附近，她一会儿就能找到我了。”

高语岚握着软软的小手，看妞妞仰着小脸，表现出对她的全盘信任，心里油然生出一股受托付的责任感来。她高兴地应了， 牵着妞妞过马路，两个人在麦当劳靠窗的位置坐好，这样比较容易让妞妞看到妈妈，也让她妈妈容易看到她。

妞妞坐下后，看了看店里的其他小朋友，看着她们吃着薯条鸡翅，不由得咽了咽口水，然后低下头，抿着嘴玩自己的手指，显得孤单又可怜。

高语岚心一软，又想着自己还没吃饭，那干脆就请小朋友吃一顿好了。她跟妞妞说：“我肚子好饿，要去点餐，妞妞陪我去看看，好不好？”

妞妞抬眼，似乎有些小心警惕。高语岚对她温柔地笑笑：“姐姐想吃好多东西，可是又怕点多了吃不完，妞妞帮姐姐吃一点儿，我们一起去选餐，好不好？”

妞妞听了，顿时亮出个可爱的大笑容，忙跳下了椅子去牵高语岚的手。两个人买了一堆吃的，开开心心地饱餐了一顿。

快吃完时，高语岚忽然看到大门那儿走进来一个眼熟的人，高高的个子，明亮的眼睛，似乎总是在笑的上弯的嘴角。高语岚差点儿被一口饮料呛着，真是冤家路窄，怎么会遇到尹则这厮？

尹则显然也看到了她，点点头，朝高语岚的位置走过来。高语岚心里紧张，每次遇到这个男人就准没好事发生，现在她可是跟一个可爱的小朋友在一起，她可不想在小朋友面前也丢人。

高语岚正琢磨着该怎么反应时，妞妞突然喊了一声："舅舅。"那声音又甜又乖，小脸上也显出讨好谄媚的表情来。

高语岚一愣，仔细再看，走过来的明明只有尹则，她舅舅在哪里？

第三章 神奇的缘分

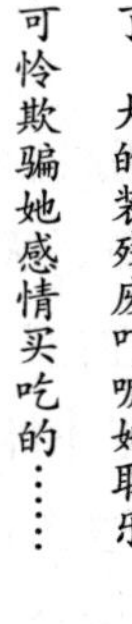

这一家子，养的宠物把她仅有的三个包子吃了，大的装残废吓唬她取乐，小的装可怜欺骗她感情买吃的……

1

还没等高语岚反应过来，尹则已经走到了跟前。他低头看看她俩面前那一片狼藉的餐盘，又转头看看妞妞，脸板了起来。

高语岚看出苗头了，果然妞妞又讨好地叫了一声：“舅舅。”

尹则板着脸说道：“快跟阿姨道歉！”

“道歉？”高语岚瞬间忘了尹则居然就是女孩儿的舅舅，忙道，“凭什么要道歉？孩子走丢了，我在路边见到她，带她来等妈妈的，她没做什么坏事，你不要这么凶她。”

尹则看了她几眼，又转向妞妞，拖长了声音唤道：“妞妞——”

妞妞低着头，从座位上跳下来，很小声地跟高语岚说了句：“姐姐，对不起。”

好委屈，好可怜！

高语岚的正义感一下子被激发起来：“你一个大男人，干吗要凶小孩子？妞妞很乖，在街上差点儿被坏人拐骗了，她还记得要去最近的麦当劳等家长来接。你们大人不注意照看孩子，把孩子弄丢了，反过来还责怪她，真是太不应该了！你们怎么不先检讨检讨自己？”

妞妞猛地抬头，眼睛闪闪发亮地看着高语岚。高语岚牵过妞妞：“大人也不能不讲道理。”

尹则也不插话，只是静静地看着高语岚，看着看着，笑了。他那种痞痞的坏笑，看在高语岚眼中甚是刺眼。笑什么笑，真讨厌！

“为什么每次遇到你，你都这么有趣？”

有趣你个头！高语岚咬牙，提醒自己不能在小孩子面前失态，要保持风度。

尹则又说：“其实我原本不想说得这么直白，不过你误会了我，为了保持我在你心目中的良好形象，这件事一定要解释清楚才好。”他说完转向妞妞，“小鬼头，你自己说，这是怎么回事？”

妞妞眨巴着眼睛，紧紧靠在高语岚的身侧，抱着她的腿，一脸无辜地说：“舅舅，你要在姐姐面前树立良好的形象，我也想在姐姐心里留下美好的印象，况且我是小孩子，心灵纯真又脆弱，你忍心吗？”

尹则摆出一副认真思索的表情，说道：“要是换了别的纯真又脆弱的小孩子，舅舅真是不忍心，可如果是你的话，舅舅对你还是很有信心的。”

高语岚听着这两个人的对话，觉得不对劲了。

妞妞低着头，带着哽咽的声音说：“舅舅，你把妞妞说得好难过。”

“妞妞，你这样，舅舅也好难过。”

一大一小演得投入，表现一模一样，高语岚的脚开始打拍子了。

“妞妞，你再不跟阿姨说清楚，舅舅以后再也不带你玩了。”尹则眼看高语岚的耐心存货没多少了，赶紧向妞妞施加压力。

妞妞抬眼看了看高语岚，又看看尹则，撇着嘴好半天，终于磨磨蹭蹭地说：“姐姐，妞妞喜欢你。”

她的表情又乖又委屈，声音软软的好可爱，高语岚忍不住摸摸她的小脑袋，回了一句：“姐姐也喜欢你。”

妞妞贴在高语岚身上，抱着她撒娇，又说：“妞妞没迷路，可以自己回家的。”

高语岚没反应过来，应道：“那就好，那你以后也要小心，不可以一个人在路上瞎逛，知不知道？要让家里人知道你在哪儿，不能让爸爸妈妈担心。”

妞妞用力点头，很乖地答：“妞妞知道了。”

一大一小的和谐对话结束，妞妞转头看了看尹则，尹则板着脸不说话。高语岚有些不解，妞妞一脸可怜，于是轮到尹则的脚打拍子了。

“就这样？”尹则问。

“那还要怎样？”高语岚反问。

“我没问你，我问她。”尹则用下巴指了指妞妞。

妞妞答：“姐姐以为我找不到回家的路，其实我可以自己回去，我不该骗姐姐，刚才都交代了，我还跟姐姐道歉了。”

小朋友摆出一副很配合、很乖的样子来。

高语岚也赶紧说：“是啊，妞妞不是都承认错误了吗？我不怪她。”

尹则看着这一大一小抱在一起的样子，忽然又想笑。他弹弹妞妞的小脑门，轻骂了句：“调皮鬼，我会把这事告诉你妈妈。”

“舅舅，不要。舅舅，我最爱你了。舅舅，你好帅。你这么帅不可以做这么残忍的事。”妞妞一听，赶紧放开高语岚扑向尹则，紧紧抱住他。

高语岚见如此情景，刚要开口为她求情，尹则却对她说：“这个小鬼在店里吃完午饭之后说馋麦当劳，我们不肯带她来，她就生气偷偷跑了出来，那店离这里都不到三百米，她会迷路才怪。她这次短暂的离家出走，就是为了吃麦当劳而已。”

高语岚点点头，“哦”了一声，心想这孩子为了吃麦当劳就闹离家出走，确实太不应该了，是该告诉她妈妈。

尹则看着她的表情，又笑了，“你还不明白吗？”

“明白啊，小孩子太任性不好。妞妞，以后不可以为了吃麦当劳离开大人自己跑，这样很危险。”高语岚好心地帮他们教育一下小孩。

尹则哈哈大笑，“你真是太有趣了。”

高语岚一板脸，又说我有趣，我到底哪里有趣？这个男人真是贱兮兮的，还当着孩子面调侃我。

妞妞这时候说：“舅舅，我喜欢这个姐姐。”

高语岚一听，面露得意，小朋友真是太给她面子了。尹则看着她又笑，“她跟馒头一样，你有什么好得意的？”

高语岚的笑容一下僵在脸上。尹则又说：“你为什么要给她买麦当劳？”

高语岚下意识地答：“没关系嘛，只是买几块鸡翅和薯条……”她说着，忽然反应过来了，低头看了看妞妞。

妞妞露出个大笑脸给她，清清亮亮地说道：“谢谢姐姐请我吃。”

高语岚呆住，想到妞妞在大街上假装是迷路儿童，想到她说家长要让她去最近的麦当劳等大人来接，想到她拉着自己的手说“姐姐你陪我去麦当劳等妈妈”，想到她在麦当劳里可怜巴巴地看着别的孩子吃东西，然后自己就很心软、很心疼，还生怕伤了孩子的自尊心，小心哄她让她帮忙啃鸡翅、吃薯条……

现在，这孩子笑得像只小狐狸。

高语岚呆若木鸡，恍然大悟：我上当了？我居然栽在一个小娃娃的手里？啊啊，好想抓狂！

偏偏尹则还嫌不够刺激，凑过来挨在她耳边小声地肯定了她的想法：“这小鬼头把你骗了，骗完了你，你还心疼她是不是？不用太自卑，你的智商是正常的，你不是唯一一个被她骗到的受害者，想开点儿就好，我会教训她的。”

教训她？那谁来教训他？什么叫她的智商是正常的？

高语岚瞪着这男人的笑脸，好想找个垃圾桶扣他脑袋上。这人说话太讨厌了，讨厌死了！

妞妞在下面拉尹则的衣摆，“舅舅，你跟姐姐说什么悄悄话？我也要听。”

两个大人一起低头看向这小鬼头，妞妞清亮的双眸里透着无辜，这让高语岚想起了那只小狗馒头。

这一家子，养的宠物把她仅有的三个包子吃了，大的装残废吓唬她取乐，小的装可怜欺骗她感情买吃的……

这一家子到底都是些什么人啊！

高语岚猛地一把握住了尹则的手，特别诚恳地说道：“尹先生，我拜托你一件事。”

尹则马上一脸正经严肃：“什么事？”

“你们一家老小、动物和人，以后看见我就避远一点儿吧。”她才是真的纯良又脆弱的那个人啊，给条活路吧！

尹则努力控制住自己的笑意，轻声答：“我先把小鬼头送回去，你拜托的这事，这么有深度和复杂性，我们得择日再议。”

高语岚一瞪眼，还想说什么，尹则已经一把将妞妞抱了起来：“妞妞，跟阿姨说再见。”

“姐姐再见！”妞妞咧着嘴笑着向高语岚舞动着小手。

高语岚当着孩子面，有什么话只好都咽进了肚子里。她眼看着这一大一小走了出去，还能听到妞妞对尹则说：“舅舅，得叫姐姐，不能往老了叫，这是人情世故，你懂不懂……”

高语岚一屁股坐回座位，抚额无语。连小朋友都这么特别，这尹则家里想来没一个好惹的，她这么渣的战斗力，还是远离他们为妙！

高语岚对自己发誓，以后在路上见着小猫小狗小朋友需要帮助，得先问清楚是不是姓尹的，或者亲戚朋友里有没有姓尹的！

高语岚没精打采地回到家，刚进门手机就响了。她拿出来一看，是条短信，号码她不认识，但一看内容，她知道发短信的人是谁了。

那条短信是这么写的：“你抢了我家的狗，捡了我家的孩子，还打了我，想撇清关系不相见？这样真不行。明天就在你家见！”

高语岚整个儿傻眼。

不是吧？“鬼子”又要进村了？

2

尹则真会来吗？

高语岚冥思苦想，究竟自己为什么会被这个家伙缠上？是因为踢了他两脚让他怀恨在心了？还是抢了馒头让他没了面子？还是他被他那个所谓的大夫同学黑了钱，于是迁怒于她？还是说这个家伙骨子里就有劣根性，看她倒霉他就高兴，定要再整整她才甘心？

反正，无论如何，高语岚觉得这个尹则是真讨厌，真是讨厌！讨厌、讨厌啊！

不但讨厌，她还有点儿怕他，每次他一靠近，倒霉事就一件接着一件。现在他说要上门来，高语岚紧张得一晚上都没睡好。

第二天一早，高语岚就在屋子里转悠。她下定决心今天绝不能示弱，要给尹则一个教训，让他以后再也不敢来招惹她。他们要永世不再相见，老死不相往来，这样才对。

可是，该怎么教训他呢？把他骂走？她应该没这个本事。装一桶水一开门就泼走他？想想有点儿太狠。啊，要不把那包新买的面粉倒在大盆里，用面粉扑走他也不错。随后一想，扑他一身面粉，他没法出门反而赖着不走怎么办？好像这个也不行。

高语岚把擀面杖摆了出来，又看了看刀架上的菜刀，四下里都看了一遍，还是叹了口气，她好像使不出这些招啊，这些“兵器”她不敢用，她真是没用。

高语岚坐回沙发上叹气，干脆还是用普通级别的招数好了——装不在，死不开门！

高语岚瞪着门发呆，这个时候又觉得自己有些凄惨。她独自来到这座城市，混了三年，竟然连个知心朋友都没有。每天就是上班下班，宅在家里，她以为这样很好，自由自在，没有烦心事、烦心人打扰她。可在这里出了事，却是孤立无援，没人陪伴，她才惊觉原来自己的人生真是糟糕。现在老家也不敢回，在这儿她又没地方可躲，可要是一个人出去游荡一整天，也真是够傻的。

她怎么能把自己弄得这么糟糕呢？三年前被逼离开了那个城市，现在被逼离开了公司，眼下，难道她还要被逼着离开这个家吗？

这样想着，高语岚不禁忧心忡忡，这时忽然手机响了。她拿过手机，却见是个陌生电话，犹豫了一下，接了。

接通后对方似乎也犹豫了一下，过一会儿才说：“岚岚，是我啊，若雨。”

高语岚一愣，随即心里一阵高兴，是她的高中同学兼好友陈若雨。三年前发生了那桩“劈腿”事件后，她就与花荫市的老同学、老朋友们都疏远了，很久没联系了，现在忽然来电话，是不是表示冰释前嫌？

高语岚苦闷的情绪骤然消散了一大半。陈若雨又说："我也到东麓市来了，是高叔叔给了我你的电话，你什么时候有空儿，我们见面聊聊啊？"

"太好了！我今天就有空儿，今天行不行？"高语岚高兴得差点儿没跳起来。

"好啊，我过去找你吧，你把地址给我。"

高语岚飞快地把自己小区的地址和单元门号报给了若雨，报完之后猛地一想，不行不行，万一若雨到了她家，尹则上门来了怎么办？她可不想让若雨知道她有这种尴尬事，还是约在外面的好。

"那什么，我家今天不太方便，乱得很，咱们还是约在外头吧，你说个地方，我过去。"

"这样啊，反正我就在附近了，那就约在'书香甜地'好了，是个咖啡馆兼书吧之类的地方，气氛很好，很适合聊天，离你家很近的。"陈若雨"吧啦吧啦"地把地址说了，两个人约好半个小时后见。

高语岚这下子心情好了起来，她的好朋友出现了，她不是孤独地挣扎在这座城市里。

高语岚兴高采烈地去赴约。"书香甜地"确实不远，与她常去的快餐店只隔了小半条街，其实之前她路过多次，那家店名字很特别，印象很深刻，只是装修太雅致，看起来不是她能消费的地方，所以就一直没进去过。

到了那里一看，地方不大不小，店的一边是咖啡吧，卖茶点，有咖啡等饮料和自制糕点，还能闻到烤箱里飘散出来的香气。另一边布置的雅座，两面墙上全是书架，摆着满满的书，还有许多精致的工艺品摆件。陈若雨说得对，这是很有气氛的地方。

"欢迎光临。"高语岚一进门，一个温雅美丽的女人就迎了上来。她穿着休闲、围着围裙，很有居家的味道，感觉像是老板。

高语岚心情好，对这样的店、这样的老板很有好感，点头笑着应了，找了个靠近书架的位置坐下。老板娘拿了份饮料单和糕点单过来，问她要用些什么。高语岚只说在等朋友，先等一等。老板娘温柔地笑笑，送上一杯水，又告诉高语岚，书架上的书随便看，等人的时候可以解解闷儿。

高语岚很高兴，觉得自己以前没来这儿真是没眼光。她拿了一本书随便翻着，店里很安静，飘散着食物的香气。老板娘很放心地把她放在那儿，然后自顾自地去照看她烤的东西了。

高语岚沉浸在这样的恬静气氛里，刚把书里的内容看进去，陈若雨到了。

两个久未相见的老朋友重逢，自然相当兴奋和热情。高语岚迫不及待地问了离别这几年陈若雨的状况，陈若雨也告诉了她几个朋友平常联系聊天的内容，某某结婚了，某某有宝宝了，某某升官了，某某做小三儿了……

老板娘过来给她们添了水，却没催着她们消费点单，看她们聊得高兴，便留下饮料单又离开了。

这段日子高语岚倒霉透顶，状态相当低迷，今天见到了老朋友，一下子觉得振奋起来。“我前两天回花荫市了，本想在家里多住一段时间，结果我爸妈太夸张了，诡异多端地安排相亲，我就被吓跑了。”

陈若雨的笑容僵了僵，“相亲啊，那你现在还没有男朋友？岚岚，对不起，我一直欠你的，我相信你不是那样的人，我一直都是站在你这边的。就是……我那时候胆子太小了，又自私怕惹麻烦。是我不好，你原谅我吧。”

高语岚苦笑，她握紧了杯子，如果当初有朋友站出来这么大声说一句，相信她，坚信她是无辜的，那该多好。

“都过去了。”其实又怎么能怪这些旁观者呢？有心人做出的戏，她百口莫辩，旁观者又能怎样？两肋插刀这种事真的不适合这个时代了。

两个人沉默了一会儿，高语岚问：“若雨，你说，为什么我就这么倒霉，我看上去是不是那种很好欺负、很好戏弄、很容易冤枉的人？”

“怎么这么说？你很好啊，眉清目秀，斯斯文文，大方得体，一看就是良家妇女。”陈若雨大大咧咧地开着玩笑，“良家妇女”这词用得让高语岚无语。

长得“良家妇女”，就是受冤屈的命吗？

高语岚把自己在东麓市上班受的冤枉委屈全说了，还有她遇上了一个杀千刀的流氓无赖。她很无奈，“我该怎么办？我不甘心，可我又做不了什么。那家公司很好，福利也不错，可我回不去了，公司里那么多同事，现在也不知道会把事情传成什么样，我原来积累的那些客户，也许也都听说了。圈子没多大，我的名声毁了。虽然只有一张照片，可我说的没人信，我觉得现在就算温莎说那不是我，也不会有人信了。她就是拿准了这一点，所以一开始把戏演足了。还有那个讨厌的男人，以后他时不时来骚扰我怎么办？我现在住的地方很好，房租不贵，房东也好，我不想为了这样的人搬家。”

“那就不要搬，岚岚，以后要是再遇上什么事，你打电话给我，我一定会帮你的。”陈若雨话说得很仗义，还用力拍了拍胸脯。

高语岚“扑哧”一笑，“难道你还会打架？”

“要是……要是真的危急，我也是会冲上去的。”陈若雨这话让高语岚又笑了。别看陈若雨平时大大咧咧的，说话又大声，其实她胆子很小，以前读书的时候，路边的死老鼠都能把她吓得“哇哇”叫。

两个人又说了很多以前的事，然后互相劝慰，大家都在异乡辛苦奋斗，在职场里也吃了不少亏，互相倒倒苦水，倒是找回了以前的感觉。

这时候，陈若雨犹豫了一下，咬咬牙，从包里拿出一份资料来，“岚岚，我跟你说，我现在是理财顾问，天天要跑业务见客户，累死了。但我们的产品确实是好，我帮助了不少人，现在业务做得还算过得去。我……我就是想问问，你有没有朋友需要理财产品，可以介绍给我……”

高语岚傻眼了，不是聊得好好的吗，怎么转眼变推销了？

“若雨，我刚刚失业。”

“我知道，所以是想问问看，你的朋友有没有需要的。理财这种事，不是拿闲钱投资，是用你的部分收入来规划你的人生和未来，是给你提供保障和福利的。”陈若雨“吧啦吧啦”地开始说，还把手上那份资料推到高语岚的面前。高语岚低头一看，“保险”两个字赫然入目。

高语岚无言以对，刚刚还以为她是银行理财顾问，原来是保险公司的理财顾问。那陈若雨约她的本意，是卖保险吗？高语岚心里有些不舒服。

陈若雨正流利地描述着这个产品怎么怎么好，偷眼看看高语岚的表情，又说了些买保险的必要性。

高语岚没办法，只能说：“若雨，你说的这个，确实是不错，但我现在没工作，又是那样的状况，我真的没有朋友可以介绍给你买保险，我有心无力，真是抱歉了。”

“这样啊，其实还有份便宜的。”陈若雨硬着头皮又拿出一份资料，“你看，这个一个月不到一千块，太便宜了，给朋友介绍介绍，说不定人家会有兴趣。”

高语岚愣在那儿，说不出心里的滋味。这段日子，为什么每件事都要超出她的意料？她真的不想买保险啊，她也不想向和她认识的人推销保险，她只想要朋友，她还想有份安稳合适的工作，有个善良体贴的男友，她的要求只是这么一点点，老天爷，你的眼睛长到哪里去了？

陈若雨还要再说什么，忽然一泄气，“算了算了，对不起。我……其实我这个月的任务还差一点儿……我真是不应该……但是产品是真不错……对不起，真的对不起。”她想想，最后还是闭了嘴。

高语岚看她那样，又觉得有些过意不去。

陈若雨很沮丧，“对不起，是我不好。你……你可别讨厌我，我其实，唉，反正是我不对。”

高语岚看着她，忽然想到两位，“对了，有两个人我可以介绍给你，他们有钱有闲，而且很需要保障，我把电话给你，你努力去谈，说不定就会成功。”

陈若雨听了，眼睛一亮，腰杆都挺直了，“真的？”

“嗯。”高语岚点头，把手机里的电话号码调出来，然后拉过陈若雨的小本子，抄了两个号码给她。

然后，她指着本子上温莎的名字说：“这个，谈着这么与众不同的恋爱，生活和工作肯定很有压力，她的生活最需要保险了。还有这个……”她指着尹则的名字，“这个人成天好管闲事，惹是生非，也很需要保障。最重要的是，他们俩都很有钱，一个月两千多块，肯定不是问题，你加油努力，把他们拿下。”

这两个恶人，她自己没法报复，让陈若雨去喷喷他们也好，万一真喷出钱来，她也算帮了老朋友一把。

陈若雨很高兴，喜滋滋地把本子收好了，“果然够朋友。岚岚，你这样帮我，我当然也不能亏了你。”

“不用，不用。”高语岚生怕陈若雨又弄出什么新的花样来，赶紧摆手拒绝。

陈若雨却似看不到，她从包包里掏出一盒东西，往高语岚手里塞，然后压低了声音说：“我除了理财类的保险，还在做另一种保险产品的代理，这种保险，是刚性需求产品，你一定会需要的。我先送你一盒试试，免费！等用完了，你再来找我，我给你代理价，不赚你钱，就是用得好了，你给宣传宣传，帮我拉拉生意。”

“什么东西？”高语岚心里疑惑，保险还有盒装的？不是签保险单就好了吗？她仔细一看那包装，吓了一大跳，“啊”的一声叫了出来。

“大惊小怪什么？保险套也是保险啊，这种保险很有必要啊。”陈若雨握住高语岚的手，“这是真正保障爱护我们女人的，老朋友一场，别跟我客气，没什么不好意思的，拿去用，拿去用！”

高语岚的下巴都快掉下来了，惊讶得不能再惊讶，她真的没有客气啊！有什么好客气的！有什么不好意思的！

要不要这么乱来啊！真的好见鬼啊！

3

陈若雨看了看表，说她得赶紧联系客户，这个月的任务很重，她要努力打拼。高语岚见她干劲十足，也说不出什么别的来，只得鼓励一番。

陈若雨收拾好了东西，握住高语岚的手，说道：“等我这个月任务完成了，再请你吃饭。”她挥了挥手，潇洒告别。

高语岚笑着与她说再见，看着她的身影消失在店门外，然后整个人泄了气。

她坐在原位发呆，觉得脑子里空空的，一点儿都不想动。忽然“叮”的清脆一声响，是烤箱设定的时间到了。

高语岚回过神来，看到老板娘戴上了厚手套，打开烤箱门，从里面拿出两个椭圆形的蛋糕模子来，乳酪蛋糕的香气瞬间飘满了整个屋子。

高语岚猛然醒悟过来，她到人家的店里坐了大半天，一点儿东西都没有点，现在这样，拍拍屁股走人实在不太合适。她正想拿饮料单研究一下，看喝点儿什么好，这时又听到大门那儿“丁零”一声响，不禁抬眼一看，进来了一个男人。

这是一个浑身上下充满了精英味道的男人，高大帅气，穿着得体，看上去好像穿着一身名牌货。他的表情有些严肃，走进来，看都没看高语岚一眼，径直向老板娘走了过去。

高语岚好奇地看着，俊男美女啊，怎么她最近总能看到这类画面？

可是这一对的关系居然也不是看上去的那么美好。只见老板娘把手套用力往桌上一丢，大声道：“我说过这里不欢迎你。”

那个精英男皱着眉头，“我们需要再谈谈。”

“你早就失去跟我谈的资格了。”老板娘很不客气。

“我已经回头了。”精英男看上去像是在努力克制自己的脾气。

“那也得我稀罕。”可惜老板娘不领情。

高语岚拿着饮料单遮着脸，一边在心里检讨不应该，一边看得津津有味。

精英男与老板娘你来我往争执了好几句，高语岚终于听出不对劲了。这不是情人之间的斗气拌嘴，这是渣男在要挟恐吓弱女子，因为她听到了那个男人说：“你到底要我怎么样？我的耐心是有限的。我不希望跟你对簿公堂抢女儿，你不要逼我。”

“逼你？是你在逼我吧？”老板娘大声道，“你要是敢抢我女儿，我就跟你拼命！”

“别幼稚，只要你和女儿一起回来……”

精英男的话没说完，老板娘就大声骂：“做你的春秋大梦去吧！你现在就滚蛋，我这儿有客人，还得做生意！”

“生意？你这店一天来不了两个人，还谈得上生意？”精英男的口气中透出不屑，但也扫了一眼店里，这一转头，正对上高语岚打探的目光。

高语岚下意识地缩一缩肩。

精英男恶声恶气地说：“这里不营业了，滚！”

一旁的老板娘正要开骂，凭什么赶她的客人。这边的高语岚也生气了，她保持着饮料单挡脸的架势，瓮声瓮气地说：“你又不是老板，凭什么赶客人？”

精英男碰了个钉子，脸一黑：“这里我包下了。”

高语岚看了眼老板娘，回道：“我先来的。”

还敢跟他呛声？精英男掏出鼓鼓的钱包，拿出厚厚一沓钞票甩在桌上。他没说话，不过意思很明显了：老子有钱，老子包场，其余人等滚蛋。

高语岚其实心里很害怕的，这种人财大气粗，会不会是黑帮什么的？要不身边是不是也得有几个打手？再要不然，他自己是不是也比较暴力？

高语岚又看了看老板娘，她柔柔弱弱的样子，如果自己走了，她一个弱女子独对精英男，会不会被欺负？老板娘正好也转过头来看她，高语岚觉得她的眼神里透着无助。

高语岚想了想，慢吞吞地从包里掏出干瘪瘪的钱包，拿出一张信用卡，轻轻地摆在桌子上。

精英男大怒，他微眯双眼就要朝高语岚走过来。高语岚吓得一抖，大声说：“我们定好了要在这里办聚会的，我的朋友们马上就到了。”

老板娘在一旁也抄起那沓钞票往精英男手里一塞，叫道：“你快滚，别拿臭钱脏我的地方！”

精英男恶狠狠地盯着高语岚看，高语岚躲在饮料单后面，只露出一双眼睛，努力直视回去。

这时店门又开了，进来一个客人要买蛋糕。精英男终于闭紧了嘴，转身离去。

他一走，高语岚就泄了口气，直拍胸脯：“太勇敢了，太勇敢了。”

她坐在那儿慢慢缓口气，买蛋糕的客人走了，老板娘走了过来，放了个小盘子在她面前。高语岚抬头一看，惊讶地发现那是一块乳酪蛋糕。老板娘说："我请客。"

高语岚脸红了，想起自己在这儿白坐了好久，赶紧道："那……那我点一杯珍珠奶茶好了。"

老板娘笑笑，"你喜欢普洱吗？用普洱茶配蛋糕最合适。"

"哦，哦，那就普洱吧，来壶普洱。"

老板娘点头应了，转身去吧台那边泡茶。她一边准备茶具一边聊："刚才谢谢你。"

"没关系。"

"让你看到这一幕，真是不好意思。"

"没关系。"高语岚不知道该说什么。

老板娘转了话题问："之前那个是你朋友？"

"嗯。是我高中同学。"

"她在卖保险吗？"店里很安静，她们说的话总能被老板娘听到一二。

"对，她在卖保险。"高语岚下意识地挺胸，回答得中气十足，语气里充满对朋友的维护。卖保险怎么了？那也是正当职业，没偷没抢的。

老板娘似乎被她的语气微微吓了一跳，回头看了她一眼，忍不住笑了笑。

高语岚咬咬唇，意识到自己有些反应过度了，有些尴尬地"嘿嘿"傻笑两声，又说了句："她是我的高中死党，我们很久没见了，现在工作混口饭吃都不容易。"

老板娘手中的活儿没停，继续说："工作是不容易，不过动员失业的老同学介绍朋友跟她买保险，太不够意思了吧？"

高语岚的背脊又挺直了，"她的产品也挺好的，她只是不知道我的状况，我也没什么能推销的朋友……"

老板娘依旧笑笑。她端了个托盘过来，一整套茶道、茶叶还有电子茶炉，等等。然后她又拿了一份蛋糕，坐在了高语岚对面，似乎打算边喝茶边跟她聊天。

高语岚有些意外，傻傻地看着对方四平八稳地坐在自己面前。老板娘看着她的表情，忍不住又笑道："你挺有趣的。"

高语岚皱起眉头，我哪里有趣？

老板娘看看摆在桌上的信用卡，又是笑。高语岚反应过来，脸一红，把卡收回钱包里。

“他脾气挺糟的，你刚才怕不怕他打你？”老板娘问。

“怕啊。”高语岚老实回答。

老板娘又笑了，“你挺有趣的。”

高语岚无语，要不要总强调这个？

老板娘又说：“他是我女儿的生父。我当年很爱很爱他，我以为他会是我这辈子的归宿。可当我怀孕之后，他却对我说他一直爱的是另一个女人，只是那个女人喜欢的是别人，他感情受伤，而我正好对他示好，所以他就跟我将就了。他说他不爱我，也不会娶我。”

老板娘平静地说完，接着喝了一口茶。

高语岚睁圆了眼睛，忍不住骂：“那个王八蛋！后来呢？”

“后来？后来他当然没娶我，我自己生下孩子自己养。他娶了他喜欢的那个女人。”

“可是你就这样放过他吗？要告诉那个女人这男人的真面目，不能让她也被骗了。”

“我当时很傻，我想到的报复方式，是带着肚子里的孩子一起死，要让他悔恨终身。”

高语岚倒吸一口凉气。老板娘看着她的表情，又是一笑：“都过去了，我没死成，我弟弟把我救了回来，骂了我一顿，然后有好几年没给我好脸色看。”

“他怎么这样？你都这么惨了，他应该对你好一些。”

“不，他对我很好，他只是太生气了。那家伙平常嬉皮笑脸的，但生起气来很可怕。他把我救回来，每天盯着我，怕我再做傻事。然后我女儿出生了，我整天无所事事，生活很茫然，他又出资开了这家店给我。我可以一边照顾女儿，一边做自己喜欢的事情，看看书，做做烘焙，喝茶聊天，现在我过得很好。”

“那，那个男人呢？你们难道没教训他？”

“教训了，我弟弟去找了他们，发现那个女人还是对原来喜欢的男人念念不忘。于是他又去找了那个人，中间有些事我不太清楚，反正最后那个女人把负了我的贱男人甩了，跟她原来的意中人走了。”

“太好了，这个办法好，让他也尝尝被人抛弃的滋味。”

“没错！”老板娘说到这儿，精神头也上来了，显然也觉得非常解气，“我跟你说，我弟弟特别棒。那个人渣被甩了之后，我弟弟带着我还有孩子去找他。我弟弟跟他说，他怎么对我的，就让他怎么被别人对待。还有，我和孩子现在怎么怎么好，而这些他再也不会得到了。然后他就把那个人渣揍了一顿。他又说：‘知道以前我为什么不打你吗？是免得给你机会装可怜博同情。现在你被甩了，我再揍你，没人心疼你！’他说完这些，带着我们母女俩扬长而去。当时那个人渣的表情，我看着心里头真是太爽了！”

高语岚听得一阵向往，“真好，我也好想有这样的弟弟啊！不过我都是被女人陷害的，不知道你弟弟敢不敢动手打女人。”

老板娘被她的语气逗得哈哈大笑，“你真有趣。我从来没有跟人说过这些，今天不知怎么了，不过说出来，心里真是太舒服了。”

高语岚点点头，把声音压低了，“我告诉你一件我从来没有跟别人说过的事。”

老板娘挑挑眉，好奇地凑近，也压低声音，“什么事？”

“我以前被朋友陷害说我劈腿爬墙，后来陷害我的那个朋友就跟我男朋友在一起了，他们还同居了。我实在气不过，就买了一堆小图钉，假装上门声讨。我嘴笨，当然说不过他们。但我找了机会，把图钉全撒到他家的沙发巾下面去了。其实，我也不是吃素的！”

高语岚说得认真，语调压得神秘，虽然报复的手段很像孩子的恶作剧，但她偏偏说得像办了件大事，还要强调自己不是吃素的，逗得老板娘哈哈大笑。

两个女人你一句我一句，竟然聊得无比投机，颇有相逢恨晚之感。

“我叫高语岚，就住在这附近，你叫什么名字？”

“我叫尹宁，你有空就常来玩，看看书，喝喝茶，打发时间也是好的。我这儿一般没什么客人，安静。”

“太好了，我今天就在这儿待着行吗？有个无赖今天要上我家踢馆，我正愁没地方去。”高语岚很兴奋。

“好啊。不过一会儿我得出去一趟，你自己在这儿坐坐行吗？我应该不会去太久。”尹宁给高语岚添了茶，说道，“我女儿太调皮了，昨天非吵着要吃麦当劳不可，我没答应她就自己偷偷跑出去，在街上骗了个姑娘，让人买了麦当劳给她。我弟弟说，今天带我们去那个姑娘家里登门道个歉。”

麦当劳？骗了个姑娘买麦当劳？

高语岚瞬间石化，好半天找回声音：“你……你姓尹？”

她昨天才下定决心，在街上碰到猫猫狗狗小孩子需要帮助的一定要问清跟姓尹的有没有关系，今天自己就踩到人家地盘上了？

不会发生这种惨绝人寰的事吧？

“对，我叫尹宁。怎么了？”高语岚的表情让尹宁有些奇怪。

高语岚张了张嘴，说不出话来。这时候店门上的铃铛“叮当”一声响，门口挤进来一只棕色的小狗。它长着两只竖耳朵，水汪汪的大眼睛，正一边舔着嘴一边用它那四条小短腿无比轻快地一溜小跑朝她们奔过来。

高语岚一看到这只狗，心里绝望了一半。

然后店门又“叮当”一声响，一个小女孩用甜甜的童音嚷着：“妈妈，馒头坏，它抢我的香肠吃。”

高语岚一听到这声音，心里绝望了四分之三。

紧接着店门铃铛又响了，一个很有磁性的男声传了过来：“那是你笨！”

“咚”的一声，高语岚猛地趴在桌上捂脸。

神啊，我得罪你了吧？是吧？

第四章 怪咖开怪餐厅

这店夸张得让高语岚咋舌。豪华装修的三层楼餐厅只有五张桌子，有没有搞错？而且现在正是快到中午吃饭的时间，餐厅里居然没有人。

1

妞妞追在馒头身后跑进来，没注意到尹宁对面的高语岚，倒是看到桌上的乳酪蛋糕了。她“哇”的一声叫，扑上来抱着妈妈，嘴里喊着：“要吃蛋糕，吃蛋糕。”

馒头一看失了先机，那边有蛋糕的大腿被人抱了，它凑不上去，于是转而扑向高语岚。这边也有蛋糕，它抱住高语岚的小腿开始蹭，表示它也要吃。

高语岚正在愁苦郁闷，不知该怎么办时，感觉腿上一紧，一低头，对上了馒头急切又期盼的小眼神，真是又萌又闹心的狗狗啊！

高语岚眼看着尹则在吧台那边放好了东西正走过来。他看到她了，先是惊讶地停下脚步，然后咧着嘴笑，继续走过来。

高语岚叹了口气，看来她是没办法不动声色地离开了，于是把馒头抱了起来。馒头迫不及待地往蛋糕那里蹿，高语岚按住了它，用叉子把蛋糕切成小块，手拿着喂给馒头一块。

馒头一口吞了，差点儿没把高语岚的手指也吞进去。它有的吃，变得很乖，坐在高语岚的膝上摇尾巴，大眼忽闪忽闪的，等着她喂下一口。

妞妞一看自己又落后了，急得哇哇叫：“妈妈，馒头又吃上了，我也要吃，快喂我！”

尹宁没办法，喂了她一口。妞妞吞着蛋糕，这时看清了对面坐着的高语岚，立马露出甜甜的笑容，一边吞蛋糕一边喊：“姐姐好。”

尹宁摸摸她的小脑袋，对高语岚说：“这是我女儿，小名叫妞妞。”接着又用下巴指了指馒头说，“这是我弟弟养的狗，叫馒头。”

“馒头也是我的狗狗。”妞妞赶紧声明。

这时尹则走了过来，尹宁又介绍道：“这是我弟弟，他叫尹则。”

高语岚有些尴尬地笑笑，点点头。尹宁没察觉有什么不对，转而对尹则说：“东西都准备好了没？我还做了一个蛋糕，可以一起带过去。”

尹则一边看着高语岚一边笑着应，“好啊。”那笑容让高语岚忍不住狠狠瞪了他一眼。

妞妞坐在妈妈怀里大声对高语岚说：“姐姐，今天妞妞很早就起来了，舅舅带我去农场摘了菜，要送给姐姐赔礼道歉的。昨天是妞妞不对，姐姐别生气。”

尹宁惊得嘴张得老大：“什么？”

高语岚咧着嘴尴尬地傻笑，“不好意思，我也是刚知道，我就是昨天在路上遇到妞妞，帮她买麦当劳的那个人。”

妞妞一听，赶紧纠正："不对，不对，应该是昨天就知道了，怎么是刚知道？明明昨天就捡到妞妞带妞妞去吃麦当劳，所以是昨天就知道了，不是刚才知道的。"

"啊？"高语岚被小爪子推半天，馒头闹着要吃蛋糕，这边妞妞又说了一堆什么昨天今天的，高语岚要抓住馒头不让它扒着桌子抢蛋糕，所以没反应过来妞妞的话，下意识地接话尾说，"哦，哦，对，是昨天，是昨天。"

尹宁一脸惊讶，尹则在一旁捂心口，"好有缘啊，真让人感动。"

又开始演了！

高语岚吓得一松手，馒头一下子跳到桌子上，去啃盘子里的蛋糕，妞妞不甘示弱，也趴上去飞快地把蛋糕往嘴里塞。

尹则指着这两个小家伙，痛心疾首，"你看看这两个吃货，你捡走就算了，为什么还要回来？"

高语岚看到桌上那激烈的惨状，目瞪口呆，好一会儿才反应过来，眨眨眼睛板着声音答："不是我还的，两次都是你要回去的。你还装残疾，企图敲诈我支付高额医药费。那次演得比较到位，现在演得太夸张了，不自然。"她斜视他一眼，努力表达自己的鄙视，"退步了！"

"咦，居然退步了，怎么会发生这样的事？"尹则原本还想继续发挥，可一看桌上那一人一狗实在是太不像话了。尹宁第一时间拿走了小水壶，免得烫到发生惨剧，她嘴里呵斥了几句，却拉不住一心要跟蛋糕拼个你死我活的妞妞。尹则一个箭步冲过去，一手拎一个，把两个小家伙从桌子上拎了下来。

妞妞下了地，对着馒头叫板："这回你抢不到了吧？抢不到、抢不到！"馒头看看她，又扭头看看一片狼藉但已经没了蛋糕的桌面，舔着舌头咂着嘴，坐在地上，摆出一副乖萌乖萌的模样来。

妞妞得意地昂起头，却看到在场的三个大人都在盯着她看。她观察了一下形势，挑了个最安全的人扑了过去："姐姐，你快来看妞妞给你摘的菜，是在舅舅的农场摘的呢，别处买不到的。"小家伙很讨好地拖着高语岚去吧台那边，装作看不见妈妈、舅舅的表情。

馒头也很识实务地屁颠屁颠地跟在她们俩后头，远离了那两个面色不善的主人。

妞妞爬上椅子，指着吧台上的东西显摆着向高语岚介绍这是小南瓜，那是白萝卜，这黄瓜是舅舅把她举起来她才摘到的云云。高语岚一边听着，一边偷偷看看尹氏姐弟俩，那两个人一边收拾桌子一边低语着，尹则还往这边看了一眼。

这一看，正好对上了高语岚偷窥的目光。高语岚吓了一跳，火速转头。过了一会儿，尹则走过来，对妞妞说：“你妈妈叫你过去。”

妞妞小脸皱成个包子，小声问：“叫我去做什么？”

“你过去就知道了。”尹则把她抱下椅子，拍拍她的小屁股，把她往尹宁的方向轻推了一把。

妞妞看看妈妈，扭扭捏捏地过去了。才走了一半，突然跑回来把馒头抱在怀里：“馒头也犯错了，都怪馒头，不能只我一个人挨骂。”小朋友说完，雄赳赳气昂昂地强掳馒头走了。

高语岚一直看着尹宁，很好奇她要对小朋友做什么。尹则这时候对她说：“哎，你打算下一步怎么办？”

“什么下一步怎么办？”高语岚正眼都不给他。她还能怎么办？继续找工作，求个温饱，在这座城市立足。高语岚一边想着一边还在看妞妞，此时尹宁双臂抱胸在对妞妞训话，妞妞抱着狗，低着头撇着嘴挨训。

“你先是抢了我家的狗，然后又捡了我家的小朋友，紧接着又收服了我家姐姐，下一步，你是该对我下手了吧？”

高语岚傻眼，转过头来，看见尹则眨着眼睛，一脸娇羞期待又害怕的样子：“你打算怎么对我下手？”

下手？对他？高语岚张大了嘴，也眨眨眼，想着人的脸上怎么能演绎出这么多样化和生动的表情来。

“还是你想着等我对你下手？”尹则托腮，眼睛闪亮。

“影帝，我错了。”高语岚的语气非常诚恳，“我不该批评你退步了，真的，我说得不对，你大人有大量，别再演了。”

尹则哈哈笑，正要说话，却听见妞妞“哇哇”哭：“妈妈，我错了，我不该没礼貌趴到桌子上抢蛋糕，我再也不趴桌子了，妈妈，我错了……”

尹则和高语岚同时看过去，只见妞妞正可怜兮兮地趴在桌子上抹眼泪，馒头也被摆了个趴桌子的姿势，不明所以地吐着舌头看着她。

尹宁严肃地说：“你喜欢趴桌子就趴着，这次趴够了，下回就能记住了。我没叫你不许下来。”

妞妞一听，哭得更大声，尹宁冷静地看着，不为所动。

“好可怜。”高语岚虽然知道尹宁教育孩子没错，可她一看到小朋友哭就觉得心疼。尹则却道：“你别看她，越看她就哭得越厉害。”

“啊？”高语岚惊讶。

“不信你试试，不理她，半秒内她就不哭了。”尹则小声说完，转而大声对尹宁道，“姐，我们先去做饭了，你告诉妞妞一声，让她好好受罚。”他装模作样地收拾好了那些菜，真要带着高语岚离开。

妞妞一听，果然立刻不哭了，大眼睛一个劲儿地往尹则和高语岚这边看。高语岚叹气，“她一定是跟你学的，好好的孩子，就这么被你教坏了。”

“冤枉。”尹则嬉皮笑脸。高语岚很无力，盘算着自己该告辞了。

突然额上一痛，尹则弹了她一下：“发什么呆，帮着拿东西，去做饭吃。”高语岚还没反应过来，手里已经被塞满了菜。

“去哪里？”高语岚很警惕，绝不能再引狼入室。

“你那儿或者我那儿？”尹则压低声音说得暧昧，轻柔的语调引人遐想。

高语岚看着这厮手上拎满了萝卜、青菜、大葱、黄瓜，同时在认真表演勾搭女人的花花公子就很来气。她想着，用南瓜敲他不算打人吧？没有给小朋友做不良示范吧？

2

南瓜最终也没有敲过去，地方最后选定了尹则那里。

高语岚觉得不是自己没用，而是两只手上都拿着东西不好动手，何况另一边还有位小朋友眼巴巴看着呢。至于去尹则那里做饭吃，则是由尹宁做主，她一定要请高语岚吃饭，说是赔礼道歉兼感谢她，她还说与高语岚投缘，现在交个朋友不容易，这顿饭一定要吃。但因为她这店里的小厨房不如尹则那儿的工具齐全，所以还是去尹则那里好。

高语岚最后还是答应了，一来实在不好推拒，二来有免费午饭吃，不吃白不吃，反正还有尹宁和妞妞在，谅那尹则也不敢太过分。

于是尹宁解除了对妞妞和馒头的处罚，拿上她做的蛋糕，准备关店门一起出发。

妞妞过来牵着妈妈的手，高语岚和尹则抱着一堆菜、肉、水果，刚走到店门口，馒头从那边桌子底下钻出来，嘴里叼着件东西屁颠屁颠地跑过来。

“馒头，你捡到什么了？”随着妞妞童声童气的一句问话，高语岚转头一看，吓得一个箭步冲过去，大吼一声：“馒头！”

高语岚手上一松，蔬菜瓜果砸了馒头一身。

馒头无辜地“呜呜”叫，被砸得愣头愣脑，嘴里叼的东西也不知掉到哪儿去了。它低头在一堆东西里试图寻找，高语岚快手快脚地把地上的东西都捡了起来，然后对馒头说："不可以乱捡垃圾。"

馒头在地上看了一圈，确实没什么东西可捡了，于是无辜地抬头，闪亮的小眼睛直勾勾地看着高语岚。

高语岚心虚得脸红，硬着头皮又说了一句掩饰尴尬："走，走，跟姐姐走，咱们做好吃的去。"说完也不看大家的反应，闷头往外走。

妞妞过去抱馒头，训它："馒头，你又不乖了，打屁屁。"

高语岚红着脸出门，听见妞妞跟尹宁说："妈妈，馒头好重，你帮我抱。"没过一会儿又说，"妈妈，你把我也抱上吧！"

高语岚没好意思回头看她们。尹则抱着满怀的东西凑过来说："哎，你是馒头的姐姐啊？我是它爸！"

高语岚瞪他。尹则嬉皮笑脸，用肩撞撞她，抛了个眼神过来："原来我们是一家人！"他说完哈哈大笑，扬长而去。

高语岚咬牙，这次是真的想用南瓜砸他后脑勺，可是不行。她手里还攥着陈若雨热情赠送的"盒装保险"，想来是之前混乱抢蛋糕的时候给碰落到地上了，她与尹宁聊得开心，竟然把这玩意儿给忘了。结果被馒头叼了出来，真是糗大了。

幸好尹则这厮没看见，他没看见，没看见！

高语岚努力把心里的尴尬压下去，下定决心找着机会就把那东西扔了。

一行人，三个大人一个孩子一只狗，很快到达了尹则那里。高语岚这才知道，原来尹则开了家餐厅，离"书香甜地"很近，就隔了五个店面。餐厅门脸从外面看着不大，没有醒目的招牌，店名只有很嚣张的一个"食"字。

店里头跟店名一样有个性，空间不大不小，装修倒是像模像样，别致典雅，很有品位。但是作为餐厅，它太不实用了。

这一层大堂里居然没有餐桌，店堂中间摆了几张看上去很舒服的沙发，漂亮干净的茶几，简直像精品样板屋。沙发后面是一大片展区，有很多很华美的展柜。柜子里摆着各种高级食材和推荐的牌子。高语岚这个土包子没见识过，在那儿看了半天。店堂里靠墙的是书架，高语岚好奇，跑过去看了看，上面尽是跟吃有关的杂志和书，好几本书的作者大名居然是尹则。高语岚撇撇嘴，心里暗想：没想到这人还有两把刷子。

尹宁告诉高语岚，这一层是给人订餐、等人或是聊天用的，楼上才是吃饭的地方。

真是怪人开怪餐厅，高语岚心想：一楼这么好的地方不用来吃饭，真是太浪费了。可等她上了楼，才发现不止一楼，整个餐厅都浪费了。

二楼和三楼的确是吃饭的地方，可是这么大的空间，居然只有五张桌子，二楼有三张，三楼有两张，一张桌子配一个房间。也就是说，这家餐厅只有包间，一共五间房五张桌子，房间都很大，装修华美，桌子也是那种巧妙设计的，可以展开放大两圈，还有各种机关，真不是一般的餐桌，看得出来是特别定制的。房间里面还有沙发、茶几、边柜边桌等，不但可以围桌吃饭，还能弄个小型聚会包场。然后在三楼还有一间超大的敞开式华丽厨房。真的是超大而且华丽，五星级酒店也不过如此吧？

这店夸张得让高语岚咋舌。豪华装修的三层楼餐厅只有五张桌子，有没有搞错？而且现在正是快到中午吃饭的时间，餐厅里居然没有人。除了一楼大堂有个招待把门，其他地方除了厨房，没有人，连灯都不开。

这生意差到什么程度啊？看高语岚张大嘴一脸惊讶地左顾右盼，这时尹则说话了："别在心里贬低我啊，别看不起我这食铺啊，这里生意很好，预订都到三个月之后了。"

"那为什么没人？这些人光预订不来吗？"高语岚直觉就是不相信。

"我只做晚餐生意，中午不营业。"尹则从容地说。

"为什么？"

"累，懒得做。"

"什么？"高语岚忍不住提高了音调，这什么老板啊，拖出去枪毙五分钟。"这里的房租水电，员工薪水，装修，日常维护，靠你一天卖五桌饭，能赚回来吗？"

"亲爱的，你好关心我。"尹则嘴角弯弯，眼睛眨眨，好娇羞。

高语岚嘴角一抽，抿嘴，忍住，努力忍住。她猛地转身，不理他了，还是去跟尹宁聊天会开心一点儿。

尹则还不依不饶地在她身后喊着："亲爱的，我给你做饭吃啊，再等一等，很快的。"

高语岚无语，头也不回，直奔这大厨房靠边的那张桌子，尹宁带着妞妞在那里教她择菜。

高语岚很快加入她们，尹宁看她一脸闷闷的，不禁笑笑说道："尹则那家伙就是喜欢开玩笑，你别介意。我从小就受不了他，从小把他揍到大的，嘴欠！"

"对，对！"高语岚猛点头。这男人嘴欠成这样，稀有的都该归进国宝级了，把他关在动物园里，让他天天施展演技。

妞妞听到妈妈说舅舅坏话，赶紧跑到尹则那儿大声打小报告：“舅舅，妈妈跟姐姐说你嘴欠，姐姐说对对。”她一边说一边还学高语岚点头的样子。

高语岚顿时脸红到耳朵根，不敢回头看尹则，偏偏尹则却说：“那姐姐有没有说喜欢舅舅？”

“没有哦。”妞妞很认真地答。

高语岚这下不脸红了，她黑着脸，转头瞪尹则。尹则哈哈大笑。妞妞不明所以，问：“舅舅，姐姐不喜欢你，你很高兴吗？”

“舅舅伤心死了。”尹则没个正经，高语岚忍不住又瞪他，尹宁也瞪他。尹则当看不见，抱了妞妞说：“妞妞陪舅舅做饭，舅舅做妞妞喜欢吃的菜。”

妞妞点头，就真留在那边不过来了。

尹宁转头对高语岚说：“你看，他虽然没正经，其实还是很体贴的，知道我们聊天，就把孩子留在他那儿。他开玩笑没恶意，你别生气。根据我从小到大的经验，你越是表现得生气，他就越是觉得有意思，更没完了。”

高语岚点头，两个人坐在那儿打开了话匣子，越聊越投机。高语岚讲了许多自己的事，尹宁也说了许多。

“小时候他是个捣蛋鬼，顽劣得让人想把他丢到外太空去。可等我们都长大了，却是他一直在照顾我。我妈与我爸离异了。我爸再娶，又生了一个女儿，比尹则小五岁。我爸这人吧，娶了新妻子，却还惦记着我妈，时常会回来看看，后来有一次，他开车带我妈出去散心，结果遇到了车祸，两个人就这么过世了。那时候我大学还没毕业，尹则也刚上大一。我爸的遗嘱是他的财产分两份，大半留给我们，小半留给另一个女儿。其实他太太很有钱，不缺那一小半，我爸这么定，是为了防止他太太心生怨恨，扣下他的钱。”

尹宁说到这儿，喝了一口水，继续说道：“我妈的薪水低，没什么钱，我们平常都是靠我爸每月的赡养费过日子。所以他走后，我们的生活压力很大。我爸的遗嘱虽然顾及了他那边的家庭，但并没有办法控制他太太对我们的怨恨。她用尽办法扣下了我爸的遗产，我们的生活顿时没了着落。于是尹则就退了学，他说我快毕业了，又是女孩子，所以养家的事就交给他。”

高语岚听到这里，下意识地回头看了一眼尹则。他此时穿着围裙正在做饭，也不知跟妞妞说了什么，那孩子笑得开心，还很认真地帮他递这递那。

尹宁也在看他们俩，继续说：“他没学历，找不到什么好工作，只能去打零工。去餐厅洗盘子、去超市做理货员，还有各种苦活儿累活儿，他都干。我什么都帮不了他。其实，我一直帮不上他什么，我真不是个好姐姐。当时，我爸的太太家里有钱有势，我们拿到遗产的希望渺茫，但尹则没放弃。他找了律师，磨了五年，最后终于把遗产的事解决了。”

“看你们现在，应该是过得不错。”

尹宁点头：“其实我爸能留给我们的也不算太多。尹则拿到了钱，就去郊外开农场，那是他计划了好久的事情。他想得永远比我远，我还在想没可能拿到钱的时候，他就已经在盘算要怎么拿这笔钱创业了。他说不能坐吃山空，必须投资挣到更多的钱才能过下去。”

高语岚想想尹则有农场，有家咖啡店，有家餐厅，自己出食谱书，还真是挺敢干的。

“他搞有机农场，地方是早就看好的，他种菜、卖菜，开发旅游，那些白领精英有钱没处花，就到郊外去体验一下绿色生活。住两天，自己摘摘菜，钓钓鱼，烤烤肉，看看星星，我也不知道哪里好玩，反正他那儿天天客满。然后他用赚的钱开了这家‘食铺’。你别看这里现在冷清，可真的是生意超好。这店只用自己种的有机菜，其他外购食材也都是顶级品质的，但是没有菜谱，预订的时候客户随便点，想吃什么给做什么。”

尹宁说到这儿，压低了声音：“但是价钱好贵，我跟你说，太黑了，尹则真敢标价，那些人也不知道怎么想的，在这儿吃一顿的钱，在外头高档餐厅能吃好几顿，偏偏人家就喜欢，说什么够特别，有面子。”

“这是消费猎奇心理嘛，大家买的不是饭，是特别。”高语岚一直做市场策划，听到这里也明白过来了，暗叹这尹则也太有生意头脑了。

尹宁叹气：“反正我是理解不了，不过我弟弟能赚钱，我也高兴，不然我们母女俩真得喝西北风去。”

“你没想过再找个好男人嫁了吗？”在高语岚看来，弟弟虽好，可还是得有个老公才行啊。

“我都被男人骗了，怎么还会想找男人？而且我爸抛弃我妈娶了富家女这种事，我可是亲眼看到的。所以我不打算找了，就带着妞妞过。男人哪里有靠得住的？”尹宁好像没意识到她刚夸到天上去的弟弟，其实也是在男人之列的。

高语岚托着下巴：“我也被男人抛弃过，不过我心里还是有阳光的。我觉得，一定还会有很好的男人，只是我还没有遇到。可是也不知道为什么，家里给我安排相亲，我又觉得很恐怖。”

尹宁学她撑下巴道：“那你心里的阳光一定是想象出来的。我呢，是连想象都没有了。”

高语岚还没说话，那边尹则叫了起来：“吃饭了、吃饭了！我听到你们说男人了，这个话题虽然我也很有兴趣，不过肚子饿了，还是先吃饭。”

妞妞跑过来拉人，学着尹则的话说：“这个话题我也很有兴趣，不过先吃饭。”

尹则哈哈笑，把她抱到椅子上：“你才多大点儿，这话题不适合你。”

尹则一掺和进来，高语岚立马觉得心里想象出来的那缕阳光也快灭了。要是男人都跟他似的爱捣乱，那女人的心脏得需要多坚强？不过，他做的这一桌子菜，卖相还真不赖啊。

高语岚坐下吃饭。尹则嬉皮笑脸地给她夹菜，她忍不住偷偷瞪他一眼。无事献殷勤，是有什么鬼？

尹则受她这一瞪，挑挑眉，又给她夹两筷子菜。那表情大有越挫越勇之意，你继续瞪，我继续夹。

好女不跟男斗！高语岚心里暗哼一声，决定不理他，低头吃饭。

第一口滑蛋牛肉吃下去，那味道好得让高语岚差点儿吞了舌头。怎么这么好吃？她往嘴里又塞了一口，嗯嗯，真的太好吃了，忍不住再吃一块，接着再吃一块。

刹那间尹则的形象在高语岚心里帅气了十倍，负分变正分。

可是，这样显得她太没节操了吧？高语岚又偷偷瞪了一眼尹则。这一瞪，发现尹则正在看她，脸上还挂着痞痞的得意微笑。显然，她贪吃的样子全被他看到了。

他又开始戏弄她：“怎么样？有没有觉得你的胃被我征服了？”

虽然事实确实如此，可是有气节的人决不能承认。于是高语岚努力用夸赞普通厨子的语气说：“手艺真的不错。”

“好冷淡啊！”尹则又开始捂心口，“姐，我受伤害了！妞妞，我受伤害了！馒头，我受伤害了！”

尹宁淡定地继续吃，馒头脑袋埋在它的饭盆里头也不抬，只有妞妞捂住心口：“舅舅，你先撑着，妞妞先吃饭。”

“噗……”

这家人的反应让高语岚差点儿没喷饭，她背转身，强忍着笑，终于还是被呛着了，咳了半天停不住，尹则给她倒了杯水，拍拍她的后背，说道：“有那么好笑？你也太不从容了。”

高语岚咳得一脸泪，心想：是得多从容，才能在这儿好好吃一顿饭？

好不容易咳得差不多，高语岚正喝水，尹则的电话响了，他去接起，听了两句，然后问：“你是卖保险的？你从哪儿拿到我的电话？”

“噗……”

这次高语岚又没从容住，造孽啊，幸好她背对餐桌，不然得有多丢人？

陈若雨啊陈若雨，你可千万守住，别把我供出来啊！

3

尹则一边听着电话，一边往旁边走。高语岚终于咳完，缓了缓气，没听清尹则说了什么，只能小心翼翼地看看他的表情，见他没什么异样，连眼神都没往她这儿瞥，这应该表示没什么问题吧？

这么一想，她赶紧认真吃饭，饭菜这么可口，吃少了可是大亏。万一一会儿东窗事发，她这会儿也能吃顿饱饭。

尹则不一会儿就坐了回来，没事人一样照常吃饭，说说笑笑，半点儿没提保险的事。高语岚松了口气，因为心虚，连带着也不好再给尹则脸色看，他调侃逗她，她也没驳嘴，几个人顺顺利利、和和美美地把这顿饭吃完了。

饭后，“食铺”的员工陆续来上班，厨房里忙碌起来。

高语岚在那儿待了好一会儿，看着他们在华丽的厨房里忙碌还真有趣。后来有一个似乎是老顾客的人也跑来了，坐在厨房里看师傅准备做他家订的餐，又说今天是请一位贵客吃饭，特意选了这里。尹则跟他说说笑笑，大方地让他在厨房里坐着看他们工作，厨师一边工作还一边跟他聊天，气氛好到不行。

高语岚心想：这店还真是特别，厨房比她的小套房还大，厨师跟客人像朋友一样，做菜的过程也给人看，真是太会招徕生意了。

这天回到家，高语岚特意上网查了查。这一查吓了她一跳，原来尹则的这家餐厅很有名，居然有很多食客推荐。推荐的理由有菜好吃、很新鲜，想吃什么都可以点，能吃到一些别的餐厅吃不到的美味；还有环境好、服务好，可以办聚会，地方够特别、有新意；还可以当天去农场玩，下午回来在餐厅吃自己摘的菜；还有一条推荐的理由居然是老板很帅，很会聊天。

呸，那家伙哪里帅？好吧，长得是蛮顺眼的，可他哪里是会聊天，明明是品行不正，喜欢调戏姑娘。

高语岚一边腹诽，一边认真搜索，仔细把每一条评论都看完了。网上居然还有一些顾客与尹则的合影。顾客嘛，当然是女的。高语岚算了算，夸老板的百分之九十九是女生，下面有回复说为了老板要割血一试这家餐厅的也是女生。

高语岚在心里又连呸了尹则三下，这厮是卖吃的还是卖色相的？

高语岚又看了几页，网友们对“食”这家餐厅也是有批评的。说太贵，抢劫呢，吃个饭还要提前几个月预订，故弄玄虚，让人讨厌；还有说这餐厅炒作概念，华而不实，去消费的都是傻子。高语岚看完批评，心里大叹尹则真是聪明，每一个槽点都是卖点啊。

高语岚做了几年市场策划，也不得不佩服尹则的生意头脑，这家餐厅概念是炒得好，不论赞扬还是批评，都让食客们充满了好奇。再加上农场和餐厅的连带运营，互相拉动，也难怪尹则能创业成功。

看到评论里还有许多像是从电视节目里截图出来的尹则的照片，高语岚心里一动，搜了搜尹则的名字，发现这家伙居然还真可以算是明星了。他的博客和微博人气都超高，还做了美食节目的评委，出了七八本食谱，还有“食”的官方论坛。

成功人士！这个，高语岚得承认，虽然在她心里，尹则的形象跟这四个字真还挺难挂上钩。谁让他每次见她都要调戏一下？这种男人只有一个词可以形容——轻浮。

轻浮的男人是最靠不住的，她还是少接近为妙。

高语岚下定了决心，尹则却似乎不打算放过她。嗯，应该说，他们尹家似乎不打算放过她。

隔了两天，高语岚接了个电话，是尹宁打来的，她问高语岚忙不忙，找到工作没有。高语岚很喜欢尹宁，就直说自己还在家闲着呢。于是尹宁邀她去她店里坐坐，说今天一点儿生意都没有，很闷。

高语岚自己在家待着也很闷，于是就去了。这一去聊了一下午。高语岚回到家还意犹未尽，觉得很开心，之后一想：怎么自己跟尹家姐姐这么投缘，跟那弟弟就不和呢？不过幸好这样去店里坐坐用不着见到那招人嫌的弟弟。

这么想着还没过几天，招人嫌的弟弟就找上门来了。

那天高语岚正穿着睡衣，用一枚大发卡随意乱夹着头发，一副邋遢又颓废的样子坐在电脑前发简历。简历很快发完，她无事可做只好发呆，正在想要不要去找尹宁玩时，就听到有人敲门。

门外妞妞用脆脆的童音喊着：“姐姐，我来了！”

高语岚吓了一跳，妞妞自己怎么会来？一想肯定是尹宁带着她。她赶紧跑去开了门，门一打开，看见尹则抱着妞妞，妞妞抱着馒头，三个家伙都在咧着嘴笑。

尹则大踏步走进来，把妞妞放在地上，又变魔术一样从后肩扯出一个粉色的小包包来，交到妞妞手上。

“我姐今天有事，把妞妞放在我那儿，可我也临时有事要处理，妞妞说想来你这，你收留她吧。”

高语岚傻眼，怎么她跟尹家的交情这么快就深厚到可以托孤了？她低头看看，妞妞和馒头都睁着水灵灵的大眼睛很可怜、很可爱地看着她，她完全说不出“不”字。

尹则也似乎没打算让她拒绝，他不等高语岚有回复就低头交代妞妞要乖，交代馒头不许捣乱，然后拔腿就往外走。

高语岚一边腹诽着“你当馒头能听懂你的话啊”，一边跟在他后面到大门那儿压低声音说：“等一下，你以后不能这样就把他们送过来，万一我也有事要忙，不能照顾呢？”

“那你有事吗？”

“呃，这次没有。”

“那不就结了？好好对我们家的两个宝贝啊！”尹则嘱咐的语气相当大爷。

“我不是说这次，我是说以后。”高语岚觉得立场一定要表明。

“以后说以后的，我也很想跟你讨论一下我们的以后，不过我今天真没时间。”

呸，又开始不正经。

高语岚瞪他一眼：“你们什么时候来接呢？”

“谁先忙完谁就来。”尹则说完，从头到脚把高语岚扫了一遍，笑了，“你这样打扮还真顺眼。”他抛了个媚眼过来，然后扭头吹着口哨走了。

高语岚低头一看，猛地反应过来：自己还穿着睡衣，头发也没梳……

顺眼？顺眼他个头！

高语岚愤愤地关门回屋，看见妞妞已经把包包打开，拿出她的玩具摆了一地，要跟馒头玩“家家酒”。

馒头坐在一旁咧着嘴吐着舌头傻乐，配合得勉强算好。

高语岚被妞妞拉下来一起，要开餐厅卖饭给馒头吃。

高语岚被她的童言童语逗得直笑，很配合地跟她一起演，炒了菜做了米饭，又看着她把小盘子放到馒头面前，然后让馒头交钱。馒头低头闻了闻，把盘子叼起来就跑。

“呔，敢吃霸王餐！回来！”妞妞奋起直追，高语岚笑倒在地。

妞妞和馒头在高语岚家待了一下午，把她家里闹了个底朝天。高语岚从最初的哈哈大笑到勉强微笑到最后，一点儿都笑不出。尹则来接这两个小宝贝的时候，她几乎是用看救世主的眼神在看他了。

“救世主”说辛苦她了，要赏她一顿饭吃，她觉得这顿饭是自己应得的，于是屁颠屁颠地去了。晚上吃饱喝足，她回到家里一盘算：不行不行，这样好像跟尹则越来越熟了，不行不行，还是保持距离为好。

又过了几天，尹则的电话来了，“岚岚，今天我姐带妞妞去玩了，我脱不开身，你到食铺接一下馒头。”

高语岚一听，顿觉一股怨气涌到胸口，便义正词严地拒绝，“尹先生，我也有事要忙，你家的狗在餐厅里，那么多员工在，难道就不能照看一下？而且我跟你也没熟到能帮你照看宠物的程度。”

“你是在拒绝吗？”尹则的声音听起来不太高兴。

高语岚武装好自己，大声说：“没错！”

“为什么？”

“都说了，我们不熟！”

“你跟我不熟吗？”尹则开始翻旧账，“当初你把馒头抢回家的时候，怎么不想着跟我不熟啊？”

“那……那是陈年旧事了，我喝醉了，跟熟不熟没关系。”

“旧事不提，那我们说说新鲜事，你把我的电话号码交给你朋友，让她跟我卖保险的时候，你怎么不想着跟我不熟啊？”

高语岚一下被自己的口水呛着，狂咳，怎么原来，陈若雨还是把自己供出来了啊。

“你咳也没用，我告诉你，馒头病了，你要是弃它于不顾，我就要把你欠我的医药费好好算一算，反正证据我都留着呢。如果你半个小时内不到，我就给你那个卖保险的朋友打电话，把你抢男人抢到让男人瘸腿的事都告诉她。”

高语岚咳不出来了，这厮太无赖了，馒头到底是谁家的狗啊，她怎么就弃它于不顾了？还要算医药费，她都没跟他算诈骗的账呢！还有，什么叫抢男人抢到让男人瘸腿，要不要说得这么恶心？

高语岚刚要说话，尹则就是不给机会，他在电话那头用力哼了一声，大声说道：“敢跟我不熟，哼，你试试！”

第五章 有血性的包子

你别以为我这人总倒霉、总被陷害就是个包子……就算是包子，呃，包子也是有血性的。

1

尹则威胁完，果断挂了电话。

高语岚捧着手机发呆，太乱来了，他真的好过分。她把手机丢到沙发上生闷气，可是左思右想，又坐不住了。

馒头真的生病了吗？要是没人照顾，它真的好可怜。尹则的那笔医药费真的超贵，虽然里面有假，可他手上确实像模像样地拿着证据，要是他耍横，真找她麻烦怎么办？

还有，她在老朋友的心里形象已经够差了，她实在不想在陈若雨那儿再横加一个她抢男人的丑闻。

高语岚想来想去，还是去了尹则那儿。一进食铺大门，就看到馒头没精打采、病恹恹地窝在接待处旁边一个棉布小狗窝里。

高语岚心里顿时一软，馒头真的生病了啊。她快步走过去，心疼地摸了摸馒头的小脑袋，馒头看是她来了，呜咽着低唤两声，把脑袋往她手心里蹭。

高语岚问接待处站着的服务生："馒头怎么了？"

那名服务生见过高语岚几次，自然是认得她的，答道："好像是吃坏肚子了，昨天老大带它去看了医生，其实已经好多了，昨天才惨呢。"

"好可怜哦！"高语岚心疼坏了，馒头往她怀里蹭，伸着两只前爪撒娇要抱，她赶紧把它抱起来哄："贪吃了是不是？以后长教训了，不能乱吃东西。"馒头把脑袋往她肩上一靠，孩子一般地偎在她怀里。

那服务生给楼上打了电话，跟高语岚说："老大在帮一位餐厅老板订新菜，他一会儿抽个空儿下来，让你等一会儿。"

"好。"高语岚抱着馒头坐在沙发上，找了本杂志翻着。

那名服务生给她倒了一杯水，然后回接待台那儿接电话回复网络咨询和订单去了。过了好一会儿，尹则下来了。他穿着厨师的白衣裳，戴着帽子，看上去像模像样的。这个样子的尹则高语岚没见过，不禁多看他几眼。

打石膏坐轮椅，穿西装打领带，穿家居服抱着菜，还有系围裙下厨，现在摇身变成大厨装扮，算起来他的形象还真多变，高语岚想着想着，又多看了他几眼。

尹则这次没跟高语岚贫嘴开玩笑，他掏出一张卡给她："这是前面街口宠物医院的会员卡，馒头在那儿看的病，今天还得打一针，你带它去。"

"哦。"高语岚自然地接了过来。

馒头看到尹则，一个劲儿地摇尾巴示好，小身子却还缩在高语岚怀里没扑出来。高语岚心想着，肯定是被教训了。

果然尹则一指馒头："摇尾巴也没用，我还在生气。"他板起脸来还真是挺凶的。高语岚想起尹宁说尹则因为她自杀的事几年没给她好脸色，现在真看到他凶巴巴的样子了，高语岚心里还真有些慌，这厮是变色龙啊。

她抱着馒头起身："那我们现在就去了啊。"还是快些完成变色龙先生交代的任务好，免得遭殃。

"好，路上小心。把狗链系上，晚上在这儿吃饭。"尹则一连串的吩咐，熟稔得像高语岚是他的家人。那语气让服务生认真看了高语岚好几眼。

高语岚不觉有异，答应了。刚要出门，她口袋里的手机响了。高语岚挪了挪手，把电话掏出来接。

"喂，呃，请问是高语岚小姐吗？"对方有些吞吐，声音腼腆。

"是我。"高语岚觉得这声音好像在哪里听过。

"呃，我是郭秋晨。那什么，你父亲让我给你从花荫市捎了些东西，你看你这两天什么时候方便，我给你送过去。"

"我父亲？"高语岚心生警惕，她老爸怎么没说过要给她捎东西来？

"对的，我出差过来，高叔今天一大早说想起要给你捎东西，装了一个小旅行袋，给了我你的电话，我后天回去，所以今明两天你看看什么时候方便，我把东西给你送过去。"

"我爸可没跟我说过这事。"高语岚不信，莫名其妙来个陌生人要给她送东西，这怎么听怎么不靠谱。

电话那头那个人有些着急："高小姐，我不是骗子，真的是高叔让我来给你送东西的。我们其实在你家里见过面，不对，不算见过面，我们听过彼此的声音……呃，就是……就是那什么，听过声音，我真不是骗子……"

高语岚没明白他说什么，于是打断他："好了，你不用再解释了，是不是我爸让你来送东西，我打给他问一下不就清楚了？什么听过声音的，我不懂你在说什么。"

那人忙道："对，对，你打给高叔问他，我叫郭秋晨。"

"郭秋晨？"高语岚一边给老爸拨电话一边喃喃念着这个名字，她确认自己没听过，但总觉得哪里怪怪的。

电话接通了，高爸听了高语岚的询问，赶紧道："对，是我让小郭给你送的，我今天打你电话，没接通，我想过一会儿再打，结果就给忘了。你赶紧给小郭回电话过去，别让人白跑一趟，人家大老远的给帮忙，真是不容易。你客气点儿啊，来者是客，要是小郭有空儿，你带人家走走，请人家吃个饭什么的，别让人白帮忙……"

高爸絮絮叨叨地还要往下说，高语岚明白过来了："爸，你又变着法子给我介绍对象是不是？我不是跟你们说过了吗，别再搞这样的事了。”

“我又怎么了？小郭你是见过的。”高爸被揭穿，气势上矮了半截，可还是努力辩解。

“我哪有见过？”高语岚确定她不认识郭秋晨这个人。

“就是那天，我跟小郭他爸喝酒，我喝多了，小郭送我回来，当时你在厕所，嗯，虽然……虽然没有打过照面，但隔着厕所门，也算有过交集……”

“爸！”高语岚一声吼，她说哪里不对劲呢，原来是他！

郭秋晨，小郭？那个小郭先生！

高爸在电话那头缩缩脖子，可还嘴硬着说：“所以不是我乱来。小郭是我同事的儿子，你们也算见过，相互都有印象，他去东麓市，我才顺便让他带些东西。你们可以再见见面嘛，这属于正常交际。”

高语岚咬牙，是相互有印象，那印象实在是太深刻了。这辈子她怕是都忘不掉有个陌生男人被她醉酒的爸劫回家，听她在厕所里大叫正在“拉屎”。

高语岚深吸一口气，对高爸说：“爸，你有什么重要的东西非要让人家小郭先生跑这儿一趟不可呢？你知不知道这样很尴尬？”

“岚岚啊，我知道你脸皮薄，肯定会不好意思，所以我都帮你把路铺好了。我教你啊，你先把他请到家里，然后说几句感谢的话，让人家在家里坐坐。你给倒杯茶什么的，然后聊一聊，问问花荫市最近都好吧，你老爸我看上去怎么样啊，精不精神。你看，这不就聊上了吗？”

“爸——”高语岚拖长了声音，忍不住翻白眼。

可高爸正讲到兴头上，没理她，继续说：“然后关键的一步到了，你要问他这次出差到东麓市忙不忙啊。他要说忙，你就说忙也得吃饭啊，你就请他吃顿饭；要是他说不忙，那就更好了，你就顺着说你要尽尽地主之谊，请他吃饭。”

“总之你绕来绕去就是要我跟他吃顿相亲饭罢了。”

“没有没有，这不叫相亲饭，这叫相互了解的第一步。女儿啊，我跟你说，这吃饭是最能看出一个人的品性来的。他有没有礼貌、素质如何，是不是挑食，抢不抢菜吃，说话谈吐什么的，在饭桌上最能看明白了。到结账的时候，你看他会不会主动买单，这能看出为人小不小气，饭后会不会主动送你回家，就能看出人是不是体贴。你看，这一顿饭的作用多大啊！所以这饭一定要吃，我对小郭有信心！当然了，我对我女儿也很有信心！”

“爸，你别闹了！”

“对了，吃完饭你可以跟小郭一起散散步嘛，要是聊得来，感觉路途太短，相处时间不够，你还可以带他再去吃个夜宵什么的，这样可以多相处一段。”

高语岚叹气，说话都无力了，“爸，吃完晚饭走两步又去吃夜宵，这是遛猪呢。”

“哎，老爸我可是在给你传授经验。”

“这养猪经验我还真用不着。你放心吧，我会去接收你托人带来的行李，但是后面的事你就别瞎操心了。找对象的事，我自己会上心的，你就别管了。”

高语岚挂了电话，咬了咬唇，正想着怎么给郭秋晨回话，不经意一转头，看到尹则正皮笑肉不笑地戳在她身后。

高语岚吓得差点儿跳起来，这人是“背后灵”吗？他不是在忙吗？怎么还待在这儿？

“找对象啊，相亲啊，要见男人啊？”尹则声音轻柔，可高语岚怀疑自己还没从刚才的惊吓里恢复过来，总觉得他脸上的笑容很凶狠。

“没有没有，是我爸让同乡捎了东西来。”

“没有就最好了。”尹则那表情让高语岚觉得他就差手上握把菜刀，“你要是去会野男人耽误了给馒头看病——”尹则拖长了语调，威胁的意图明显。

“哪有耽误！”高语岚心虚得一把将馒头抱了起来，“我现在就去！”

高语岚一边朝着宠物医院前进，一边在心里愤愤地想：哼，凶什么凶，我又不是你家保姆。

高语岚带着馒头到了医院。大夫认得馒头，对它的病也清楚，确认病历刷了会员卡，然后就让馒头打吊针。馒头可怜兮兮的一定要高语岚抱，高语岚没办法，坐在椅子上，抱着馒头守着它打针。其间她给郭秋晨打了电话，说现在她正带狗狗看病，抽不开身，稍晚一些再去拿东西。

郭秋晨却说既然狗狗生病了，那还是他送一趟，反正他是开公司的车过来的，比较方便。他问了具体地址，说正好他就在附近，干脆就先来宠物医院这边好了，顺便可以送她和狗狗回家。

高语岚没好意思说自己是被别人奴役当狗保姆的，于是答应了，她心想：这个小郭先生还真挺好的。

没多久，馒头的吊针打完了，它似乎精神了很多，昂首挺胸地四处张望。高语岚拍拍它的小脑袋，这时电话铃声响了，郭秋晨说他已经到了宠物医院门口。

高语岚牵着馒头走出来，看到一个长相斯文、白白净净的男人在门口站着。他看到她出来，笑了笑，挥挥手打招呼。

两个人确认了彼此的身份。高语岚客气了一番，认真道谢。郭秋晨连连摆手，说反正也是顺路。两个人都比较客套，说了些场面话，然后郭秋晨说车子停在前面路边了，高爸给的小旅行袋就在车上，他可以把高语岚和狗狗都送回去。

高语岚谢过，刚想说不好意思这么麻烦他，她带馒头散步回去就好。这时低头一看，自己手上只剩下了狗链，馒头居然消失了！

这是什么时候发生的？高语岚吓了一大跳，“背后灵”养的狗也有特殊能力？

郭秋晨左右看看，指着前面那只棕色小狗问：“是不是那只？”

高语岚顺着他手指的方向一瞧，只见一只大狼狗趴在路边，它面前放了一只碗，而馒头的小脑袋正往人家碗里伸。

高语岚惊得魂飞魄散。刚才那吊针打的是什么药？不但让小狗满血满魔原地复活，还把胆子壮成了狮子胆！

“馒头！”高语岚一声大叫，猛地冲了过去。

千万不要啊，不要偷人家的东西吃啊！

馒头，你乖，你不是吃坏肚子了吗？怎么才打了两针你又不识好歹了？你看看人家的体形，再看看自己的。你们俩不是一个级别的，千万别去吃人家碗里的东西啊！

可惜馒头没听见高语岚内心的呐喊，它果断勇猛地从大狗的碗里叼起一块狗饼干。

大狗瞬间站了起来。

馒头夹着尾巴叼着狗饼干转身就跑。

大狗怒了，汪汪大叫着追了过去。

一切发生得太快，高语岚吓得头皮发麻。馒头眨眼间已经冲到她的面前。

高语岚顾不得多想，本能地一把抄起馒头撒腿狂奔，边跑边冲一脸呆滞的郭秋晨喊：“小郭先生，快跑啊！”

2

任何一个人看到大狼狗“汪汪”狂叫着朝着自己的方向冲来，都会下意识地逃跑，郭秋晨也不例外。更何况这个时候还有高语岚的大声吆喝刺激，于是郭秋晨也没想这狗是不是要追他的，便跟着高语岚一起在大街上疾奔逃命。

两个人气喘吁吁地逃到“食”铺，狼狈的样子把接待处的服务生吓了一跳，他赶紧通知了楼上的尹则。尹则三步并作两步跑下楼来，看到高语岚带狗狗去看病还能拐回个男人，真是气不打一处来。又听说这两个人是因为馒头偷吃宠物医院门口大狗的狗饼干而被大狗追赶，尹则更是话都不想说了。

他瞪着这两人一狗半天，最后一指馒头：“你等着，我忙完下来收拾你。”

话虽是对馒头说的，可高语岚不知怎的觉得自己有一份连带责任，她不敢走。郭秋晨更不知道发生了什么事，也没敢告辞。他看着尹则上楼的背影，小声问高语岚："那是你男朋友？"

高语岚摇头："不太熟，我跟他姐姐是朋友。"她这话说得极小声，生怕尹则的耳朵生得不正常，能隔着楼层偷听到。那家伙心眼小，还不许人家说跟他不熟，她还是得防着点儿。

郭秋晨点点头，一时无语，拿着服务生给倒的水喝了两口，然后问："这狗是谁的？"他看着馒头一脸无辜地窝在高语岚怀里，长得还挺可爱的，不禁伸手摸摸它的脑袋。

"是他的狗。"高语岚指指楼上，想想又说，"我就是帮帮他的忙，没什么的。"

郭秋晨又点点头，也不知道该说什么。两个人有些闷地坐在那儿。郭秋晨正琢磨着要不要告辞，这时服务生却给送来了点心和饮料，说老大让招呼的，让他们俩再等等。

这下郭秋晨觉得为难了，人家都招呼上了，他没当面告辞好像不太礼貌，可干坐着跟高语岚似乎也聊不起来，真是有些尴尬。最后他干脆就说他先去把车子挪过来，把高爸托付的东西送来。

高语岚答应了，她也正好松口气，跟这位小郭先生相亲未遂却再度相见，真是有些说不出的拘谨。她拿了本书坐着翻，陪着馒头。

过了好一会儿，尹则跟一个中年男子走了下来，两个人说说笑笑到了大门口。那男子谢过尹则，说事情就这么定，然后开门走了。

尹则目送对方离去，转过头来，看着沙发上的高语岚和馒头，脸上的笑容消失了。高语岚和馒头不约而同都缩了缩肩。

尹则没说话，他走过来一把拎起馒头，走到墙角把馒头直立放在那儿，两只前爪撑在墙上。馒头想趴下来，又被尹则拎起来直立地站着。

尹则瞪着它说道："你现在厉害了，谁的粮你都敢抢了，是不是？"

馒头仰着小脸，眨巴着眼睛，特别无辜地望着他。

"你不用看我，装可爱也没用，给我站半个小时再说。"尹则说着，盯着馒头罚站，看了一会儿，突然转身上楼去了。

他一走，高语岚猫着腰火速冲到馒头身边，软语安慰："馒头，别怕，再坚持一会儿，半个小时很快的，嗯，不用半个小时，我一会儿帮你求求情。"

馒头用特别委屈、特别伤心的小眼神看她，却站着不敢动。高语岚好心疼，摸了摸它的小脑袋：“你乖，再忍一忍啊。”

正说着，尹则下来了。他拿了一个大碗，里面装着些狗饼干，看到高语岚蹲在馒头身边，他闷不吭声地把大碗放在了馒头的身旁。

高语岚心里一喜，对馒头说：“你看，有饼干，一会儿站完了就可以吃了，馒头再坚持一会儿。”

尹则瞥她一眼：“谁说可以吃？”

“不能吃？”高语岚一愣。这时看馒头扭着小身子，歪着小脑袋盯着饼干看，刚要动就听尹则喝了句：“你敢！”

馒头一个激灵，瞬间又站好了。

尹则说道：“少一块饼干就多站半个小时。”

高语岚张大嘴，看看尹则又看看那只碗，然后又看看馒头。真是太狠心了，太残忍了！

她企图给馒头求情：“还是换种温和点儿的教育方式吧，它又听不懂，你这样罚它就是在浪费表情嘛。”

“没关系，我表情多。”尹则一句话就把她噎了回来。高语岚忍着没翻白眼，心想着他还真是表情多，简直是过剩。

“那改天再罚吧，它现在还在生病呢。”

“这都已经敢去大狗嘴里夺食了，病体康复能力远超出地球狗狗的水准啊，这是外星狗吧？”尹则摆出一副故作惊讶的痞样，对上馒头无辜的小脸，说道，“馒头，你自己交代，你是从哪个星球来的？”

馒头哪里听得懂他说的话，它看了看尹则的脸色，又扭头看看碗里的饼干，那表情真的是悲苦无依，凄凄惨惨戚戚。

高语岚那个心疼啊，她用力瞪尹则：“你不要闹馒头了，它好可怜。”

“它哪里可怜？乱吃东西生了病，我伺候它打针吃药，还得求爷爷告奶奶拜托个傻子带它去医院。打针要抱着，吃药要哄着，它哪里可怜？”

“你说谁是傻子？”高语岚没顾得上别的，这话里的傻子在骂谁？

“不傻吗？大狗追小狗就让它追去啊，馒头虽然腿短，难道不比你跑得快？你偏要逞英雄抱它干吗？要不是医院门口那只阿福一直有链子拴着，被咬伤的就是你了。”

对哦。高语岚一想，难怪他们成功逃脱，她一路只顾着跑都没敢往后看，还奇怪怎么这狗跑得这么慢，原来是有链子拴着。

“反正现在大家都没事，馒头也知错了，你就不要再凶它了。”

“我哪有凶？我明明很温和地在处理这件事。”

“温和？这是哪门子温和啊？你既然知道医院门口那只狗叫阿福，一定知道它长什么样吧？是不是很温和？因为馒头都敢从它嘴里抢吃的，却不敢在你面前吃自己碗里的饼干，所以你想想你自己的嘴脸，跟阿福对比一下。”

“哎哟，厉害了啊，胆大了啊，学会骂人了啊。”尹则双臂抱胸，嘴角一弯，似笑非笑地盯着高语岚看。

“我哪有骂人，连外星狗狗都害怕的，也不是地球生物吧？你的飞碟坏了吗？快回去吧！”高语岚也学他双臂抱胸，一本正经地说着。

“飞碟坏了？”尹则笑，“你真是有趣。”他笑完，面色一整，“你这在别处总被人欺负的包子，到我这儿倒是威风起来了，伶牙俐齿啊。”

“谁是包子？”

“成天被人欺负，吵架也不会，骂人也没气势，再认真做事也会被踢出公司闹失业的只会逃跑的傻瓜，不是软包子是什么？”

高语岚一呆，被尹则的话狠狠戳到了痛处。是啊，她总是很认真——认真生活，结果被朋友背叛；认真谈恋爱，结果被男朋友甩了；认真工作，最后却被当成牺牲品解雇了。遭遇了这么多，她一点儿作为都没有，哪里伤心她就离开哪里。

她真是软包子啊！可是不这样，还能怎样？高语岚被讥讽得无力回嘴，转身就要走，却被尹则一把握住手腕，“喂，才几句就败了？”

高语岚被他拦住，不禁好气，没错，不能败了。她一甩尹则的手，回过头来大声道：“你别以为我好欺负，你把我当免费保姆使唤，我不跟你计较不是因为怕你。我是好心，见不得妞妞和馒头没人照顾，你别以为我这人总倒霉、总被陷害就是个包子……就算是包子，呃，包子也是有血性的。”

“包子哪有血性？”

“包子裹着肉，那可不是血淋淋的吗？”

“血淋淋的内在有什么好威风的？听起来还是走凄惨路线。再说了，那也是肉包子。”尹则从上到下把高语岚的身材瞄了一遍，笑了笑，“你顶多是只素馅包子。”

“肉馅素馅，可不是靠嘴说的。”高语岚假装听不懂人家笑话自己的身材，她决定了，从今天起，谁也不能欺负她！

她勇猛地一把将馒头抱起，大声对它说：“馒头，咱们不理他，不接受体罚，该吃吃，该喝喝。他要是欺负你，不怕，我收留你。”

“怎么，你又想抢我的狗了？要不要再踹我两脚，让我再去打打石膏坐坐轮椅什么的？”尹则看她气鼓鼓地抱着自己的狗，觉得心情很好。

这一切被刚进门不久的郭秋晨看在眼里，他明明怕干坐着尴尬而故意在外面溜达了挺长时间，抽了两根烟才进来的，没想到是不用干坐着了，可是看人吵架更尴尬。

他真后悔走进来啊！

3

郭秋晨正在犹豫是学那名服务生装聋装瞎好，还是上去劝劝架好时，忽然被人拉了拉衣摆，他低头一看，是个洋娃娃似的漂亮小女孩。

那个女孩对他甜甜一笑，用脆生生的童音说道："叔叔，把你的手机借我用一下可以吗？"

郭秋晨不知道她什么时候冒出来的，但这样一个可爱的小朋友的要求，他不好拒绝，于是掏出手机给她了。

妞妞拿了手机，火速拨了电话："妈妈，快救命，我一进来就看到舅舅跟姐姐吵得好凶，你快给舅舅打电话！"

郭秋晨心想，这孩子的妈妈可能就是高语岚说的那个朋友。小朋友还挺古灵精怪的，知道搬救兵。

"不，你别过来，你来了也是羊入虎口。你就给舅舅打电话，转移他的注意力，我带着姐姐逃出去。"

郭秋晨讶然：好吧，小朋友不只知道搬救兵，还知道制订潜逃计划。

郭秋晨多看了妞妞几眼。妞妞跟妈妈通完了电话，甜甜地笑着，很有礼貌地把手机还给了郭秋晨。

紧接着尹则的手机响了，他掏出来一看，接起来问道："姐，怎么了？"

妞妞趁着这会儿拼命朝着高语岚招手，尹则一边讲电话一边走向接待台。高语岚明白了妞妞的意思，还没忘低头为馒头抓了一把狗饼干，然后猫着腰从尹则身后跑过去。

妞妞一把推开了大门，带头往外冲。高语岚压低嗓音喊："小郭先生，快跑啊！"

又跑？郭秋晨一转头，看到尹则挑着眉看着他们鬼鬼祟祟的举动，不及多想，干脆也跟着跑了出去。

妞妞对潜逃行动感到非常兴奋，她一边跑一边笑着高喊："妈妈，妈妈，救命啊！"

高语岚抱着馒头跑在前面，大声喊："妞妞，快啊！"

郭秋晨跟在她们身后，思考着一个问题，他为什么要跟着跑呢？

这次奔跑的距离很短，只路过五家店面而已。

尹宁站在“书香甜地”的门口冲他们招手。两个大人、一个孩子、一只狗很顺利地奔了进来。妞妞一进屋就喊：“妈妈，你怎么不聊了，电话挂这么快？”

“你舅舅训我，‘几岁了，还玩这种把戏？幼稚’，然后就把电话挂了。”尹宁学着尹则的语气。

“哼，他还说别人，他自己最幼稚了。”高语岚埋怨得很大声。

妞妞跑到门口一看，捂着心口说：“还好还好，舅舅没追来。”她转身扑向馒头，从高语岚怀里把馒头接过来，摸着它的小脑袋：“馒头啊，舅舅凶你了对不对？不怕哦，有妞妞在，妞妞和姐姐一起保护你。”

尹宁问：“到底怎么回事？”

高语岚把手里的狗饼干交给妞妞，然后把事情的经过说了一遍，又给她介绍下了郭秋晨，说是自己同乡。

郭秋晨一听提到自己，正想客气地应付两句，刚要开口，尹宁的电话响了。她接起，应了几句对高语岚说：“尹则说他请吃晚饭。”

“好耶！”“不要！”妞妞和高语岚同时回话。

可是尹宁耸耸肩，对这一大一小做了个很遗憾的表情：“他不是对你们说的。”她转向郭秋晨，“真抱歉，今天真是麻烦你了，我弟弟是开餐厅的，他说今天对你真是过意不去，想请你吃晚餐。”

咦，火力怎么拐着弯射向小郭先生了？

高语岚看了郭秋晨一眼，很惊讶。郭秋晨下意识地摆手：“不用了，不用了，我就是来给高小姐送点儿东西，我还有事，正准备告辞。”

“这样啊。”尹宁对电话那头的尹则说，“郭先生说他要告辞了，还有事忙，不能在你那里吃晚饭。”

那边电话里尹则不知说了什么，尹宁转而问郭秋晨：“你要忙什么？”

郭秋晨张大了嘴，这要怎么说？别说他其实不忙，就算真有事要做也不好三言两语就说清楚吧？他这么一愣一呆，尹宁已经帮他在电话里回复尹则了：“他答不上来，你管人家忙什么啊，人家干吗要跟你报告？你自己过来说好了。什么？你也忙，那过不来就别说，我又不是你的传声筒……”

高语岚和郭秋晨互相对视一眼，尴尬地笑笑。最后还是郭秋晨挠挠脑袋，说道：“你住得远吗？要不要我帮你把东西送过去，还是在这里给你？”

“在这里给我就好，不好耽误你太久。你忙你的，真是不好意思，这一趟麻烦你了。”高语岚客客气气地应答。郭秋晨笑笑点点头，出去把高爸托付的那个小行李袋拿进来了。

他把东西交给高语岚，又跟尹宁说了些客气话，要告辞了。高语岚和尹宁正送他到门口，这时门却被推开了，尹则拿了个食盒走了进来。

“怎么这么快就要走了？来来，再忙也要吃饭嘛，难不成郭先生有饭局安排？”尹则一进来就说。

郭秋晨一愣，下意识地说了实话：“没有。”话一出口有些后悔，他又说，“可是我……”

尹则没给他继续“可是”的机会，揽过郭秋晨的肩，将他往桌子那儿带：“没饭局就好，那我也不算耽误郭先生。来来，我带了些小菜，一会儿那边还会送菜过来，我们先吃着。这马上也到饭点了，不算早。郭先生远来是客。今天我家狗狗不懂事，真是对不起，让郭先生看笑话了。请务必让我请你吃这顿饭，聊表歉意。这事情再多再忙也得吃饭不是？不差这一时半会儿的，等吃了饭再走。”

说话间，尹则已经把郭秋晨在椅子上安顿好，又把食盒里的两碟凉菜拿出来摆上，然后转头对尹宁说，“姐，麻烦拿些碗筷来。”

尹则这样热情，郭秋晨不好意思说什么，急忙求助似的看向高语岚。

高语岚心里一惊，这小郭先生留下了，她就不能丢下他自己走了。她刚要说话，却被尹则挥挥手赶人：“去去，带妞妞洗手，抱了狗的，没洗干净手不让上桌。”然后他又对妞妞说，“妞妞，快点儿哦，有你喜欢的菜。”

妞妞一听，“噌噌”地把馒头放进墙角带栅栏的狗窝里，把狗饼干放在它面前，然后乐颠颠地跑过来牵高语岚的手：“姐姐，快，洗手吃饭了。”

高语岚无奈地被拖着走。尹宁这时拿来了餐具。看来大势已去，郭秋晨心里叹气，也就干脆踏踏实实坐着等吃。而尹则撑着下巴，看了眼高语岚的背影，笑了笑。

“食”铺那边确实如尹则所说，很快送过来一大桌子菜。尹则很热情，一个劲儿招呼郭秋晨吃菜，又引了话题聊了不少。

“我三年前倒是去过花荫市，住在江滨路，那里有家很有名的小店叫‘阿福红烧肉’，不知道现在怎么样了。”

“哈，你也知道阿福红烧肉？我们花荫市人都知道那家小店，那肉真是好吃得没话说，现在还在那儿呢，不过最近几年好餐馆越来越多，他家的生意不如从前那么好了。”提到花荫市，郭秋晨一扫拘谨，跟尹则聊了起来。

“现在花荫市还流行吃麻辣锅吗？我那时天天去石头巷子吃小吃，街头那家‘刘叔麻辣锅’很好吃，不过去年听说那条小吃街拆了。”

“是拆了，现在那一片变成了商场，再没有像以前那样集中的小吃街了。”

“那还真是可惜。对了，郭先生在哪里高就？这次来东麓市是公干？会常来吗？”

“我是做通信设备的，来总公司做业务汇报，也许过一段时间会调过来。”

这两个人你一言我一语聊得甚是热闹。高语岚一直不说话，但心里有些着急。她眼看着小郭先生被尹则轻轻巧巧地把老底都套了出来，就连他爸跟她爸是同事和好哥们儿，经常一起喝酒这样的事都说了出来。

高语岚心里叹气，埋头吃饭，生怕话题转到她身上来。偏偏尹则就是不放过她。“按说到了适婚的年纪，伯父阿姨们是该为小辈婚事着急的，你们两家有这渊源，怎么没安排你们相相亲？”

高语岚一口饭差点儿没噎住，她偷偷瞄了一眼郭秋晨。

郭秋晨也正有些不好意思地看着她，他不知道该怎么答，总不好说两家老人是这意思，所以特意让他来送东西吧？

郭秋晨不说话，高语岚却得表态，她瞪了尹则一眼：“关你什么事，你管这么宽！”

尹则捂心口：“我怎么不管？当然得管，我对你一见钟情，再见倾心……”

高语岚瞬间石化，郭秋晨目瞪口呆，两个人一模一样的僵硬表情。

尹则还在卖力表现诚恳：“如果不先问清楚，别人捷足先登抢了，我到哪里抹眼泪？”

高语岚不敢去看郭秋晨了，只觉得火气腾腾往上冒。她是包子，可她也会有想打人的时候。可是当着这么多人的面，她什么行动都不敢有。她拿过水杯喝水，装聋装傻装口渴，心里头把尹则骂了一百遍。

尹宁这时帮他们解了围，她歪着头认真思索：“说起来尹则你也三十一岁了，我这做姐姐的，真该替你着急一下了。”

“着急什么？”妞妞问。

“要给你舅舅讨老婆。”

“我啊！”妞妞兴奋地举手，“我报名，我可喜欢舅舅了，我以后要嫁给舅舅的。”

高语岚忍不住一个喷笑，却把自己呛到了。她一边咳一边笑，什么气都没了，妞妞是天使，快把那妖孽灭了。

郭秋晨给她递纸巾，尹宁替她拍背，妞妞眼巴巴看着她，一副想帮忙的样子。只有尹则撑着下巴在她对面笑：“你看你，吃饭要从容。我不会这么轻易就被妞妞小美人拐跑的，你放心。”

从容个鬼！放心个头！高语岚瞪他，这人一天不戏弄她就不舒服是不是？

尹则又笑，“从妞妞相中我这件事来看，其实我真的是挺不错的男人，所以岚岚你要抓紧时间，赶紧对我下手！机不可失，时不再来！”他说到这儿，转向郭秋晨，问他：“是吧，郭先生？”

郭秋晨无言以对，他无论跟高语岚还是尹则都不熟。家里和高叔的意思他明白，可没想到过来却是这样的情况。这尹则似真似假的话，也不知道到底是不是在开玩笑。他要配合玩笑话说是，对高语岚很不礼貌，那样也会把自己弄得很尴尬。他要说不是，又好像破坏气氛，对尹则不礼貌。他最后没了办法，只好也装聋装傻装口渴，赶紧拿起水杯使劲喝水。嘴很忙，没法说话。

高语岚又瞪了尹则一眼，这人真是个大无赖。

话题绕到这样敏感的部分就没法再好好聊了。这顿饭好不容易吃完，郭秋晨赶紧告辞。高语岚把他送出门，看着他开车离去，回过头来，却见尹则靠门看着她，见她看过来，还对她笑了笑。笑什么笑？讨厌！

这天晚上，高语岚在家里看电视，突然回想起下午发生的事，她觉得尹则这人当厨师开餐厅真是屈才了，他应该去当演员，代表华人演艺圈冲出亚洲、走向世界，拿个奥斯卡金像奖回来。

高语岚脑子里正浮现着尹则带着妞妞一人拿个大金人，一人拿个小金人，脚边还站着馒头的情景，忽然门铃响了。

高语岚隔着门问：“谁啊？”

“是我。”居然是尹则。

高语岚心生警惕，把门开了条缝儿，小心问道：“你干吗？”

“我来跟你道歉。”

“道什么歉？”

“嗯，就是从一开始骗你说我坐轮椅，一直到今天下午说话让你不高兴，所有这些事，想跟你说声对不起，希望没有在你心里留下什么不好的印象。”

突然变得这么好？高语岚不信。

“你病了？”高烧烧坏脑子了？中邪了？或者这是另一出恶作剧？

“你要相信我，我是很有诚意的。”尹则摆出一个人畜无害的正人君子式微笑博取信任。

“诚意在哪里？”

“我请你吃夜宵，好不好？”

吃夜宵？高语岚一时愣住，这台词怎么似乎有些熟悉，在哪里听过呢？

第六章 互诉衷肠

当晚，高语岚上床睡觉了还忍不住一直微笑。她想尹则说得对，如果遇到了不如意，就该对它微笑，笑到最后的人，才是赢的那个。

1

“岚岚，我真是诚心诚意来的。今天我自我检讨过了，以前对你不够礼貌，所以你对我有意见，我能理解。我专程过来道歉，以后我们好好相处，希望你能对我改观。”

尹则这么一说，问题似乎很严重，高语岚反而不好意思了，“我倒不是对你有意见啊，就是……”

尹则眨巴着眼睛，等着她往下说，高语岚词穷，想了想迸出一句：“就是性格不合。”

尹则的笑意一僵，但很快重新振作起来，“性格哪里不合？你认真得太拘谨，我正好跟你互补。”

高语岚摆摆手，“不用互补没关系，反正我们工作和生活都没什么交集。既不用做同事，又不用住在一个屋檐下。你不用道歉，这样好奇怪。”

尹则咳了咳，脸上继续微笑着：“瞧你说的，哪有这么生分，大家朋友一场，以后会相互更了解的。我虽然缺点不少，但还是有优点的。你看，我姐和妞妞都很喜欢你，以后还不是常来常往吗？还有馒头也很喜欢你，把你当半个主人了。你要不管它，它会伤心的。”

高语岚脑子里又闪现出尹则身穿燕尾服、手拿小金人荣获国际级影帝殊荣的画面，这人你越理他他就越来劲。她抿抿嘴，问：“尹先生真是来道歉的？”

“对。”

“那我接受你的道歉了，晚安。”

高语岚说完就要关门，尹则却像是有预知能力一样提前把门撑住了，“我做人很失败是不是？我这么诚恳，你却以为我在开玩笑。”

“尹先生，你的诚恳确实极具隐蔽性。”

尹则皱起眉头叹气，“有多隐蔽，让你这么歧视它？你说，要我怎么样你才相信？”

“说点儿真话听听。”

“句句属实啊。”尹则又捂心口。

“为什么会想着来道歉？”

“大家都是朋友嘛，我当然不能让你讨厌我。我想让你看到我好的一面，我也不是太差劲。”

“你今天为什么要留小郭先生吃饭，存的什么坏心眼？”

“哎，我花钱请客，怎么是坏心眼？我看郭先生是你老乡、朋友才帮你尽尽地主之谊。你现在没工作，手头肯定紧，要是你来请，怎么都得花钱，难道你不会心疼？我开餐厅，请人吃饭那不是顺带手的事嘛，我好心一场，你却把我想得这么坏。”

高语岚一噎，驳不得这话，于是又问：“那你干吗那么不礼貌地问东问西？人家又跟你不熟。”

“知己知彼嘛。”尹则答得有些小声，高语岚得仔细些才能听清。

“知己知彼要干吗，小郭先生招你惹你了？”

尹则认真看了看她，叹了口气，有些闷闷地说：“我没念过什么书，学历才高中，跟你们这些大学生、社会精英不一样，你们是白领，坐在气派的办公室里，谈的是大项目，写的是策划书，郭先生今天说的你也听到了，人家是名校毕业，高级工程师，我只是一个拿菜刀的……”他垂下眼，声音又小了，“你知道，我没念成大学……”

难道他自卑了？高语岚顿时觉得不好意思，她好像戳到人家的痛处了。

“我没那么高的学历，但也可以做朋友吧？”尹则垂着眼继续低声说。

这时候要说不行，高语岚还真做不到。

她安慰道：“你别瞎说，这跟学历没关系。你现在事业成功，又把家人照顾得很好，很多高学历的人都做不到，你不要为这个耿耿于怀。”

“嗯，那我就放心了，所以你不会再嫌弃我了吧？”

“我从来没有嫌弃过你这个啊。”

尹则笑了，“太好了，那我们是朋友了。”

高语岚看着他的笑脸，有些不放心，总觉得哪里怪怪的，是不是又被他耍了？不行，还是要说清楚：“那你以后都不骗我，不戏弄我了？”

尹则犹豫了半秒，点头，“当然。”

“不要无赖，不演戏？”

“人生如戏，戏如人生，命运对我很无赖，我不回敬它怎么可以？”尹则像念台词一样，声情并茂，抑扬顿挫，极富感情。

这实在是搞笑，高语岚很想笑，但忍住了，“你家命运对你不好，你不能回敬到我这儿。”

“岚岚啊，认真你就输了，别人有什么不好，你当看戏，自己乐一乐不就行了，干吗较劲弄得不开心？你要学学我，适当释放情绪有益身心健康。”

“所以你不是来道歉的，是来练演技的？”高语岚努力维持板着脸的表情，她非要赢一局。

“不不，我是来道歉的。我们重新认识一下，我叫尹则，今年三十一岁，经营了一家餐厅和一个农场，偶尔也发发菜谱出出书积累点儿人气，收入不错，身上略有金光。嗯，还有一些贷款没还清，不过那个不是问题。学历高中，无父母，有一姐姐和外甥女，还养了一条狗，我的家庭负担就这些。对了，有一套房，两辆车，一辆给公司用，一辆自用。未婚，身强体壮，无不良嗜好，品貌佳。”他绘声绘色，表情丰富，这段话抑扬顿挫地说得相当有趣，最后那“未婚品貌佳”更是加重了语气表演到位。

高语岚咬着下唇努力忍笑，但嘴角还是弯起了弧度，“说谎。”

“哪有说谎，在下句句真言。”尹则捂心口。

“明明有很严重的表演恶习，还骗人说无不良嗜好。”

这话让尹则乐了，他哈哈大笑，笑完了一整面色，深沉一叹，“你真懂我。”

高语岚脚开始打拍子，尹则又哈哈笑：“好了好了，不演了。那我们现在算重新认识了，你要不要也介绍一下自己？”

“不要。”

“好吧，你不乐意说就算了，反正我也知道。高语岚，未婚，女性，二十五岁，失业，父母催婚中，无男友。”尹则念叨完，点点头，“好了，认识完毕。你有什么想问我的吗？”

高语岚重重一点头，她还真有问题埋在心里很久了，现在有人送上门让她问，不问白不问：“尹先生，请问你那时候为什么要去找温莎，你跟她说了什么？”

尹则一愣，“你这么久了才想起要问？”

“那你要不要答？刚刚某人才说过不骗人。”

“我就问她，到底发生了什么事，为什么要陷害你。”

高语岚猛地站直了，“她怎么说？”

“走，消夜去，我慢慢跟你说。”

高语岚皱眉头，“你又唬我呢，是不是？”

“不是。我答应你了不说谎，你要问什么都行。可是站门口聊天多没气氛，难道你要请我进屋里？”尹则一边说一边装羞涩，“这大晚上孤男寡女的，多不合适，我会害羞。”

羞你个头！高语岚瞪他。

尹则又接着说："难道你想左邻右舍出入的时候看到你跟一个男人在门口恋恋不舍聊个没完？哎呀，我就是那个男人，这样我也会害羞。所以，我们还是一起去吃吃夜宵聊聊天，那样最合适，你说对不对？"

他虽说得乱七八糟，但确实有些道理。高语岚犹豫，尹则又说："东西我都准备好了，有妞妞最爱吃的芒果布丁。"

这样啊，高语岚想了想，点点头，拿了钥匙跟尹则走了。

原以为是去尹宁的店里，可路过那门口看到店里漆黑一片，已经关门了。尹则没有停步，带着她继续走，走到了"食"铺。

2

"食"铺里的灯光都还亮着。几位厨师和小工正在厨房做最后的收尾工作，看到尹则上来赶紧打招呼，说明天的食材都准备好了，东西也收拾了，又报告了几样工作上的事，尹则应了，让他们下班回去休息。

很快，超大明亮的厨房里只剩下高语岚和尹则两个人。高语岚左右一看，问："妞妞呢？"

尹则正开冰箱门，闻言笑道："我什么时候说过妞妞在这儿？"

高语岚一噎，她是想着尹宁和妞妞都在才来的，不然真的孤男寡女，谁要跟他吃夜宵。

"你明明说……"

尹则回身，拿着手里的布丁晃了晃："妞妞最爱吃的芒果布丁。"

高语岚抿紧嘴，是了，人家是说有妞妞最爱吃的，没说妞妞在。高语岚心里有些不高兴，自己怎么又犯傻了？

"干吗给我脸色看，你以为妞妞她们在才来的？"尹则做了个受伤的表情，"这不能赖我，我可没骗你说她们在。"

高语岚撇嘴，接过尹则递来的布丁和勺子，狠狠挖了一口送到嘴里："怪我自己笨。"

尹则笑着应："你是挺笨的。"

"我才不笨，我做的策划案，是全公司最好的。"高语岚把自己以前在工作中的几次突出表现都说了，好几个大案例，全是靠她的策划创意和可执行的完美细节方案一路斩杀竞争对手中标，她絮絮叨叨地说完，一仰下巴，"我也是很厉害的，只不过……"她顿了一顿，又吃了一口布丁。

"只不过什么？"尹则调了一杯饮料，放在她面前。

高语岚撇撇嘴：“只不过最后领功的人从来不是我，为公司赚到大钱的人从来不是我，受到器重不舍得开除的人，也从来不是我。”她声音闷闷的，想起自己的经历，不禁有几分难过。

莫名其妙就被陷害、被解雇，公司一点儿解释的机会都不给她，以往似乎关系不错的同事也证实了人情淡薄这件事，她投简历投到现在都没收到一份像样的面试通知，现在大环境不好，找份好工作多难啊！

高语岚越想越郁闷，猛地一抬头：“你说，温莎都说了什么？她为什么要陷害我？”

尹则不着急答，反而静静地看了高语岚一会儿，问道：“你自己难道没问过她？”

“当然问了。”

“那她怎么说的？”

高语岚张口刚要答，忽又警惕地瞥了一眼尹则：“我问你呢，你干吗套我的话？”

尹则失笑：“我哪有套你的话，只是你受了委屈之后就躲起来，不去找她算账，反而跟自己生闷气喝闷酒，你自己说，你是不是缩头乌龟？”

高语岚咬咬唇，把那件事从头到尾想了一遍，她确实不够强势，在这件事上没刨根问底，没追击堵杀，没拼死捍卫自己的权益。她觉得自己拼不了。

高语岚有些心虚，嗫嚅着说：“那我还能怎么办？有那张照片在，大家都不相信我。你知不知道，有张照片是温莎跟一个女的在拥吻，那个女的背影看上去很像我。那张照片发到了公司所有人的邮箱里，每个同事都看到了。他们看我都是用那种眼神，那种……我形容不出，但是让我很难受的眼神。你说，就算我把温莎揍一顿又能改变什么？人言可畏，说不定那些人更会想歪的。”

高语岚声音里的脆弱让尹则忍不住摸摸她的头：“你太在意别人的看法了。”

高语岚咬咬唇，她确实在意，她很在乎别人看她的眼光。因此当初在花荫市被人诬陷劈腿负心，朋友们都看不起她，觉得她不专一、很烂、不要脸，她当时唯一想到能做的就是离开那里。她独自到东麓市打拼，她对自己说她一定要风风光光地回去。

可是一切总是那么不尽如人意，后来第一份工作她被上司诬陷，同事的眼光又让她觉得难受，大家觉得她没本事是草包，于是她想一定要找到一份更好的工作、更大的公司，让大家都不再看不起她。她如愿了。恒远集团实力雄厚，她的薪水不错，工作内容也能让她发挥所长，假以时日，她定能在业界树立起好口碑，可是没想到会发生这样的事……

高语岚叹口气，无精打采地趴到桌上，“要是这种事发生在你身上，你能不在意？”

尹则笑笑，摸摸她的头，“我在意，可我很久之前就知道了在意也没用，那些不相关的人，理他们做什么？”

高语岚难得看到尹则正经的样子，不由得问：“你也遇到过这样的事？”

“当然了。”尹则给高语岚添了水，给自己也倒了一杯，拿起来喝了一口。

“跟我一样这么特别的事？”高语岚有些不信，她这种倒霉事件应该不具备普遍性才对。

“你以为你的多特别？我当然也经历过。”尹则拿起水杯又喝一口。

“所以，你被男人强吻了？”

“噗！”尹则火速转头，一口水全喷到地上去了。

桌面幸免于难。尹则背转身狂咳。高语岚忽然有些高兴了，她撑在桌面上，伸手横过去拍尹则的背，拖着声音学他的语气：“这位兄弟，怎么这般不从容？”

哈哈哈，小赢一局。他的窘样让她忍不住笑，“从容”这词真是太妙了。

尹则咳够了，转过头来没好气地看她，她笑得眼儿弯弯，脸颊粉红。他看着，觉得脸皮有些发热，急忙又干咳两声，摆正了脸色问：“你被坏男人吻了？”

高语岚收了笑意，摇头，刚要说话，手机响了。她低头一看，是她亲爱的老爸。她冲尹则打个手势，把电话接了起来。

“爸。嗯，是啊，东西拿到了。你不是想问我这个对不对？是啊，是跟他一起吃饭了。哦，小郭先生跟他家里说了啊，说了就说了呗，我们是一起吃饭了。你不要这么八卦，什么都没有发生，我就是谢谢人家了，没说什么别的……”

高爸在电话里絮絮叨叨，说什么郭秋晨家里给郭秋晨去电话问了，人家说对高语岚印象挺好的，还一起吃了饭，说感觉很不错。高爸仔细说着，恨不得把郭家家长转述的话一字不漏地全倒出来。

尹则看着高语岚一时半会儿没有挂电话的可能，有些心急地用手指轻敲着桌面，这电话也太会挑时机了吧？

3

高语岚分心瞧了他一眼，然后对着电话那头应道：“我感觉怎么样？还能怎么样。你不要瞎猜，小郭先生是挺好的，可是才见一面，不是你们想的那样。人家爸爸当然是跟你说好话，难道还能说对我印象不好？好了，好了，你们别乱想，要发展也不是这么快的。不是不是，我没有说要跟他发展，我就是说这种事没那么快。慢慢来什么的，你们别乱想啊，我没说看上他了，我刚才那话不是要跟他发展的意思……”

这次尹则不只手指在敲，脚拍子也打上了。

“好了，不跟你们说了，越说越乱，反正不是你们想的那样……他要调来东麓市跟我也没关系啊，我可没说过不回花荫市。当年的事我早忘了，不是因为那个啦。要是遇到喜欢的，花荫市的我也不介意。所以什么？不不，我没说因为小郭先生愿意回花荫市，千万别乱猜。好了，好了，我保证要是有什么，一定第一时间报告好不好？你们放过我吧，我都不知道该怎么跟你们说了。爸，你的逻辑系统是 2.0，我的还是 0.2，我们不在一个频道上，先这样好不好？下回再聊。”

高语岚把电话挂了，长长舒了一口气：“跟家长通电话，是件很可怕的事。”她抬头看看尹则的脸，“干吗板着脸啊？我刚才又不是故意开你玩笑，是你自己说跟我一样的。”

尹则揉揉脸，缓了表情：“哪个浑蛋欺负你了？”

“你要帮我报仇吗？”

“好啊。”

“是温莎。”高语岚眼见尹则表情又开始扭曲，忍不住又闹他，“打算怎么帮我？以牙还牙给她吻回去？啊，这样不知道是吃亏还是占便宜呢。”

尹则敲她脑袋：“什么烂建议！”

“对了，你还没跟我说温莎跟你说了什么，差点儿被你绕开了。”

身后烤箱“叮”的一声响，尹则转身从那里面取了一份焗虾，又从冰箱里取了事先处理好的蔬菜水果，淋好沙拉酱汁放在高语岚面前。

高语岚拿起叉子开始吃，不忘催尹则一声：“快点儿说！”

“急什么，我这不是要开始说了嘛。”尹则看她吃得津津有味，满意地点点头，拿了另一把叉子伸手抢了一只虾放进嘴里，嚼了几下咽下去，然后慢条斯理地说：“她说，她是为了保护她爱的人。”

高语岚吃一口沙拉，说道：“那她怎么跟我说她也是被人陷害的？”

“也算是吧。”尹则从高语岚叉子底下抢走一块哈密瓜，看她撇嘴的小表情忍不住哈哈笑，继续说道，“她跟女朋友的事一直是地下恋情，可纸包不住火，还是被人发现了。发现这件事的那个人跟温莎不对付，想整她，把她逼走，就把照片发出来了。”

“那跟我有什么关系？”高语岚一想到自己被无辜牵连就很不高兴。

“温莎女朋友的母亲也收到了照片。她女朋友当然是矢口否认，因为她家里无法接受这种恋情，说如果发生这样的事就要把她送出国。温莎她们被逼到这个地步，没了办法。她忽然想到了你，就说那个背影是你的，事情在你们公司闹大，她女友就可以脱身，而且温莎也不会被逼走了。”

高语岚一呆，“我这替罪羊管用？人家妈妈是傻子吗？自己女儿难道看不出来？”

“那个背影很模糊嘛，而且你们俩的事在公司一传开，像模像样的，那家长又没有别的证据，之前也没发现女儿有什么异样，就算有怀疑，也比坐实了这件事强。”

“那她们现在怎么样了？”

尹则耸耸肩，“温莎还在上班，她女友的妈妈在积极地给女儿介绍男朋友，应该是这样吧？”

高语岚想了想，“这种情况，以后就没办法再在一起了吧？”

尹则摇头，表示不知道。他看了看那焗虾的空盘子，问：“还要吗？我还准备了馄饨、流沙包，还有香芋西米露。或者你还想吃别的？”

“要香芋西米露。”高语岚不客气地点餐，这个听起来好像很好吃。

尹则笑笑，转身去冰箱里拿了放到她面前。他还打开了音响，美妙的音乐顿时充满了整个空间。高语岚惊叹：“你们这厨房装备还真齐全，连音响都有。”

“那是。”尹则摆出一副得意的样子，“这样我就可以在员工偷懒的时候，给他们放《命运交响曲》听听。”

“《命运交响曲》？”

“对，偷懒就要被开除，开除了就没薪水领，没薪水领就要面对惨淡的人生。”

高语岚哈哈大笑，笑完了忍不住自嘲：“就像我这样，好惨淡！”

尹则又拿了一盘吃的给她，说道：“你现在坐在东麓市最豪华的厨房里，享受着顶级大厨亲手为你料理的美食，还有顶级帅哥陪你聊天，这一切还都是免费的！”尹则说着捂上了心口，“难道你没有感受到从内心深处迸发出来的幸福感？还觉得人生惨淡？噢，看来到了该放《命运交响曲》的时候了！”

高语岚又被逗得哈哈大笑，拍拍他：“不许放那个！”

“一定要放。”尹则逗她，真去摆弄那台音响了。音乐换了，不是《命运交响曲》，却是一首很好听的歌。

高语岚撑着下巴笑，看着尹则的背影，忽然问：“尹则，你以前很辛苦吧？”

一个十八九岁的大男生，没有高学历，没有钱，要接受父母遗世的事实，要照顾姐姐，还要为了权益与有钱人争遗产，还得两手空空去创业，这肯定是一个很辛苦的过程吧？

不知道是现在两个人独处的气氛不错，还是因为跟尹则聊了太多没了心防，高语岚忽然觉得该客观些对尹则做评价。其实抛开这家伙太爱开玩笑、嘴太坏之外，整体来说还是很不错的。

尹则回到桌前，托腮眨眼，一脸娇羞：“你好关心人家。”

又演起来了！

高语岚无语，客观什么的，还是死一边去吧。这家伙就不能让人认真对待。

“哎，岚岚啊，那个小郭先生，跟你不合适，你不会喜欢他的。”

这话题转得快，高语岚已经不觉得意外了，跟尹则对话，要从容。于是她从容地问：“你怎么知道我不会喜欢他？”

“他抽烟。”

高语岚眼皮抬了抬：“你知道我不喜欢烟味？”

“我还知道你喝醉了爱打人。”

说起打人抢狗的糗事，高语岚权当没听见，埋头吃夜宵。

“岚岚啊，我不抽烟，也挺耐打的，我的逻辑系统也是0.2的，跟你一个频道，你看，这简直是天作之合，所以，做我女朋友怎么样？”

高语岚被呛到，从容这玩意儿瞬间阵亡。她咳半天咳完了，瞅了尹则一眼。

他正一脸期待地看着她。

高语岚想了很久，回了一个字：“呸！”

4

“噢，你又伤害了我。”尹则捂心口。

“你才伤害我呢，你总戏弄我。”要不是知道他本性不坏，又有尹宁、妞妞和馒头给他做保，光凭他三番五次地调戏，就够理由让她把他列入老死不相往来的黑名单里了。

“戏弄？噢，误解像把利刃，直直插进心口。”尹则演得很投入。

高语岚被逗笑，问：“尹则，你为什么当厨师？难道你不觉得演员这个行当更适合你吗？做厨师对你来说真是浪费天赋。”

尹则哈哈笑，然后变回正经样回答：“因为当初在饭店当洗碗工的时候，我想着不能一辈子洗碗，得找个出路，所以我经常抽空儿偷偷看那些厨师是怎么做菜的。可是有一次，一名主厨把盘子摔在我面前，骂我洗碗的就是洗碗的，别妄想。”

“什么？”高语岚为尹则抱不平，“他太过分了，简直是狗吠，别理他！”

尹则笑笑：“理他啊，当然要理，人家对我说真心话，我不能辜负。”

“那你骂回去了？”

“没有，要是骂他打他，我不是连洗碗的工作都没了吗？”

“那你怎么做的？”

“我对他笑！”尹则挑挑眉，一脸顽皮，“我总对他笑，一见他就笑，每次见他都要笑！”

高语岚“扑哧”一下也笑了：“然后呢？”

尹则耸耸肩，痞痞地道：“然后有一天他辞职了，去了别家餐厅做。听别人说，我的笑让他心里毛毛的，他怕我是变态，为了那事暗地里对他下毒手。你知道的，厨房里最不缺的就是刀子了。”

他话还没说完，高语岚就忍不住哈哈大笑起来。

这人真是太搞了，笑到别人心里发毛落荒而逃，那得有多变态？

“哈哈哈……”高语岚笑得趴在桌上。

尹则抽纸巾递给她擦眼泪，说道：“所以你看，对那些不如意，你要微笑，一边笑一边在心里鄙夷他，坚持微笑，最后你就赢了！”他顿了一顿，微笑，“我最后拜师学艺，做了厨师，然后又有了自己的事业。”

最后就赢了？高语岚看着尹则的笑容，忽然明白过来，这个讨厌的家伙，嬉笑搞怪不过是他面对生活的方式，是他自己的方式。

就如同，她顶着锅盖闷头逃窜的处理方式一样。

这天晚上，高语岚与尹则聊了许多许多。她知道了他是怎么从洗碗工熬过来的，她知道了原来做一名优秀的厨师是多么不容易，她知道了原来开个农场这么辛苦，还知道了餐厅里的客人原来也有难缠的……他俩越聊越起劲。音响里那首好听的歌一直循环播着，歌里唱着“疯了疯了，睡不着，我的心扑通地跳”。

高语岚像是被歌声洗脑了似的，走回家的这一路，不自觉地一直在哼这句。尹则请客夜宵，却像是占了便宜被请的，他显得很开心，送高语岚回家的这一路也一直在笑。

最后两个人在高语岚的家门口道别。尹则忽然道："哎呀，这么晚了啊，月黑风高，我这样的花样男子，走在街上好危险！"

高语岚一撇嘴，没好气地问："那尹先生打算怎么办？"

尹则低头，装模作样，扭捏为难地说："要不，你送送我吧？"

"呸！"高语岚现在已经对"影帝"的表演相当适应了，"我要是送你回去，我回来的时候，难道不是月黑风高吗？我也是花样年华一枝花呢。"

尹则抬头咧嘴笑："那我可以再送你回来。"

高语岚给他一个白眼："晚安，尹先生。"

关门、上锁。

当晚，高语岚上床睡觉了还忍不住一直微笑。她想尹则说得对，如果遇到了不如意，就该对它微笑，笑到最后的人，才是赢的那个。而她只会闷头跑掉，她真笨。

高语岚沉入梦乡，脑海里还回荡着那首歌的旋律："疯了疯了，睡不着，我的心扑通地跳。我的世界因你全部颠倒。"

高语岚一夜好梦，第二天起床，她决定做一件事。工作已经丢了，无可挽回，可是她该向温莎表明态度。这是她该迈出的一步，不能缩头缩脑的，要勇敢面对。

于是，她给温莎写了一封邮件。

不论你是出于什么原因和理由陷害我的，我想告诉你，我看不起你这样的行为。或者你不在乎我的看不起，但我还是想向你表达清楚我对你的想法。己所不欲，勿施于人，你与那个陷害你的人又有什么区别？你遇到了麻烦，却用伤害别人的方式来保全自己，或者你连保全自己都做不到。那个陷害你的人，因为你陷害了我而放弃再伤害你了吗？

其实也不用他来伤害你了，你连你的爱人都不敢公开，今天有我这个替死鬼做掩护，以后呢？

昨天，我学到了一句话，我觉得很有道理。那句话说，面对你的不如意，要微笑。一边微笑，一边在心里鄙视它。我想了想，事情发生后，我一直没有面对过你，我欠你一个微笑，现在在这里补上吧！

公司里，应该大家都还对你笑吧，他们会对我有异样的眼光，相信对着你却不会，因为你是公司的红人，有职位，有老总撑腰。你看，现实就是这样残酷，对公司来说，我远不及你重要，这事件里如果要牺牲一个人，那肯定是我，不管我曾多么认真努力地工作。

但我想你应该比我更难受，因为虽然他们还对你笑，你却不知道他们笑容的背后藏着什么，他们背过身去，会怎么说你。你自己心里明白，那一定不会是赞扬，毕竟这件事里，你也是主角。

也许你会说你不屑，也许你比我洒脱，可人心是一样的，多看看他们的笑容吧。总之，你好自为之，多保重。

另外，你对我说你觉得抱歉，想给我介绍工作补偿我，我得告诉你，我无法接受也不会接受。我唯一接受你道歉的方式，就是你向大家澄清这件事，揭露事实真相，还我清白。

高语岚写完，把信看了一遍，点了“发送”。

然后，她顿觉心中轻松无比。虽然她觉得温莎不可能向公司说出真相，但她把心里话说了，出了一口气。她没打算去纠结温莎真正的同性爱人是谁，毕竟工作已经没了，她要做的是好好面对未来，自己过得好才是对这些人最好的回敬。

也许是这个振作精神转运的方法真管用，也许事情真就是这么巧，反正第二天，高语岚就接到了一家大公司的面试通知，职位是市场部策划经理。高语岚喜出望外，因为这个公司条件很好，而且她投简历快一个月了也没动静，她还以为没机会了呢。

高语岚挂了面试电话没多久，又接到了陈若雨的电话，她要请高语岚吃饭。

“我这次是要谢谢你的。上次你给我介绍的那个温莎买了我的保险，还动员她的另外三名同事也买了。你不知道，我联络了她好几次，她都没答应，后来有次我提到你了，她听说我是你的老同学，就买了。这全是靠你的面子啊，我这个月业绩完成了，还留了两个单到下个月，岚岚啊，你是我的福星，我要请你吃饭。”

高语岚一愣，“噗”地一笑，幸好这保单签得早些，只不知那温莎看完了她的邮件，会不会就后悔买这保险了。

5

两周后，陈若雨与高语岚见了面，两个人又约在尹宁的“书香甜地”，她们打算先聊聊天，到了饭点再在附近找地方吃饭。

尹宁这回也加入了聊天话题，三个半女人围了一桌，喝茶吃蛋糕。嗯，那半个女人，自然就是妞妞小朋友。

馒头先生不得上桌，被栅栏围在了店的角落独自啃它的磨牙棒。

大家聊得很开心。陈若雨说了许多她卖保险遇到的人和事。高语岚面试通过了初试，心情很好，于是把她面试遇到的问题跟她们分享。

“你为什么想来本公司？这种问题还要问吗？当然是为了薪水啊！”陈若雨对这种问题最不屑。

“我跟你们说，我原来找工作的时候，也遇到过这种问题，还有问你对这个职位有什么看法。你说能有什么看法，甭管这个职位名字是什么，还不是上司让我干什么活儿，我就干什么活儿吗？薪水高一点儿，别没事就加班，看法就会好一点儿。唉，所以我最后还是去卖保险，虽然看人脸色，不过胜在自由些。”

尹宁对工作的话题没兴趣，她没工作过，大学毕业没多久就发生了那件不堪回首的烂事，然后稀里糊涂地就当上了老板娘，不用看人脸色，也不用管收入，一切都是尹则帮她搞定。她托着腮想了半天，她真是对家里一点儿贡献都没有。所以，她怎么都该帮尹则一把，可是该做什么好呢？

尹宁看看高语岚，尹则总是时不时就提到她，而且见面逗她的那些玩笑话也跟别人不一样。他虽然总嬉皮笑脸没正经，但不会这样调戏女生的。难道，那些不是玩笑话？

尹宁决定先打探打探：“岚岚，你工作的事差不多有着落了，就该赶紧落实爱情的问题了吧？你跟我说说，喜欢什么类型的？”

高语岚还没说话，妞妞就开口了：“妈妈，我喜欢舅舅那样的。”

几个大人笑起来，陈若雨举手问：“尹宁姐，你的店还兼红娘业务吗？我报个名，我也要找对象。”

尹宁心想我只有一个弟弟，但嘴上还是问了：“你想找个什么样的？”

“嗯，工作稳定，身体健康，顺眼的，会对我好的。”尹宁刚要说那要求不算高，陈若雨却接着道，“要是有房子就更好了，如果还有车，就更完美了。当然婆婆最好能和蔼可亲，还有别干扰我的工作，我还是很想干出一番事业来的。”

高语岚和尹宁看着她，妞妞也眨巴着眼睛看她，陈若雨“嘿嘿”一笑：“我说的是更好，最好，其实要求没那么高，我很务实的，基本好就行。”

妞妞认真地说：“我舅舅很帅哦，对人也很好，还有房有车哦，不过舅舅是我的，不能让给你。”

尹宁敲敲妞妞的小脑袋：“小鬼头，你舅舅要是娶不到老婆，可要找你算账了。”

“舅舅有我了，不需要别的老婆。”一番话说得童声童气，煞是可爱，把几个大人逗得“哈哈”笑。

尹宁正要向高语岚继续套话，高语岚的电话却响了。她拿起一看，是郭秋晨。

“小郭先生，你好。啊？真不好意思，我爸怎么又这样，我一定好好说说他。没没，这样太麻烦你了，我现在在上次吃饭的那个‘书香甜地’，嗯，好吧好吧，真不好意思，真的太不好意思了……好的，那我等你过来。”

高语岚刚挂电话，陈若雨就赶紧问：“怎么回事？”

高语岚撇嘴抱怨：“我爸啦，一直要帮我相亲，他同事的孩子，就是这个小郭先生，调来东麓市了，他就借口让人家帮忙从家里捎东西给我，这样真是太糗了。”

“哇！你爸好贴心哦，我爸从来都是说，你要自己努力啊，快带个男朋友回来。”陈若雨学着她老爸的语气。

高语岚被她逗笑。尹宁心里有些着急，人家父母有相中的女婿人选了，那她家尹则怎么办啊？

没多久，郭秋晨到了。这次高爸托她带的是个小背袋。郭秋晨熟门熟路，拿了袋子就进了“书香甜地”。

大家见了面，照例客气一番。陈若雨好奇地一直盯着郭秋晨看，弄得他有些不好意思。高语岚给他们互相介绍，都是花荫市人，老乡见老乡，于是很快就聊开了。花荫市不大，聊了几句发现彼此拐着弯儿还有共同的朋友，就更好说话了。

这个时候已是中午饭点，尹则不在，没人管饭，于是这几个人商量着到附近饭馆吃饭。

“麦当劳！”妞妞小朋友首先发表了意见。

“不行。”尹宁回绝得很干脆。

妞妞撇嘴：“太不尊重小朋友了，这样不利于我们儿童的身心健康发展。”

郭秋晨忍不住笑，没见过这么有趣的小鬼头，不禁问：“这些词都在哪儿学的？”

妞妞抬头看他：“看电视啊。”

几个人边说边出了门，尹宁背好包，锁店门。刚走几步，听见陈若雨对高语岚说：“快看快看，那个男人好帅！”

尹宁一抬头，僵住了。高语岚也看过去，一个高大帅气的男人站在一辆黑色轿车前，正是上次在店里跟尹宁争吵的精英男。

尹宁皱起眉头，拉着妞妞就要快走离开。可那个男人几个箭步冲过来，挡在她的身前，然后低头看了看妞妞。

妞妞吓得往尹宁身后躲。尹宁咬牙，强忍怒火，当着孩子的面，她不想把事情闹开，只得说道：“别挡路。”

那个男人把眼光从妞妞身上转向尹宁："我送你的东西全退回，电话你也不肯接，你到底是想怎样？"

"想你离我们母女俩远一点儿。"尹宁咬牙。

精英男的脸色很不好看："我不会放弃的，女儿我也有份，真要斗起来，你未必留得住她。"

"随你怎么说，我也不怕你，尹则揍你揍得不够是不是？"尹宁把手伸进包里，那里有尹则给她买的防狼喷雾剂。

两个人对峙的气氛很火爆，柔弱的女子和粉嫩小女娃站在高大的男人面前，显得分外可怜。郭秋晨身为这边唯一的男性，忍不住站出来护在尹宁身前："这位先生，有话好好说。"

尹宁拉拉郭秋晨的衣角："别理他，我们走吧。"

这话这姿态，让精英男火冒三丈。

郭秋晨弯了腰抱起害怕的妞妞，跟着尹宁往前走。高语岚和陈若雨跟在后面。没人理会他，这让精英男更生气。

眼见尹宁与郭秋晨站得近，精英男终究控制不了脾气，猛地冲了过来，对着郭秋晨的脸就是一拳，嘴里骂道："想抢我的女人和女儿，你也不照照镜子？"

事发突然，几个女人放声尖叫。

第七章
春意盎然的噩梦

高语岚喘着气，终于完全清醒过来，心还在狂跳，身体还在发热，每一处细胞似乎还在沉醉，她捂着脸，觉得脸烫得要烧起来。

1

郭秋晨突遭袭击，脸上正中一拳。这让他脚下一个踉跄，差点儿没站住，他顾忌着手上还抱着小朋友，赶紧把妞妞放到地上。

精英男再挥一拳，打在郭秋晨的眼眶上。郭秋晨惨叫一声，蹲地捂眼。

这时三个女人也反应过来了。尹宁一把扔了包，冲过去用力推开精英男：“林渊，你这个浑蛋，你凭什么打人啊，滚开！”

陈若雨蹲在郭秋晨身边低头查看他的伤，高语岚把吓得哇哇大哭的妞妞抱进怀里。

林渊瞪着郭秋晨，转眼过来看着尹宁冷道：“你不肯回心转意，跟他有关？”

“你太烂了，没人会要你。”尹宁大声骂，火气大得可以烧掉一栋楼。

林渊更气，被郭秋晨刺激出来的恼怒还未散去，尹宁又当着那个男人的面这样喝他。

林渊嘴角绷得很紧，很酷地推了推墨镜，沉默几秒，暗自深呼吸控制脾气，然后说道：“过去我是有很多错，可历经了这么多事，现在我只想重新来过，我想了很多，你得相信我有改变。”

尹宁挺直了胸膛，冷笑道：“是啊，变了很多呢，以前只是爱摆摆酷，现在拳头都用上了。你凭什么打我的朋友？是什么让你以为你有资格对我指手画脚？你以为你变了吗？我告诉你，你一点儿也没变，还是那么烂。我过去是瞎了眼，怎么会看上你这个败类？”

尹宁的话让林渊脸上青一阵白一阵。他咬紧牙，看看尹宁，又看了看两眼饱含泪水、过来扯着尹宁衣角的妞妞。今天真不是谈这事的好时机，可就这样退场，他也不甘心。

于是他咬咬牙，低声说道：“对不起，过去是我不对，让你受了很多委屈，我知道都是我的错，你们母女俩受苦了，我一直忘不了你，以后，我一定会好好对你们的，我们重新来过，好不好？”

他不等尹宁回话，又说：“你不必着急回复我，给自己一点儿考虑的时间，也给我一点儿时间表现诚意，我过几天再来找你。”

尹宁大笑，忽然上前拍他的肩：“林先生，你真有意思，你今天照过镜子没有？啊，对了，你戴着墨镜，可能照镜子也看不清楚，所以你一定不知道，你看你的脸，哇，好可怕，脸不见了！血肉模糊，没脸没皮！太可怕了！你快回家去躲起来，不要出门吓到小朋友，大人也会被恶心到吐的。”

林渊听了她这话，气得脸色铁青，一把扯下墨镜：“你不要用尹则的语气说话！以前的你不是这样的，现在都被他教坏了！”

尹宁脸一板，咬着牙骂：“你这个不要脸的恶心浑蛋，你连给我弟弟提鞋都不配，你该庆幸尹则现在没在，不然他会揍得你满地找牙！”

“看在你的面子上，上次的事我不跟他计较。”

“看在你的表现上，过去的事我这辈子都会计较，你丑恶狠毒、黑心肝、无情无义的嘴脸深深地印在了我的脑子里，我根本不可能忘掉。林渊，我说你没脸没皮你还能撑到现在，看来是无耻者无畏，功力见长啊。重新来过？我当初大着肚子找你，你却告诉我你只是跟我玩玩而已的时候，怎么没想到要跟我重新来过？你娶别人的时候，怎么没想到跟我重新来过？你建立家庭搂着老婆过日子，而我割腕、我生下妞妞，那个时候你怎么没想到跟我重新来过？”尹宁说着，一声冷笑，“对了，我一直没机会告诉你，现在既然这么不幸地遇到你了，我想告诉你，知道你一直过得不太好，没人要你，我真是为你感到高兴。”

林渊被尹宁几番辱骂，再忍不住，狠狠抓住她的手腕拉扯她：“你别以为我现在的脾气有多好，我容忍你，不代表你可以侮辱我！”

尹宁痛得尖叫，伸手去拍他的手臂。

郭秋晨起先无辜被打，心里大叫倒霉，但如今听了两个人的对话，知道这个男人过去竟然这么无情无耻，不禁也替尹宁抱不平，现在看他居然还对尹宁动起手来，忙上前去拦：“你放开她！”

“我们的事轮不到你说话，滚开！”林渊看到郭秋晨就来气。

尹宁大叫：“我跟你没有我们，你才应该滚！”

“你给我听清楚！”林渊拉紧尹宁，“我是想好好跟你重来，妞妞是我的女儿，谁也改变不了这一点。”

“做你的春秋大梦去吧！你放手，你弄疼我了。”尹宁用力拍林渊的手臂。

郭秋晨在一旁帮忙去拉林渊：“有什么话用嘴说就好，对女士动手，太没风度了。”

陈若雨也冲上去，大叫：“你放开尹宁姐！”

高语岚赶紧把拉着尹宁衣服，吓得又开始哭的妞妞抱过来，哄着她，不让她看那团混乱。

那边几个人扭成一团，林渊用力甩开他们。他再没了耐心，又恼又怒，挥拳又向郭秋晨打了过去。

这次郭秋晨有了防备，但他斯斯文文，没什么打架经验，只得狼狈地抱着头往后躲。

“你还敢打人！”尹宁气得头顶冒火，低头在地上的包包里翻找，找到了那瓶防狼喷雾，然后一个箭步冲上去，对着林渊的脸一通狂喷。

林渊惨叫一声，下意识地挥臂一挡，打在了尹宁的脸颊上。陈若雨大喝一声，脱了高跟鞋对捂着眼睛蹲跪下来的林渊的脑袋一顿乱打。

妞妞放声大哭，高声喊着“妈妈”。郭秋晨从林渊的拳头下被救出来，目瞪口呆地看着两位女侠的勇猛英姿。

远处警笛声响，一辆警车开了过来。两名警察下车朝这边走过来。

“怎么回事？是这里有抢劫案吗？”

“抢劫？”大家都有些呆愣，只有寻仇和打架斗殴，没有抢劫啊。这里人人衣冠楚楚，虽然打架的场面有些乱，可警察叔叔怎么这么有才，能看出这里有抢劫？

一名警察说道：“有人报警，说这里发生抢劫案，你们是怎么回事？谁报的警？”

高语岚看看自己的电话，非常疑惑：“我没报警啊，我之前打的明明是尹则的电话，难道是他报警的？”

警察皱眉头：“那这里到底有没有人被打劫？”

大家面面相觑，这时候妞妞一边痛哭着扑进尹宁的怀里，一边哑着声音对警察说：“有，有人被打劫。”

她一指林渊，只见他刚从地上站起来，眼睛被喷雾剂刺激得红红的，一脸狼狈。妞妞一边哭一边喊：“是他，他要打劫妇女和儿童。”

打劫妇女和儿童？大人们都一愣，在消化这个犯罪新词。

警察有些想笑，但还是板了板脸，看了一圈这些人，又问：“到底发生了什么事？刚才是谁报的警？”

依然是妞妞抢先答了：“是我报的警。”

大人们又是一呆，接着无语。妞妞抹着眼泪说：“警察叔叔，这人是坏人，他打我妈妈，小郭叔叔想保护我们，也被打了。”

看妞妞小大人似的，警察就跟她说：“小朋友，报警是很严肃的事，不是玩游戏。”

妞妞皱眉头：“那他打人，还要打劫我，警察叔叔管吗？”

警察被问得一呆，妞妞继续说：“舅舅教我的，他说警察叔叔会帮助好人。这个人的照片舅舅给我看过，他告诉我报警的电话，他说如果遇到这个坏人欺负我妈妈，想带我走，就要报警。”

尹宁翻翻包，发现她的手机不见了，转头一看，丢在地上，估计是妞妞打完电话随手乱丢的。她叹口气，把手机捡起来放回包里。

这边警察还想给妞妞上上法律课：“小朋友，这种情况不叫打劫。”

妞妞泪痕未干，却很清楚地说：“舅舅说如果小朋友说不清楚情况，警察叔叔会以为开玩笑不出警，说有人打劫就可以，而且这个人打我妈妈，想劫走我，说打劫也是合理的。”

警察哑口无言，这家庭教育，真是神了。不过听起来这事像是家庭暴力抢孩子，又不禁同情起这对母女来。他看尹宁像是这个孩子的妈，就问："现在是什么情况？你要告他吗？”

尹宁想想，她不太会处理这种事，这次两边都有打伤，恐怕会很麻烦，于是摇摇头：“这次先不告。”

警察点点头，拿出本子：“那还是得登记一下，我们出警了，得有记录。”

“她不告吗？我告！”

众人转头，只见林渊怒气冲冲道：“我要告他们几个蓄意伤害！”

“很好！”有人大声应，众人又转头，看见尹则大踏步地走过来，一脸狰狞。他走近了，二话不说，挥拳就把林渊打倒在地，骂道，“不揍你真是对不起你律师的那份薪水，不能让他白拿了。”

2

林渊被揍，勃然大怒。他暴喝一声从地上跳起来，冲着尹则猛扑过去。尹则躲都不躲，迎上去又是一拳。

两个人你来我往，瞬间扭打在了一起。

旁边数人看着，都没来得及反应上前劝架，只有妞妞对尹宁大声喊：“妈妈，坏蛋打舅舅，快开门放馒头！”

高语岚无语凝噎，心里想着：孩子啊，你家那馒头，出来也咬不着什么坏人吧？

它摇尾巴卖萌对坏人不管用啊。

两名警察在一旁看着这情况不乐意了，当他俩死了吗？居然敢当着他们的面斗殴！于是立即赶上前去拉架，甭管怎么样，全部带回去再说。

那两位打得正在兴头上，警察来了也不管。林渊猛地一记拳头挥过来，尹则偏头一躲，拳头砸在其中一位警察的脑袋上。

尹则见状，果断迅速地撤身，躲到警察背后高举双手装乖，大声叫："警官，他袭警，他袭警！"

林渊恨得牙痒痒的，他其实真的是想跟尹宁重新在一起，想要女儿，可他沉不住气。现在这个唯恐天下不乱的尹则出现，几个拳头来回，反而让他冷静下来。他真蠢，他表现得既恶劣又脑残。

林渊停下来，喘着气，整了整衣衫，他的目光越过两位警察，落在了尹宁的身上。

此刻，尹宁正看着他，用那种轻视又漠然的眼神。而他的女儿，此刻扑进了尹则的怀里，让他帮她擦干净那张泪痕斑斑的小脸。

"舅舅，我们放馒头咬他！"妞妞粉嫩嫩的小手指向林渊，这让他心里一拧，真是说不出的滋味。

这事闹成这样，想不去警察局都不行了。尹宁把妞妞交给了高语岚，让她带着孩子去吃点儿东西，别参与这件糟糕的事。高语岚、陈若雨和郭秋晨就把孩子领走了，买了麦当劳，又按尹则说的，去附近一家医院给郭秋晨验伤治疗，索要验伤报告。

而尹宁和尹则跟林渊各自开车，进了附近的派出所。

高语岚有些不安，尹则被揍了好几拳，不知道伤得重不重，这个林渊看上去来头不小，他们姐弟二人会不会有麻烦？

陈若雨也有些不安，她问："我刚才也揍了那浑蛋好几下，他说要告我们，会不会把我也告进去呢？"

高语岚安慰她几句，其实她心里完全没底。不过那林渊又不认识陈若雨，应该会没事吧。

郭秋晨没怎么说话。他是他们当中最倒霉的，细数数，好像每次过来都没有遇见什么好事。不过小郭先生非常有风度，一句埋怨的话都没有说。在买麦当劳的时候，妞妞好奇地戳戳他的眼角，问他痛不痛，他还很耐心地陪孩子聊天。

几个人里，只有如愿吃上麦当劳的妞妞心情还不错。虽然刚才经历了不愉快，但她不愧是与尹则有血缘关系的亲人，很快把这些事丢到脑后，而且迅速制订了日后的作战计划，那就是——回家好好训练馒头分清敌我，勇敢战斗！

高语岚没有打击妞妞的痴心妄想，却在心里提醒自己，回头见了尹则要跟他说一声，小心馒头的人身，不对，狗身安全。

三个大人一个孩子一起到了不远的医院，妞妞熟门熟路，连蹦带跳地在前面领着大家到了三楼。

护士看到妞妞都跟她打招呼，妞妞很大方地招手，闷头跑进一间诊室。

高语岚赶紧上去拉她，可妞妞人虽小小的，动作却很快，一下钻了进去，还大声叫道："孟叔叔！"

诊室里传来一个男子的笑应声。高语岚作为妞妞的临时监护人也赶紧跟着进去了，她看到一名穿着白大褂的年轻大夫把妞妞抱了起来。

大夫的桌上摆了名牌，高语岚扫了一眼：孟古。

孟古之前已经收到了尹则的电话，所以知道高语岚他们的来意，他很快给郭秋晨做了检查，脸上和眼眶有瘀伤，手腕有轻微扭伤，手背有点儿小擦伤，其他无大碍。

郭秋晨对高语岚说："你看，没事的，我都说了不必来检查。"

"还是验清楚放心。"

"对，还是验一验放心嘛。"孟古附和高语岚的话，紧接着对郭秋晨说，"手腕扭了，打个石膏吧。"

此言一出，诊室里一片寂静。

孟古一脸诚恳地笑："不用担心医药费，尹则说了，他出钱。"

高语岚恍然大悟，想起当初尹则那条石膏腿。

孟古继续说："要不要再做一个更全面仔细的身体检查？三个人都做吧！"

他一边说，一边"唰唰"地开单子。郭秋晨无语，噌噌退了好几步，站到陈若雨的身后去了。

高语岚叫过妞妞，对她耳语了几句。妞妞一听，猛地向孟古扑去："孟叔叔，你要收我舅舅的钱吗？收好多钱吗？"那表情和语气，俨然遇到了劫匪。

孟古笑着摸摸小朋友的脑袋："妞妞，你舅舅有钱，别担心。"

妞妞使劲摇头，小脸皱成了包子："孟叔叔，我舅舅好穷的，你真的忍心收他的钱吗？"

孟古还是笑："他哪里穷了？"

妞妞认真答："他都不能天天请妞妞吃麦当劳。"

"那是他小气。"

"他还有款贷没还。"

"款贷没还？"孟古没听懂。

妞妞赶紧回头用眼神向高语岚求助，高语岚脸涨红，用嘴型小声说："贷款。"

妞妞点头，迅速倒带重新说："还有贷款没有还。"她想了想，加重语气，"好可怜的——"最后一个字拖得老长，感情表达得十分充分。

孟古这回咧开嘴笑得更厉害了。

妞妞扯他的衣袖："你不要收我舅舅的钱，不然妞妞没有麦当劳吃，也没有房子住，吃不饱穿不暖，只能到街上卖火柴。"

孟古哈哈大笑，眼角瞥向高语岚。

高语岚连连摆手："最后那些绝对不是我教的。"

"尹家贤内助啊。"孟古手掌撑着下巴，那德行与尹则有几分像："说说，你跟尹则什么关系？"

"没关系。"

"没关系，他们姐弟俩能这么放心地把妞妞交给你，你还这么替他心疼钱？"

"真没关系。"

"不信。"

高语岚无语，不理他了。

妞妞把话题扳回来："孟叔叔，那不收我舅舅的钱了吧？"

"小人精，不收钱，你孟叔叔我得喝西北风去，你不心疼？"

"我心疼舅舅。"妞妞老老实实地说，一点儿没给孟古留面子。

"你也心疼吧？"孟古冷不妨又把话题往高语岚身上套，尹则那家伙最近春心大动，主角估计就是这个姑娘。

高语岚用力摇头："我跟他没关系，不心疼。"

"噢，岚岚，你又伤害了我。"

背后忽然传来尹则充满感情、貌似悲痛的声音，高语岚吓得整个儿跳了起来。回头一看，真是尹则。

"舅舅！"妞妞欢快地扑了过去，第一时间打小报告："孟叔叔答应以后都不收你的钱了，看病就找孟叔叔。”

孟古无语，他什么时候说的，还以后？最后那句“看病就找孟叔叔”，怎么这么像电视广告？所以说不能让小孩看太多电视！

尹则哈哈笑，亲亲妞妞。他走进来，对郭秋晨和陈若雨说了声“抱歉”，又问了他们身体的状况，大家都表示没事。

于是尹则指指身后：“这是我朋友雷风，由他送你们先回去，今天真不好意思，回头我请吃饭。”

高语岚转头一看，还真是上次跟尹则一起到她家的那名警察雷风。这次他没穿警服，看上去清新俊朗。雷风看见高语岚便笑了笑，“嗨”了一声算打过招呼了。

几个人客气一番，陈若雨和郭秋晨便跟着雷风走了。高语岚也想走，尹则却把妞妞推到她怀里，拉着一起坐下。

孟古咧着嘴笑：“没关系吗？我信你！”他顿了顿又补一句，“真的！”

真个鬼！

高语岚不理他，没看见尹则在桌下狠狠踢了孟古一脚。

两个大男人三八兮兮地你一言我一语地互损对方，孟古嘴里一边说着刻薄话，一边很快帮尹则检查了伤，开了药。

高语岚想起尹则原来说过的，这是他们表达友情的方式。她不由得长叹：真是物以类聚，人以群分，“影帝”的朋友也是“戏骨”啊。

尹则还有别的事做，没有在孟古这儿久留，他很快带着高语岚和妞妞告辞。这时高语岚才想起问：“尹宁姐呢？”

“她想静一静，我先送她回家了。”

“哦。”高语岚想问问林渊最后把他们怎么了，或者他们把林渊怎么了，后来一想妞妞还在呢，也就作罢了。

尹则似是知道她的想法，跟她说：“别担心，事情告一段落，没问题了。我先送你回去，回头见面再告诉你。”

高语岚点点头，转头看看车窗外面的街景。路旁正好有对男女在吵架，高语岚有些感慨，这座城市里，不知道还有多少男女间的故事。尹宁也好，她自己也好，不过都是失败的例子之一。

因为被故事吊着胃口，所以高语岚盼望着能与尹则快些再见面，但这一天快要结束，高语岚却一直没有接到尹则的电话，倒是陈若雨打过来倾诉了些心声。

“岚岚，怎么办？我好像恋爱了。”

“啊？”高语岚大吃一惊，“这么快？你恋上谁了？”

“可能……可能也不是恋爱了。就是，你知道我也不小了，该找个对象了。要是遇到顺眼的，是不是该行动一下？但我还没有确定。”

“小郭先生？”

“不是他，他太文弱了，不适合我。”

“那是谁？难道是尹则？”

“不，不，也不是他。他明显对你有意思，我才不凑那个热闹。”

“乱说什么，他才没有对我有意思，他只是无聊爱整人而已。”

“那他真是得无聊到一个境界才行。”

“相信我，他境界相当高。”

陈若雨长叹一声，不说话了，高语岚也不说话，等着陈若雨自己说。

等了一会儿，陈若雨扭扭捏捏地问了：“岚岚，你说，那孟医生和雷警官，哪个更好？”

“……”高语岚不知该怎么答。若雨“童鞋”，你也太猛了吧，不恋则已，一恋就恋上两个？

3

“孟医生幽默风趣，话多一点儿，但是挺有意思的。雷警官话少，感觉稳重点儿，而且很有礼貌，风度翩翩。两个人完全不一样，你给点儿意见嘛，哪个更好些，更适合我？我很认真的，想选一个好好追求。”陈若雨说着，似乎真不是在开玩笑。

可高语岚说不上来谁更好，就她而言，她觉得要谈恋爱，对方没有什么好不好，只有你爱不爱。你要是喜欢他，什么缺点都会觉得无所谓，帮他洗臭袜子都觉得幸福；你要是不喜欢他，他多说两句话你都会觉得聒噪烦人。

爱情这件事，真是玄妙。

她把这意思跟陈若雨说了，陈若雨听了“哇哇”叫：“才见过一次，哪会有这么深的感情嘛，我现在只是一见有好感，当然也要看对方的具体情况，然后才能决定是不是要追追看。最后也得看人家是不是也能跟我对上眼啊，万一对我万般嫌弃，我想再多也没用。”

“那你又说你恋爱了？”

“拜托，这叫加强语气，修饰手法啊。”陈若雨在电话那头打起精神，“岚岚，我认真想过的，我一个外地人，从小地方来，家境普通，工作一般，长相也不过是顺眼，而且我这种性格，也不是人人都能受得了的。嗯，我这么说，倒不是妄自菲薄，只是要先把自己的条件想清楚。我就是想找个谈得来的，我喜欢他，他也喜欢我，然后大家能一起好好过日子。所以还是先打听清楚，探好情况再展开行动，不然他们两个互相认识，我要是下手下错了，另一个也没机会了。你帮我问问尹则嘛，他这两位同学是什么情况，有女朋友没有，喜欢什么类型的。”

“啊，你连他们是同学都知道了？”

“今天雷警官送我们的时候我问的啊。”

“那你怎么不顺便把敌情也打探一下？”

“嘿，我虽然脸皮厚，可也是有女性矜持的。”

“所以是你的女性矜持让你同时相中了两个？”

陈若雨在电话那头沉默片刻，忽然很神秘地压低声音问：“岚岚，其实你在跟尹老板谈恋爱吧？”

“才没有。”

“你老实说，你跟尹老板到哪一步了？”

“呸呸，谁跟他到哪一步？”

“你们接吻了吧？”

“哪有！”高语岚整个人跳了起来，“你怎么会这么想？我们看上去哪里像是一对？我怎么可能跟他那样？”

“像不像不重要啊，重要是不是啊。”陈若雨振振有词，“你看你现在说话，是不是跟尹老板有点儿像了？人家说，谈恋爱的人，是会互相影响的，然后口水吃多了，说话语气口吻什么的也会越来越像……”

“呸呸呸，好恶心！”高语岚脑子里忽然冒出尹则一把将她拉到怀里吻住她的画面，她用力甩头，想甩掉这种恐怖幻想。什么口水吃多了，他伸舌头……高语岚觉得全身的血液都往脸上冲，她捂脸倒在床上“嗷嗷”叫，“若雨，你打败我了，你彻底赢了，你是不是恶心星球派来攻占地球的？你回去吧，快呼唤飞船带你走。那什么，是不是要带走地球帅哥才甘心？孟古医生和雷风警官都归你，不不，把尹则也带走吧，三个人凑一组，一个帮你做饭，一个做你的保镖，还有一个是你的家庭医生，真是太完美了，快走吧！”

电话那头传来陈若雨的“哈哈”大笑声：“真的是很完美，要是现实就好了，这样我做梦都会笑啊。岚岚啊，你还不承认，你看你现在说话是不是比以前幽默多了？”

原来瞎编乱造、胡说八道就叫幽默啊！高语岚无力抚额：“我本来就是机灵幽默又风趣可爱的好不好？”

“哪有？”陈若雨又笑，“这么厚颜无耻地自我夸奖，形容词还一溜一溜的，完全不是你的风格啊。”

高语岚无语，她刚才真的脑抽厚颜了一把，什么叫机灵幽默又风趣可爱？她居然这样说自己？

陈若雨在电话那头接着说：“所以说真的是互相有影响，口水吃多了是会变的。哎呀，晚了，我得洗澡去了，那两个地球帅哥就麻烦你帮我问问地球大厨尹老板，一定要帮我打探出情报来啊。我可是好不容易鼓起勇气要追求幸福，全靠你了！”

陈若雨挂了电话，高语岚看着天花板发呆。不会吧，难道她真的变了？被尹则影响的？变得没个正形胡说八道了？

“不可能！”她对着屋子里的空气大叫，她跟那痞子绝对一点儿关系都没有，不可能有，什么接吻嘛，什么口水嘛，呸呸呸！

高语岚从床上跳起来，她也去洗澡、刷牙，给自己找点儿事做，不能再去想这些乱七八糟的事了。不要想尹则，不要想他的幽默感，不要想他的坏笑，不要想他挑眉的表情，不要想他装可怜的语气……

可等她洗完澡收拾干净从浴室走出来，却发现尹则的一切刚才一直塞在她脑子里，她倒了杯水给自己，拿起水杯时想到的居然是尹则拿杯子递给她时的修长手指。

高语岚脸一红，坐立不安倒腾了半天，然后开始卷袖子拿扫把，将家里里里外外打扫了一遍，又拿了拖把水桶，每个角落都擦得铿亮光洁。干完了这一切，她终于累了，倒在床上，很快觉得困了，迷迷糊糊的，不由在心里哼起了歌。

疯了疯了，睡不着，我的心扑通地跳……

哼着，哼着，她终于睡着了。

门铃响了，高语岚跑去开门，门外站着尹则。他穿着白衬衫，显得高大挺拔，非常有精神。他的眼睛很亮，看着她一直笑。

“这么晚了，你来这儿做什么？”高语岚看着他明亮的眼睛，心跳得厉害。

尹则没说话，只笑着走了进来，轻轻关上了房门。高语岚后退了两步，仰头看着尹则，不知道自己为什么说不出话来。

尹则逼近她，慢慢迈着步子。高语岚屏着呼吸，往后退。

他上前一步，她就退一步。然后，她的背靠上了墙，再无退路。

尹则逼过来，双臂撑在她的脸旁，将她困在他臂弯围成的小天地里。高语岚的心“怦怦”乱跳，看着他的眼睛说不了话，也动弹不得。

他一直在微笑，他抚上了她的脸，很温柔地，然后捧着她的脸颊，低下了头。

高语岚整个人僵住了，眼前一花，唇瓣被温柔地含住，她想推开他，想大叫不可以，可她刚一张嘴，他的舌便探了进来。

他的舌很灵巧，湿润而温暖地缠着她的舌头。她想推拒，却是从鼻腔里冒出轻柔的“嘤咛”。他的身体压下来，紧紧抱着她，大掌托着她的后颈，吻得更深，更彻底。

高语岚浑身发软，根本没办法推开他，鼻子里闻到的全是他身上清新好闻的男性气息，很干净，似乎带点儿淡淡的柠檬香，他是不是做了柠檬味的蛋糕？所以让她感觉香甜？

他很温柔，她在他的唇下迷醉，她抓紧了身下的被单……等一下，她的头很晕，神志不清，他们什么时候进了房间上了床？

她昏昏沉沉，觉得自己像块巧克力，正在他嘴里融化。

然后她身上一凉，衣服竟然不翼而飞。而他也裸着，两个人肌肤揉擦着肌肤，热烫得快将她烧掉。他的手掌很大，他在摸她的小腹，往上……

“不行，不可以！”他把她弄疼了，她好害怕，她不应该与他这样的，他们明明是没有关系的两个人，怎么可以这样？

她的嘴张了又张，拼尽全力，终于喊了出来。

这一喊，令她睁开了眼睛。醒了。

房间里很黑，天花板还是那样，一点儿没变。床上只有她一个人，她的被子盖得好好的，睡衣每一颗扣子都没有松开，没有裸体，没有尹则。

高语岚喘着气，终于完全清醒过来，心还在狂跳，身体还在发热，每一处细胞似乎还在沉醉，她捂着脸，觉得脸烫得要烧起来。

她怎么会做这种梦？还是跟尹则。

不不，这是噩梦，春意盎然的噩梦！

高语岚越想越惊，越想越害怕。

天啊，来一道雷劈了她吧！

不不，还是去劈尹则吧！

不不，严格说起来，尹则勉强也算是受害者。

那，还是去劈陈若雨吧！都是她的错，全是她的错！

什么接吻，什么口水吃多了，好恶心，害她做噩梦。

高语岚把自己埋进被子里，觉得再没脸见人，她越想越尴尬，越想越害羞，怎么能做这样的梦呢？

“陈若雨，我恨你！”

4

做了噩梦之后，再见到梦中主角会是什么情况？高语岚还不知道，只知道想起来就会脸红，尹则这个名字让她很尴尬，所以她一直躲着。

幸好这次老天爷是站在她这边的，之后的两个多星期，尹则都没有出现。

高语岚一方面暗暗庆幸，虽说噩梦了无痕，但要是这么快又看到他，她真害怕自己会手足无措。虽然俩人之间没发生什么，但她却没来由觉得很心虚。

而另一方面，她又有些牵挂，不知道尹家跟那个林渊的事最后怎么样了。尹则会不会又跟人打架受伤了？会不会真的被林渊告？还有，他为什么不找她了？

高语岚怀着这样的心情过着日子。时间过得很快，一晃两周过去了。

这两周发生了不少事，比如高语岚的新工作复试成功，就差上班通知。又比如郭秋晨正式调任到了东麓市，高爸高妈特意打电话过来嘱咐她要好好照顾人家，天知道明明小郭先生才是大老爷们儿，为什么爹娘会想到让她去照顾他？

这两周里高语岚与陈若雨、郭秋晨都见了面，吃了饭。她又被陈若雨催了，要帮忙打探两位地球帅哥的情况。郭秋晨也问起尹家两姐弟和妞妞现在的情况。高语岚有些无措，她怎么忽然间成了尹家代表？

可她这尹家代表确实是什么情况都不知道，因为这两周尹宁的店一直没有开门，高语岚也没好意思去“食”铺问尹则是不是也没上班。

等她调整好了心情，终于不再去想噩梦的事，高语岚忍不住打了电话给尹宁，表示一下朋友的关心。

尹宁接到电话很高兴，她说最近她和妞妞轮流生病，所以一直在家里休息。

高语岚跟她聊了好一会儿，尹宁主动说了林渊没有再骚扰她们，妞妞现在也很好，又说尹则这段时间很忙，总在外面跑。末了，她问："尹则有没有找你？"

高语岚脸一红，心忽然跳快了几拍："没有啊，我跟他没什么的，他干吗要来找我？"她说完又顿觉失态，人家又没说有什么，她心虚个什么劲啊，"呃，我是说，他没来找我。"

"哦。"尹宁似乎没察觉高语岚的反应有什么不对劲，只说，"因为他说那天很不好意思，要请你们吃饭的。我还以为他会找你约这件事呢。"

"哦哦，没有了。你不是说他最近忙吗？也许以后吧。其实不用这么客气了，小郭先生和若雨都不介意，我们三个见面来着，正好大家都是老乡，聚一聚，算是为小郭先生调来东麓市工作庆祝一下。"

"那也不错，这算升迁吗？是件好事。"

"嗯，是升迁，他自己也挺高兴的。尹宁姐，我还有一个好消息要告诉你。"高语岚忍不住报喜，"我去参加复试了，是家大公司，还挺好的，那个部门总监对我也很满意，他说应该没什么问题，让我回来等上班通知。"

"哇，那就是说你很快就要去上班了？"

"现在还没有最后通知，不过我听那总监的意思，应该问题不大。"

"太好了！我过两天就回店里，到时做个大蛋糕给你庆祝。"尹宁知道高语岚多为工作发愁，这下有了着落，真为她感到高兴。两个人又说了一会儿，聊了聊妞妞和馒头的一些趣事，这才依依不舍地挂了电话。

高语岚说起工作的事，忍不住兴奋起来，这份工作真的很好，她很满意，她真想快一点儿去上班啊。可是复试都过去两天了，到现在还没有给她通知，会不会有什么变故呢？

高语岚有些忐忑，但又安慰自己，直属上司总监都说对她的表现满意，人事部也表示没什么问题，那应该就是没问题。

她这么想着，打开了那家公司的网站，再一次认真看着公司的业务介绍和业绩成果，憧憬着自己未来的美好事业。

这时候电话响了，居然是尹则。她的心又开始乱跳，脸发热，犹豫了好一会儿才接了起来："喂。"

"你在干吗？"尹则一开口就问，语气熟稔得让高语岚脸一红，她莫名其妙地又心虚起来。

“你管我！”

“我知道你在做什么。”

“做什么？”

“想我呗。”

“呸！”高语岚脸发烫，庆幸着这是讲电话不是面对面。

“你要是不想我，怎么会给我姐打电话？”他可是一回家就听说高语岚给尹宁打电话了。她居然给尹宁打电话而不给他打，他很不高兴，他要算账。

想他所以给他姐打电话？

高语岚撇嘴：“尹先生，你的逻辑很有问题，如果是想你就应该给你打电话，而不是给你姐姐，所以你不要自作多情。”

“我的逻辑没有问题。你想我了，但是又害羞，不好意思打给我，于是就打给我姐，偷偷地从侧面不动声色地打听我的消息，对不对？”

“对你的头，那是你自己瞎编。”

“你现在脸红了，是不是？”

“呸，才没有。”

“你看，我都说中了，你想什么我都知道，咱俩的逻辑都是0.2的，天生一对。”

高语岚忍不住笑，这人真是很讨厌，总是爱乱开玩笑，可是他说话让她很开心。她故意反驳：“不好意思，尹先生，我的逻辑系统已经升级到1.0，跟你不一样了。”

“真的？”尹则扬高了声音，高语岚都能想象他挑高眉毛故作吃惊的样子，她不自禁地咧嘴大笑。

“我说难怪我刚才逻辑指数瞬间升高呢，原来是在与你同步更新。”尹则痞痞的腔调，“怎么办？好苦恼，我们还是天生一对。”

“你真无聊。”高语岚撇嘴，“你打电话给我干吗？”

“我是无聊啊，我无聊到了一定境界，普通人跟不上我的脚步，只有你是我的知音，所谓红颜知己就是你了，所以我要找你一起无聊。”

高语岚忍不住又笑，那个他无聊的境界很高这话，她还真是说过，没想到他自己也这么说。

“你不是很忙吗？”

“刚回家啊。结果一回家我家小侦察兵就说：‘舅舅，刚才妈妈接到姐姐的电话，姐姐快要上班了，妈妈要做大蛋糕……’”尹则尖着嗓子学着妞妞的语气，高语岚听得哈哈大笑。

“妞妞好可爱。”

“她舅舅也挺好的。”尹则接话接得很溜。

高语岚又脸红了：“好了，不跟你瞎扯了，这么晚了，早点儿休息吧。”

“噢，你好体贴，知道我累了，好关心我。”

“你在捂心口吗？”

“果然你最懂我。”

“你真的好无聊。”

“你真的好懂我。”

高语岚气结，还没完没了啦？她果断地说了一句“拜拜”，然后挂了电话。

电话是终于挂上了，可为什么心里会觉得意犹未尽？

高语岚发着呆，手机忽然响了，她抿嘴，这个尹则真讨厌。她迅速按了通话键，大声说：“很晚了，你不要闹了！”

电话那头静默了几秒，然后一个低沉的男声说：“高小姐，我是胡天。”

高语岚一下愣了，惊讶得张大了嘴。老天爷，是她应聘的那家公司的部门总监，如果她如愿能去上班，这就是她的顶头上司啊。

高语岚结结巴巴地应：“胡……胡总，不好意思，我以为是朋友开玩笑。”

那边胡天笑笑：“没关系，这么晚了，的确打扰了。”

“没有没有，不打扰。”高语岚的心悬在半空中，胡总监是要通知她明天去上班吗？这么晚通知，会不会太奇怪？

“没打扰就好。是这样的，我想约你聊一聊工作安排的事，不知道你方不方便出来。”

“现在？”

“对，我在秦山路泰安酒店的大堂咖啡座，正好有个项目的策划案想跟你讨论，离你住的地方不远，你方便过来吗？”

“呃，方便的。”高语岚的脑子有点儿乱，既有工作似乎确定了的兴奋，又有深夜与一个男人约见面的警觉，但她还是下意识地答应了。

胡天在电话那头应了好，说等着她，然后挂了电话。

高语岚冷静了一会儿，脑子开始正常运转了。这个到底算不算是个上班通知呢？都有工作与她讨论了，应该明天就要她上班了吧？可是哪有半夜通知的？而且她还没有入职，是什么项目策划这么紧急要让她现在过去讨论？

这胡总监是个工作狂？

高语岚有些不安，她不敢自己去，可是她也不敢不去。万一人家就真是工作狂，正好今天跟合作方在那间咖啡厅谈事，然后真有工作安排，觉得她反正要入职了，所以可以与她讨论，把工作交付给她呢？

如果是这样，她不去，那摆明了还没上班就得丢工作了。

高语岚心里挣扎半天，决定给自己找个伴。

找陈若雨？不行，这么晚了，她也是女孩子，不安全。而且她大大咧咧的，万一说错什么，弄得尴尬就不好了。

找郭秋晨？不行，万一真有什么事情发生，他这么文弱，打架打不赢的。

高语岚想了又想，最后一咬牙，拨通了尹则的电话。

“怎么了，这次是真的想我了？”尹则很快接了电话，语气甚是欢快。

“尹则，我有件事想找你帮忙。”

“好啊。”尹则在电话那头笑，“只要不掠夺我的肉体，其他都好说。可是如果你狠心非要掠夺我的肉体，看具体情况我也是可以商量的。”

“有个男人约我现在出去见面，可是现在很晚了，我有点儿担心，你有没有空儿，能不能陪我去？”高语岚也不跟他废话，直入主题，不然时间拖久了，让那胡总监久等也说不过去。

电话那头一下安静下来，一股压力透着听筒传过来，弄得高语岚莫名紧张。

“你说什么？什么男人？”

第八章 夜半赴约受辱

泪水终于涌出眼眶，高语岚羞怒难当，低头狂奔，一时只想离开这个恶心的地方。她冲出酒店大门，后面似乎有人叫她，她不理，她又怒又怕，加快了脚步。

1

高语岚飞快地把情况简单跟尹则说了，末了又问一句：“你有没有空儿，能不能陪我去？”

尹则气不打一处来，大声道：“这是什么破公司烂总监啊，别说还没办入职手续呢，就算是他们的正式员工，也不能这么晚了约女孩子出去。”

“也许人家就这种工作风格呢？也许这项目很赶很重要呢？以前我也遇到过陪上司去谈项目，然后客户先走了，上司把同组的同事召唤来一起开会，也是在酒店下面的咖啡厅。”

高语岚虽然很不喜欢这样的行事方式，跟那个胡天更不熟，没入职就半夜开会这种事也确实有些古怪，所以她的防备之心还是有的。但这家公司条件很好，她找工作找了这么久，终于天上掉下了馅饼，她真的不想因为有些许疑心就错过了。

尹则在电话那头没说话，高语岚心里顿时有点儿小别扭，她是不是不该找他帮忙？

高语岚小心翼翼地说道：“呃，如果你不方便……我是说，对不起，我没考虑到你……”她话还没说完，尹则就冷冷地道：“我方便得很！”

高语岚顿时闭了嘴，这么咬牙切齿的，哪里有半点儿方便的样子？

没等她再说话，尹则又道：“不许你自己一个人去，我陪你。你到小区门口等我，我十分钟后到。”说完，他很果断地挂了电话。

高语岚撇嘴，对着电话扮个鬼脸。她有些不明白尹则先生这是闹的哪一出，又不高兴又答应陪她去。她看看表，想想还是赶紧梳头换衣服。等她打理好自己，走到小区门口，刚刚好十分钟。

一辆小轿车飞似的开到，“吱”的一声停在她的面前。

车门打开了，高语岚瞪大眼：“你怎么开得这么快，好危险！虽然晚上车子不多，可越是这样越要小心，因为大家都觉得车不多所以就开快点儿，实际上这样更危险……”

尹则看着她，眨眨眼睛不说话。

高语岚看着他的表情，猛然惊觉自己现在正像个老太婆一样唠叨，于是闭嘴坐上车，想想还是忍不住又说：“真的，晚上虽然车子少，可是不要开快车，好危险。”

“好了，好了，我知道了。岚岚大妈，请你系好安全带，不然也会有危险。”

尹则似笑非笑的，让高语岚有些不好意思："不能怪我啰唆，谁让你这么不小心？"

尹则启动车子上路，车子开得又慢又稳。过了一会儿，高语岚忍不住又说："那个，其实也不用这么慢。"

旁边有辆电动自行车飞驰而过，让坐在四个轮子大车里的高语岚有些替司机尹则羞愧。

"快你也嫌弃，慢你也嫌弃，你很难伺候哦，岚岚大妈。"

高语岚捏紧手里的包，很想给他一拳。这家伙铁定是故意的。可是她这么晚叫他出来做陪客，确实挺麻烦人家的。算起来是她欠了人情，她还唠唠叨叨的招人烦。她说了声"对不起"，然后闭紧嘴不说话了。

尹则故意开得慢，那什么狗屁经理，他可不想这么快把高语岚送到他身边去。不过调侃她两句，她就不高兴了？他小心地看了她一眼，她正非常认真地看着前面的路。

"干吗说对不起？"

"麻烦你了嘛。"

"你在故意气我是不是？"

"什么？"高语岚听不懂了。

"你跟我客气，把我当外人了。明明我们俩情比金坚，你却故意跟我装不熟假客气，不是气我是什么？"

高语岚张大嘴，有些傻眼，这情比金坚是从何而来的？这家伙，又胡说八道了。

尹则看到她的呆样就开心，伸手揉揉她的脑袋："你遇到事情第一时间想到我，这种体现大智慧、表露真感情的行为值得好好夸奖，回头我请你吃夜宵。"

"没有第一时间想到你。我第一个想到的是若雨，不过她也是女孩子，这么晚不好叫她出来。第二个想到的是小郭先生。第三个才是你。"高语岚老实交代。

尹则一呆，脸上的笑差点儿没挂住。他干咳了两声，问道："那为什么最后还是选我了？"这账又多添一笔，他记住了。

高语岚咬咬唇，不想骗他，于是小声说："好像，我的朋友里，你比较会打架。"

"所以你现在是明知山有虎，偏向虎山行了？需要带上一位保镖兼打手。"

"不是啊。只是我跟那经理不熟，我一个女孩子，大晚上出门，要走夜路，总归是有防备心好些。但我相信没什么问题的，就是这么晚还要工作，以后上了班，也许会很辛苦。”

尹则皱皱眉。会很辛苦，又会被半夜叫出去开会，这种工作还有什么可做的？可看高语岚这么期待能去上班，他这会儿也不会傻得泼冷水让她不高兴。其实照他看来，找一个还没入职的年轻姑娘去酒店，只有一种事可以谈。

尹则想了想，问道：“你面试的什么公司？那个经理是什么情况？你再跟我说说。”

高语岚把从初试到复试到今晚的邀约又说了一遍，公司是什么情况，入职后是什么条件，人事部的态度，那个胡总监的态度等全说了。

这说完话，酒店也到了。尹则把车停好，高语岚道：“我就进去跟经理聊一聊，看看是什么案子，也许明后天就能上班了呢。你在附近找个地方喝点儿饮料、吃点儿东西，我请客。回头一定好好谢你。”

“那你可记好了，一定要谢我，重谢！”尹则侧头看她，“重谢”这个词咬得很重。

高语岚点点头，这么晚了，人家二话不说陪她过来，还被她支到一边去干等，也没埋怨，她是得好好谢人家的。

“拉钩。”尹则伸出小拇指，高语岚失笑：“你是小孩子哦。”话虽这么说，但还是伸出小拇指跟他钩上拉了两下。

尹则笑，又说：“盖章。”两个人钩着的小拇指一转圈，用大拇指对着大拇指按了个章。

高语岚忍不住笑，嗔他：“你好幼稚。”

尹则按完了章，满意地点点头：“你这笨家伙才幼稚。”打死他都不信那个野男人是约她出来正经谈工作，除非那个男的有神经病。

“把你的手机拿出来。”

高语岚不明白是什么意思，但还是把手机拿出来交给尹则。

尹则拿着高语岚的手机看了看，摆弄了一下，设定好，拨了自己的号码。

接通了，他给自己的手机插上耳机，戴好，又将高语岚的手机还给她：“就这么开着，别挂，我听听那家伙都跟你说什么。要是他有什么不轨，别客气，放心大胆地揍他，有我在呢。”

高语岚接过手机，心里有些感动：尹则“童鞋”，你真是太仗义了！

高语岚答应了，准备下车。尹则又叫住她，左右打量了一下。她梳了一个俏丽的发髻，头发绾起，穿件粉蓝色的洋装，显得端庄得体，而纤细姣好的锁骨和颈脖曲线透着羸弱又美好的女性气质。

尹则皱眉，动手把她梳在脑后的发髻松开。

“喂喂，你别乱来！”高语岚哇哇叫，可是没能保住发型。她的长发披散下来，尹则动手拨拨，让它披散在肩脖，遮住那些实在称不上春光的小风光。

高语岚低头看看，撇嘴。

尹则敲她脑袋：“好了，去吧。”

高语岚嘟囔：“这个样子显得很不专业。”

“专业是靠样子的吗？快去，谈完了赶紧回来，我带你宵夜庆祝去。”尹则顿了一顿，补充一句，“你给钱。”

高语岚被他逗笑了，点点头，拿着包进去了。尹则跟在她的身后。她回头看了他两眼，尹则冲她挥手，高语岚觉得很安心，遂大踏步走进了咖啡座。

这时，服务员小姐上来招呼，高语岚说朋友已经到了，她找找。服务员点头，退了下去。

这时高语岚发现一旁的位置上坐着一个女生，她的背影看上去有几分眼熟，但她没想起是谁。这时，她看到了坐在最里面的胡天。

高语岚赶紧快步走过去，抱歉自己来得晚了。

胡天很客气，很礼貌地说是他唐突了，这么晚还约她。两个人都客套了几句。

胡天是个看着近四十岁的男子，衣冠楚楚，面容整洁，很有几分成功男士的味道。他谈吐不俗，复试的时候给高语岚留下了深刻的印象。

两人寒暄完，很快进入了正题。胡天递了桌上的一个文件夹给高语岚看，说是今晚刚跟客户谈完的案子，要在行销上配合做活动，时间非常紧。

高语岚认真看完，这活动时间颇长，要求也很高，但预算并不多。高语岚快速在心里估算了一下，直言这预算要做到这样的效果，绝对不够。

胡天点头，把自己的一些想法说了，高语岚认真想着，问了些公司行销通路上的资源和其他可协调的配合，然后提了自己的构想。说完了，她又补充道：“我现在对公司里的状况不是太了解，等去上班了，应该很快能上手的。”她心里想着，这下是不是该跟自己明确上班的时间了？

胡天不急不忙，又喝了口咖啡。他先夸了几句高语岚的工作能力，然后问：“高小姐有男朋友了吗？”

高语岚摇摇头：“胡总请放心，我不会因为个人的私事耽误工作的，我原来的公司工作强度也很大，加班出差什么的，也经常有，我适应能力很强的。”

胡天点头，似乎对高语岚的这个表态满意。他说了说公司里的各种福利，包括年度奖金，部门的旅游活动，还有项目提成等。高语岚听着，心里十分向往。对方正经跟她谈工作，让她早没了之前的担心。她喝了口水，下意识地转头找了找尹则，心里有些小得意，好想让他知道自己的工作真的很不错。

她一转头，就看到他了。尹则就坐在她的斜后方，竟然是跟她刚才看到的那个背影有些眼熟的女孩儿坐一桌。高语岚从现在的这个位置，看到了那个女孩儿的脸，年轻又漂亮。但高语岚之前没见过她。对尹则这么快速又有效率地勾搭上一个小美女，高语岚心里有些不是滋味。

2

“高小姐！”这边胡天唤了一声，高语岚赶紧转过头来。

“高小姐觉得我们公司怎么样？”

高语岚忙道：“我非常希望能去贵公司上班，跟着胡总多学些东西。希望公司能给我这个机会。刚才那个案子，我有信心一定能做好。”

胡天点点头：“高小姐的业务能力和经验都不错，我也很满意。但那天你走后，又来了一位复试的，她的条件也相当不错，而且薪水要求比高小姐要低。”

高语岚心里“咯噔”一下，忙说：“胡总，薪水这方面，我的要求也不是死的。这个相信公司有公司的考量，我都理解，如果只是薪水有异议，我可以看公司的安排。”

胡天笑笑，拍拍高语岚的手背：“别紧张，我们又不是小公司，不会在意那点儿薪水。最重要的是招进来的员工要好用，能做事，听话。”

高语岚连连点头：“胡总，我做策划好几年了，大案子都做过，对行销和资源整合也很有想法，成本控制和可执行方面，我也有经验。”她努力推销着自己，真心希望能得到这份工作。

胡天看她有些急切，又拍拍她的手背，说道：“你放心，两人之间，我也是属意你的。今晚找你过来谈案子，就是想再多沟通沟通，多了解你的能力，还有你的配合度。”

“配合度”这个词他说得有些怪，但高语岚没多想。她用力点头：“胡总请放心，我的配合度一向是很高的，我一定按胡总的吩咐做事，努力工作，做出成绩来，绝不让胡总为难。”

胡天笑笑，对高语岚的回答很满意。他掏出一张房卡摆在桌面上：“高小姐这么懂事我就放心了，我想我没有选错人。这个案子很急，我们今天晚上深入沟通，多讨论讨论，你看怎么样？”

高语岚点头，一边应着一边心里奇怪，讨论工作就讨论，他掏出张房卡出来是什么意思？

胡天看着她的表情，然后又说：“在506号房，我们是现在上去，还是在这里多坐一会儿？”

高语岚坐直了，她隐隐有些明白了，可又有些不明白。她怕是自己多想，于是问道：“胡总住在这儿？在本市没有租房吗？”

胡天眨眨眼睛，笑笑：“我有房子，不过在酒店会方便一些。”

这话还是没有解开高语岚心中的疑惑，她觉得有些不太对劲，不知道该说什么，于是只坐着没动。

胡天看着她，慢条斯理地说道：“你知道，我们公司偶有职位空缺，大家都挤破头想往里钻，人事部每天都会收到许许多多的简历。高小姐的资历不错，外形也很好，如果配合度够，这工作就一定是你的。公司里升迁和提薪都很有空间，一切的审批都在我。另一位求职者的条件当然也很好，人事部从人力成本角度考虑，建议我用那个，但你也知道，用谁不用谁，其实还是我的一句话。”他一边说，一边把玩着那张房卡。

这次高语岚听懂了，她只觉得血液直往头上涌，一股受辱的感觉将她淹没。她活了二十五个年头，虽然年轻，但也不是少不更事。她被冤枉过，被诬陷过，被朋友出卖过，被同事讥笑过，被客户刁难过，被色狼揩过油，被小人指着鼻子骂过。但她从来没有想过，有一天会有一个男人绕着圈子告诉她，如果你不陪我上床，你就别想得到这份工作。

高语岚涨红了脸，气得手都抖。此时胡天手上那枚银色的婚戒针一样地刺痛她的眼睛。这是个已婚男人，这是个成功人士，这是个——禽兽！

她所想到的最坏情况，无非就是赴约者还有别的客户，或者是拉她聊工作后喝喝酒，她怕被人小摸小闹地占便宜，所以找了尹则。但她真没料到，一个看着人模人样的公司中高层，能够向她提这么恶心、这么龌龊的要求。

不，这不是要求，这是威胁。去他的王八蛋！

高语岚很想掀桌，很想把胡天抡到地上一顿胖揍，可她什么都做不了。她听到自己的声音在说话，居然还很冷静。

“胡总结婚了吗？”

“结了。”胡天看看手上的婚戒，并不介意说真话。

“贵夫人健在吗？”

胡天皱眉头：“当然。高小姐，我不怕说明白，这事跟情啊爱啊的没什么关系，我的家庭还是我的家庭。”

高语岚心里燃着一把火，屈辱的感觉越来越强烈。他的家庭还是他的家庭，恶心至极！他把他老婆当什么了？别人家的好姑娘辛苦找工作，认真为生活而努力，到他这儿就是玩物了吗？

高语岚咬牙接着问：“胡总缺钱吗？”

胡天又皱眉，他开始觉得这个女孩并不是他以为的那样好上钩了。他看出她非常想要这份工作，这种年纪的女生，年轻又不生涩，有需求，肯付出，在社会上混过，知道规矩，能接受就是玩得开的，不能接受的也不会有什么麻烦，大家各取所需，这样非常好。

他原以为条件能吸引到她。一个小地方来的求职者，再普通不过，想在这座大城市立足，哪有那么容易？所以他认为她应该很好搞定。可她现在这副表情，说的这些莫名其妙的话，让他觉得自己想错了。

高语岚又说：“胡总不缺钱吧？这开房的价，找个收钱陪你的不难吧？你有老婆，又买得起，为什么还要做这样恶心没品的事？”

胡天往后一靠，冷冷地说道：“高小姐对加入本公司没有兴趣，那真遗憾。既然如此，还是早点儿回去休息吧。”

“我对加入贵公司很有兴趣，但对陪你上床没兴趣。”高语岚咬牙，狠狠瞪着他，“你这没廉耻不要脸的王八蛋，你太太怎么找了你这么个玩意儿！你以为女人要靠陪人上床才能有工作吗？你以为靠露大腿才能拿奖金吗？我告诉你，贵公司很好，我很想去，但是你太让人恶心了……”她一时也不知该怎么骂，只气得喘不上气来。她拳头握得紧紧的，憋了半天，猛地站起来，“你这只臭虫，真该有人一脚把你踩到墙上去。”

胡天被骂，恼羞成怒：“你以为你多清高圣洁，愿意跟你玩玩那是看得起你，你这么有本事，不靠关系、不靠人脉，怎么还找不到工作？玩不起就别想着出来混，别给脸不要脸，这里是东麓市！这世界现实得很，你以为你愿意脱就有人愿意上了？滚回你的乡下地方等着喝西北风吧，臭婊子！”

高语岚脸涨得通红，气得浑身都在发抖。她从来没有受到过这种侮辱，这么恶劣、这么低级的侮辱。

胡天最后那几句话说得很大声，好像她是出来卖的，而他才是不愿意接受的那个。旁边两名女服务员一个劲儿地往这边看，窃窃私语，瞟过来的目光让高语岚想吐。

高语岚只觉得脑袋发晕，眼睛胀痛，她再也忍不住，一把抄起桌上的包和手机，扭身冲出了咖啡座。

泪水终于涌出眼眶，高语岚羞怒难当，低头狂奔，一时只想离开这个恶心的地方。她冲出酒店大门，后面似乎有人叫她，她不理，她又怒又怕，加快了脚步。

快跑出酒店前院，身后有人猛地拉住了她的手腕，高语岚浑身一颤，放声大叫。

拉住她的那个人喊着："岚岚，是我，是我！"

3

高语岚定睛一看，竟是尹则。她迟疑了，好一会儿才反应过来，对了，是尹则，她居然忘了，是尹则送她来的。

她一下扑到尹则的怀里，放声大哭。

尹则抱着她，哄着："不哭，我都听到了，我都知道，不哭。"

高语岚抽抽泣泣："我只是想找一份工作，我不是出来卖的，他怎么可以这样！我只是想找工作，我很认真地工作，我真的一直很努力。薪水少一点儿也可以的，加班我也从来不埋怨，我工作从来不敷衍了事，也从不乱花公司的钱，出差都挑便宜的酒店住，能坐火车的都不坐飞机，有地铁的我都不打车，我又没有犯错，为什么开除我？"

她泣不成声，哭得甚是凄惨，把前情旧账也拿出来哭诉。

尹则抱着她，一时也不知该怎么哄她才好。

高语岚哭了一会儿，终于停了下来，尹则掏了纸巾出来帮她擦眼泪。

高语岚眼睛红红的，小声道："对不起，这么晚拖你出来，结果是这种恶心事。"

尹则不说话，高语岚的眼泪又下来了："我很难过，尹则，我心里好难过，好恶心，他还骂我，骂得好难听。"

"我知道，我知道。"尹则又替她擦了擦泪，牵了她的手往回走，"我们回去。"

高语岚有了依靠，平静了一些，她像个孩子一样抹眼泪，还不忘提醒尹则："车子停在那边。"

“先不取车。”尹则揽过她的肩把她往酒店里带，“我们去找那个浑蛋。”

高语岚一听这话，顿时脚下生根，再不愿走了：“我不要去，他好恶心，我不去。”

“去！哪能这样被人欺负？”尹则拖着她走，他力气大，一下就把她拉动了，“你不能受了委屈就跑，这样永远会被别人欺负。有我在呢，你怕什么？”

高语岚的眼泪又滚了下来。

尹则站定，抬高她的脸，抹干净她的泪，说：“你看着我。”

高语岚看着他，眼睛哭得红红的，看上去好不可怜。

尹则又道：“抬头挺胸，你又没做错事，你慌什么？”

高语岚吸吸鼻子，挺直了脊梁。

“对，就这样。如果生活里有什么人对你乱来了，你就给他一拳。要哭也等揍完那个浑蛋再哭，知不知道？”

高语岚点头。尹则拉着她，朝咖啡座的方向走去。走到那里，看到角落里的胡天正跟服务员结账。他还没走，正好！

尹则左右一看，拿起服务台上一个冰桶交给高语岚。那桶里是大半桶冰块和水。高语岚接过，低头看看，又抬眼看看尹则。

尹则冲胡天那个方向一摆头：“去，自己动手。你总得放开胆子，对付人渣不用手软，不用怕，有我在呢。”

高语岚一咬牙，抱着冰块桶就过去了。胡天刚付完账，服务员离开，他还没站起身来，却见已经离开的高语岚冲过来。胡天皱了眉头，还没来得及反应，忽地一桶冰块加水兜头淋下，胡天惨叫一声，被砸了个“稀里哗啦”。

高语岚一边泼他一边骂：“你这个变态，臭流氓，畜生，衣冠禽兽！”

胡天怒叫一声，跳起来就要朝高语岚动手。可他刚动弹，脸上就狠狠挨了一拳。

这一拳极重。胡天被打翻撞到旁边一张桌子。他眼前一花，领子被人揪了起来。另一拳又揍了过来。这第二拳，将他打倒在地上。

一旁有人尖叫，有人喊保安。远处两个穿着保安制服的人正跑过来。高语岚紧张得心跳加速，尹则却不慌不忙，上前一步将骂骂咧咧要还手的胡天拎了起来，冷着声音对他说：“你听着，我不会放过你的。”

也许是他气场强大，压得胡天怔住，一时没了反应。尹则将他随手一甩，转身过来牵着高语岚离开。

高语岚回头看，保安把胡天扶起来，不知在说什么。高语岚有些担心了：“他会不会让保安抓我们，会不会报警？”

“不会。”尹则从容地说，“他以为你好欺负，结果你转头带了人来揍他，他不知道你到底什么底细，再加上他做贼心虚，这事他不敢张扬。酒店这边更是多一事不如少一事，他们也要做生意顾脸面。”

他说着话，把高语岚带上了车子。这一路也没人拦，没人追他们，高语岚心里稍稍安稳下来。尹则把高语岚的手机拿出来看了看，帮她挂上了电话。然后他启动车子，带着她离开了这个地方。

车窗外，街灯璀璨，高楼大厦的装饰灯闪着光辉，映亮了整个城市。这是座繁华的城市，就连夜景都很漂亮。

高语岚想起胡天说的话：“玩不起就别想着出来混，别给脸不要脸，这里是东麓市！这世界现实得很，你以为你愿意脱就有人愿意上了？滚回你的乡下地方等着喝西北风吧……”

这里是东麓市。高语岚又有些想哭，当初她要是勇敢一点儿，是不是就不会来东麓市了？如果还在家乡，是不是一切都会不一样？她想得太天真了，她以为这座城市很美好。

“带你去吃东西？”尹则开着车，微转头看见她又在悄悄抹眼泪。

高语岚摇摇头，堵着嗓子说：“不想吃。”

“带你兜兜风好不好？”他又问。

这次高语岚点点头，她现在真的不想回家，想有个人陪陪她。

尹则不说话了，只一圈一圈地开着车。

高语岚对着车窗发呆，过了好半天，终于发现他们离开了市区。

“这是去哪里？”

“带你去卖。”尹则答得痞痞的。

高语岚揉揉眼睛：“不信。”

“还哭呢，眼睛瞎了没？还能看到我这张英俊潇洒、貌比潘安的脸吗？”

高语岚喷笑，嗔道：“你好讨厌。”

车子停下来。尹则探身扳过她的脸，挨近了认真审视：“让我看看，啊，眼珠子还在，没被眼泪冲走，嗯，鼻子也还在，没被眼泪冲走，嘴巴也还在呢……”

高语岚被逗得“咯咯”地笑，这痞子，真的好讨厌。她笑容不停，伸手去推他，尹则不干，还要看她的眼睛，两个人推搡纠缠，高语岚一个用力前推，忽觉唇上一热，似乎碰到了什么柔软的东西。

两个人都是一僵。尹则猛地抽回身，大掌捂着自己的嘴，飞了个娇羞的眼神过来："讨厌了，干吗偷亲人家？"

高语岚定在那儿，瞬间石化。

血一点儿一点儿地往上涌，涌上了高语岚的脸，涌上了她的脑子。她的脸红彤彤的，她的脑子晕乎乎的。刚才，她把尹则那个讨厌鬼给亲了？这是真的吗？

怎么回事？她怎么会这么不小心？

高语岚忽然想起不久前她做的那个梦。那个，她也是不小心的，绝对不是故意的！

她脸红得要滴血，支支吾吾地"我……我……"了半天，最后憋出了一句，"你那是错觉。"

"我还幻觉呢。"

高语岚用力点头："用幻觉这个词也可以。"

尹则捂心口做悲痛状："你想不认账？"

"你自己都说是幻觉，哪有什么账可认？"高语岚抬头挺胸，力图镇定，拍拍尹则的肩，"小伙子，要从容些。"

尹则盯着她看，看得她觉得脸在烧，可她不能捂脸不能示弱。什么都没发生，什么都没发生，她给自己洗脑，也回望着他。

尹则捂着心口又说："噢，我的心伤透了，我要下去冷静一下。"他说完，当真推开车门下去了。

高语岚看着他的背影，舒了口气靠在车座椅背上，心里暗自感谢尹则。她很难过，他就捣乱让她开心，她很尴尬害羞，他就装躲避给她空间平复情绪。

其实，他真的是一个很好很好的人。高语岚想着，噩梦和刚才唇上的触感又冒了出来。这次车里没别人了，她可以捂着脸在心里呐喊：她不是故意的，她真的不是故意的！

高语岚躲在车里好半天，突然车窗被人敲了两下。她吓了一跳，放开手抬眼一看，是尹则在车外头对她笑。

他打开车门，把她拉下来："你把自己闷死没？没死就出来看星星。"

车外头很凉快，青草的味道混着花香，沁人心脾。高语岚深深吸一大口气，觉得整个人轻松不少。

"哪里有星星？"高语岚仰头看天上，只有月亮，没有星星。

“看这边。”尹则拉她走到栅栏边。这是一处山头观景台，往下看，全城的夜色尽收眼底。山下星星点点的灯光，夜色之下只觉璀璨夺目。

“它越漂亮，我却觉得离它越远。”高语岚看着这美丽的夜景，却没有高兴欣喜的感觉。这座城市，真的适合她吗？

“那你当初为什么来这儿？”

高语岚撇撇嘴。

尹则笑笑：“来来，今天我舍命陪君子，当你的情绪垃圾桶。”他说着，从车后备厢中拿出两罐啤酒，又拿了两瓶矿泉水，然后在山坡边的一个大石头上坐下，把啤酒摆在地上，自己跟高语岚一人一瓶矿泉水。

4

高语岚坐在他身边，看看自己手上的水，又看看啤酒，说道：“我想喝酒。”心情不好的时候，喝点儿小酒好像不错。

“不行，这酒就是摆来看的，起装饰作用，这样我们可以假装在喝酒。我要开车，不能喝，而你呢，酒量差，喝醉了爱打人，万一把我踹下山去，你心疼死怎么办？”

“才不会。”

“不会踹我下山还是不会心疼？”尹则眨眨眼睛，痞相毕露。

“两样都不会。”高语岚白他一眼。

尹则哈哈笑。

高语岚舒口气，拧开矿泉水瓶喝了一口，好吧，就当自己在喝酒。她看着山下的灯光发呆，过了一会儿，问道：“尹则，你有没有谈过恋爱？”

“干吗？打听我呀？我都三十岁了，当然谈过，不过我现在绝对单身，干干净净，绝没有半点儿纠缠，就等着你临幸呢。”

他又开她玩笑。高语岚装听不见，又问：“那你的初恋是什么样的？”

尹则看看她，说道：“你保证打听完我的恋爱史不会抛弃我，我才要告诉你。”

“别捣乱！”高语岚拍他。

“好嘛，说就说。”尹则又喝一口“酒”，“高中的时候。”

“高几？”

“高二吧。”尹则认真想想。

“我高一，比你早一年。”高语岚看着灯光，想起往事。

“噢，月亮啊！”尹则伸臂向上，对着天空喊话，“这个女人故意气我，嫉妒烧了我的心，这里没法待了，带我走吧！”

“别闹。”高语岚被他逗笑，拍他手臂，“你好讨厌！”

“噢……”尹则捂脸，“她还说人家讨厌。”

“喂……”高语岚又拍他一下，好不容易伤感一下，他就会破坏气氛。

尹则放开手哈哈笑：“好了，好了，你继续说。”

“什么我继续说？是你继续说。后来呢？你们为什么没在一起？”

“后来我大一的时候，我爸妈过世。我老爸那边的财产问题弄得一团糟。他虽然跟我妈离婚了，但我们的学费、生活费都是他负责的嘛，他一过世，我们突然之间就拿不到钱了。加上我妈的丧葬费什么的，家里的积蓄一下就没了。我只好休学去打工。你知道的，我一开始找不到好工作，前途迷茫，也不可能再回学校念书。我那时候的女朋友，接受不了我这边的变化，我又很忙很烦，没办法再照顾她的感受，所以就分手了。”

高语岚看着他，觉得眼眶发热：“尹则，你好坚强。”

尹则嘻嘻笑：“你夸我哦，好感动。月亮啊，你不用带我走了，这里挺好。”

高语岚被他逗得又好气又好笑：“哎，跟你说正经的呢，你不要捣乱。”

“好好，说正经的。”尹则晃晃手里的矿泉水瓶，“那时候其实挺绝望的，如果不是我姐姐在，也许我今天不会这样。”

“尹宁姐做了什么？”

“她什么都不用做。只是她的存在告诉我，我还有家人要照顾。我姐这种小女人，傻傻的，得有人让她依靠。我要是不努力一点儿，她就会受苦。我流浪街头当混混没事，我姐是女孩子，她那时大三了，差一年就能毕业，不能让她像我一样，什么都没得到。男人嘛，在被需要的时候，总是会坚强起来的。”

“可我需要他的时候，他没有让我依靠。”高语岚小声说，声音里透露出难过。她看看地上的啤酒，再一次说，“我想喝。”

尹则这次没拒绝，他打开一罐，递过去，高语岚“咕咕”灌了好几口，说道：“我跟我男朋友，从高一开始谈恋爱。一开始的时候瞒着家里呢，一直到了高三的时候，被学校发现了，通知了我爸妈。那时候快高考了，学校和家长的目标都是让我们考上一所好大学，听说我们在谈恋爱当然就极力反对。他家里、我家里还有学校，都逼着我们分手。那段时间我们很痛苦，作了很多斗争，我们坚决不分手。后来家里实在没办法，我向他们保证，一定要考所好学校，不会让他们失望，我爸妈才最终答应了。”

高语岚说到这儿，又“咕咕”灌了几口酒。

“我很努力，最后考上了省城的大学，那是我爸妈想让我上的‘第一志愿’。但是我男朋友只考上了花荫市本地的学校。他家里埋怨，是我拖累了他的成绩。但他跟我说没关系，只是我们要异地恋爱，他很不放心，他要求我毕业后回去，我答应了。”

高语岚又喝了一口酒：“我在大学里很努力地念书，也一直很想念他。我每隔两三天就给他打电话，只要有时间，每天晚上都会在网上聊几句。就这样一直到了大四那一年，要毕业了，我回花荫市找工作。有一个男同学也想去花荫市工作，就跟我一起回去了。我们同学四年，交情不错，人家远来是客，我就认真招待他，帮他找旅店，带他认识我的朋友，包括我的男朋友。那个时候有风言风语，我并不知道，我当时只是很开心，我想我回来了，马上就能跟我男朋友一起生活了，我们说好毕业找到工作就结婚。”

她说着说着，眼泪流了下来：“可是有一天，我那个男同学约我和我的朋友们去唱歌，说他的工作有眉目了，想找朋友庆祝，我就去了。大家唱歌唱得很开心。我去厕所，回来看到他在包厢门口站着，我就过去问他怎么了，他忽然抱着我吻我，我还没明白怎么回事，就听到我男朋友的叫声，然后他把我们俩扯开了，我还没说话，一个耳光就扇了过来。”

高语岚的泪一直流，今晚似乎特别容易哭。尹则伸出手臂把她搂在怀里，她“呜呜”地哭出来了：“然后所有的朋友都出来看，我男朋友大声骂，说他早觉得我们不对劲，说我犯贱脚踏两只船。然后我那个男同学居然说，他这次回来就是想跟我男朋友说清楚，说他也喜欢我，他希望我男朋友能放手。我当时整个人傻在那儿，完全不敢相信。我想给自己辩解，结果我的一个好朋友，可以说得上是闺蜜的那种朋友，突然说早劝过我不要移情别恋，说我早变了心，还跟她说过喜欢别人，说我不听她劝。他们一个个演得都很好，说的都是没有发生过的事，我不知道该怎么办。我嘴笨，只能对我男朋友说，希望他相信我，我没有那样。”

“可他不信你。”尹则心疼得帮她抹眼泪。

“他不信我，他骂我。”高语岚委屈得不行，哇哇大哭，“那件事后，所有的朋友都疏远了我，我没办法解释。花荫市地方小，我们又是同学，他的朋友就是我的朋友，大家都认为是我的错，所以都站在他那边，说他为了我付出了那么多，到头来我上了好学校就勾搭了别的男生。”

“而你那个大学同学，是因为喜欢你，想借机让你们分手，他好补上位置是不是？”

“他是这么说的，他说他没想到事情会闹成这样。”高语岚揉揉眼睛摇头，“可是我不喜欢他，我就当他是好朋友而已。”

“你那个撒谎的闺蜜呢？”

“后来她跟我男朋友结婚了。”高语岚吸吸鼻子，全说出来，心里真是舒服多了。

尹则掏出张纸巾给她擦干净脸：“那就是一对贱人啊，你居然为了那些贱人掉眼泪，真是笨蛋。”

“过去几年了，我早就不为这事哭了，今天就是碰到恶心事，我心里难受才会哭的。”她抬眼看尹则，她的眼睛哭得水润润的，鼻头红彤彤的，尹则伸手拨开她脸颊旁的头发：“哭得丑死了！”

“你也不帅！”高语岚发泄完情绪，这会儿又有精神了。

“你的眼睛果然哭坏了。”尹则摆出一副惊悚的表情来，“我明明帅得人神共愤，月亮都舍不得移开目光。看，它一直照在我身上，这样你还看不到我的帅？”

高语岚“扑哧”一下笑了。

尹则捧脸递到她面前：“你看看，仔细看，认真看一下，帅呆了有没有？”

高语岚忍不住哈哈大笑，伸手推开他的脸。

尹则也笑，笑得眼睛很亮，嘴角弯弯的，他的脸靠得离她很近，月光真的洒在他身上，四周青草绿树小野花，气氛好得不得了。

他的脸与她近在咫尺，他呼出的气似乎都喷到她的脸上了，她闻到他身上清爽好闻的味道，她又想起了那个梦里，他把她压在墙上，头低下来，吻在她的唇上……

糟糕，她的心跳得好快，为什么他这张脸越看越顺眼？为什么她总想起乱七八糟的梦？他越看越帅，越看越招人喜欢？怎么办怎么办？

高语岚情急之下，果断出手。

要破坏掉，破坏掉，坚决要破坏掉！

她两只手掐住尹则的脸，一左一右用力拉。

俊脸顿时变饼脸！

呼，好丑！这样心里舒坦多了！

第九章
上门踢馆

到了那公司楼下，高语岚还是胆怯了。这种上门踢馆的事她可从来没有做过。虽然她是受害者，虽然她占理，但她还是觉得没底气。

1

大饼脸尹老板突遭毒手，一下僵在那儿。什么狗屁浓情蜜意全被这突如其来的袭击搞蒙了。

尹则哇哇大叫：“月亮啊，看见没有，这女人太狠了，她欺负人！她欺负帅哥！”

高语岚其实也被自己的行为吓了一跳，但尹则这么一喊，她倒是坦然了。嗯，对方是尹则这个捣蛋鬼嘛，对他做什么都不过分。

“你太过分了！”她才想着对他做什么都不过分，尹则就叫唤开了，“我工作这么辛苦，晚上回来还给你当司机陪你去约会，看你心情不好，还带你兜风看风景。现在大半夜的，我还兼当解语花听你讲心事吐苦水，你享受完了我温馨深情的服务，就对我下毒手。”他一声声地控诉，就差声泪俱下了，“噢，你的心肠怎么这么狠，最毒岚岚心啊！”

虽然尹则的表演有点儿夸张，但他说的却句句是实话。高语岚顿时觉得内疚起来，可她又解释不清楚自己到底为什么要去掐尹则的脸，支吾半天，只好连声说：“对不起嘛，对不起嘛。”

尹则别嘴揉着自己的脸蛋：“一句对不起就行了？坏人都跟你似的，警察叔叔的薪水都白拿了。”

高语岚眨眨眼，想了想才反应过来他的意思是说要是坏人都说对不起就行，警察叔叔就会很闲，白拿薪水。高语岚有些想笑，又想叹气，好好的一句话，他非说得那么绕干吗？

“好嘛，不说对不起了，回头请你吃饭。”

“请我吃饭？你知道我是干什么的吗？我是开餐厅的。你请个餐厅老板吃饭，那得多没诚意？”

“那你要怎么样？”高语岚娇嗔，“让你掐回去？”

“不要。男子汉大丈夫，怎么能做这么幼稚的事？最重要的是，掐脸一点儿成就感都没有。”

高语岚嘟嘴不乐意了：“你才幼稚。”

尹则嘻嘻笑，涎着脸挨紧高语岚，用肩膀撞撞她：“哎，你说我今天帮你的忙，你会重谢我的，是吧？”

高语岚的心“怦怦”跳：“你要我怎么谢你？”她想了想补充一句，“不能太花钱的，我没工作，没钱。”

“没钱啊，没钱好啊。”尹则摸下巴，“你知道自古女子要报恩，没钱的话，一般就那什么……”

“什么？”高语岚斜眼瞪他，“以身相许？”他要敢说是，她真的会踹他下山。

“不不，以身相许这么俗气的事，还是让我来做就好。”尹则笑得眼睛贼亮贼亮的，“你以心相许就行。”

高语岚在他的注视下红了脸，咬咬唇说：“你又戏弄我，以心相许你个头。你自己说，你陪我去酒店，一眨眼的工夫就勾搭上了一个小美女，那是怎么回事？”

“哦，那是我妹妹。”尹则一点儿不心虚，说话都不带想的。

“干妹妹？表妹？好妹妹？”还妹妹呢，真会编。

尹则没答话，反而用力吸了吸空气，认真问：“你有没有闻到，有股奇怪的气味？”

高语岚吓一跳，也跟着用力闻：“没有啊，跟刚才没什么不同。什么气味，难道有东西烧着了？”她赶紧回身看看车子，不会是车子那儿烧了什么东西吧？

尹则把她扳回来，认真说：“就在这里，你再闻闻，有点儿酸酸的。”

高语岚认真闻，还凑近了往尹则身上闻，还是没闻到。

尹则说道：“酸酸的，好像有人刚喝了醋，闻不到吗？”

“没闻到。”高语岚回答完了才醒悟过来，一拳打过去，“又戏弄我，你真讨厌！”

尹则哈哈大笑，挨了她这一拳很高兴。他揉揉高语岚的头：“那真是我妹妹，同父异母的妹妹。我父母离婚了，她是我爸跟另一个老婆生的。”

高语岚张大嘴，很惊讶，竟然这么巧。紧接着，她又想起另一件事：“那……那……我在你妹妹面前丢人了？”

尹则笑：“没有，你们吵开之前她就走了。”

“哦，那也好。不然让她看到我们打人多不好！”

“这有什么？”尹则晃晃腿，“她又不是第一次看到我打架。”

“你为什么这么会打架？”

“从小练的啊！”尹则比画了一下胳膊，并不着急把话题转回去。

“你是说你从小就调皮捣蛋爱打架？”高语岚对聊尹则的事很有兴趣。

“哪有捣蛋？我每一次打架都是有正当理由的。”

“不信。”高语岚“咯咯”笑，这长到三十岁了还古灵精怪的，小时候肯定调皮得让大人头痛，“你举个例子。”

“比如说孟古医生嘲笑我的名字，我就嘲笑回去，然后就打了一架。”

“你名字有什么好笑的？”

“他说是‘淫贼’。”

高语岚拼命忍笑，她要是觉得孟古说得挺对的，“淫贼先生”会有意见吗？算了算了，还是换个安全话题，“你们是同学哦？”

“对，我跟孟古医生和雷风警官从初中到高中一直同班，我们就是打架打成死党的。”

“跟雷风警官也打吗？”

“对，揍他揍得最多。”

“为什么？”

“他小时候可欠揍了。我跟他第一次打架，是我的钢笔掉了，他迈过去，都不帮我捡。我就揍他了。”

“你这么坏？哪有这样就打人的？”

“小时候哪管好坏，我当时就想着：死小子，叫雷锋也不助人为乐？”

高语岚哈哈大笑：“其实是你最欠揍吧？”

“喂，喂，有这样说恩人的吗？”看她笑得如花般灿烂，月光下映出粉颊微红，尹则有些心动，挨过去，想着再好好讨论讨论身心相许之事。还没开口，高语岚忽然叫道：“对了，我差点儿忘了……”

尹则吓一跳：“什么？”

“那个……”高语岚有些不好意思，但受人之托，也只好硬着头皮问了，“孟古医生和雷风警官，他们有没有女朋友？”

尹则眼一瞪：“干吗？”

“就是问一问嘛，打听一下。”

“打听来做什么？”

“还能做什么，你就告诉我有没有。”

“你问的还是别人问的？”

高语岚咬咬唇，心里想着要不要供出陈若雨，万一这事没机会，尹则又去跟那两个人说了，陈若雨会尴尬的。

尹则看她那样，哼了一声，说：“陈若雨是不是？”她身边的女性朋友，见过孟古和雷风的就只有陈若雨了，不是她还能有谁？

高语岚看被识破，只得点点头，但还努力帮陈若雨说话："她就是想了解一下，她没有恶意的，不会做什么不好的事。"她看看尹则的表情，又说，"你知道，孟古……和雷风警官年轻有为，一表人才，条件看着很不错，有姑娘想打听想认识，也是正常的嘛。"

"那我呢？"尹则一脸不高兴。

"她没打听你。"

"我稀罕她打听啊？"尹则更不高兴了，她会夸孟古和雷风，轮到他了就说人家没打听，那是说他不如那两个家伙？

尹则心里郁闷了，他这么耐心，一晚上才骗得个轻得不能再轻的唇瓣触碰，想行动又总是被她打乱，要是再等下去，会不会她跟陈若雨聊孟古和雷风聊多了，真觉得他们好？还有那个什么郭秋晨，不得不防啊。

尹则想到这个，长叹一声，他这段时间忙得要死，却偏偏敌情危急，逼急了会不会适得其反？不加紧会不会又错过？

"尹则。"高语岚不知道他怎么了。

"那个陈若雨，你当年被陷害冤枉的时候，她有没有做什么？"

"没有。后来我找了机会想跟大家解释，她想帮我说话来着，但那时其他人一闹，她也不好说什么。"

"于是你孤军奋战？"

"我战不起，就逃跑了。"高语岚抿抿嘴，尹则说得对，她就是个包子，"后来我收到若雨的一条短信，她说对不起。再后来我知道她跟我那个闺蜜也不来往了。原本我们三个上高中时是最要好的朋友。"

高语岚想想，问道："你干吗问这个？"

"我看看陈若雨那家伙有没有对不起你，才决定要不要帮她问问孟古的意思。雷风那家伙快结婚了，没戏。"

"啊？别别，若雨还没有想好，你一说，多尴尬。"高语岚吓一跳。

"不说是陈若雨，就问孟古现在什么情况、什么打算，我哪知道人家现在有没有对象？"

"你跟他不是好朋友吗？连人家是不是单身都不知道？"

"表面上单身，说不定人家心里有意中人呢。比如我，就是这种情况。"

高语岚张大了嘴，心又开始"怦怦"乱跳了。

尹则看她傻呆傻呆的样儿就来气，用肩膀撞她一下："快问我，意中人是谁！"

"那个，你说我们把胡天揍了，他会不会报复？"

转移话题？所以其实她心里有数？

尹则微眯眼，恶狠狠地瞪她。高语岚猛地跳起来："好晚了，我们快回去吧，明天还要上班呢。"她一路疾奔，恨不得马上冲上车，车子自动会开，瞬间已经到家躲床上自己害羞去。

可她刚奔到车子旁，尹则已经赶了过来，一把将她拉住，扳过身来，按在车身上。他的双臂圈着她，将她困在臂弯里。此情此景，他要再不行动，就是傻子。

2

"你脸红什么？"高语岚红得连耳根子都成粉色了。

"哪有？"她勉强开口，头都不抬，只盯着他衬衫的扣子看。

"你在害羞，你知道我的意中人是谁？"

"不不，我不知道。"高语岚咬着唇，心快要跳出胸膛。他又戏弄她，对不对？不然怎么可能？他们俩相处的时间这么短，刚认识的时候甚至谈不上关系融洽，他一天到晚没个正经，所以他是戏弄她的！

她不相信。可她的心乱跳，有些窃喜、有些甜蜜，这是怎么回事？

尹则在她的头顶叹气："你真的是那个从高一就开始早恋的人吗？没骗我吗？"

说她骗人？高语岚一听急了，抬头瞪他："我才不骗人呢！"

这一抬眼，却看见尹则眉眼含笑，他盯着她的眼睛轻声说："嗨，别装傻，让我追你。"

装傻这种事，是需要脸皮的。虽然高语岚的脸皮薄，但事实证明，逼急了包子也能变傻子。

"这个……这是个很需要智慧的问题。现在太晚了，那什么，突然间很困也不知道怎么回事……"

在尹则的瞪视下，高语岚的声音越来越小。这么没底气的傻子，显然傻得不够成功。

"总之，事情就这么定了！"尹则斩钉截铁。

包子小姐这下子可真傻了。定什么了？

尹则看她犯呆的样子忽然笑，凑过来"啵"的一下，印在她的唇上："盖章，搞定！”

对付傻子的办法就是比她更傻，比如看不懂没同意什么的。要论脸皮厚，尹则相当有优势。

直到车子开上半路，高语岚才想到她该抗议：“我什么都没答应。”

“你不是困了吗？这么需要智慧的问题你就不要参与讨论了。”

不用参与讨论？那他到底是要追谁？

这一晚，高语岚失眠了，她的脑子里全是尹则。他说要追她，一定是他喜欢她的意思，对吧？可他是从什么时候开始喜欢她的？她怎么一点儿都没感觉到？

那她喜欢他吗？她应该是讨厌他的吧？不，也不是讨厌，她当他是朋友，只是他说话总让人生气，所以她也有些闹不清，只知道她现在有些喜悦又有些害羞。

高语岚一声哀号，用被子捂住脑袋。

女孩子有人追一定是会得意的，她只是跟其他人一样，虚荣了一点儿。她才没有喜欢那个无赖，绝对没有！一定是她太久没有恋爱的缘故，一定是的。

高语岚脑袋里乱七八糟，迷迷糊糊地终于睡了过去。

第二天，高语岚睡了个大懒觉。明明醒了，却赖在床上不想起。

赖得实在躺不下去了，拿起手机看时间，却看到上面有条短信，名字是尹则。上面只有简单的一句话：为表明追求的诚意，我是来道早安的。Mua~（亲吻的拟声词）这是早安吻。

高语岚的手机差点儿失手摔了。还早安吻咧，这家伙的脸皮到底是什么做的？

她又看了一遍短信，有些想笑。然后她真的笑了，她想象着尹则那一脸无赖嘟嘴的样子，一定很滑稽。她决定不回他的短信，让他自己玩。

这条短信让高语岚一上午心情都很好，她洗漱的时候甚至哼起了歌。

中午，一位“食”铺的服务生敲开了高语岚的家门。他交给高语岚一个信封和一只精致的小木桶，说是老板尹则让他送过来的。

高语岚一头雾水，接了东西送走服务生，打开木桶盖子一看，里面分层装了饭菜，看上去美味可口。高语岚顿时发觉自己饿了。但她还是忍耐了一下，先打开了那封信。

信里有一张明信片，正面是“食”铺的菜品图片，背面写了字：请注意，追求攻势第一波来袭。

这龙飞凤舞的第一行字就让高语岚笑了。

接下去还有一行字，写的是：我想做你的饭票，你愿做我的饭桶吗？

高语岚“扑哧”一下喷笑出声，忍不住倒在沙发上大笑起来。

饭桶！他才饭桶咧！这是什么破攻势，分明是乱来！

高语岚越想越好笑，最后笑够了，决定不理他。不打电话不发短信，什么反应都不给他。然后她抱着那只饭桶，把里面的饭菜吃光了。

味道很好，她吃得心满意足。

这天高语岚的精神相当饱满。她以为该烦恼很多事，比如那份好工作没戏了，比如她被那个胡天恶心到了，又比如对尹则所谓的追求该怎么办。

可结果她一点儿都不烦，她心情愉快地打扫了房子，刷完马桶拖地板，拖完地板刷饭桶。越刷越开心，越看那只饭桶越喜欢，做工还真是挺精致的，模样挺漂亮。

她正抱着洗干净的饭桶左摸右摸，门铃响了。

这次来的是尹则本尊。

尹则笑嘻嘻的：“我等了很久，你都没有发短信调戏我。”

高语岚面皮抽了抽：“你对我的期望还挺高。”

“既然你不发短信，我就只好把自己送过来了。”

高语岚一呆，这种理由他也说得出口。她清了清嗓子，诚心建议：“要不，你先回去。我的短信随后就到，如何？”

“我这会儿又不稀罕短信了。”尹则继续微笑，上下一打量高语岚，说道，“你换身衣服，我们出去。”

“去哪里？”高语岚有些警惕，他要是说约会，她一定要大声说“不”。

可尹则说的是：“行侠仗义去。”这是新式勾搭法？

尹则看高语岚的表情又笑：“我们去胡天的公司教训他，要求公司必须对他进行处理。你敢吗？”

高语岚犹豫了，她还真有些不敢。

“昨天晚上若不是我在，你岂不是白白被他恶心羞辱了？要是再软弱一点儿的女孩子，被他恐吓威胁就屈从了又怎么办？难道你要看着那浑蛋若无其事地继续做这种恶心事，让别的女孩子落进他的虎爪？”

高语岚一提气，这当然不行。

尹则推推她：“去，换身衣服，打扮得精神一点儿，我们找他算账去。”

尹则虽然嬉皮笑脸，却是个强势的人。他话里的语气让高语岚不由自主地听从指挥，换了身亮色的漂亮衣服，甚至稍稍化了妆，然后就跟着尹则走了。

尹则在路上告诉高语岚，他昨天晚上用手机录了音，掌握了胡天那家伙的丑行证据。但他也说这事因为没有发生实质性的伤害，话也说得隐晦，如果走法律程序，耗时耗力不说，也没有胜算的把握，而这种事对女孩子也没什么好处。因此尹则决定先上胡天所在的公司去揭他的脸皮，看事态发展再由高语岚决定怎么办。

让她决定？高语岚挺了挺脊梁。虽然心里直打鼓，但她也非常赞同胡天这人做这种事已不是初犯，不能姑息他。

尽管这么想，到了那公司楼下，高语岚还是胆怯了。这种上门踢馆的事她可从来没有做过。虽然她是受害者，虽然她占理，但她还是觉得没底气。

3

尹则停了车，没催促只是静静地看着她，像是在等她做决定。高语岚深呼吸几口气，在他的目光下给自己壮了壮胆，想了想昨晚的事，不能让那个王八蛋接着这么干。

“你会陪着我上去的，对吧？”

“当然。”尹则点头。

高语岚牙一咬，心一横：“那我们走。”

两个人径直进了电梯，走进那公司的大门。

“我们是来投诉胡天行为不端，对女职员不礼貌企图骚扰的。”尹则笑嘻嘻地与前台接待的姑娘说着，那语气好像在说来谈笔大生意似的。

前台愣了愣才反应过来尹则的话，她惊讶得张大了嘴，转头看了看高语岚，她还记得高语岚来面试过。

高语岚绷紧嘴，垂下眼睛，不敢看那前台姑娘。她硬着头皮没有跑，听尹则跟对方在交涉。

最后前台姑娘架不住尹则的攻势，把人事经理请了出来。

人事经理看到高语岚后吃了一惊，听到前台说了事由后更是大吃一惊。她把高语岚和尹则请到最里面的会客室，关上了门，显然不想惊动其他人。

“胡总监今天请假没来上班。”人事经理努力保持说话的风度，微笑着说，“有什么事是我可以帮你们的？”

“你是他亲戚？”尹则不客气地问。

人事经理一愣：“当然不是。”

“那你为什么要为他说谎？”尹则直接戳穿她，很不给面子，“我打过电话问清楚才来的。今天你们有高管会，胡天必须参加，所以，他虽然昨晚被我打肿了脸，但今天还是得来上班。”

人事经理脸色一变。

尹则耸耸肩：“装成客户打个电话过来，就什么都能问到，你别把我们当傻子。”

人事经理刚要说话，尹则又说了：“你先别说话，先听我说。昨晚深夜，你们这儿的胡天给岚岚打电话，说有公事要找她讨论，约她去了酒店下面的咖啡厅。但实际上，他用公事做借口，威胁岚岚如果不跟他去开房，就让她得不到你们这份工作。岚岚拒绝了，但胡天不知廉耻、臭不要脸地还反骂岚岚。这种不以为耻反以为荣的流氓行径、下流品格我们实在是无法容忍，也不能让他将你们这儿的工作作为筹码继续祸害其他姑娘，所以我们今天才来这里。你看，这事你们公司要怎么处理？”

人事经理听完后，和蔼地说道：“这位先生，高小姐，胡总监在公司的表现一向很好，言行举止没什么不雅，品行也很端正，我们不能因为两位突然上门指控就对他怀疑和处理，这对他很不公平，对不对？再说了，每年来我们公司应聘的人都不少，如果每个应聘不成功的人都来指控我们的中高层品德有问题，那我们公司就没法运营了。”

尹则笑笑，很冷静地问：“那是不是岚岚应聘没成功，你们公司没看上她？”

“公司方面确实选择了另一位求职者。”

“是今天决定的吗？”

人事经理愣了愣：“这个决定录用的时间与你们没什么关系。”

“是吗？”尹则又笑，“我怎么就觉得大有关系呢？如果是今天决定录用的，那表示胡天昨天用这个职位来做筹码要求开房是意图诱奸；如果是之前就决定录用别人，那他昨晚的行为是意图骗奸。有差别的。”

人事经理听得一呆，终于忍不住皱起了眉头：“这位先生，请你说话放尊重些。下班时间，无论胡总监做什么都是他的个人行为，与公司无关。再说了，如果真的是胡总监约高小姐出去，还说讨论工作，正常女孩也不会随便跑去酒店吧？这种事，说得不好听，谁知道是谁约谁呢？想要工作的人多了，把事情反着说也不是不可能。”

高语岚听对方反咬一口，不禁倒吸一口冷气，气得腾地涨红了脸。

尹则拍拍她的手，示意她冷静，然后他转头冷冷地对人事经理说道：“我理解你维护公司的心情，也明白公司需要保护员工的规则。但是，这些都不代表公司需要牺牲原则来包庇人渣。我不管你跟那个胡天是什么关系，但明显你明知他有品德和作风上的问题却还维护他。我说了来意，你却一点儿没问事情细节，没追究到底发生了什么事，只直接否定了我们的控诉。”

“那是你们口说无凭。胡总监是我相当熟悉的同事，我不能因为你们几句毫无根据的指控就怀疑他，公司也这不会这么做。我请你们进来坐下谈就已经相当尊重你们了。”

尹则一抬手，打断她的话：“收起这套吧。你问都没问，怎么知道我们毫无根据？你非但没有问，还反咬一口说谁知道是谁主动。你请我们进来，是因为你心里有数，怕事情闹大了，因为你知道胡天是什么德行对不对？之前就有女员工跟你投诉过被胡天骚扰对不对？”

人事经理被问得哑口无言。

尹则又道：“你不过是个人事经理罢了，你犯得着这样替他挡枪吗？你上面还应该有集团的人事总监，再不行公司还有总裁总经理什么的，或者这样的事你上报过，但公司觉得个人品德不重要，最重要的是能为公司赚钱就行，是吗？”

人事经理压低声音道：“先生，这种事就算告上法庭也是件说不清的事。我们公司开门做生意也不想惹麻烦，但我刚才说过了，无凭无据，你们说什么也没用！还是让我叫胡总监过来与你们对质？这样闹不好看，也使高小姐颜面无光。”

用颜面无光来吓唬她？高语岚原本很怕这个，但如今尹则就坐在她旁边，她忍不住大声反驳：“多谢你为我的颜面考虑，可我觉得胡天下流龌龊才是真不光彩。你也是女人，你维护一个欺负女人的流氓才真没脸。”

尹则听高语岚这么说，一挑眉毛，有些惊讶，冲她报以赞赏的一笑，转头对人事经理说道：“要证据吗？我还真有。”

他拿出手机，按了播放键，打开扩音，昨晚胡天与高语岚的对话就出来了。虽然有些模糊，但还是能听清楚说的什么。

那人事经理听了，脸色非常难看。

尹则等录音播完了，又说道："不要再说什么岚岚想勾引他得到工作的蠢话，就是因为太晚了出门不好，所以岚岚才叫上我一起去。后来我与胡天打了一架，酒店里的服务生都可以做证。所以人证物证俱在，我想你们没什么好狡辩的。你能让胡天过来对质最好，至于我们想怎么处理，刚才我也说过了，不能再让胡天用你们公司的工作机会来骗诱威胁女性。你说下班了员工做什么是个人行为，可他是用公司做筹码来做这种下流事的，他这幅德行我都替你们公司觉得恶心。"

人事经理咬紧唇，没说话。

尹则又说："如果贵公司决定不处理那个人渣，那我就只好走法律程序。"

"这种事告了也没用。"人事经理终于开口，她看了一眼高语岚，"以前有一名女同事确实投诉过，但公司压下来了，我也是按公司的要求办事。"

高语岚心里一紧，扭头看了一眼尹则。尹则却胸有成竹地对着人事经理冷笑："我也不为难你，只是有几点你要跟公司说清楚。在走法律程序之前，我们需要收集证据，这当然就包括在网上公开征集所有曾经被胡天或者是贵公司其他人员骚扰猥亵甚至更严重罪行的受害者。你们容得下一个胡天，就容得下另一个，有一个就会有两个、三个，所以贵公司是个什么风格做派的地方，公司里都养了什么人，我想社会大众都会很关心。"

人事经理有些傻眼。

"任由男性员工对女性员工耍流氓的公司，也不知合同上、财务上、税务上的人是不是也是这么耍流氓的。我可保不齐社会大众的好奇心会到哪一步。"

人事经理目瞪口呆。

4

"这一切，都是因为你没有及时处理我们的投诉，未能就此事妥善安排及时上报，以及实事求是地向公司提醒事态发展下去的严重性。你觉得，公司会感激你吗？"

尹则一句接着一句，头头是道，条条有理。高语岚也听得一脸佩服。人才啊，原来嘴贫也能用到正道上。

"这件事抖出来对高小姐也没什么好处。所以，我们还是低调些处理为好。"人事经理还在垂死挣扎。

"低调？"尹则一挑眉头，"像过去被欺负了的女孩儿一样，公司要压下来，她们就默默走人或是当没发生过？是要这样的低调吗？”

“毕竟女孩子也是要名誉的。”人事经理看向高语岚，“我们可以协商出个好一些的办法。”

尹则也看向高语岚。

高语岚在他的目光鼓励下用力点头：“我不会默默走人或是当什么都没发生过，我什么条件都不要，我就要那个胡天不能再在这公司欺负女同事了。他如果不受到教训，还有天理吗？”

人事经理隐忍道：“这事我会跟公司好好说的，这份录音能留给我吗？”

“可以。”尹则很大方，“备份而已，随便拿。”

人事经理涨红了脸，尹则却又说：“今天周五了，大家过个愉快的周末，下周一如果贵公司这边还没答复，我们就等着瞧了。”

人事经理喏喏应了。尹则也不久留，拉上高语岚要走人，没想快走到门口却正好遇见胡天。

胡天戴着墨镜，想来是要遮住尹则的拳头留下的痕迹，他看见高语岚顿时脸色一变。

高语岚见到这人渣也是脑袋一热，没等他说话，就大声抢先说道：“胡天，别以为你做过的恶心事就这么过去了。你这个不要脸的臭流氓！年轻女孩子出来找工作挣钱养家，也是带着尊严的。你这个下流的烂人，你等着看，不是每个被你欺负的女生都会忍气吞声下去的。”

这番话说得威风无比，尹则差点儿要为她鼓掌。

高语岚昂首挺胸走出那公司大门，进了电梯，重重呼了口气，顿时萎了。一直到出电梯，她都蔫蔫地没说话。

而尹则看着她一个劲儿地笑，直笑得高语岚白他一眼：“怎么了，我表现得很傻？可是我一看那人就来气，他还有脸来上班，还一副道貌岸然的样子，真的好下贱，好恶心。”

“来，来，你看着我。”尹则笑着对她说。

高语岚看过去：“怎么了？”

“认真看我的脸。”

“你的脸怎么了？”

“帅气逼人，对不对？我好心借给你看看洗洗眼睛，看着我就不会觉得恶心了吧？这世界还是很美好的，对吧？”

高语岚张大了嘴，她不应该惊讶的，尹则的皮厚向来出人意表，但这种厚法还是超出她的见识了：“你以为你是六味地黄丸啊，还管治恶心。”

“六味地黄丸？”尹则瞪她，然后哈哈大笑。

高语岚顿时闭嘴，她又犯傻了，她每次一晕头就犯傻。话说六味地黄丸是干什么的，她怎么想不起来了？真是治胃病的吗？

“喂，你真会逗我开心。”尹则拿肩撞撞她，“六味地黄丸是滋阴补肾的，你是打算把我吃了，采阳补阴用吗？”

高语岚心里一声哀号，瞥到尹则那张得意的脸，心里为他刚才对付人事经理的出色表现所积攒的一点点欣赏消失殆尽了。

“尹则，你就不能正经一点儿吗？”

“正经的存货不多，要留着点儿用的。”尹则嬉皮笑脸，打开了车门。待两个人都坐上车，他又说了：“你看那个胡天表面上够正经吧，那叫衣冠禽兽。你以为我不正经吗？我这叫幽默风趣。”

“你还皮厚！”

尹则瞪她，捂心口装受伤，可还没开口说话，高语岚又说：“还爱捂心口，肯定有心脏病，健康状况堪忧。”

“你一定爱上我了。”尹则道。

换高语岚瞪他。

“你对我的欣赏，既全面又深刻。”他说得一本正经，煞有介事。

高语岚有些想笑，他耍无赖的时候她生气，他装起正经来她却想笑。

“你看，你还偷笑。”唇角的笑意被尹则抓到，他三八兮兮地下结论，“你真的爱上我了。我好激动。”

“才没有，你想太多。”

“没有？”

“真的没有，你完全不是我喜欢的类型。”

“那你喜欢什么类型的？”

“斯斯文文的，有礼貌，说话温柔，就是那种温文尔雅的。”她说的每一点都跟他不一样。

“小郭先生那样的？”

“啊，也许吧。”

尹则听了这话，忽然转头盯着她看，不动。

高语岚在他的目光下发呆，也盯着他看了数秒，看着看着，皱起眉头：“干吗？”

“网上说，男女如果对视八秒没眨眼就能爱上了，刚刚我们对视绝对超过十秒了，你摸摸心肝，它肯定在说爱我。”

高语岚呆住，张大了嘴，片刻后把嘴紧闭上，真想喊“救命”。这种皮厚爱演、张嘴就能胡说八道的人才到底是哪里培养出来的啊？

她的表情一定是取悦了尹则，他哈哈大笑，启动车子，开车将她送回了家。

这天夜里，高语岚没事干早早上床睡觉，躺在床上却睡不着。

她忽然想到今天到胡天的公司去踢馆，居然一点儿没在她心里留下什么阴影，她真的英勇了一回，还不后怕，甚至都没有为它烦恼。

她摸着心口，想着尹则生动又搞怪的表情，笑了。

手机有短信的声音，她拿起来一看，是尹则。

亲爱的，我收到你的脑电波传来的思念信号，特此回应，我也一样想你。晚安。Mua~

高语岚看着短信一直笑，这家伙从哪里翻出了《情书大全》抄句子？

她笑着笑着，还真睡着了。

第二天中午，高语岚照例收到了尹则让人送来的午饭。这次不是饭桶了，是一个很高档华丽的木质餐盒，随着餐盒还有一个小礼盒。高语岚打开，礼盒里面有一个小药瓶和一张卡片。

药瓶是“六味地黄丸”。卡片还是“食”铺的明信片，这次背面写的是：我愿意做你的六味地黄丸，你愿意做我的速效救心丸吗？

高语岚哈哈大笑。速效救心丸！这种词他到底是怎么想出来的？

这天高语岚把尹则的“爱心”午餐也吃光光了，然后她把那个小药瓶和卡片放进了小饭桶里。她没有给尹则发短信，也没有打电话。

第三天中午，送餐的服务生又来了。高语岚谢过他，把前一天的餐盒还了回去，那个服务生说老板问她有没有什么话要转达的。高语岚笑着摇摇头。

服务生走了。高语岚迫不及待地打开了小礼盒，这次里面只有一张卡片。卡片上面写着：亲爱的，我愿做你的胸脯肉，你愿当我的肋骨吗？

“噗——”高语岚忍不住又喷笑了，这尹则，脑子里到底都装着什么？

她打开了餐盒，看到了今天的菜色，是红烧肋排——肋骨裹着肉。高语岚哈哈大笑，笑完了，她一口一口地把胸脯肉从肋骨上咬了下来，不得不说，味道真是太好了。

吃完了饭，她有点儿小遗憾，因为吃剩下的骨头不能放进小饭桶里保存。她想了想，找了张纸，在上面画了丑丑的肉排骨，然后连着卡片一起放进了饭桶。

第十章 他是她的靠山

这是高语岚经历过这么多委屈事后，第一次有人跟她道歉。虽然不情不愿，但有好几个人证在一旁，颇有些场面。高语岚内心有些小激动。

1

周一了。

这是与胡天所在的公司约定的时限。高语岚心中有些忐忑，如果对方公司态度很强硬就是不处理胡天怎么办？他们继续去踢馆吗？筹码都用完了，还能怎么踢？难道真像尹则威胁对方那样，要用到法律手段了？

高语岚想问问尹则，但想起他这几天的“猛烈攻势”，又有些不好意思打电话。坦白说，她觉得自已有些心动。但她不敢回应，总觉得不像真的，总觉得他可能只是好玩。要不然，为什么会喜欢她？明明他们的相识这么不靠谱，明明相处的时间这么短。况且他太爱开玩笑，她不敢信。

高语岚叹口气，“一朝被蛇咬，十年怕井绳”，说的就是她吧。七年的恋爱信任度都低成这样，她跟尹则这么短的时间，感情基础太薄弱了，还是不要轻易地陷进去。

高语岚正发呆惆怅之际，她的手机响了。来电的是那个人事经理。她说已将高语岚投诉的事上报给了公司高层，公司对这件事很重视，已经对胡天进行了批评教育，并且会对胡天进行扣除六个月奖金的处罚，同时在全公司进行风气和纪律的整治活动。

然后她又说这个在公司确实引起了不小的震动，虽然胡天对公司的贡献很大，但公司不会姑息他，今后会严格监管考核公司员工的品行纪律，建立公开透明畅通的投诉渠道。她说这是公司能做的最大限度的处理和善后，希望高语岚能够理解并且不再追究。

高语岚想了好一会儿，觉得虽然对胡天的处罚只是扣除六个月的奖金，但是如果公司能借此整顿纪律风气，又肯加大监管，设定良好的投诉渠道，那其实也算不错。她都未入职，也没遭受实际伤害，其实能做的真的有限，也许这样就可以了？

可她总觉得少了什么，有些不甘心，但又不知还能怎样。她想了想，跟那人事经理说她考虑一下。

之后她马上打电话给尹则说了这事，尹则让她到“食”铺来聊。

“食”铺里尹则正在忙，高语岚等了一会儿他才过来。高语岚把事情又说一遍，尹则问她：“你满意吗？”

高语岚想了想点头：“我觉得好像能做的就这些吧？毕竟他们让步了也做了处理，如果公司能杜绝这类事件再发生自然是最好的。毕竟要求再高，对方觉得过分了做不到，反而让他们转到胡天那边了。胡天对公司来说很重要，他们自然会有些维护他。但如果能警告他，让他不敢再犯，也算成功了吧？”她不太确定，有些心虚地偷看了看尹则。

尹则点头，其实这件事确实不太好办，他对那个人事经理话虽说得狠，但真操作起来可能是竹篮打水一场空。对他来说，最重要的是高语岚的态度。

高语岚看尹则点头，松了一口气，可尹则又说了："你不觉得，他欠你一个道歉吗？"

高语岚惊讶，想了想确实是，但她不太敢提，而且也不想再见胡天，她觉得好恶心。

"不想要这个道歉吗？"尹则又问，表情严肃得让高语岚有些心慌。好像她要是没骨气说"不道歉也没关系"的话，他就要把她臭骂一顿。

"影帝"先生的怒气好可怕，高语岚很没胆地附和了："嗯，他是该向我道歉。"

"好，那你现在给那边打电话，提这个要求。"

"……"高语岚迟疑着不动。

尹则看着她，慢条斯理地拿了水杯喝了一口水，放下杯子，认真正经地说："我也可以帮你打这个电话……"

高语岚赶紧用力点头，他替她去受胡天一拜都没意见。

"可是我帮你打完这个电话你就以身相许吗？"

"……"高语岚用力点着的脑袋顿时僵住了，完蛋，脖子好像还扭到了。

尹则终于笑了出来，伸手捏揉她的后颈："笨得要死。"

高语岚被他的大掌抚捏得鸡皮疙瘩都起来了。这时候有气势地拍开他的手没问题吧？他的凶悍狠厉也是演出来的吧？不对，他说"笨得要死"这四个字时走的是亲热宠溺路线。

高语岚心如死灰，所以说跟这种变幻莫测的人怎么谈恋爱？完全死路一条。

"我……我打电话。"高语岚决定还是用这个转移注意力。她拿出了手机，尹则的手终于从她脖子上挪开。高语岚松了口气，开始打电话。

有尹则的目光逼迫，高语岚这通电话讲得还算流利，她提了要让胡天跟她当面道歉的要求。那人事经理说她这边安排一下，如果可以会通知她。

"行了吧？"高语岚挂了电话后跟尹则说道，说完又嫌弃自己太没气势。

尹则笑得灿烂，又伸手要去揉她的脖子："还疼不疼？"

高语岚吓得一缩，"哎呀"一声，这次是真的扭到了。好想哭啊，蠢哭的。

高语岚以扭伤脖子为由要回去了。尹则问她："都特意来一趟了，难道不该回复我一下？"

"回复什么？"

“爱心午餐的回复。”

今天中午给高语岚送的是泰式菠萝炒饭和海鲜浓汤，送过来时菠萝还是整只的，超大只。高语岚刚看到时吓一跳，打开了才知道是那种泰式餐厅的摆盘方式，把炒饭又装回挖空的菠萝肚子里去了。外送还搞成这样，真是太夸张了。

当然这次还是有张卡片，上面写着：我愿做那只菠萝，你愿做那米饭吗？

高语岚觉得自己完全败给了尹则的想象力。既然他说到这个了，她干脆也满足一下自己的好奇心。

“尹老板，你到底还有多少配对儿的词可以用？”

“你先回答我的，我再告诉你。”

高语岚语塞，过了一会儿答：“我就想做个正常人。”这回答多巧妙、多稳重啊！高语岚对自己表示满意。

“那你愿意做我的女人吗？”尹老板问得更巧妙且语气更稳重。

“……”

高语岚甘拜下风，灰溜溜地回家去了。

晚上，高语岚上网投简历，一边找工作一边走神，她在猜明天尹则会出什么新词，后又忍不住去了他的博客，他的博客里介绍了各种做菜方法、厨具、厨房小窍门，还有一些他的餐厅和农场的活动介绍，等等。

高语岚一口气看了十多篇，然后发现了三个错字和一个病句。对文案工作相当有要求的她下意识地把有错字病句的地方记下来了，然后她给尹则打了电话。

2

尹则接得很快：“怎么了，想我了？决定答应我了？”

“别闹！”

“那公司或者胡天这么晚骚扰你了？”

“没有。”

“嗯，那我猜不到了。”

高语岚心想：谁让你猜了？“我刚才看你博客，发现了三个错字和一个病句，我想告诉你来着，这样你改过来比较好。”

对面没有声音，高语岚等了等，傻乎乎地摇了摇手机。

“喂……”刚想确认一下是不是断线了，尹则终于开口，他那声长长的叹息真是清楚得不像话。“岚岚啊，你让我知道你在密切关注我的方式真是独具匠心啊！”

“……”

高语岚憋了半天，挤出一句：“写错字，很难看。”

“你打击男人也很有一套。”

“那你要不要改？”

“改，改。”尹则又长叹一声，“感觉我不改那几个错字，你对我的印象分会被扣成负数。”

本来也没多高好吗？高语岚撇撇嘴：“那你给我你的邮箱或者 QQ 号。”

尹则顿了两秒，忽然高呼：“我错了，岚岚，原来你追男人也很有一套。”

这真是……高语岚愤愤地说：“我要挂了。”

“别别，我错了。我这不是得意忘形嘛，你一定要原谅我。”尹则飞快地报了自己的 QQ 号，然后催她，“快加，我等着呢！”

高语岚犹豫了一秒，还是加上了。尹则那边秒速通过。高语岚把他有错字的文章列出来，又把有错字的那句话贴上去，然后写明哪里错，正准备点发送，尹则那边先发过来几串英文和数字。

高语岚不解，先把自己写的内容发过去，然后问他：“你发的是什么？”

“我的博客和官方论坛的用户名和密码。都给你，你帮我管理一下。”

高语岚呆了一下，然后拿起手机就给尹则拨了过去：“你认识我多久？”

尹则答：“我算一算。”

不用他算，高语岚气急败坏：“还不到三个月。”她又问，“我们见过几次面？”

尹则答：“我算一算。”

不用他算，高语岚怒火攻心：“才十二次。”没等尹则说话，她继续吼他，“你要把这么贵重的用户名、密码交给一个认识不到三个月才见过十二次面的人，你觉得合适吗？”

尹则还没开口，高语岚又说了：“如果我使个坏，把你的博客内容全删了，把你的论坛帖子全删了，你这几年的网络经营将会毁于一旦，那你怎么办？”

这回尹则抢先答了：“你干不出这事。”

“重点不是我干不干得出，而是你不能没有防人之心。”高语岚教训个没完，“网络营销多重要，尤其干你这行的，你这些菜谱、生活窍门这么多内容，被删了怎么救？找都找不回来，多年的积累顷刻间就会没了。”

“好了，我错了。”尹则乖得不像话，马上认错。

他态度这么软，高语岚又觉得不好意思起来，她好像激动得有些过分了。可这时候也不好说什么，只得讪讪道："那你下回可别这样了。也就是我，换了真有坏心思或是要搞恶作剧的人怎么办？"

"可不就是你我才这样的吗？"尹则放软声音，"我太忙了，真顾不过来，又要修图片、又要给图片配文字、又要写说明润色词句，还要回复留言，真忙不过来。每天都一两点才能睡。要不这样吧，你就当帮帮我，我给你管一天三餐。"

"你怎么不说给我开点儿工资？"高语岚没好气地答道，刚才都白跟他说了。可是他这样也确实太辛苦。

"开工资也可以啊，可是这不如管饭显得我们亲昵些。"尹则嘻嘻笑，然后又换了个认真口吻，"那就这么说定了，以后你帮我打理网络这块，我给你开工资还管饭。我说真的，我一直没招到合适的助理做这项工作，你就当帮我忙，我能多睡一会儿。"

高语岚心一软，这事也不坏，她有兴趣，反正她还没找到工作，有时间："那先说好，我只是暂时帮忙，等找着了工作，我就要去做我的正职，你还得抓紧时间招人。"

尹则一口答应，又趁热打铁，给高语岚报了一个兼职的工资数，听起来不差，然后他又说："你明天上午到餐厅来，我跟你具体说说都做些什么。"

第二天，高语岚去了。

尹则像模像样地坐下与她开会，给了她一个大容量U盘，里面是他博客论坛的内容目录和所有文章图片，还有十多组拍好了而未整理的做菜照片和食谱。

高语岚对这些也很有经验，问清楚各个平台的主要情况以及那几组菜谱的内容细节，确认了logo（标识）水印使用要求，上图上文的署名要求，她都记好了，打算回去就把这些活儿做起来。

中午尹则给她做的饭，就在餐厅厨房的小桌上吃的。他做的是咖喱螃蟹，摆盘非常漂亮，还有个银鱼豆腐汤，味道也非常鲜美。

这次尹则不写卡片了，直接问她："我愿意让你做螃蟹，你愿意让我做咖喱吗？"

高语岚脸抽了抽，让她做螃蟹算什么表白啊？

尹则好像知道她在想什么，笑眯眯地主动解释："就是我宠着你，让你横着走。"

再被宠也没有哪个女人愿意做螃蟹吧？高语岚一本正经地答道："不愿意。"

"真遗憾啊！"尹则摇头叹息，把螃蟹肉塞进了嘴里，"明明把我们相识的时间和见面的次数记得这么清楚，却还要口是心非。没关系，我配合你。谁让我宠你呢？"

高语岚差点儿被蟹肉噎着，真是见鬼了，她还真把时间和次数记得清楚。怎么会有这种事？现在装傻来得及吗？

尹则的表情告诉她，来不及了。既然不能傻，那就只能靠脸皮厚了。高语岚迅速武装自己，谁怕谁？

这天高语岚一直在“食”铺工作，她坐在尹则的小办公室里，整理他的博客内容，修图片、写文字，模仿尹则以前发表文章的语气、用词写好了，给尹则看过确认后，为他发了一篇美食博客。

看到发出去的内容马上有人留言，说“终于更新了，真高兴”，高语岚也很高兴，她笑着看向外头厨房，正巧尹则也抬眼看她，两个人目光一碰，高语岚没来由地心跳得乱了。

心一乱，她就没忍住找机会多偷看了他几眼，这几眼他都没有发现，他跟厨师们认真忙碌，穿着厨师的制服在一旁看着厨师做菜，时不时指点一下，有时自己上手。旁边有工作人员过来跟他说了什么，他皱眉深思了一会儿，低声嘱咐。他工作的时候严肃又稳重，丝毫看不出“影帝”的光芒。旁边一名切菜工似乎是拿到了个奇怪形状的青椒，举起来让大家看，然后大家都笑了，尹则也笑。

爽朗又帅气的笑容。高语岚低头装没看见，心跳得很快。可是尹则不是个谈恋爱的好对象，况且她并不相信在那样的情况下会一见钟情，她认为尹则是觉得有趣喜欢逗她多一些。她不想这样恋爱，她想要安全感多一些的。

下午快到饭点的时候，高语岚回去了，基本的东西都掌握了，剩下有问题再打电话。主要是尹则这边客人也马上要来，他们太忙，高语岚又不是员工，在这儿待着总觉得怪怪的。尹则忙得没留她，不过给她准备了一个超大的盒饭让她带走。菜品是烧鹅、麻婆豆腐、海米冬瓜汤。里面没有卡片了，高语岚在家里用盘子和碗把饭菜盛出来，一边吃一边想是不是尹则不想继续玩这把戏了？刚这么想，手机收到一条短信。

尹则发来的：太忙忘了写卡片。现在补上。我愿做那小虾米，你愿做那冬瓜吗？

高语岚实在忍不住，给他回了：你才冬瓜！“影帝”先生，你追女生一定能追到臭水沟去，哪有一会儿让女生做螃蟹一会儿让女生做冬瓜的？

很快尹则回复了：好的，我也觉得按体积来说我做冬瓜合适，那海米小姐，既然我们关系已经确定，什么时候浪漫约会？

约会？在汤里吗？高语岚想起刚刚被自己吃进肚子里的海米冬瓜汤。她没给尹则再回。她想尹则只是爱闹，但他一定明白她的意思。可她自己究竟是什么意思？高语岚烦恼了。她不敢接受他，却还想接近他。

3

这天晚上高语岚把尹则在网络平台上传播的文章都仔细看了看，整理了一遍。他的微博挺有趣，有许多他自己写的话，很好笑。粉丝互动也很积极。她今天在博客上更新的菜谱，他转到微博上去了，下面是粉丝的各种搞笑评论，高语岚笑得肚子疼。然后她忽然有些后悔答应帮他做网络内容维护的工作，因为这样距离太近了，他做什么她都知道，跟粉丝的互动她都清楚，这样她会越来越欣赏他的。真危险！

这晚高语岚没睡好，虽然后悔，但她也不好推辞，只好抱着兵来将挡，水来土掩的心态做下去。也许过一阵儿，他的新鲜感和玩乐劲头过去了，他就不再逗她了，那他们也能好好相处，做好朋友。

第二天高语岚起来的时候头有些晕沉，但她接到个电话，立时清醒了。那是胡天所在的公司人事经理的来电，她说经过协商，胡天愿意向高语岚当面道歉，地点就在公司楼下的咖啡厅，她问高语岚明天可不可以。高语岚没敢答应，她不知道尹则明天的时间可不可以，她不敢自己去。

高语岚给尹则打了电话，尹则说可以，他明天上午有空，让高语岚约上午。高语岚照办了。

第二天，尹则开车来接高语岚，到了地方一下车，高语岚看到一辆警车停在那儿，然后车上下来一个人——雷风警官。高语岚有些呆，不是吧，她来接受一个道歉还惊动了警察？

结果事实还真是这样。尹则带着雷风去了约定的地方，对着黑着脸的胡天和脸色也不太好看的人事经理一点儿不客气地说这是他们的朋友，过来为这件事做个见证，请胡天不必拘谨，该说什么就说吧。

胡天还能说什么？带位警察来做见证是什么用意他当然明白，是想向他示威，让他以后别骚扰。他盯着这三个人看了好半天，才不情不愿地道了歉。

人事经理在旁边打圆场说事情已经处理了，希望到此到止，他们公司会加强管理，也请高语岚他们不要再追究。

这是高语岚经历过这么多委屈事后，第一次有人跟她道歉。虽然不情不愿，但有好几个人证在一旁，颇有些场面。高语岚内心有些小激动，她转头看向尹则，尹则也正在看她。“满意吗？”他问她。高语岚点点头，比起从前她受了委屈只能自己默默躲起来难过，这次真的是太“威风八面”了。

尹则对她笑了一笑，那笑容沉稳帅气还带着些宠溺，高语岚被这笑晃了眼，她觉得一定是自己太激动有了错觉，对这笑过分解读了。

尹则笑完了，转向胡天："今后就管好自己的下半身，不然下一次遇到的人可未必像我们这么好说话了。"

胡天气得咬牙，但也说不出话来。高语岚看着他那脸色就觉得好解气。

尹则招呼了一声，高语岚跟着尹则、雷风走了出来。神清气爽，走路有风，进门前的紧张全部不见了，短短几分钟而已，整个儿大变身。

雷风没停留，没客气。高语岚对他说"谢谢"，他只笑了笑，然后跟尹则说了几句话，各自上车走了。高语岚坐在车上偷偷看尹则，他不开玩笑的时候真是挺稳重靠谱的，而且很有男子气概，有正义感。

高语岚没敢多看他，很刻意地看向了窗外，假装在看风景，但心跳有些快，心里有些乱。她觉得，危险越来越近了。

之后的一个星期高语岚都没有见到尹则。他这周好像大多在农场那边忙，发了很多农场的蔬菜和水果的照片给她，说是采摘季活动，他在电话里大致说了说活动内容，话说到一半就有人叫他，他匆匆挂了电话。

高语岚自己整理照片，按他说的内容撰写了活动广告语，又在网上找了资料，再对照他博客和农场官网上以前的活动资料，把活动的广告宣传语写完了。

她给尹则发了过去，两天后他才回复，说看过了非常好，完全出乎他的意料，比他们之前做的要专业。他已经让人挂到官网上，同时印宣传单，他让高语岚把活动宣传语也放到博客上去。

高语岚受了夸奖，心里有些得意，觉得在他面前展示了自己能干的一面，虚荣心大大得到了满足，可过后又觉得自己发神经，这有什么好高兴的，找到一份满意的工作才值得高兴。

可一周过去了，她只面试了一次，而且觉得希望不大。幸好这无聊的日子她可以泡在尹宁的店里，陪陪尹宁，逗逗妞妞，和馒头玩玩，一边投投简历，一边帮着尹则看看网上的消息，每天吃着特供的美味便当，她觉得自己身上都长肉了。

周三晚上，尹则忽然出现了。高语岚虽然不愿意承认，但她的心还是冒出了粉红泡泡。尹则黑了一些，应该是在农场那边晒的，他笑起来一口白牙甚是显眼："宝贝，有没有想我？"一开口又是"影帝"附身，高语岚真想翻白眼给他看。那些暧昧泡泡都被他的演技戳破了。

暧昧泡泡？高语岚心里叹气，这确实是个危险信号。见到他会这么开心，真的是太危险了。

尹则告诉她，他明天要出差，去L市帮一家餐厅设计新菜式，培训厨师，顺便在那边考察考察业务。今晚特意过来见她一面，不然他们又得很久见不上了。

“见不上就见不上呗，那有什么关系？”高语岚故意说。说完就看到尹则笑了，那笑容又晃了她的眼，让她觉得那笑容很宠。好像她在撒娇，而他很高兴，随她。

“好的，没关系。”他说，低沉的嗓音撩动心弦，高语岚有些绝望，还不如他继续当“影帝”呢。

第二天将近中午的时候，高语岚正在看尹则的微博，他上午更新的，发了张所在城市的街景，说这座城市很美，可他希望能快些完成工作回到东麓市，因为很想念某人。

高语岚看得脸发烫，那个某人不会是指她吧？微博下面的粉丝留言狂乱了。“想谁？恋爱了？”“呜呜呜，男神你居然有想念的人了？”“男神，你居然是已婚的？状态明明写的未婚啊，不带这么欺骗感情的。”“大家别慌，尹老板只是想他家狗了！”

高语岚看得很想笑，笑完了察觉自己心里居然是有些小得意的。唉，虚荣心啊，你安分一点儿吧，太雀跃了容易自作多情，还容易冲动犯错，还容易乐极生悲。高语岚正自我检讨和鼓励时，手机响了。

她吓了一跳，心虚得以为是心理活动太厉害被尹则感应到，结果一看是她爸，呼，还好。

电话接起，高爸在电话里和颜悦色，精神抖擞：“岚岚啊，最近怎么样啊？”

“还好。”高语岚答得相当保守。

“嘿嘿，岚岚啊，你还想瞒着爸爸吗？”

不会吧，她爸现在这么厉害了？读心术？还是远程的？他察觉什么了？难道他也看尹则的微博？不对，看了微博也不知道那个某人是指她啊。还不对，人家微博未必是指她啊。高语岚的心乱了。

“你谈恋爱了吧？爸爸妈妈都知道了。”

“没有，没有，我跟他真没什么。”顶多就是小暧昧，她虽然天天吃他家的饭，不过她也帮忙做事了。

“怎么没什么？明明感觉很不错。”

“是啊，可是感觉不错还是没什么。”虽然尹则真的像她生命中的英雄，为她拳打色狼，带她踢馆论理，可是，他是“影帝”啊，可不好对付了。这样的恋爱压根儿没法谈，她正惆怅挣扎着。不对，不是挣扎，是正下决心呢，还是找个普通好男人就行。不过高语岚诧异道：“爸，你们怎么知道的？”她明明没有向家里透露过半个字啊。

“哼，你这孩子，我们知道得算晚了。”高爸嘴里抱怨，实则难掩欣喜之意，

"是小郭他爸说的，别的同事街坊都知道了，跟我道喜，我一问，哈哈，还真是，我跟他爸还喝了一次酒，庆祝来着。"

高语岚张大嘴，完全不明白她老爸说的是什么。她跟尹则的事，怎么小郭先生他爸会知道呢？还喝酒庆祝，庆祝个什么劲啊？难道尹则跟小郭先生是失散多年的亲戚，认识之后就对上号了？

真是越猜越离谱了。这边高语岚正乱糟糟，那边高爸却接着说："这事啊爸妈很高兴，你们好好发展，爸爸妈妈不会给你压力的。"

"爸……"这样压力就很大好不好，她下的决心好像就被动摇了不少。

"小郭这孩子不错，我跟你妈都满意，你们能对上眼，真是太好了。"

等等，谁？"小郭先生？"

"难道还有别人？"

"不，不。但是……"也没有小郭先生。

可是高语岚话没说完就被喜滋滋的高爸截断了："小郭他爸前些日子去东麓市看他，问他觉得你怎么样。他说你很好，而且你们还一起吃饭，你还陪他去买了家具用品什么的，还带他认识了你的朋友。他爸告诉我，你们现在可要好了。"高爸喋喋不休地念叨着，"小郭这孩子，稳重，有责任心，做什么都是认认真真的，工作稳定，也没什么不良嗜好，真的很不错，跟你很配，你们今天能发展起来，也不枉我绞尽脑汁想着怎么让你们见上面啊，哈哈，真是太不容易了，我们老人家看着也高兴。"

"我没有跟他谈恋爱。"高语岚认真严肃地解释，"真的，没谈恋爱。他送东西来，正好我跟朋友一起，就认识了。他对这里不熟，我就帮他点儿忙，都是小事，我真没跟他谈恋爱。"

"好了，好了，没谈就没谈。那爸爸挂了啊，嘿嘿！"高爸语气里透着欢喜，那嘿嘿的笑声更是让高语岚心惊。她不是害羞啊，爸！她真的没跟小郭先生谈恋爱。可是电话已经挂掉了。

4

高语岚很着急，她爸这么笃定，那小郭先生的爸爸肯定也很笃定了。花荫市这么小，两位老人家都笃定，那其他人更不用想了。好多人还是这同学那同学的父母，也就是说，她的同学也会听说她跟小郭先生谈恋爱，那如果以后她带回家的是别人……

谁会听她解释？她没有脚踏两只船，她明明……没有跟小郭先生谈恋爱。往事里那一巴掌和辱骂又涌上心头，高语岚很慌，她害怕再一次发生那样的事。

高语岚坐不住了，她在屋子里走来走去，想了又想，决定先问问郭秋晨。

郭秋晨接到高语岚的电话很开心，直说好久不见了，要不要一起去"书香甜地"坐坐。高语岚谎称最近比较忙，郭秋晨顿了两秒："这样啊……"

高语岚觉得是不是自己多心，她怎么觉得小郭先生的语气里透着失望？不会吧？他不会喜欢自己吧？之前完全没感觉出来啊。高语岚小心翼翼地扯了些客套话后，鼓足勇气进入正题："我爸今天跟我打电话说，郭叔叔以为我们俩在谈恋爱。"

电话那头顿时静了下来，高语岚接着说道："可能是郭叔叔误会了，你知道老人家总惦记着孩子找对象的问题，所以有时候容易误会，我爸也是这样的，不过讲清楚就好了。"如果郭秋晨真对她有意，这时候是他打蛇随棍上的好机会，他会借机跟她表白才对。

可是郭秋晨并没有，他期期艾艾，有些紧张："对不起，真是抱歉，我没想到他们会这样，我会跟我爸他们说清楚的。"

高语岚顿时松了一口气，也不知是因为郭秋晨并没有喜欢她，还是因为他答应去澄清这事，她赶紧说："对的，一定要说清楚才好。不然老人家当了真，日后就更难解释了，你说对吧？"

郭秋晨满口答应，说一定会跟家里解释。两个人客气几句，挂了电话。

高语岚挂了电话后还是有些不安，这样应该没问题了吧，都说清楚了。她又去刷了刷尹则的微博。他的微博更新了一条，是螃蟹大虾等食材的照片，他写道："要做海鲜，看到螃蟹想起了某人。"

高语岚心一热，脸一红。呸，你才是螃蟹横着走呢！

莫名地，她的不安，不见了。

两天后，周六，郭秋晨给高语岚打电话，说他父亲误会的事真的很不好意思，他想跟高语岚道个歉，他买了些吃的，顺便给妞妞、尹宁带些。

高语岚不好推辞，何况人家拿尹宁、妞妞出来说，约的地方也是"书香甜地"，于是她答应了。

郭秋晨不但带了吃的，还给妞妞买了玩具和图书。妞妞抱着礼物高兴得不得了。小家伙闹着要去游乐园玩，尹宁说不行，郭秋晨却说小朋友多出去走走是好事，他有车子，也方便。妞妞欢呼，最后尹宁拗不过，答应明天准备好了再去。聊着聊着，尹宁又问要不要把陈若雨也叫上。

陈若雨很乐意去，她还趁机追问了一下高语岚关于孟古的情况，上次是说雷风名草有主,孟古情况待查,那如果孟古单身无女友,明天去游乐园算不算一个大好的邀请机会?

高语岚告诉陈若雨尹则不在，要邀请孟古会有些奇怪。陈若雨长叹一声，说这么失望，明天一定要多玩两圈才能治愈心头的伤。

高语岚被她那语气逗笑了。后一想比起陈若雨的积极主动，自己是不是有些太消极了？其实，她也很想谈恋爱啊。

很想,但有些怕。尹则？尹则？她现在对他的感觉,是被追求的虚荣还是心动?

晚上，尹则给高语岚打电话，他发了一个三天后L市某餐厅新菜试吃活动的宣传资料给她，让她帮忙整理后发到博客和论坛上。高语岚想这应该就是他出差的工作了。说完正事尹则聊家常，他说听尹宁和妞妞说了，明天他们去游乐园。

“先说好啊，”尹则道，“我追你是认真的，你要是半路跟小郭先生跑了，我不会放过你的。”

“你土匪啊？”高语岚没生气，不过就是想说说他。

“要真是土匪就好了，那我早把你敲晕扛回山寨做夫人去了。”尹则说得无比认真，高语岚气都叹不出来。属相是螃蟹真的一点儿都不值得骄傲好吗？演技满分也不是太好的事。

高语岚觉得这事真不能躲了，她要好好问一问：“尹则，你说你喜欢我，到底喜欢我哪一点？”

“你很可爱，跟你在一起很开心。”

高语岚静默了一会儿，这答案出得太快，略显没诚意，而且她听不出他的语气里究竟什么样的感情成分多一点儿。“很可爱这个理由实在太差劲了，可爱的女生一抓一大把。”

“是吗？”尹则的语调扬得高高的，“可是只有一个女生会让我觉得跟她在一起很开心。别人可爱，关我什么事？”话尾那霸道的语气真是男性气概满分。

高语岚反应了一会儿才回过味儿来,心开始乱跳,这厮手边一定备着本《情话大全》,或者他根本就是背了好几本《情话大全》。“尹则。”她决定把话跟他说清楚，“尹则，我们相识的经历并不好，你说话总像是在开玩笑，我并不确定……”

“我很认真的。”他打断她的话。

“可很多时候你都是一副在演戏的样子，很夸张，爱闹。你到我那儿找馒头，演得一套一套的。而后是接回妞妞时，然后在尹宁姐店里，反正很多次，几乎每一次你跟我说话都是在开玩笑。”

“每一次都忍不住想逗逗你。”

“那你第一次来我这又不认识我，逗什么逗？这样很轻浮。”

“那次是……”尹则顿了一顿，“我真的有些激动，居然找到你了。我差一点儿以为又错过。我就是……”他轻咳了咳，低沉的嗓音很好听，“我就是有点儿紧张，然后我还生气，因为你居然不认得我了。我又激动又紧张又生气，就有些失态，表现不好。我那天回家后也反省了半天，后来就一直没敢联系你。而那天你却赶到公司去，我看到你站在温莎的办公室外面，又尴尬又生气又紧张却要装出强悍的样子，你装得一点儿都不成功。”

“所以你就喜欢上我了？”高语岚觉得真有些不现实，一见钟情这种事怎么可能发生在她身上？

“岚岚啊。”尹则叹息，他现在的语气再严肃不过，再正经不过，再认真不过，“我真的真的非常喜欢你，一点儿不开玩笑。我这人有时候是爱闹一些，尤其是对亲近的人，对外人我很严肃的。如果让你觉得我不真诚，我道歉。我能感觉到你也喜欢我，对不对？我的玩笑，你并不反感厌恶，你喜欢和我在一起，你也开心，对吧？你跟我姐和妞妞相处得也很好。所以，你认真考虑一下，如何？”

高语岚说不出话来，她的心跳得快，“好”字她答不出口，“不行”也并非她的本意。

“让我做你的男朋友吧，我会对你很好的。”尹则柔声细语哄着。

高语岚觉得自己的脸烫得可以煎鸡蛋，憋了半天，挤出一句：“那个……”

“嗯？”

高语岚闭了闭眼，觉得太不公平，为什么他的声音这么好听？他不在跟前，她也看不到他的表情眼神，只靠声音，全凭她的想象了。“晚安！”她承认她不痛快，但她真没胆现在做决定。她怕后悔。

高语岚说完晚安就挂了电话，挂了之后就关机。她得先冷静冷静。

可手机是关了，却忍不住去刷他的微博。很快，他更新了一条：**某人挂了我电话**……后面配了个哭脸。

高语岚差点儿要挠墙，是不是男人啊，居然在网上搞撒娇哭诉这套！微博下面很快有了一堆评论，有安慰他的，有调侃他的，更多的是问“这么晚了做点儿什么夜宵好”或者“我家冰箱只有这个那个你说能做点儿啥吃”。还有提问这菜那锅怎么处理的。

高语岚笑了，这人当然会爱开玩笑，没点儿娱乐精神真活不下去，上来撒个娇下面净是些扯后腿、捣乱转移话题的。高语岚看评论就笑了半天，然后她没忘工作，把尹则要发的那个试新菜活动广告做好发完，然后睡觉去了。

第十一章 厨神化身情话王子

今天很想做的菜——四喜丸子：喜欢你的认真，喜欢你的可爱，喜欢你的迷糊，还喜欢你的小聪明。

1

第二天周日，风和日丽，阳光灿烂。高语岚的心情也有点儿灿烂，她不确定是不是因为昨晚尹则说的那些话。今天大家一起去游乐园，本来就是件很开心的事，所以未必是因为他。她这么想。

驱车前往游乐园的路上，高语岚满脑子全是尹则，于是她只能承认，今天心情这么好，真的是因为他。

妞妞进了游乐园那叫一个疯，尹宁一个人完全搞不定了。这时候唯一的男士小郭先生发挥了重要作用。他全程照顾，细心体贴，能跑能背能陪玩，还兼着摄影师，弄得尹宁很不好意思。而妞妞当场宣布今天她暂时移情别恋，少爱舅舅一点儿，多爱小郭先生一点儿，把大人们逗得哈哈大笑。

坐摩天轮的时候，高语岚和陈若雨在一个观览厢。升到最高点的时候，两个人都很兴奋。陈若雨说不知道在这里许愿灵不灵。然后她闭上眼合上掌，真的许了。她说希望工作顺顺利利，找到一个爱她的好男人。

高语岚听着她说话，耳边响起的却是尹则的声音："我真的真的非常喜欢你，一点儿不开玩笑。让我做你的男朋友吧，我会对你很好的。"

爱她的好男人。尹则当然算好男人，身体健康，照顾家人，事业有成，身材高大，相貌堂堂。他是好男人，而他说喜欢她。

在这天空高处，高语岚忽然心动。她拍了张天空的风景照片发给尹则，然后写道：我在摩天轮上，想起了你说的话。

尹则很快回复了：然后呢？

高语岚想了想：然后我觉得，有些话还是当面说的好。当面说出来，看着对方的眼睛，这样才有诚意。如果要恋爱，她就是全心全意的，一点儿都不开玩笑。

很快尹则又回复了：我争取快点儿回去！！！！！！！一长串的感叹号让高语岚笑了，她想象尹则激动高兴的样子，配上这感叹号的语调，她又笑了。

陈若雨盯着她看："岚岚，你笑得这么奔放，短信一定是尹老板发的。还说你们没恋爱，哼！"

高语岚脸红了："还不算呢，差不多吧。反正，嗯，你为什么觉得我们在恋爱？"

"他看你的眼神简直深情死了好不好？"

有吗？高语岚使劲想，只想到他眉飞色舞调侃她开她玩笑的样子，眼神嘛，好像真没注意。那下回一定要认真观察一下。

高语岚盼着尹则的归期，却又有些紧张，觉得他晚点儿回来，她多些时间准备那也不错。尹则这段时间明显心情很好，每晚与她通电话都能说很多话，从工作扯到今天穿的衣服、走过的路。而高语岚不介意，她喜欢听他瞎扯，好像再平淡无奇的事情被他说出来都挺有趣的。只是她还会害羞，很想跟他说要保重身体，别太累，但一直不好意思说。

那天挂了电话后她犹豫了半天，打开短信输入：注意休息，别累着。晚安。只一句话，但她想了又想，删了改、改了删，最后还是写回了第一句，然后硬着头皮点了“发送”。

尹则很快回了条短信，只有四个字：我很想你。

高语岚捂着脸在床上打滚儿嗷嗷叫，明明她写的话比较多，却感觉他的四个字赢了。她觉得他们两个好傻气，却又很开心。她把脸压在枕头上，觉得心里甜得要化掉。

这时，手机短信又响了，她点开看，还是尹则：宝贝晚安。

高语岚红着脸，把手机放在胸口，她想，她是真的恋爱了。

不知道是不是恋爱加强了运势，高语岚也碰到了好事。这天，她接到了从前合作过的一个杂志社的电话。

杂志社那边要办一个女性沙龙活动，讲讲色彩搭配衣着技巧和彩妆知识，是给杂志会员提供的一个免费活动。既然是免费活动，那预算当然不高，可这家杂志走品牌路线，要求市场部找的活动场地不能太偏，环境一定要好，要符合杂志的小资品牌形象。原来一直合作的场地没了，临时紧急要找新地方，这可把杂志社负责搞活动的小晴愁坏了。她跑了很多地方，环境好、地段好的，租金当然不少，远一点儿的，交通不方便，会员也不乐意去。种种因素综合起来，这活动眼看着就要流产。小晴没办法，到处打电话求救，也找到了高语岚。

高语岚迅速把自己知道的场所都想了一遍，最后想到了一个好地方。她问清楚了小晴活动的预算和具体要求，然后去找尹宁商量。

尹宁一听是女性沙龙活动，又是很好玩的着装彩妆，大方点头：“好啊，我这地方给她们用。”

“那这活动租金你看收多少合适？”高语岚问。

“租金？”尹宁眨眨眼，“不是你朋友吗？预算不够才头疼求人的嘛，那不要租金好了。不过我这儿没人手，上次服务生辞职后我再没招人，反正我这儿没什么客人来。租金就算了，她们自己派人手过来招呼啊。”

“不行，租金是一定要的，哪怕少收点儿也不能免费。这类活动一旦合作得好，杂志社有可能会继续做下去的，这样你的店定期就会有一笔收入。一旦免费，后面他们就会找各种理由继续免费。每家公司都会说没预算，但其实多少有些弹性。你这店装修雅致，有品位，和她们的杂志品牌很搭，加上地段好，交通又方便，公交车、地铁站都有，路边还划有停车位。店里头不大不小，做个四五十人的活动刚刚好。就凭这些条件，她们再找不到更合适的了。场地费少收，但他们把客人引来了，你在蛋糕、饮料上还可以再赚一点儿。如果客人喜欢，回头再来也不错啊。”

尹宁听得眼睛一亮：“岚岚，你是说，我这店也能挣点儿钱吗？老实说，我开了几年店，没有一个月赚过钱。”

高语岚无语：“几年没赚过钱？那你这店是怎么经营下来的？”

“尹则付房租啊杂费啊什么的，我就是赚点儿做烘焙和饮料的材料钱，打发打发时间，不那么无聊。我那时候觉得人生好绝望，尹则就弄家店给我，我一开始也是很有上进心的，也想努力赚钱，可是客人就是不多，然后拖到今天，我也没注意账目，反正是没赚够房租。”

尹宁说得轻松，高语岚却听得心疼了，这地段的店铺，加上装修，水电，一个月得不少钱啊，尹则对这个姐姐是有多宠，这么养着店给她打发时间。

“岚岚，活动这种事我也不太懂，我就是会做做烘焙调调饮料，所以这事你就全权负责吧，做成了，赚的钱归你。”

“不，不，这钱你该收还得收。我跟那边谈谈，尽力把这事谈下来。”其实高语岚很想跟尹宁说：大姐啊，你怎么能把钱推给别人？该赚就赚啊，想想你弟弟帮你养店多辛苦，你不要钱也要想着把钱给你弟弟啊。

可尹宁一派天真，高语岚实在是说不出什么来，做生意不容易，这事她知道。她下定决心，一定要帮尹宁把这笔生意谈成，多帮尹则减轻些负担。

高语岚出马，与杂志社那边谈了两轮，带人来看了场地，介绍了周边环境。最后杂志社还是在钱上卡了卡，尹宁在旁边很想说可以，但高语岚事先有交代，于是她闭口不应，高语岚装作为难，把附近各处的场所租金和条件摆了出来，“书香甜地”的条件确实最合适，而租金才一半，小晴在一旁一个劲儿地帮嘴。

高语岚又提出这是一个长线合作，店里可以长期放杂志宣传品，优先使用场地，会员享受折扣，又帮她们一连提了好几个活动的设想。谈了一个小时，杂志社主管终于点了头，当场签下了合同。

事情终于搞定。杂志社的人走后，尹宁看着合同半天，简直不敢相信，两天工夫就赚了一笔钱。她抱着高语岚欢呼：“哇，我第一次赚钱，我终于可以在尹则面前扬眉吐气了。”

高语岚心里也很高兴，终于找回了久违的工作感觉。

不过，签了合同只是第一步，实际操作活动要准备的事还有很多，而且时间非常紧。高语岚从头到尾盯着，每个细节都考虑，她跑前跑后张罗，把杂志社那头儿也招待得服服帖帖，尹宁安心做糕点和准备饮料，妞妞也很开心，还想帮忙。

活动那天是周日，店里被收拾得干干净净，妞妞穿着新衣裳，给馒头也穿了身很萌的新衣服，陈若雨和郭秋晨闻讯也跑到店里帮忙。

整个活动进行得非常顺利，杂志社请的老师讲得非常好，馒头全场卖萌，那位老师还即兴用馒头穿的衣服来给大家讲色彩搭配，馒头咧嘴笑，还会转圈圈展示，妞妞也当了回小模特。活动气氛热烈，互动很好，笑声一片。

小晴高兴得拉着高语岚说这是她们举办的会员活动中最成功的一场，刚才主管说下次接着办。高语岚听她这么说，心里也非常开心。

活动预计两个小时，最后办了三个小时才结束，大家尽兴而归。妞妞在店里头帮着收拾，嚷嚷着跟妈妈说下次还想玩，把其他几个人都逗笑了。

2

高语岚站在店门口喘口气，她这次可累坏了。从谈到活动举办总共才一周的时间，简直像打仗。郭秋晨正巧出来抽根烟，看她在那儿站着，就一起聊了聊。两个人正说着刚才活动里的趣事，一片落叶突然落在高语岚的头上，郭秋晨随手帮她摘了，还没说话，一旁忽然传来“哈哈”几声大笑：“你看你看，要不是来这一趟，还不知道他们这么好吧？”

高语岚和郭秋晨心里一惊，扭头一看，竟是郭爸和高爸。

原来这周末郭爸要开车上东麓市来探望郭秋晨，高爸心动也想着搭顺风车来看看女儿。结果车子还没有开到女儿住的小区，却看见这两个年轻人站在路边说说笑笑，状似亲昵。两位老人赶紧停了车过来了。

“爸。”高语岚和郭秋晨同时叫着，两位老人“哈哈”乐。

“我说老高啊，你看，我说这事就是十拿九稳的。我自己的儿子，我最清楚了。”郭爸开心得咧着嘴笑，又对高语岚和郭秋晨说，“你们好好处，加把劲儿，要是觉得合适，我们两家年底就把喜事办了。”

高语岚惊得目瞪口呆，郭秋晨在一旁忙说：“爸，你别瞎猜，没有的事。”

“怎么没有？”郭爸一板脸，“那你最近注意形象了，买这买那，又爱买衣服了，又是去健身了，心里没姑娘，你当你爸白活这么多年了？”

一番话说得郭秋晨满脸通红，说不出话来。郭秋晨战败，高语岚跟陌生长辈更是没战斗力，只得傻呆呆站着。

郭爸豪爽一挥手："走走，先吃饭去，我开了几个小时车，也累了，边吃边说。"

说完，不由分说把两个年轻人拉上了车。

车子启动时，高语岚猛地想起还没有跟尹宁打招呼，她下意识地看向店门，却发现本应明天回来的尹则，正提着行李袋站在那里，直勾勾地盯着她看。

高语岚一下子僵住，车子开走，尹则在她的视线里越变越小，直到再也看不见。

高语岚顿时觉得嗓子眼发堵，心慌得厉害。尹则看到了多少？他会不会误会她了？

高语岚心乱如麻，郭爸在车子里却不停地问郭秋晨的生活和工作，又间接问问高语岚的情况，聊得那叫一个热火朝天。

高语岚兴趣缺失，郭秋晨显得很尴尬，一个劲儿拉着他爸转移话题。高爸一改往日神经大条的状况，看出女儿不大高兴，也赶紧陪着老同事扯东扯西，转移注意力。

车子里聊得这么热闹，高语岚的电话反而不好打了，她盼着赶紧到，找家饭馆停下来，她好跟尹则尹宁联系。

可刚找了个地方，车子还没停稳，高爸接到个电话，一听之下，大吃一惊，竟然是高妈急性腹痛，邻居帮忙给送到医院去了。这会儿正在做检查，说有可能是急性阑尾炎。

这下子可把高爸和高语岚吓得够呛，家里没别人，要是得动个手术什么的，那可怎么办？

于是饭没法吃了，郭爸赶紧说他开车把高爸和高语岚送回去。郭秋晨生怕自己老爹开太长时间的车，身体吃不消，不安全，于是说自己开车送，然后他再坐晚上的大巴回来，不耽误周一上班。

如此很快就把事情定下，郭秋晨跑去麦当劳买了点儿吃的，好给大家路上果腹，高爸赶紧联系花荫市的邻居问问具体情况，说他们马上就赶回去。

高语岚下了车，走到一旁给尹宁打电话说了这边的情况，为自己不辞而别道个歉，然后偷偷问了问尹则怎么样，尹宁说不知道，他就露了个脸，把馒头领走了。

高语岚心里忐忑，但还是拨通了尹则的电话。

尹则很快接了，问她现在在干吗。他的语气听不出情绪来，这让高语岚心里更加不安。

她期期艾艾地说妈妈病了，她要跟她爸赶回花荫市去。尹则"嗯"了一声，问了他们怎么回去。

高语岚咬咬唇，小声说："小郭先生开车送我们回去。"

"那好，你自己多小心。伯母是什么病，送去哪家医院了？"

听尹则这么问，高语岚又急了："你信我，我妈真的病了。我跟小郭先生没什么的，就是家里误会了。也不是我让他们误会的。”她越说越委屈。

尹则在那头没作声，过了会儿叹了口气：“你啊，别以为所有男人都跟你那浑账前男友似的，你担心我不信你的时候，其实就是因为你没有信我啊，你对我没信心，是不是？”

高语岚不知说什么好，他们真是相处不太久，好像刚刚确定心意却又差了一点儿什么，他们甚至没来得及当面表白肯定彼此的关系。当初初恋七年感情，谈婚论嫁，以为此生只此一人的感情，也是因为这种事被人一巴掌拍出了爱情的世界，要说她不介意，很有信心，那真的是在骗自己。

高语岚张了张嘴，不知道说什么好，只得唤了一声：“尹则。”

“你既然理直气壮，你就该对我说，喂，你听好了，我现在要回家看我娘，我不在的时候，你要守身如玉地等着我，要是敢有一点儿歪心思，我回来打断你的腿。”尹则学着女生的傲娇语气说话，把高语岚逗笑了。

尹则接着训她：“结果呢，你这个笨蛋，却担心我以为你撒谎，你就是运气好，碰上我这样睿智大度、百里挑一、千年不遇的好男人……”他那种痞子调调又出来了，高语岚忍不住微笑。

“如果是那些没脑子的，还以为你这委屈的表现是心虚呢。”尹则训完，忽地一转语调，“岚岚，你要自信，要抬头挺胸，要微笑。”

“嗯。”高语岚用力点头，心里头满满的都是感动。

“我问你妈什么病，送哪家医院，是想说孟古一家子医生，在医院这个圈子人脉广，如果正好碰到那家医院有熟人，可以打声招呼帮忙照顾下。你们回去还要几个小时呢，那边有医生关照下你们也安心，对吧？”

高语岚赶紧把母亲的情况说了，这时候身后高爸在叫：“岚岚，快点儿，要出发了。”

高语岚应了一声，急忙跟尹则说：“我得走了，嗯，我不在的时候，你要守身如玉地等着我，要是敢有一点儿歪心思，我回来打断你的腿。”她照搬照学，可惜没点儿气魄，说得声小，像个小媳妇。

尹则在电话那头笑：“好的，你去吧，回来了一定要好好检查我的身体，看我是不是守身如玉，要认真仔细地检查。”

“呸！”

“你自己多保重，回去看看是什么情况，别慌，照顾好家里。我马上联系孟古，如果能帮上忙一会儿联络你。你也得顾好自己的身体，如果需要我过去陪你，你就来个电话。”

“嗯，嗯……”他说一句，她就应一声。

高爸在车子旁又叫，高语岚虽舍不得，但还是说了：“我挂了，回头有空了再给你打。”

尹则应了，等着她挂，高语岚却在最后一刻忍不住又说了句："我想你了，尹则。"

"你这女人，怎么这么狠心？离开我的时候才说想我……"

他把气急败坏演得很好，高语岚被逗笑了。"我得挂了。"她挂了电话，心情转好，之前那个心慌意乱的女生也不知道是谁。一路上高爸焦急不安，高语岚反倒冷静下来安抚他。

上路四十分钟后，尹则给高语岚打来电话，说那家医院的院长正好是孟古父亲的同学，关系很好，已经打了招呼。没多久高爸也接到邻居电话，说医院的主任特别来看了一下高妈，认真检查了，也给安排好了病房，还嘱咐护士多照看。邻居问高爸是不是有熟人啊？高爸看看高语岚，只说是东麓市的朋友帮了忙。邻居说现在高妈情况还好，让他们别着急，路上开车要小心。

高爸松了口气，拍了拍女儿的手。郭爸安慰说这下好了，别急。

高语岚偷偷给尹则发短信：谢谢你。

过了一会儿，尹则回复了：这么见外？亲亲你。

高语岚心虚得赶紧把手机盖上，生怕被旁边的老爸看到。然后她看向窗外，脸偷偷红了。

三个多小时后，高家父女终于到了医院。高妈果然患了急性阑尾炎，正在病房打点滴。这病需要手术，高语岚细细问了病情，高爸颤着手签下了手术同意书。医院科主任过来聊了几句，让他们放心。

之后的事情就是等待。高爸心疼老婆，一想高妈生病的时候他没在身边守着，不久又要动手术受苦，那眼泪就忍不住"哗哗"落下来。

高语岚担起各式张罗的事宜来：跑前跑后交费办手续，感谢帮忙的邻居，给自己那深情的老爹买水买纸巾，又谢过郭爸和郭秋晨，让他们先回去了。最后一切办妥，各项身体检查报告也下来了，高妈可以手术，又一轮等待后，高妈被推进了手术室。

高语岚给高爸和自己买了晚饭，可两个人都吃不下。漫长的等待很是熬人，高语岚等啊等，坐不住了，站到角落给尹则发短信，告诉他母亲正在手术。

尹则很快回复：让丈母娘加油，回头我给她做好吃的补补。

高语岚被这条短信逗笑，回了一条：你这马屁拍得有点儿早。

有资格拍就行。

高语岚又笑了，跟他说话真的会开心。

她还在想下一条短信发什么，就听到了高爸的呼唤，手术结束了。高语岚急匆匆跑回去，看到高妈被护士推了出来，手术顺利。高语岚父女俩的心这才安稳了下来。

这晚高爸在医院陪床，把高语岚赶回家让她休息。高语岚拗不过他，想想也确实需要回家拿些衣物用品，煮点儿饭菜带过来，于是回去了。

下了公交车，还要再走半条街才到家。高语岚站了一会儿，满身疲惫，脑海里传来尹则的声音："我愿让你做螃蟹，你愿让我做咖喱吗？"高语岚笑了，想到他就想笑。

"我愿做你的胸脯肉，你愿做我的肋骨吗？"真的好好笑，高语岚一边想一边笑，脚下也轻盈起来。

不经意地转头，却发现对面远远地走来两个再熟悉不过的身影。

郑涛、齐娜。

3

一个是前男友，一个是前闺蜜。

郑涛的手插在口袋里，正低着头讲电话。齐娜挽着他的胳膊，两个人挨在一起走着。高语岚身体顿时一僵，停了脚步侧转身背对他们，下意识地拨了尹则的电话。尹则接了，而渣男贱女正在逼近中。

"尹则，我看到他们了。"

"谁？"

"就是那两个。"高语岚声音小小的，害怕那两个人走近能听到。

尹则居然听懂了："你在哪儿呢？"

"正往家走。"

偶遇？尹则又懂了："你这个包子，你把自己的时间浪费在理他们身上，你不觉得愧对自己的人生吗？"

她没理他们啊，她就是看到他们内心有些紧张和生气。

"连一个眼神都不要浪费给他们。他们是个屁。"尹则在电话那头非常有气势，"我更新了微博，你去看。"

什么？怎么一秒转话题？高语岚道："回家再看。"

"你记住啊，你男人比那个渣男好一百倍，你可以看他们一眼，记得用怜悯的眼神。"

高语岚"扑哧"一下笑出声来："你不要闹。"眼角余光看到郑涛、齐娜走过来了，郑涛挂了电话，转眼看到了她，愣住了，齐娜也随着他的表情看过来，顿时脸上一僵。

"他们看到我了。"高语岚没躲没闲，保持姿势不动，跟尹则说道。

"是吗？看你了？赶紧对他们比中指。"

高语岚哈哈大笑，她从那两个人身边走过，看都没看他们一眼。她走过去，心完全在尹则这边："你别捣乱，我马上就到家了，回去就看你的微博，你写了什么？"

"不告诉你。"尹则故作神秘，然后叹息，"你一定没有比中指，真遗憾！"

"哎，我是淑女好吧？"高语岚脚步轻快，把郑涛、齐娜抛到脑后，从来没这么痛快，什么都不用做，能开心自然地无视他们，真的太爽了。

高语岚跟尹则聊了一路，到家后把电话挂了。然后开电脑上网，找到尹则的微博，他八点多的时候更新的微博，应该是跟她互通短信之后。他发的是一道菜——四喜丸子。

今天很想做的菜——四喜丸子：喜欢你的认真，喜欢你的可爱，喜欢你的迷糊，还喜欢你的小聪明。

高语岚脸又红了，他这样太犯规了，甜蜜得令人发指啊，还篡改名菜的含义。下面的留言评论简直不敢看，但她还是忍不住看了。有人问这道菜的做法。有人说已经迅速奔博客找了菜谱打算明天做给女朋友吃。有人哀号厨神变情话王子，这画风也太不对了。还有人问那分手做道什么菜才好。

高语岚只看了两页评论就要笑疯。

过了一会儿尹则打来电话问她："看了吗？感动吗？"

高语岚装模作样："嗯，是比那什么'你是冬瓜我是虾，缠缠绵绵进汤碗'要强些。"

这晚高语岚笑着进入了梦乡。

接下来的日子，因为高妈的病，高语岚家里医院两头跑。高妈住院五天，很多街坊邻居朋友都过来探望，郭爸郭妈也带着水果和营养品来了。其间又夸起高语岚懂事孝顺，大有公公婆婆看儿媳妇的架势，众人一起起哄说好，说郭秋晨也是个好孩子，高郭两家有福气，孩子天生一对什么的。

这话越说越离谱，碍于人多不好涮了老人家的面子，高语岚只得低头不说话或者借故走开。

高爸看出些意思来，便也不跟那些朋友一起说闹这事，但这些都是多年的好友，又是来探病的，他更不好当面驳话，只好装傻。

之后高语岚和高爸终于把高妈接回家。一天夜里，父女俩在阳台吹吹小风聊聊天，高爸特意把话题转到了感情问题上，高语岚趁机交代了情况。

"爸，我遇到一个很好的男人。他没有高学历，也不是太有钱，他还有一个姐姐和一个外甥女要照顾，他养了一条小狗，很可爱，他开餐厅，他还欠着银行贷款。可是我很喜欢他。"

高爸叹气："女儿啊，这是什么时候的事，怎么你一点儿风声都没有露？"高爸就觉得她说她跟小郭不是一对的时候反应不对，原来是这样。他要早知道就好了。

“我也是刚知道没多久。”

高爸无语，喜欢人家了刚知道？“那……你们定下来了吗？”

“嗯，算定了吧。我这次回去见到他就能定了。”高语岚虽然现在心里是认定了，但是没有当面确认总觉得差点儿程序。她咬咬唇，想到尹则，不知道当面说愿意跟他交往时他会有什么反应。

“他叫什么名字？就是那个帮我们找医院关系的人吗？”

高语岚把尹则的名字说了，又说自己是去他姐姐店里遇到他认识的。然后她交代了尹则的情况，医院这部分确实是尹则找了朋友帮忙。“他对我很好。”高语岚为尹则说话。

“好，好。”高爸心里又是喜又是忧，女儿有了喜欢的人，这再好不过，可他之前跟老郭这么张罗，小郭似乎也有那么点儿意思了，女儿现在说喜欢别人，他还真不好跟老同事交代。

“你喜欢的那个人，跟小郭比，怎么样？”

“这个要怎么比？”高语岚呆了呆，“小郭先生很好，有礼貌，体贴，可是我对他没有那种感觉。尹则……”她顿了一顿，“尹则吃过苦，爱开玩笑，家里条件，按你们老一辈的想法大概不算好。他的缺点还是很明显的。可是，他喜欢我，我也喜欢他。爸，我不开心的时候，他总是能让我变得开心。”

这番话说得没什么道理，逻辑也乱糟糟的，高爸却听懂了。这就跟他家老太婆似的，人长得不漂亮，又爱唠叨，还有些小脾气，缺点一大堆，可他就是愿意跟她一起过日子。

高爸看看女儿，心里一叹，一咬牙说道：“岚岚啊，最重要的是他对你好，你自己也喜欢。以前你受了委屈，爸看着你难过，什么忙都帮不上，爸心里难受。你自己一个人跑到东麓市去，爸心里明白是为了什么。这次无论如何，爸是站在你这边的，这儿女的感情事，我去跟老郭好好说一说，就算是得罪了人，爸也不怕。”

高语岚心里感动，高爸的性子她是知道的，老好人一个，从来不跟人急眼，如今这情势看起来，郭叔叔家里是当真了，小郭先生是闷葫芦，也不知道解释清楚没有。她爸这么跟人一说，说不定真的是得罪人的事，那些难听话，她是听过的，没想到临到头了，她还得连累爸妈一起听。

想到此，她一把抱住高爸：“爸，对不起。”

“是爸爸不好，爸爸太心急了，爸爸以为帮你找了个好对象，没想到却添乱了。”

父女俩坐在月下，相互检讨着自己。说着说着，又都笑了起来。

月光很亮，高语岚觉得自己的生活也要变得明亮多彩起来。

接下来的两周，高爸还得去上班，高语岚就在家里照顾高妈。高爸似乎在单位遇到些不顺心的事，有些愁眉不展。高语岚怀疑跟她有关，又不好直接问，于是托了高妈打探情报。

高妈告诉她，高爸跟郭爸说了两家儿女的事，惹得郭爸很不高兴，说郭秋晨都没说什么，倒是他高家挑三拣四的，弄得关系有些僵了。

高语岚听了这话，心里非常难受。她给郭秋晨打了电话，请他再帮忙跟家里说清楚，郭秋晨没想到事情会这样，一个劲儿地道歉，他答应会跟他爸再好好说说。

时间过得很快，高妈身体也恢复得差不多了，老两口就赶高语岚回东麓市。这天周末，郭秋晨回花荫市看望父母，正好也要回东麓市，主动说顺路把高语岚接回去。

有顺风车坐总比挤大巴强，高爸高妈很高兴，把女儿送到小区门口。

“工作要加把劲儿找，虽然爸妈还养得起你，但你自己得有个生活目标。”女儿的脾气他们知道，虽然温吞，但其实骨子里是要强的。

高语岚点点头，应了。高妈又说：“那个男的，你和他好好相处，再观察观察，人是不是真的好，找个时间带他回来，让爸爸妈妈看看。”高语岚也点头应了。

说话间郭秋晨到了，他停了车，过来帮高爸把小行李袋放到车子的后备厢里，高爸客气地谢过了，郭秋晨很不好意思地说：“是我给您添麻烦了，我爸脾气不好，高叔多担待。”

“哪里哪里，我们这么多年老朋友了，客气什么！”

两老两小正说话，小区里走出来母女俩，年轻的那位也是高语岚的高中同学，她妈妈也在高爸所在的单位上班。

那位妈妈看这情形，呵呵笑道：“哟，女儿女婿又要上东麓市了，老高，你好福气，小郭真是好孩子，要不是你下手快，我也要抢来做女婿。”

高语岚那同学很尴尬，瞟了高语岚一眼，用胳膊捅捅自家妈妈，她妈妈“嘿嘿”笑，挥挥手跟着女儿走了。留下两老两小干站着，也不知说什么好。

最后郭秋晨说：“时间不早了，还是快上路吧。”四个人这才挥手告别。

车上，郭秋晨直说对不起。高语岚叹气，这人言可畏啊，她早几年就是见识过的。

原本气氛一直不好，高语岚心里郁闷，可半路上就开始接到尹则的电话，催问到哪里了，又闹着说让她先到“食”铺来，他要第一时间见到她。

尹则的声音安慰了高语岚，她开始高兴起来，对即将见到他充满了期待。

第十二章 闪亮的小灯泡

尹则心情很好，把小丫头抱起来也亲了一下，看看在一旁傻笑的高语岚，忍不住把她揽过来又吻一吻。

1

车子一路开到了“食”铺，门前没停车位了，就往前开，正好停在了“书香甜地”门口。尹则早早在门口等着，看到车子到了，一路跟到车子停，然后一个箭步冲过去，打开车门把高语岚拉了出来。

“总算回来了，我们分开了好久，有没有，有没有？”他抱着她在人行道上转圈圈，吓得高语岚大叫“快停下”。

尹则哈哈大笑，顺了她的意把她放下来，却在她的唇上用力一啄。

妞妞在店里听到动静，也拉开门冲了出来，她先是扑向刚下车的郭秋晨，一把抱住他的大腿喊：“郭叔叔，我们去游乐园好不好？”

刚喊完话，就看到舅舅把高语岚放下来亲了一口。小娃娃当机立断，放开了郭秋晨扑向尹则：“舅舅，我也要亲亲。”说完就仰高了小脸蛋，小嘴嘟成猪哥状等着。

尹则心情很好，把小丫头抱起来也亲了一下，看看在一旁傻笑的高语岚，忍不住把她揽过来又吻一吻。

妞妞瞪大了眼睛认真问：“姐姐，你要跟妞妞抢舅舅吗？”

高语岚愣了一下，不知道要怎么应付小朋友。馒头也跟着凑热闹，一把将高语岚的小腿抱住了，仰着小脑袋看着她，好像在帮着一起问。

尹则替她解了围，他亲亲小朋友的小脸蛋，说道：“什么抢舅舅，那是你舅妈。”

高语岚脸一红，拍尹则一下：“别乱说！”

妞妞瞪大了眼睛，看看尹则又看看高语岚，然后扭着身子要下地。

尹则放开她，小家伙直冲到郭秋晨身边，一把抱住他的大腿：“小郭叔叔，我失恋了，我失恋了，我的舅舅被姐姐抢走了，太伤心了，这么小就经历失恋，我的人生真是太可怜了，现在只有游乐园能安慰我了。”

馒头听不懂妞妞在说什么，但是见此情景，也跟着过去抱住郭秋晨的腿，反正先抱着，兴许能捞到好处。

郭秋晨看着一左一右抱着自己腿的两个小家伙，真有些哭笑不得。他左手摸摸妞妞的头，右手揉揉馒头的小脑袋，想了半天才憋出来一句：“你们乖啊。”

“嗯。”妞妞用力点头，“妞妞可乖了。小郭叔叔，我们去游乐园吧！”

馒头也紧了紧小胳膊，把郭秋晨的腿抱得更紧了，好像在想这个人摸它脑袋了，下一步也许就是给吃的。

郭秋晨对这一人一狗真是没了办法，他两腿不能动，只得到处张望找人救援。尹宁抱着双臂靠在门口看热闹，尹则拉着高语岚说话，眼角都不瞧这边。妞妞还抱着郭秋晨的大腿在喊："游乐园，游乐园……"弄得郭秋晨头真疼。

闹了半天，郭秋晨实在没了办法，只好说道："妞妞，你去问问你妈妈，叔叔听你妈妈的，你妈妈要说能去，叔叔就带你去。"

妞妞听了这话，扭过头去看妈妈，尹宁挑挑眉，意思很明确，这大下午的，不安分点儿等饭吃，是想怎样？

妞妞绷紧小嘴，转过头来跟郭秋晨说："小郭叔叔，你是男子汉大丈夫，要有主见。我妈妈又不是你妈妈，你不用听她的。"

郭秋晨被妞妞的话绕得一愣，但很快就反应过来："我是不用听她的，可是你得听啊。"

妞妞瞪眼看他，猛地一转头，大声告状："妈妈，小郭叔叔说他不用听你的话。"然后转过头来翻旧账，"那你刚才说你要听我妈妈的，这么快又说不听我妈妈的了，你到底是听还是不听啊？"

郭秋晨哑口无言，尹则这时候善心大发，过来帮郭秋晨解围，他扒开妞妞的胳膊，把她交给尹宁，对她说："你折腾小郭叔叔没用，搞定你妈才是关键。"

妞妞振振有词："那我自己搞不定妈妈，先搞定小郭叔叔，再让小郭叔叔搞定妈妈，不就行了吗？"

郭秋晨满脸通红，偷偷看了一眼尹宁。

可尹宁似乎没注意他，她正敲妞妞的脑袋："你今儿闹了一天，再淘气妈妈不理你了。"

"为什么今天不能去嘛？人家上次去游乐园，已经过好久了。"妞妞还是闹。

"舅舅没空，妈妈没车。"

"那小郭叔叔有空又有车。"

"总之今天不能去。"尹宁拉过妞妞进店里，一边走一边招呼脸红红的郭秋晨进来坐。

郭秋晨很想动，可腿还被馒头抱着。

尹则推推高语岚："去，把我们那只小呆狗领上，我得回去干活了，你陪着我。"

高语岚嘴里嘀咕着馒头又不是她的狗，一边还是很听话地过去把馒头抱走了。馒头恋恋不舍地还在看郭秋晨，郭秋晨忍不住摸摸自己的脸，他到底哪里吸引这只小狗了？

高语岚一边跟尹则往"食"铺走，一边问："馒头是什么狗啊？"

"笨狗。"

“它多大了？”

“不知道。”

“多少钱买的？”

“路边捡的。”尹则笑，“当时我手上拿着馒头，它跟了我一条街。所以捡回家就叫馒头了。我运气好，在路上也捡到你了。”他揽过高语岚，在她脸上亲了一口。

两个人越走越远，郭秋晨听得只言片语，心里很是羡慕。他忽然想起馒头为什么突然喜欢他了，他背的包里，有给妞妞带的牛肉干儿。按妞妞的理论，搞定了叔叔，叔叔再搞定妈妈，她就成功了。那如果他搞定了女儿，女儿再搞定妈妈，他是不是也会成功呢？

一个大他三岁，又带着个孩子的女人，有着可怜又惨痛的经历，却像朵温室里的花，单纯、可爱、透着熟女的风韵。这么矛盾又这么令人着迷。

郭秋晨叹气，他知道这不容易，他也不想的，可原来感情这种事，真是不由自主。他看看尹则揽着高语岚走进“食”铺的背影，自己也挺起胸膛，走进“书香甜地”。

“食”铺里现在正是忙的时候。临近饭点，订好餐的客人再过不久就该到了。所以厨师和小工们已经开始做准备。

高语岚作为一个“闲杂人等”，在这么多人工作的时候走进“食”的厨房很不好意思，她小声问尹则：“你们这么忙，我先走了好不好？我在家里等你好了。”

“不行，我要看到你。”尹则大大方方带她进他的办公室，当着她的面换上工作服。

高语岚抱着馒头跟在他屁股后头转：“那我在这里会打扰你们吧？你在忙，我自己待着也无聊。”

“你把馒头放在它的小栅栏里。我拿东西给你吃，拿杂志给你看，一会儿你帮我送饭到我姐那儿去。”尹则交代得理直气壮的，连怎么使唤她都想好了。

高语岚看着厨房里那些工作人员偷偷打量的眼光有些脸红，想想也不驳他的意，答应了一声，把馒头放到休息室的栅栏里去了。

高语岚陪馒头玩了一会儿，出来看到小桌上有两盘点心，尹则冲她眨眨眼，用嘴形“努”着指了一下那张桌子，高语岚被他的表情逗笑，尹则又嘟起嘴扮猪哥状，来个鬼脸飞吻。高语岚脸红，急忙跑到洗手间洗手。

她对着镜子，发现自己的脸好红，眼睛好亮。她想刚才看到一名厨师脸上的笑容，是在笑话尹则和她腻腻歪歪。她洗了手，用冷水拍拍脸，打算冷静一下再出去。

高语岚待够了，转身开门，却不料一头撞到一个男人身上。她听见那个人“嘻嘻”的笑声，抬头一看是尹则。

尹则把她推进洗手间，随手把门关了，然后抱着她，二话不说吻了下去。

高语岚吓了一跳，外面全是人，而且这里是洗手间，虽然打扫得干净如五星级酒店，但它始终还是一个洗手间。

她用力捶尹则的背，尹则却轻轻捏她的颈脖。高语岚张嘴想说话，尹则的舌头却趁机探了进来。

这无赖！高语岚又捶了一下他的背，换来的是更紧的拥抱和更深的吻。

这人真讨厌，真是讨厌！她一边想一边配合他轻轻转头，他的舌头缠着她的，尹则吻完了换轻啄，没完没了。高语岚又羞又急，好怕外面有人进来，于是用力拍他：“菜要煳了。”

“让它煳，煳了扣他们工资。”

“你真讨厌。”

“你真可爱。”

“别闹，出去了。”

“哪有闹，我是进来吸收工作动力的。某人说有些话要当面对我说，结果我一等等了一个月，差点儿憋成神经病。”

高语岚脸红。

“好了，现在见面了，你快点儿说！”尹则双掌撑在她的两耳旁，把她困在臂弯中，脸挨得近，大有说得不顺心就要咬一口的架势。

高语岚只觉得自己脸红得要滴血。设想中应该是她潇潇洒洒把话放这儿，然后他……嗯，然后他有什么反应她一直没想到。现在她看到了，他反应急切，而她被他的急切羞得说不出话。

“快点儿，菜要煳了。”他用她的话催她。

“嗯，就是，那个，现在气氛不太好。”而且是在厕所！厕所！她绝对不要在厕所表白！

尹则瞪她：“我跟你讲感情，你跟我讲气氛？”

高语岚绷紧嘴，勇敢地回视他。没错，她是在讲气氛呢，她是女生，她想在一个浪漫的地方跟他表白。

尹则瞪她，瞪着瞪着，忽又吻了下来：“随你，讨厌鬼，反正我也不差那句话的。”他吻得很深，把她抱得很紧，高语岚忘了这里是厕所，忘情地回应了他。

然后，有人敲门：“老大，我想用厕所。”

热吻中的两个人倏地分开。高语岚红着脸用力瞪尹则，看吧看吧，都说厕所绝对不是个谈情说爱的好地点，就算它很干净、很华丽也一样。现在怎么办？

尹则嘀咕着抱怨，转身朝门口走去：“你收拾好了再出来，不着急。”然后他开门出去了，高语岚隐约听见他训外头那个人，“楼下没厕所吗？就这间能用？”高语岚捂住脸，在心里哀号，这下可把脸丢尽了。

高语岚缓了一缓后照照镜子，无论如何还是得出去的，被笑话就被笑吧，她短期内不再踏进“食”铺大门就对了。镜子一照，她继续哀号，镜子里那张脸红透透，一看就是彻底被吻过的女人，怎么出去见人啊！

2

高语岚洗了好几把脸，觉得不那么明显了，这才鼓足勇气打开门，还好，外头的人都没注意她，似乎都非常忙碌。高语岚快速朝尹则的办公室奔去，途中偷眼一看，只有尹则抬眼对她笑，其他人完全目不斜视，看不到她。他们是故意的吧？

高语岚在办公室里躲了好一会儿，听到外面切菜洗菜炒菜的声音，不时有厨师吆喝喊话催促，还有互相呼应做菜准备和上菜情况的对话。高语岚就在这样的声音里慢慢平静下来。

她和尹则，真的恋爱了呢！她觉得有些不可思议。

之前明明很讨厌他的，可是现在她会想他，她有不开心和烦恼，只要他说说话，就能把她逗笑了。高语岚咬咬唇，这一次，应该能爱很久吧？可以不止七年吧？毕竟，尹则跟郑涛完全不一样，而她，也与当年不同了。

她幸福着、恍惚着，猛地额头一痛，被弹了一记，定睛一看，是尹则。也不知他什么时候进来的，高语岚揉揉额头，这才反应过来她发呆发过头了。

“想什么呢？”

“郑涛。”高语岚下意识地老实回答，看到尹则眼一眯，一脸不高兴，赶紧把后半句吐出来，“和你。”

“我跟他不来电。”尹则大大咧咧一挥手，“别想着帮我们相亲，我看不上他。”说得跟真的似的，高语岚白他一眼：“又瞎说。”

尹则笑得放肆，那神情分明在说“就爱瞎说，怎样”，可他嘴里说的却是：“张嘴。”

高语岚听话地把嘴张开，尹则丢了一块肉进她嘴里：“好不好吃？”

肉很嫩，味道鲜美，好吃得让高语岚瞪圆眼睛，猛点头。

她的反应让尹则很满意，他笑着又夹一块到她嘴边，又说："好吃就再吃一块，顺便把你脑子里的郑涛文件夹删一删。"

高语岚眯眼笑，张嘴把那块肉吞了，又点头。

尹则又喂她一口，说："好吃吧，有没有征服你的胃？"高语岚还是点头。

尹则又喂一口，接着说："那吃了我煮的饭，被我征服了胃，下一步该换你征服我的肉体了吧？"

高语岚刚要点下去的脑袋迅速抬了起来，差点儿没把自己噎着。她白了尹则一眼，尹则笑眯眯地端水让她喝，看她喝完了，又挪了个盘子到她面前，里面码着五六样菜，每种菜都只有一点儿，但看着颇丰盛。

尹则又示意她张嘴，高语岚却一把抢过他手里的筷子自己吃。

尹则坐在她旁边，小声问："我伺候得好不好？"

"不好。"递个水递个菜就叫伺候了，哪有这么便宜的事？

"怎么不好？我偷菜给你吃，怕你饿着，这种事要是被发现，会被扣工资的。"他声音压得低，说得好像真有这么回事似的。

高语岚白他一眼，也压低声音问："要扣多少？"她也会装。

"扣多少啊，要看老板娘的意思了。"尹则笑着，痞痞地用肩撞撞高语岚，暗示着老板娘是谁。他眼角的细纹让高语岚好想伸手去摸。然后她真的伸手去摸了。

"摸了我你就得负责。"

"你居然有皱纹。"

两个人各说各的，不过这次是尹则落败。他的笑意僵在脸上，然后慢动作似的将悲伤凝聚起来，要多委屈就有多委屈："你吃着人家的，摸着人家的，还嫌人家老。"

高语岚笑了："你是比我老啊，你是三十岁还是三十几岁？"

尹则还没说话，那边有个厨师叫"老大"，尹则"噌"的一下站了起来："我不是因为忙才走的，我是因为被你伤害了才走的，哼哼，你记着。"他跑开，听那厨师说了几句，然后两个人一起动手，也不知道是道什么菜。

高语岚一边吃菜，一边忍不住笑，她也有赢的时候。之后高语岚吃饱了，要去给尹宁她们送饭，临走尹则把餐盒交给她，她趁旁边没人，踮了脚跟他咬耳朵："我喜欢你，我愿意做你女朋友。"没等尹则反应，她飞快地转身就跑。刚跑下楼梯就听到尹则咬牙切齿大叫她的名字，她哈哈大笑，跑得飞快，心情舒畅。

高语岚到"书香甜地"的时候，妞妞正跟郭秋晨在摆扑克牌玩接龙，尹宁在跟一个女生说话，高语岚一看，居然是上次在酒店碰到，尹则说是他妹妹的那个。

高语岚找了张桌子，把食盒放下，尹宁带那个女生过来打招呼：“岚岚，这是我妹妹，叫尹姝。”

尹姝脸红红的，似乎有些害羞，又有些局促：“你好，我叫尹姝。那个，哥哥跟我提过你。”她顿了一顿，似乎不知道该说什么。

高语岚点点头，握握她的手：“尹则也跟我提过你。”

“是吗？”尹姝很惊讶，然后低了头飞快地说，“我……我就是顺道过来看看，嗯，带了些礼物，那什么，认识你很高兴，岚岚姐。”

高语岚心里想着这尹家小妹妹还真害羞，她赶紧也回句客套话：“认识你很高兴。”

尹姝似乎不愿久留，等高语岚说完这句，她就转身跟尹宁道：“姐，那我先走了。你们忙吧。”

“要不要留下吃饭？”尹宁留她。

“不了。”

“那要不要去尹则那儿打声招呼？”

“不了，我到时再给哥哥打电话。”尹姝抬头又看看高语岚，对她笑笑，“对不起，我先走了。”然后又转向郭秋晨和妞妞，“郭先生，我走了，妞妞，小姨走了。”

妞妞挥舞小胳膊大声回道：“小姨拜拜！”

打完一圈招呼后，尹姝很快离开。

尹宁把一个纸盒子递给高语岚，说是尹姝送给她的礼物，本想放下就走，没料到高语岚会出现。

“送给我的礼物？”高语岚很吃惊，“为什么要送我礼物？”

尹宁笑得暧昧：“也许是过来讨好一下未来的嫂子？”她用肩膀撞撞她，“你们到底成没成，尹则说在等你话，不过今天看起来是不是不用等了？”

高语岚脸一下红了，是不用等了，今天已经确定了呢。不过，那尹姝还真是客气，都没见过面就要给她送礼。

3

晚饭后，高语岚、郭秋晨都还没走，坐在尹宁店里陪尹宁母女喝茶吃蛋糕。高语岚是为了等尹则，她觉得尹则忙完一定会过来找她。果不其然，快八点时，尹则跑来了。

妞妞第一时间扑过去抱住他，大声叫唤："舅舅，舅舅……"

"哎哟，小宝贝，你好热情，舅舅好爱你。"尹则将妞妞高举起来转了两圈，妞妞开心得"咯咯"笑，然后响亮的"啵"一声，用力地在尹则脸上亲了一下。尹则也嘟起嘴，在她的小脸蛋上回亲一个。

两个人"咿咿呀呀"地闹了一会儿，尹则把妞妞放下来，然后转向高语岚张开了双臂："来来，刚才妞妞的示范你看清楚了吗？你也来！快欢迎我，把舅舅改成我的名字就行。"

高语岚傻眼，想象着她扑上去大叫"尹则，尹则……"，然后尹则把她举起来转圈，然后很恶心地对她说"哎哟，小宝贝，你好热情，我好爱你……"，然后两个人你"啵"我一下，我"啵"你一下，高语岚惊起了一层鸡皮疙瘩，她猛摇头，不行，坚决不行。

"怎么了？我保证我臂力够，一定能把你举起来。"尹则拍拍自己的臂膀。

高语岚继续摇头，开玩笑，她就是知道他肯定臂力够，她也知道这家伙再恶心的戏码也能演出来，这旁边还有大人孩子当观众呢，不不，就算没观众，她也绝对不能跟他演这出"喜相逢"。

话说回来，其实今天她刚回来的时候，尹则抱着她在人行道上转圈，那个已经很过火了，当时她有些激动没在意，现在这样绝对不行。

尹则两手叉腰，脚尖打着拍子，表示对高语岚很不满意。妞妞站在他身边，也两手叉腰，脚尖打拍子，小娃娃把她舅舅的德行学了个十足十。

末了，妞妞说："舅舅，姐姐笨，学不会，妞妞比她强。"

"是的，妞妞，还是你最聪明。"尹则一脸遗憾。

"噢，舅舅。"

"噢，妞妞。"

"嘿，你们两个，闹够了没有？这里还有客人呢。"尹宁终于看不下去了，出声制止。

"舅舅，妈妈要拆散我们。"妞妞一个猛扑，抱住尹则。

"放心，妞妞，有舅舅在。"尹则说得气势如虹，却把妞妞一提，交到了尹宁的怀里。他自己大大咧咧地挤到高语岚身边，拿她的杯子喝了一大口水。

"辛苦了，'影帝'。"高语岚这话说得很诚恳。

妞妞伸手拿叉子挖了一大块蛋糕送进嘴里，然后对尹宁说：“妈妈，你也夸夸我嘛，像姐姐那样。”

尹宁帮她捋了捋头发，嘴里说着：“姐姐没夸舅舅。”

尹则捂心口，对高语岚说：“你看，你对我的虚情假意，别人都看出来了。”

高语岚拍拍他的肩：“节哀啊。”

尹则瞪眼，郭秋晨和尹宁“扑哧”一下笑出声来。

“你学坏了，学坏了。”尹则埋头在高语岚肩窝，一副悲恸欲绝的样子，“把人家那个嘴笨又傻气但是又很认真、觉得自己挺聪明努力想反击但是基本反不出什么花样来的呆萌呆萌的岚岚还回来啊！”

他一口气说完，中间都不带停顿，把在场的四个人听得一愣一愣的。大家安静下来，高语岚想了想，认真问尹则：“你能把刚才那句话完整地再说一遍吗？我觉得你自己都记不住说了什么词。你再说一遍，我看看我想得对不对。”

尹则张了张嘴，他确实记不住刚才都说了哪些词，这些都是即兴的话，脱口而出，这么一长串他记得住见鬼了！但是，他家岚岚是又损了他一记吗？

他瞪着她看，其他几个人“哈哈”大笑，高语岚想想也觉得好笑：“啊，你真的记不住。”

尹则弹她脑瓜子：“我出了丑，你有什么好高兴的？走，陪本大爷散步谈恋爱去，吃完饭要活动活动，不然长小肚子了，我嫌弃你。”

“我哪有小肚子？”高语岚“哇哇”叫，摸一摸腹部，好吧，好像是有一点点肉……

尹则拉她起来：“走了，走了，散步谈恋爱去。”

“我也要去，我也要去，我也要散步谈恋爱。”妞妞又来劲了，跑过来抱着尹则的腿。

“哇哦，哪里来的大灯泡？”尹则摸摸妞妞的脑袋，好像真的在摸灯泡。

“我也要去。”妞妞很坚持。

“灯泡她娘，你管不管啊？”尹则向尹宁求救。

“灯泡她舅舅管不了，她娘也没办法。”尹宁在旁边纯看戏找乐子。

尹则低头，对上灯泡姑娘忽闪忽闪的大眼睛，小娃娃一脸可怜相，尹则弯腰把她抱起来：“好吧，大灯泡，你要用力闪光，照亮你舅舅幸福的前路，知道吗？”

“嗯。”妞妞笑开了颜，用力点头，还大声指挥，“出发！”高语岚笑着跟在他们身后，妞妞却不满意：“姐姐，过来拉手手。”

“拉什么手，那是你舅舅要拉的。”

“不要，舅舅抱我，姐姐拉我手。”

“你这样什么姿势嘛，店门都出不了啦。”尹则试图跟灯泡姑娘讲讲理。

“横着走就能出。”

“不行，我又不是螃蟹。”

一大一小说说闹闹，后面还跟着一个笑弯了腰的高语岚，折腾了半天终于出门了。尹则抱着“灯泡”一边走，一边想，这年头，想散步谈恋爱也不容易啊。他决定回店里接只小灯泡，让小灯泡陪着大灯泡，岚岚的手就能牵上了。

尹宁看着他们笑得肚子痛。郭秋晨趁机夸道：“妞妞真是可爱。”

“是啊，我家妞妞很聪明呢，就是有点儿淘气。”

“带她一定很辛苦吧？”

“还好，多亏她一直陪伴我，要不是有了她，我差点儿连活下来的勇气都没了。”尹宁微笑着说起往事，那笑容让郭秋晨直心疼。

“那个男的，还来找过你麻烦吗？”

尹宁一想，明白过来他指的是谁了：“有啊，他之前发了律师函，说要妞妞的抚养权，后来又说不要了，但是想复合。”尹宁耸耸肩，像说家常一样，郭秋晨却听得心里一颤一颤的。

“他……他一定是想哄你带着妞妞再跟他，他不是真心对你的，他只是想要妞妞而已。”他紧张得有些结巴。

尹宁笑笑：“小郭先生，你放心，好多年前，我就彻底看明白了，我不会回头的。他现在无论说什么都没用了。”

“那就好，那就好。”郭秋晨心里松了口气。

“其实，他比之前变了好多。像上次过来打人那件事，以前的他，是不会做得这么幼稚、这么失态的，他后来几次找我，也是反反复复，完全不像以前那么从容淡定。尹则说，他是真的孤独，他战战兢兢，所以会反复无常。”尹宁托着下巴，淡淡地说，“要是是这样就太好了，他活该。你放心，尹则不会让他再欺负我的，我跟以前也不一样了。”

“那……”郭秋晨很想问，如果那个男的真的变了，你会不会心软？可一想这话问得没意思，于是即时打住。

“我不会心软的。”尹宁似乎明白他想问什么，“无论他现在变成什么样子，是好的还是坏的，都跟我没关系。过去他伤害我，就是伤害了，不管他现在做什么，都不能改变这个事实。”已经发生过的事，是回不了头的。

郭秋晨点点头，努力在想下一个话题。

尹宁似乎对郭秋晨的经历也有兴趣，问：“小郭先生没有女朋友吧？”不然岚岚她爸也不会想撮合他们。

“是没有呢。”郭秋晨说着，有些不好意思。

“那过去也一定恋爱过吧？是个什么样的故事呢？”

郭秋晨一呆，想了半天：“其实没什么太特别，那时候年轻，面对挫折没有太大的勇气，我父母不是太喜欢她，闹了一场，我也没有勇气用力争取，后来她嫁给了别人，我还去参加了婚礼。”

“你后悔吗？”

“后悔。”

“所以你还爱着她？”

“不是，我只是后悔我当初的态度，我伤害了她，也伤害了自己，我做错了。我懦弱退让，虽然照顾了家里的情绪，但这么多年再回想起来，我觉得自己大错特错。也许我当年努力争取也未必能与她走到最后，但起码我努力过。现在回想起来，真的很后悔自己曾经是懦夫。”

“没关系，人慢慢长大了，都会变勇敢的。”

“嗯，我希望是这样。”

4

刚入夜的林荫道，行人三三两两。

妞妞牵着馒头在前面昂首阔步，尹则与高语岚手握着手走在后面。两个人一路不语，只握紧了对方的手。高语岚觉得心里甚是宁静安详，竟觉得就是这样一直走下去也很幸福。

妞妞在前头跟馒头“叽叽咕咕”地说话。“这个不能吃了。”“不许咬垃圾。”“叔叔的腿不能乱抱哦，你又不认识人家。”“馒头，你没骨气，看见塑料袋就跟人走。”

高语岚一边听一边笑，尹则转头看看她，戳她脑门子：“傻乐。”

“哪有傻？”高语岚揉额头，跟着妞妞和馒头拐了个弯儿，往店的方向走。尹则忽然一指对面街的酒吧："你看，你就是在那里为了吸引我的注意力打了我，还抢走馒头。"

高语岚看过去，想起自己当初大声嚷嚷要找个男人犳糗事，脸一红："你自己没用，被个姑娘打残了，还被抢走狗，你好意思说，我都不好意思听呢。"

"嗬，现在神气了啊！当初也不知道是谁一把鼻涕一把眼泪地哭诉是自己喝醉了，被人陷害了，一时脑子发热神志不清才干下坏事犳。现在不哭诉了，倒是反咬一口啊。"尹则捏她的鼻子，他就喜欢看她被欺负得小脸儿皱成包子样。

"哪有鼻涕眼泪？"高语岚用力拍开他的手。

"我要多给你喂些好吃的，不能让你的脸瘦下来。"

"你的心有多变态？"

"脸蛋儿圆嘟嘟的才可爱。"

"瘦了你就不要我了？"

"要的，只是要关起来喂圆了才行。"

两个人你一句我一句地斗嘴，不知不觉已经走到"书香甜地"的门口。

妞妞一转身，抱着馒头一脸鄙视地看着两个大人："你们说的话真没营养，好无聊！"说完抱着小呆狗，昂着头进店里去了。

"她吃醋了。"尹则下结论，"岚岚，你一定要加把劲儿，不能输给妞妞，不然男朋友被个小屁孩抢走，你多没面子！"

"我一直都是没面子的，没关系。"

"你不能对自己要求这么低。"尹则忍不住又去捏她的脸。高语岚拍开他，尹则却忍不住在她脸上啄了一下。高语岚脸红，那害羞的样子让尹则长叹一声，拉她进怀里，深深吻住。

这个吻很温柔，高语岚一时情迷，忘了地点，直到听到旁边有口哨声，顿然心惊，吓得猛地一推，尹则也不知怎的没站好，竟一下被推倒，他身后就是人行道旁的绿化带，他的脚绊在花圃的台阶上，"哗啦啦"的一下，整个人倒在小树丛里，发出很大的声音。

高语岚完全没料到自己还能有如此神力，她目瞪口呆，傻了几秒，然后反应过来赶紧去扶尹则。尹则哼哼唧唧地爬起来，一脸菜色，动了动脚腕，觉得有些疼。

高语岚满心愧疚，又羞愧又难过，恋爱第一天不会就把男朋友推跑了吧？她一个劲儿说"对不起"。旁边几个路人哈哈大笑，高语岚无地自容，好想哭。尹则扭头，微眯眼瞪那几人，那些人不敢笑了，摸摸鼻子赶紧走人。

“对不起，我不是故意的。”高语岚用肩架扶着尹则往“书香甜地”走，“你的脚怎么样，有没有扭伤？对不起……”

“干吗推我？”尹则倒不是怪她，只是纳闷好端端的，她怎么回事？他左右看看，用眼神逼退几个看热闹的。

“我也不知道，就是突然想到这是在大街上，然后旁边有人那样在看……”高语岚后悔死了，现在这情形，可比当街亲吻还要引人注目。

她就是个倒霉蛋，又蠢又倒霉。

两个人进了店里，尹宁看到后大吃一惊：“这是怎么了，不是在门口聊天的吗？我还在想你们要聊多久。”

“都是我不好。”高语岚第一时间低头认错，“我推了他一下，不小心……”

“好了，又没人怪你。”尹则捏捏她的脸。

“那你的脚还痛不痛？”高语岚像小媳妇一样，扶他在椅子上坐下。尹则想说不太痛，但高语岚捏了捏他的脚腕，他顿时痛得吸口凉气。

高语岚拉起他的裤腿认真看看，好像是有点儿肿了。尹则嬉皮笑脸地逗她：“看了我的玉腿，你要负责的。”

高语岚撇嘴：“你的玉腿上全是毛。”她心里正难过呢，这人还逗她，真讨厌。

尹则哑然，尹宁哈哈大笑，郭秋晨也没忍住，但他还是理智地想到了一个现实问题：“要不要我开车送你去医院查一查？这扭伤可大可小的。”

“对，对，要不去医院检查一下？”高语岚马上附和。都是她不好，她真的后悔死了。尹则看她一脸担心，叹口气，如果他说不去，她该会唠叨个没完吧？

于是郭秋晨和高语岚送尹则去医院挂急诊，尹宁留在店里看着妞妞和馒头。医院当然也是就近去了孟古所在的那家，尹则本以为孟古早下班了，结果这家伙今天有手术，恰巧没走。以尹则与他的熟识程度，护士当然马上通知了孟古。

孟古来了，带着让人很想一脚底印在他脸上的笑：“哎哟，看看这是谁来了？”

“你大爷。”

“大爷脚伤了？大爷怎么每次都脚伤呢？大爷，你缺钙吗？”

两个人照例一见面就互损，可高语岚不乐意了，她皱着眉头认真而严肃：“先查一查这脚伤什么情况。要贫嘴看完病再说。”

一句话把两个男人都训了，尹则马上闭嘴，孟古摸摸鼻子，贱嘴队队友都认栽了，他也不好对队友家属说什么。他干咳两声，把尹则扶到检查床上，脱了他的鞋仔细看，一边看一边小声说："哎，她气势强好多，你培养的？"

"还没来得及，她自己进化得快。"

"这怎么伤的？"

"她推的。"

"怎么回事？两次都是她啊！"

"缘分啊，要来的时候挡也挡不住。"

"你太死相了，好想揍你。"

"你动我一根指头试试，她可是会替我报仇的。"

两个人一边看病一边窃窃私语，讲的全是跟脚伤无关的话，偏偏两个人私语的声音还挺大，让同在诊室里的高语岚听得清清楚楚。

"你们能专心一点儿吗？"她实在忍不住要说说他们了，好想换医生，明明有急诊大夫的。

"专心，专心。"两个男人接着又聊了几句只有他们自己才懂的八卦，然后孟古退回来写病历。高语岚仔细问伤的情况，孟古说不重，就是会肿几天，腿脚不方便一段时间，每天擦擦药什么的就好了。

高语岚将信将疑，尹则却笑了笑，孟古一脸受伤地瞪着高语岚："你可以怀疑我的人品，但是不能怀疑我的医术！"

高语岚无语，又看了看尹则的脚，肿得比之前大了些，但他精神还好，她想应该也没什么大事，于是出去叫了郭秋晨，进来一起扶尹则出去。

"就这样走了？"孟古一脸舍不得。

尹则咧开嘴给他看："想怎样？"

"嘴贱好久没遇着对手了，好不容易来一个，真舍不得让你走。"

"我有新欢了，现在对你没感情。"尹则挥挥手，撑着郭秋晨的手臂下了地，另一只胳膊揽过高语岚的肩。

孟古弄了辆轮椅过来，送他们出去。郭秋晨去取车，孟古忽然问高语岚："哎，你那个朋友，最近怎么样了？"

"哪个？"高语岚不明所以。

"若雨啊，她最近怎么样了？"

"不知道啊，我今天刚回来，前一段时间在老家。"

孟古听了这话，皱起眉头："那她在这里还有什么朋友？"

“不知道啊。”

孟古的眉头皱得更紧了：“你不是她最好的朋友吗？怎么什么都不知道？”

高语岚怔怔地看他，孟古又问：“那她的新号码你一定也不知道了？”

“她换手机号了？”高语岚也和若雨好久没有联系了，确实不知道，她掏出手机一拨，陈若雨的号码居然是空号了。

高语岚的眉头也皱了起来：“她发生什么事了吗？”

“她前一阵替她的一个客户出头，争取保险什么的，结果惹了麻烦，被人打了。正好是送到我们医院来看的伤，结果我多问她几句，她就跑了。后来我打她电话，她换了号码。”

高语岚听了这话很担心：“她没有找我啊，她会不会出什么事了？她的伤重吗？”

“伤还好，就是事情做得比较蠢，犯不着她替人家出头啊。我问她，她说她不能眼看着人家被诬陷拿不到保费。可是她跑什么跑，躲我干什么？神经病！你要是找到她了，帮我骂她两句。”

“干吗帮你骂？有本事自己骂。”尹则回嘴。

高语岚皱着眉头，总觉得哪里怪怪的。

说话间，郭秋晨开车过来了，高语岚扶尹则上车，然后跟孟古告别。半路上，高语岚终于反应过来，问道：“孟医生怎么会有若雨的电话？”

尹则答道：“若雨好像展开攻势了，我听孟古说她去看了几次病，每次都没什么事，孟古挺不高兴的，说她浪费医疗资源。”

“那，就是他俩不来电吗？”

“应该是吧。孟古大概是喜欢那种娇柔型的美女，若雨大大咧咧的，看着挺豪迈，应该不是他的菜。”

高语岚心里叹气，想着刚才孟古说的，陈若雨是为了替她的客户出头，她说不能看着别人被诬陷拿不到保费。高语岚看看手里的手机，忽然想到三年前她收到若雨的那条短信，短信上说：对不起。

那个时候，只有陈若雨替她说了话，只是很快就被别人驳得回不了嘴。

“对不起。”

那个时候，只有若雨给她发了短信，虽然内容简单得不能再简单。

第十三章 若雨失踪了

陈若雨说没有为她两肋插刀，对不起她。可现在她却连陈若雨最基本的信息都不知道，而她还是若雨在东麓市唯一的老同学和老朋友。

1

高语岚很担心陈若雨，陈若雨换了号码，没理由不通知她一声，会不会真出了什么事？高语岚在想要不要问问陈若雨家里，可又怕最后没事反倒把人家家里人吓到了。而且陈若雨的母亲经常斥责陈若雨，高语岚怕给她惹来麻烦。

高语岚坐在尹宁的店里苦思，这么一操心就想叹气，抬眼一看，尹则跟尹宁正在小声说话，只听尹宁说："不是说好了，等岚岚一回来就聘请她的吗？你怎么还没提？"

"光顾谈恋爱，忘了。"尹则理直气壮地回答。

高语岚一愣，有公司要请我上班吗？可是她并没接到电话。难道是尹则朋友的公司需要人，他们推荐她了？

尹则和尹宁对视一眼，然后尹宁端正坐好，对高语岚说："岚岚啊，有件事想跟你商量一下。"

尹宁这么郑重其事，高语岚有些紧张了，她也坐好，答道："好啊。你说。"

店的另一边，郭秋晨在陪妞妞用纸牌玩接龙，馒头正在旁边捣乱。尹宁看了他们一眼，确定这边的谈话氛围不错，也没有娃娃和狗狗会来捣乱，于是说了："是这样的，我这家店开业几年了，可是从来没有赚过钱。这样下去也不是办法，总让尹则往里搭钱，我也实在是过意不去。"

高语岚点点头，这家店条件很好，是不应该一直赔钱的，而且尹则这样养着这家店，实在不是长久之计。

尹宁接着说："我这家店呢，你也知道，客人很少，这里除了环境好之外，其他的东西确实没什么优势，我平时自己做些蛋糕面包，每天的量也不大，饮料种类很少，也没有简餐什么的，之前也有请过服务生，但是我自己不太会管理，生意也没有因为增加了人手就好起来。"

尹宁说到这儿顿了一顿，看了尹则一眼："尹则也说了，是我请的人的职位不对，没起到改善消费供求的功能，可我也请过一位店长的，作用不大。她是那种传统咖啡店的思路，所以就是要求提供产品，糕点、咖啡、茶、简餐，等等，这样店里的人手一下子要增加很多，我算了一下……"

尹宁说到这儿，看见尹则挑挑眉，抿抿嘴改口道："好吧，是尹则算了一下……"她想想不服气，冲尹则一撇嘴，"可是我也有发表看法，你说的那些也是我想的。"

高语岚听到这儿也明白了七八分，以尹宁的性子，让她像外头正经咖啡店糕点师那样高强度工作，做糕点、做简餐，然后招来了客人跑前跑后招待，她根本做不来，再加上还有妞妞要照顾，所以以她为中心做家生意忙碌能赚钱的咖啡店是不可能的。可如果再请一堆人手，又是店长又是师傅又是服务生，加上提供多种餐饮产品服务，整个投资又太大，风险更高，而尹则自己那边就很忙，根本顾不上这里，要是这里赔太多，那恐怕还会拖累他的其他生意。

尹宁接着说："总之就是这笔投入太大，而且也没什么赢利的把握，再说，如果照他的那套方法做，我在这店里也没什么用了，会很无聊，而且也没什么事业成就感。"

她说到"事业成就感"时，高语岚有些想笑，尹则是明目张胆地笑了出来，就连那边的郭秋晨也咳了几声，估计他也一直竖着耳朵听。

尹宁回头瞪郭秋晨一眼，然后又瞪了尹则一眼，接着对高语岚说："上次你在这儿做的那个活动，那边公司把钱打过来了。"

高语岚点点头，这个她知道，小晴有打电话给她，还说下个月的活动会继续在这里做。

"那钱我留了一份出来，想着等你回来就给你的。"

"啊？"高语岚连连摆手，"不用，不用，说好了就是帮你拉个生意嘛，她们后面还会做活动的。"

"钱是要给的，这都是你的功劳嘛，你最辛苦，这个不用争。其实我想说的是，我把这事告诉尹则了，他说这样挺好的，传统的咖啡店我做不来，书吧呢，就是赔钱货，但这两样配合起来做成沙龙的话，就会适合我了。"

沙龙？高语岚看看尹则，想了想，这个地段，这个场地，再加上能提供的服务和内容，确实是不错的。

尹宁又说："岚岚，你也知道，我没怎么工作过，没什么人脉资源，人也比较懒散……"她说到这儿，尹则咧着嘴笑，尹宁横了一眼过去，伸掌拍他一下。

尹则举起双手作投降状，尹宁这才接着说："所以我想请你来店里做店长，你负责谈生意接活，我负责守店，做蛋糕调饮料。嗯，如果工作比较多的话，我们再请别人。"

高语岚一下呆住，指着自己道："请我？"

"对的，请你来当店长，你来规划安排店里的生意，我就做我能做的事。"

高语岚张大嘴，半天没说出什么来，她脑子里快速转着，评估着这事她能不能做。

这时候尹则开口了："所有能用的资源你都差不多知道，你家也离得近，上班方便，相比较我姐这个败家的，店交给你我更放心些，你可以想一想，这里还能做什么。我是觉得沙龙不错，那些杂志的活动，其实策划出来我们自己也能做，那些女人喜欢的玩意儿，你们比较清楚，营销招募的渠道我这儿可以帮忙，当然这只是一个思路，你可以多考虑一下。”

高语岚有些兴奋了，不为别的，这工作确实能让她发挥所长，她能施展的空间很大。这时尹则说了一个数：“这是工资，跟你之前在公司里做策划差不多，然后每个月看业绩还可以提成，社保什么的都会给你上，这里管吃，如果我们发展顺利以后还管住……”

他说到最后嬉皮笑脸，高语岚反应了一会儿才明白他的意思，不禁脸红地瞪他一眼，然后她又疑虑了：“你不会是同情我一直没找到工作，才这样说的吧？”她可是知道她家“影帝”先生大男人，养姐姐、养外甥女毫不推辞，他想把女朋友一起养了她也不会意外。

“当然不是，我知道你做事很认真，不会拿这个跟你开玩笑，我想养你，就用不着给你工作。来这儿上班也有三个月试用期，你之前谈成的那个杂志合作可以继续进行，你看，你一上来就能有现成的项目做，这店里有钱赚，怎么会是同情呢？”

高语岚抿抿嘴，尹宁拉她：“岚岚，来吧，我这么多年没赚过钱，就靠你来替我扬眉吐气了。我们联手，能比尹则赚得多。”

“哼哼。”尹则扬扬眉，“我把财务报表拿给你看，你能把以前亏的赚回来我就偷笑了，还要赚得比我多呢。”

尹宁不服气：“以前你都说不介意的，现在又来抱怨我亏钱了。”

“以前是没指望你能赚，抱怨有什么用？我也一直想这店该怎么办，这不岚岚给了个思路，加上她的策划和执行力，我再给你们一次机会。”

“好！”高语岚重重地一点头，“我接受了。”她拉着尹宁的手，“我们两个，一定要把这店扭亏为盈！”

“好，那就这么定了。”尹则当即拍板，“我养伤的这几天，岚岚你要照顾我，先不用上班，趁着这工夫，你做一份业务规则报告给我。”

高语岚还没说话，尹宁张大了嘴：“业务规划报告？是什么东西？为什么要做？”

“没这份东西，我怎么知道还要拨多少钱给这店，要调配什么资源，要请什么人手？”

“哦，这样啊。”尹宁不说话了，反正她从来没弄过。

高语岚点头：“行，我这几天做一份出来。不过，我要知道‘食’铺和农场的情况，看有什么资源可以让我用。”

“可以，但要用也不是免费的，这两家都是独立运营，财务都是分开的，你要做什么，也得提前申请，该承担的也得承担。”

尹则这话说完，尹宁又张大嘴：“好小气哦。”

高语岚却是点头答应：“行。”

尹宁看看高语岚，觉得她似乎很有自信，于是也挺起胸膛：“岚岚，那我们全靠你了。”

高语岚笑：“好，我们加油！”

“好了，好了，那现在正经事谈完了，好累，各回各家，各找各亲吧。”尹则伸伸懒腰，一副懒洋洋的样子。

“那你回去小心不要再伤到脚，睡前还要再抹一次药，知道吗？”高语岚赶紧嘱咐。

尹则瞪她：“我回哪儿去，我要去你家住。”

“什么？”高语岚吓一跳，“干吗去我家住？”

“我不去你家，你怎么贴身照顾我？”

“你就是崴了脚，不要这么夸张吧。就是每天擦擦药，注意不要再伤到就好了，孟古医生都说，静养几天就好。我每天都去看看你，好不好？”

“不好。我脚残了，怎么上楼下楼？”

“有电梯。”高语岚觉得这都不是问题。

“我家是复式，我住楼上，爬不上去。”

“怎么会？用爬其实还是可以的。”高语岚刚说完就被尹则瞪了一眼，她赶紧改口，“要不，用跳也可以，你还有一只脚是好的。”

“喂，喂，你这女人，怎么这么凶残？”

“好嘛，我先送你回去，把你安顿好，擦完药我再回家，明天一早就去看你，好不好？”

“不用了。”尹则一扭头，“不用你送，我自己回去，然后让你都见不到我，让你伤心！”

高语岚有些发愣，转向尹宁：“他是三十一岁了，不是十三岁吧？”

尹宁光顾着笑，没答话。

尹则捂心口悲痛：“还嫌我老，还提我的年纪，还讽刺我幼稚！”他说完撑着桌子站起来，“伤心了，脚还痛得要死，回家了，回家了，妞妞宝贝，馒头宝贝，我们回去了。”

高语岚赶紧过去扶他，尹则一边把全身重量都压在她身上，一边口是心非：“不要你扶，你不收留我，我不想理你。”

高语岚不跟他计较，跟尹宁一起扶他出店门，然后郭秋晨又主动要求当司机去开车，尹宁锁好店门，带上两个小的。上车的时候，尹则耍孩子脾气，他跟高语岚说：“你愿意收留我回家，我才让你跟。”

高语岚抿嘴，觉得很委屈，哪有拿这么幼稚当有趣的。“那你自己多小心，要记得擦药，上楼的时候注意脚，别摔了。”说完，她拿了自己的小行李袋，跟他们挥手告别。

尹则糗得在车上干瞪眼，这女人，就！这！么！走！了！

2

高语岚当真是头也不回，她一边走一边想：“惯得你呢，让你再幼稚。”她决定明天再给尹则打电话，他要是乖一点儿了，明天就去他家看看他。

很快到了家，高语岚坐在沙发上发呆，坐了不到五分钟，就开始惦记那个“影帝”，不知道他家远不远，他到家了吗？那楼梯他爬上去了吗？

算了，算了，还是不管他。身边那么多人照顾他呢。她还是想想陈若雨好些，如果不能给她家里打电话，那还能怎么办？正发愁，手机响了，是一个陌生的号码，高语岚心一跳，难道是陈若雨？

结果不是。

对方支吾了两声，高语岚皱了皱眉头，正不耐烦，却听到对方说：“岚岚，我是洋洋。”

高语岚一愣：“洋洋？”洋洋是她当年的好友之一，不过出了那件事后，因为她的“不知廉耻”“装模作样”“阴险心机重”，洋洋跟其他朋友一样，站在了郑涛那边。

青梅竹马的坏处就在于，你的朋友一定也是他的朋友，当是非摆在面前的时候，这些朋友们一定得选一边站。而她，是脚踏两只船的无耻坏女人，所以在她的这一边，只有自己孤零零的影子。

现在隔了这么久，为什么洋洋会打电话给她？

“岚岚，对不起，好久没联系了。”洋洋在电话那头话说得小心翼翼。

“是很久没见了，找我什么事？”高语岚咬了咬唇，内心也很紧张。

“我，我……”洋洋支吾着，“我是打电话问了好几个人，才问到你家里的电话，然后向高叔要到了你的手机号码。”

她答非所问，高语岚皱起眉头，又问：“那你找我什么事？”

洋洋沉默了一会儿，答道：“岚岚，是这样的，若雨她，她其实也在东麓市。”

高语岚眉头皱得更紧，若雨在东麓市又怎样？洋洋继续说：“岚岚，当年是我们对不起你，但是那时候的情况你也看到了，我们也不好说什么的。若雨帮你说话来着，但是郑涛那个时候那么伤心，齐娜还有其他的朋友都很为他不平，如果我们多说什么，就会成为众矢之的。”

高语岚静静地听着，事情过去了那么久，现在说这些又有什么用呢？

“我知道现在说这些也没什么意思，当初我们确实没能为你做什么……”洋洋似乎猜到高语岚所想，但高语岚打断了她，既然没什么意思，又何必说？

“洋洋，你找我到底是为了什么事？”

洋洋安静了片刻，说道：“岚岚，若雨失踪了，你看在这么多年老同学、老朋友的情分上，能帮忙找找她吗？当初她为你说话来着，只是那种情况，你知道，大家都看你和你那个男同学那样，郑涛他……我是说，那种情况，若雨为你说话，不过是在找骂而已，她再说下去就变成大家攻击的对象了，所以她才没继续说。我们……她都这样了，我们当然也不好再说什么。”

“你说什么？”高语岚吓了一跳。

“我说若雨当初是站在你这边的，不论你的感情生活怎么样，她觉得你是她的朋友，她想为你说话，只是当时情势不对，她真的做不了什么，她也害怕大家不理她骂她。她在我这儿哭，说没有为你两肋插刀，她不够朋友，她说对不起你。”

“不是，我不是想听这些，你说她失踪了？”

“是的。她家里已经好几天没联系上她了，她的手机号码成了空号，也不敢报警，所以我们想在东麓市先找个熟人，去她单位看一看。”

高语岚心慌起来，想起孟古也说找不到若雨，现在连她家里也找不到她了，难道真出什么事了？

她赶紧问：“若雨单位的地址和电话你有吗？”她只知道陈若雨是卖保险的，却没留意是哪家公司。

洋洋道：“有的，有的，我有她公司的名称和地址，是她妈妈给我的。我现在念给你，你方便记一下吗？”

“好。”高语岚跑进卧室去找纸笔，洋洋又说：“岚岚，你愿意帮忙真是太好了，我以为……”

高语岚没心思听她说这些：“过去的事与你们无关，陷害我的不是你，也不是若雨。当然，如果你相信这是陷害的话。”

洋洋沉默，高语岚拿了纸笔，说道：“你念吧，我记下来。”

“岚岚，我是相信你的。尤其后来齐娜和郑涛飞快地打得火热，我跟若雨都觉得他们早有一腿了。可是那时候说什么都没用了，你也离开了，我们跟其他人也疏远了。我们毕竟也不是当事人，但我是相信你的。”

高语岚一怔，洋洋却又话题一转：“雅通商贸公司，若雨的公司，她是业务经理，公司地址在中远路远洋大厦，但她家里并没有具体楼层，你去那楼里问问也许就能问到。”

高语岚更惊讶了：“若雨在商贸公司做业务经理？”

“是的，她做一年了，刚升职没多久。”

“不对啊，你们搞错了吧。她应该是在保险公司做事的。”

“什么？保险公司？岚岚，你也是听齐娜说的吗？”

“我跟齐娜没接触，是若雨自己告诉我的，我们在东麓市见过面，她找过我啊，我们时不时还见一下面。不过因为前段时间我妈生病了，我就回家待了大半个月，刚回来。她的手机号码停用了，我也是联系不上她，但没想到事情会这么严重。”

“原来她找过你啊。”洋洋对这事感到意外，但她很快回归重点，“那她有没有跟你提过什么？她在东麓市好不好啊？她跟家里说在商贸公司上班，她妈妈还很高兴。不过齐娜前段时间到处说若雨就是个卖保险的，说她说谎……嗯，反正，说得很难听。”

“卖保险怎么了？卖保险不偷又不抢，也是正当职业。齐娜凭什么这样说若雨，她才是满口谎言的卑鄙小人！”高语岚一听又是齐娜，顿时心头那股火气腾腾地往上冒。

“若雨那个时候把齐娜得罪了啊。她们俩从那时起就没有再来往了，以前的旧同学，也就我和珠子还跟若雨保持联系，她去了东麓市后，大家联络也少了。”洋洋在电话那头说，“岚岚，你确定若雨真是在保险公司工作吗？”

“是的，她在卖保险。但你转告那些人，若雨堂堂正正，她工作很努力，没什么见不得人的，让他们都闭嘴。”高语岚一口气说完，觉得心里堵得很，真恨不得是自己站在那些搬弄是非的人面前，把他们的话都堵回去。

陈若雨这么努力地工作，她说起工作时的那种生动的表情，她努力打电话推销保单的辛苦，她的职业梦想，到了齐娜这种人嘴里，就变成了难听话。真是太令人无语了。

洋洋安静了半天，忽然问：“那现在我们怎么办？如果她不在那家商贸公司上班，那她在哪里呢？你知道她住在哪儿吗？”

“不知道。”

“那你知道是哪家保险公司吗？她在哪儿上班？”

“不知道。”

“那，你知道她在东麓市还有什么别的朋友吗？”

“我不知道。”高语岚觉得眼睛涩涩的，被洋洋问得心里直难过。她算哪门子朋友呢？她什么都不知道，没有了电话，她都不知道到哪里能找到若雨。她对若雨了解得这么少。

高语岚与洋洋又说了几句，两边都没有什么找人的思绪，高语岚说她会再想办法，有消息大家互相通知一下。

挂了电话，高语岚坐在椅子上发呆。陈若雨说没有为她两肋插刀，对不起她。可现在她却连陈若雨最基本的信息都不知道，而她还是若雨在东麓市唯一的老同学和老朋友。她怎么配当陈若雨的朋友？

冷静点儿，冷静点儿，一定会有办法的。保险，保险，对了，陈若雨跟尹则推销过保险，也许他知道是哪家保险公司。高语岚拿起手机，正想给尹则打过去，却听见门铃响了。

不会是陈若雨来找她了吧？高语岚虽觉得不可能，但她希望出现奇迹。不论陈若雨出了什么事，要是愿意来依靠她这个朋友多好。高语岚飞快地冲到大门那儿，“哗啦”一下把门打开了。

动静太大，动作太豪迈，把门外的人吓到了。

3

尹则。拄着双拐。

高语岚愣了。

她家“影帝”真是神出鬼没，道具不断，这次没轮椅换拐杖了。完蛋了，她有点儿想笑怎么办？这样会不会对不起刚才的担忧与焦虑？

“你开门动作要这么夸张吗？”尹则先说话。

“你怎么来了？”高语岚反问。

尹则迅速换上一张苦瓜脸，可怜兮兮：“腿残无人怜，唯有上门求。”如果她不让进，他再继续装可怜。

结果高语岚道：“你快进来，我正打算找你。”废话不多说，先把他拉了进来。尹则都没来得及庆幸自己的好运，就听高语岚噼里啪啦地一通说，把陈若雨失踪的情况报告了。“你知不知道若雨在哪家保险公司？”

“不知道，我没打算买，没细问。后来她再没提这事。”

“啊，对了，温莎买了。”高语岚皱了眉头，犹豫着要不要找温莎，不确定她是否会帮自己的忙。尹则拄着拐杖挪到沙发这边坐下，对她说：“该联络就联络，这种时候了，没什么好顾虑的。”

他掏出手机，又说：“你别慌，我找雷风，让他在公安系统里查一下，看看最近有没有什么案件发生，还有孟古所在的医院，陈若雨去那里看过病，应该办理过医疗卡，看诊交费都需要刷卡的，那上面一定也有她的联系住址或者单位……”

“对，对，你快打电话。”高语岚顿时松了口气，她家“影帝”果然是福星，关键时刻稳重可靠。

这边尹则在打电话，高语岚想了想，也拿了手机拨给温莎。尹则在她身边，她做什么都觉得有底气。事情很顺利，温莎没有为难她，很快找出了保单把公司地址电话告诉了她。高语岚松了一口气。

尹则那边也跟雷风和孟古说完了，两边都答应帮忙，说有消息就通知他。高语岚把信息跟尹则对了对，决定明天一早去陈若雨公司找。尹则交代她该注意的，高语岚记下了，一颗心终于放松下来。

一放松，注意力转到了她家“影帝”身上。

“你是怎么来的？”高语岚问。

尹则摇头，装无辜：“反正就是来了。”

“谁送你过来的？尹宁姐知道吗？”

尹则点头：“知道，所以如果你不要我了，她会笑话死我的，我在她面前没了尊严，在妞妞和馒头面前也会没了威严。尊严和威严对男人很重要。”

高语岚心里叹气，好吧，他都这样了，刚才还帮了她的忙，她确实不好把他赶走。

“岚岚，我渴了。”成功安营扎寨的尹则开始提要求。高语岚给他倒了一杯水。

“岚岚，我脚疼。”尹则开始装可怜，高语岚给他搬来一张脚凳，把他的脚拖上去搭着。

“岚岚，我寂寞了。”尹则又接着撒娇，高语岚拿过遥控器打开了电视。电视上的连续剧正演到动情处，一个男人抱着个女人大声哭喊：“我不能没有你……”

“这电视真好看。”尹则开始下评论，“简直说出了我的心声啊。”

高语岚脚开始打拍子，尹则看看她的表情，赶紧谄媚地笑：“你不喜欢看，换台也是可以的，你爱看什么节目我就爱看什么节目。”

高语岚把电视声音调小了，坐在他旁边，开始审讯：“谁送你来的？”

“小郭先生。”

“这么晚，你又把人家当司机？”

“哪有，妞妞缠着他，非要去游乐园，他说明天要上班，妞妞就开始一个问题接一个问题地研究为什么上班就不能去游乐园。我姐在旁边一直笑，好像那个正对纯良男子下毒手的不是她女儿。直到我要出门了小郭先生才得以脱身，你没看到他听说可以走了的时候那表情，充满了欢欣和感动。”

什么事情到了尹则的嘴里，说出来都似乎变得好笑了。高语岚想象着小郭先生的糗样，忍不住笑了笑。然后她脸色一凛，继续问：“拐杖哪里来的？”

“买的呀，在医疗器材店里用真金白银买的。”

“你不好好养伤，跑到这里来做什么？”

“我想你啊。医生有医嘱，要保持心情愉快才能让伤快一点儿好，所以我得过来，在你身边养伤，伤才能快一点儿好。”

“孟古医生除了跟你斗嘴之外，我可没听他说了什么正经医嘱。”

“哦，那是需要一些智慧和默契才能听懂的，我听懂了就行，不会嫌弃你的。”

高语岚瞪他，尹则叹气，换上了正经表情：“我们分开这么久，我本来有好多话要跟你说的，结果因为脚伤就分开了，多可惜。我就在你这儿养伤，一来伤好得快；二来离‘食’铺近，要是有什么工作上的情况，我过去也方便一些；三来我们可以好好说说话，把恋爱补上；四来，你对我姐那‘书香甜地’如果有什么经营规划上的设想，还可以马上跟我讨论，多方便。”

尹则说完，掰着指头一数：“哇塞！你看，这么多好处，有钱都买不到啊！”

高语岚忍着没戳他脑袋，问他：“你睡哪里？”

“当然是床上了。”尹则拍拍放在一旁的背包，“睡衣我都带来了。”

高语岚无语，真没见过这么厚脸皮还如此理直气壮的人，重点不是睡衣好不好？尹则很无辜地看着她，补充了一句：“你是不会让一个脚残的伤员睡沙发的吧？而且那个伤员还是你的亲亲男朋友。”

高语岚叹口气：“尹则，你说，我看上你哪点了？”

“你不知道？”尹则瞪大眼，“那我不告诉你，让你心里惦记。”

“我觉得，以你的德行，我应该讨厌你才对。”高语岚真的在认真反省，她怎么就喜欢上他了呢？

尹则嗷嗷叫，整个人一歪，赖皮地躺下，脑袋枕在高语岚腿上蹭：“真是太伤人了，这次伤得重了，一箭穿心啊。”

高语岚被他闹得想笑：“你又变成十三岁了。”

“那真是恭喜你了，高语岚小姐，你的一位男朋友是稳重踏实的三十岁爷们儿，一位男朋友是可爱纯良的十三岁正太，你既享受了被大老爷们关心宠爱的成年热恋，又能满足年龄差异巨大的姐弟恋邪恶幻想，你真是捡到便宜了。”

“我什么时候有邪恶幻想了？”高语岚拍他。

“我出现之后你就邪恶了。”尹则哈哈大笑，抱着她的腰，把脑袋蹭过去，“邪恶吧，邪恶吧，我不会反抗的……不，我可以配合你假装反抗一下。”

高语岚无语，丢下这“十三岁正太”，洗漱准备睡觉去。高语岚磨磨蹭蹭都收拾好了，回来看到她家“影帝”已经坐在床上，还冲她挥手：“放心，放心，不轨那玩意儿这几天放假休息，只剩下正经跟着我。”

高语岚一时无语。

高语岚刚要说话，孟古的电话来了，尹则赖床，跟他说了两句就把电话丢给高语岚，说是医院那边的资料查出来了，确实有陈若雨的家庭住址。

高语岚很高兴，接了电话把地址都抄了下来，有了单位地址和家庭地址，这找人就方便多了。她跟孟古道了谢，刚要挂电话，孟古却说了句：“要是找到她了，你……”

“你”了之后没下文，高语岚问怎么了，孟古却转口道：“没事了，希望她没事，最后找到人就好。”

高语岚又谢过，说找到人了一定通知大家，这么晚麻烦了云云。刚挂电话，却听见尹则喊：“主人，床已暖好，可以就寝了。”

高语岚手里的电话差点儿掉到地上。等等，这么晚尹则把电话给了她，这不是表示孟古知道尹则跟她一起过夜？高语岚的脸顿时涨得通红，转头看那个躺床上的无赖，真想丢他出去啊。

4

这晚，一人一床薄被，并排躺在大床上。高语岚有些小小的不自在，更多的像是在害羞，却没有她自己以为的抗拒。她自己一个人住了很久，孤单的一个人，看电视，上网，睡觉，都是她一个人。

现在突然多出来一个男人，她竟然也不觉得不自然。其实，他们真的没有认识太久，突然就恋爱了，这样真的没问题？

尹则的手从他的被子那边悄悄地摸到高语岚的被子里，手指摸到她，勾住。

高语岚“倏”地抽出手，“啪”地打他手掌一下。

尹则快速把手缩回去，高语岚扭头一看，这家伙闭着眼，表情平静，好像正在熟睡。

高语岚咬牙，这人睡觉也要闹腾，还装睡！她瞪他一眼，可惜他看不到，她再瞪，管他看不看得到。

尹则的脚丫从被子里钻出来，伸到高语岚的被子里，摸索着探到她的脚丫，然后用脚趾挠她的脚掌心。

高语岚痒得猛地一缩，正想踢回去，顾虑到他的脚伤，停住了，尹则的脚又伸过来挠她，高语岚这下顿悟这只是没受伤的脚，她正要踹回去，尹则已经把脚缩回去了。

高语岚气得转身过来冲尹则喊："你到底要不要睡觉？"

"咦？"尹则睁开眼，"发生什么事了？你怎么不睡？"

"你，你……"高语岚气得伸手去掐他，尹则哈哈大笑，掀开被子把高语岚这边裹上，探手把她拉进自己怀里吻住。

高语岚捶他："讨厌。"

"就是，隔着被子真讨厌，这样比较好。"

"你别闹，我在想正经事。"

"嗯，我也在想正经事。"

这人脑子里还有正经事？高语岚不信："你想什么正经事？"

"先说你的。"

高语岚说了，她说了今天洋洋给她来电话，她想起了从前的事，洋洋说相信她，可她已经离开了。

尹则捏了捏她的手，问她："你有没有想过，要跟他们讨回公道？"

"啊？"

"会不会是他们早有奸情，故意设计你？那个追求你的同学不过正好撞到，被人当枪使。就算没有那个男生，也会有其他事情发生，反正你一定会被甩，你那前男友总会找到合理正当的理由，不然他跟那个女人怎么过？你不是说了，你们那圈子很小，大家互相认识。"

高语岚看着尹则，他继续说："岚岚，如果生活里有什么对你乱来了，你就给它一拳。受了委屈，别人的立场不重要，有人站在你这边帮你最好；如果没有，你也不能认输。最重要的是你自己的立场。大家只相信自己愿意相信的事，你退缩，会被解读成默认心虚无地自容，不退缩也许会有些辛苦，也许并没有得到你想要的结果，但是那样你的生活会不一样。你的态度决定一切。你说为什么倒霉的总是你，其实你想想看，大家是不是都会挑一些软弱怕事的人欺负？比如温莎照片的那件事，虽然背景很相像是选中你的原因，但你想想，如果那个人换成了我，她敢诬陷我吗？我整不死她。”

高语岚不说话，尹则继续说：“还有那个胡天，他挑中你当然也有受你吸引的关系，你清秀端庄，可能是他喜欢的那一款。可是你想想看，如果换成温莎那样的气场，他敢提那种要求吗？如果他之前骚扰过的女职员像你一样敢与他斗争到底，他还敢在公司里头继续做这种龌龊事吗？”

高语岚咬唇。态度决定一切！她觉得尹则说得很有道理，她确实太懦弱怕事了。她以为只要认真，只要问心无愧就行，但她真的很缺乏态度和勇气。

“记住我的话了吗？”尹则亲亲她的眉心，“如果有什么对你乱来的，你就给它一拳。别怕你的拳头不够硬，就算没打到它，它看到你要拼命，也会吓跑的。”

给它一拳吗？好的，她记住了。

高语岚抱着尹则睡着了。这是她第一次抱着男人睡，竟然没有不习惯。这个男人是她的靠山，是她的能量，是她的拳头。在他身边，她感觉特别安心。她迷迷糊糊想起了抢馒头的那个晚上，酒吧里女歌手唱的歌：“不要害怕，向前走，一切的不美好都会过去，会有天使来爱你……”

她没有遇到天使，她遇到了一个“无赖”厨子，男神“影帝”。但她觉得很幸福，比遇到天使还幸福。

第二天一早，高语岚醒过来，听到厨房里有动静，她恍了一会儿神才想起昨天尹则在这里过的夜。

她起身换好衣服，慢腾腾地挪着步子去厨房。很好，厨房里是尹则，不是馒头。

尹大厨的拐杖靠在墙边，而他正皱着眉头在做早饭，看到高语岚起来了，对高语岚厨房里简陋的厨具、单调的调料一通嫌弃，一边嫌弃一边还是把早餐做出来了。

高语岚不服气：“嫌我的东西差，那你帮我买好的。”

“不买。”尹大厨自有一套理论，“就让你用不好的，这样你才惦记着跟我过日子能用上好东西。”

高语岚才不理他，反正她是厨艺不好，不稀罕用好厨具。

两个人一边斗嘴一边共享一顿美味早餐，然后高语岚就准备出门去找陈若雨了。

尹则有些担心，让她检查好手机电池，嘱咐她有情况一定要打电话，不要自己冲动乱拿主意。又说他的脚不方便，但雷风和孟古可以使唤。他把这两个人的手机号码都输入高语岚的手机里，说虽然大家都上班，但要是真有麻烦，就尽管找他们，还有要及时给自己打电话。

高语岚一一答应了，被尹则弄得有些紧张，觉得好像今天会遇到什么大麻烦似的，可实际她去找了一趟，却是异常顺利。

原来陈若雨最近遇到了一连串的事，感情和工作都受到了挫折，再加上她被经理拎到咖啡厅单独训话时被齐娜的朋友看到了，她就知道事情糟了，花荫市那边肯定戳穿了她在工作这事上撒的谎，流言和难听话满天飞。陈若雨的妈妈是个厉害的角色，说话不太中听，又爱跟左邻右舍、亲戚朋友攀比，这给陈若雨很大压力。陈若雨完全不敢想这怎么办，郁闷之下，没留意手机欠费停机了，于是她心一横，想着干脆重办一个新号码好了。不必跟某些烦心人联络，也不必受骚扰。结果号码还没来得及办，她就因为吃路边摊犯了急性肠胃炎住进了医院。最后干脆破罐子破摔，遁世几天。

没想到，就这几天，闹大了。

高语岚去了陈若雨的公司，公司把陈若雨住院的事一说，高语岚就直奔医院而来，顺利地找到了她。见了面，陈若雨还吓了一跳，听得高语岚一说情况，顿时愁容满面。果然越想躲越躲不掉。

高语岚顾不上其他，赶紧通知尹则人找到了，让大家不要着急，都放心。陈若雨听她打电话这样说，更是内疚。几种情绪交杂，眼泪就下来了，抱着高语岚大哭了一场。

高语岚努力安慰，可越安慰陈若雨越内疚，她说自己当年懦弱，没敢坚定地站在高语岚这边，她对不起朋友。

“这事一直堵在我心里，我永远记得你那个时候的表情。对不起，我没有帮你，我后来很后悔，可是说什么都没用了，你已经走了。是我们这些人联手把你逼走了。”陈若雨越说越难过，“后来那里我也不想待了，总觉得没什么朋友了，我也想出来闯一闯，多赚钱给爸妈过上好日子。我选了这里，因为你也在，我想也许有一天我们会在街头偶遇……我不敢找你，但一直惦记着你。我过得不好，来了这里一年多，找工作也不顺利，最后就开始卖保险。但我妈你也知道，我不敢说，只好骗他们。”

高语岚拿纸巾替她抹眼泪。

陈若雨吸吸鼻子：“岚岚，我那天忍不住找你，我怕你不理我，然后我业绩完成不了，我也不知道我在干什么，像傻子一样，我还跟你推销保险，让你帮我介绍朋友，岚岚你看，我多自私。其实那天我也很紧张。”陈若雨说到后面也不知道自己在说什么。

两个女孩子你看看我，我看看你，忽然一起笑了起来。

“我记得你以前干的蠢事才多嘞。”高语岚说。

“哎，哎，别回忆，我现在心灵可脆弱了。”

往事浮现在眼前，两个人又一起笑了。

“我现在是比以前聪明了。”陈若雨笑完了给自己鼓鼓气，“岚岚，我决定不追孟医生了。我们条件太不对等，他看不上我。等我出院了，要好好努力，重新出发。做个女强人，找个合适的对象。”

“好，我也要努力。”高语岚也振奋起来，“我也要做出一番事业来，好好经营感情。若雨，昨天尹则鼓励了我，他说，如果生活里有什么对我乱来了，让我给它一拳。我想啊想，其实那件事一直卡在我们心里。我原以为只有我在意，原来它也卡在你们心里。我想，我真的应该去查一查，最起码，得让大家知道真相，还我清白。”

“好。我要来帮忙。我跟你说，其实郑涛跟齐娜走到一起后，有些人也觉得速度太快了吧。我认为这事跟他们有关系。其实明摆着的，都不用猜。”

“我不想管他们怎么样，不相干的人不用理。我就想问问刘伟程，他明知道我是有男朋友的，为什么要那样对我，为什么不为我解释。我以前想，反正都这样了，问了也没用，徒增伤心难堪，很丢脸。可是尹则说得对，是我的态度有问题，所以我才总会遇到这样那样的倒霉事。”

“岚岚啊，你是来刺激我的吧？你看看你一脸春意盎然，开口闭口都是‘尹则说’。”陈若雨把头埋进高语岚的胸前撒娇，“我也想有个男朋友，对我好就行，就像尹大厨对你那样。可我没遇到好的，我再也不想热脸去贴冷屁股了。”

话刚说完，病房门口传来几声干咳，高语岚、陈若雨同时转头看，门口站着尹则和孟古。一个笑嘻嘻的，一个一脸愠意。

不知道他们听到了多少？

第十四章 疑虑丛生的爱恋

高语岚推门的手一顿，一道闪光忽从脑中掠过——那张害她被公司开除的照片，那个被温莎深情凝视的背影……

1

高语岚脸红了，陈若雨吓了一跳，差点儿没忍住要往高语岚身后缩。

两个男人是特意过来照应的。尹则担心有什么状况，而医院系统还是孟古比较搞得定，所以就把孟古叫上了。孟古到了医院全程黑脸，“那冷屁股”言论他肯定听到了。尹则一个劲儿给高语岚使眼色。最后孟古跟陈若雨的主治大夫沟通完，表示可以出院了。于是孟古当司机先把高语岚和尹则送回去，最后把陈若雨单独拎走了。

高语岚使劲回想，确定她们没说孟古的闲话，那他应该不会为了“冷屁股”一词就对陈若雨下毒手吧？

尹则抿着嘴对她笑，笑得高语岚内心很忐忑：“怎么？”

尹则仍是笑，他听到陈若雨说高语岚开口闭口都是尹则说顿觉心里小得意，简直心满意足：“岚岚，过一段时间，你带我回家吧。”

呃……这进程要不要这么快？

“你要是觉得我还不错，见完家长，大家对我都满意，我们相处得也好，那就该谈婚事了。”

居然还要更快！这不合理啊，他们才认识多久？她什么时候这么有魅力，让尹则这样的男人爱上就算了，还爱得这么强烈想结婚？

“你是想上床还是想结婚？”高语岚傻傻地问，问完了就恨不得咬舌头。

“两样都要！”尹则握拳，两眼发光，一副有远大志向的青年憧憬美好人生的架势。

高语岚绝望，为什么再严肃的事到了尹则这儿都像是在捣乱？

“哎，你看不起我哦。”尹则换回正经严肃样，“我没告诉你吗？从我到你这儿找馒头，看你卖力装可怜，然后又去了你公司，你自己找上门来，受了委屈却又拼命装酷，然后被妞妞骗了，你还很认真演善良阿姨的时候，我就下定决心了。”

高语岚无语，谁装了，谁演了？明明你才是“影帝”：“什么决心？”

“这姑娘太有意思了，一定要娶回家天天逗她玩。”

“……”

“你不满意？好吧，那我换种说法。这姑娘太可爱了，我一定要把我自己奉献给她，让她天天逗我玩。”

“……”

他一定是在开玩笑，他逗她玩呢。高语岚当他没说过。可尹则不干，他用肩膀撞撞她：“好歹给个话。”

“嗯。”高语岚斟酌着怎么说，“我目前想以事业为重。我要是不能给自己挣到份工资、不能给你赚回钱来，又怎么好意思谈婚论嫁管你的钱？”

尹则无语了。他家包子小姐这拒绝得太霸道了。不但拖延了时间还宣告日后打算管他的钱。大有这话我就放这儿了，要是你不把财政大权交出来就别再提结婚的事。

“岚岚啊，我就喜欢你这样的。能把老婆从包子宠成女王，真是太有成就感了。”

这大男子主义似的变态，让人心里有点儿爽，但高语岚也有点儿不服，她哪里女王了？

不过尹则宠她却是真的。他没介意她的拒绝，反而很支持她的工作。不过，当然了，她的工作就是帮他赚钱，高语岚觉得他怎么支持都是应该的。

这段日子高语岚做了许多功课，不但深入了解了农场和“食”铺的业务和资源，还跑了市里多家会所、特色吧店、个性沙龙考察业务。尹则脚不太方便，不能陪着她，但也派人派车给高语岚载着她到处跑。高语岚晚上回来把考察情况跟他一说，他能给出许多意见和看法，还指点她哪里有好店，哪些资源能帮她搞定。

这是高语岚看到的尹则的另一面，他不但是位厨神，还是位很有生意头脑的商人。还有，他还很会编情话。那天高语岚在外头跑累了，用手机刷微博和论坛，她每天都尽心维护这两个地方，尹则的菜谱她也有整理好两天发一篇。有特别的留言她会看看，如果尹则没有回复，漏掉了，她会记下来提醒他。刷完留言，她顺手再刷刷微博，结果看到尹则更新了。

他更新的那条是翻出以前的一道食谱“豉汁蒸凤爪”转发，然后写道：某人这段时间很辛苦，晚上给她加菜豉汁蒸凤爪。以形补形，让她练好手段，人和钱都让她管。

高语岚看得很无语。“影帝”，你可以再夸张一点儿，以后她还能不能愉快地啃凤爪了？

下面的留言当然很精彩，“哇塞，大厨，你恋爱后变得好恶心，是你的人和你的钱吗？”“那个女人为什么不是我？”“男神，你扛住，要一直编菜谱情书秀恩爱，别最后只能做黯然销魂饭。”“唉，这年头，不会写情书的厨子不是好厨子。”……

高语岚正看得“百感交集”中，尹则的电话来了，问她到哪里了，什么时候回家吃饭。

“很快了。”这是催她回去啃凤爪补一补的意思吗？

“那见丈母娘会不会也很快了？”

“你别闹。”

“有人嫌我三十多岁了，要是再拖下去，我更老了，人家不要我了怎么办？”

“瞎说。”

“那你以后不许摸我的皱纹，本来没皱的，都被你摸皱了。”尹则怨气十足，又补一句，“别的地方可以摸。”

高语岚脸很红，他们这些天睡在一张床上，没迈过最后一步，但确实亲亲摸摸的事有不少。

“你的脚还疼吗？”她转移话题。

“不疼了。”行走自如了装瘸也不太好。

“那你要搬走了吗？”

“噢，你好狠的心啊。”尹则又开始演戏，“我恳求你，再狠一点儿吧，快回来蹂躏我，糟蹋我啊！”

高语岚脸变得更红：“你不要闹。”

尹则哈哈大笑道：“那你要回来了吗？”

“我还想去店里看看的。”

“别去了，快回来吧。你不是考察完了吗？有没有什么想法想跟我讨论一下？”反正哄她快回来就对了。

“好了，好了，我现在就回去了。”高语岚答应了，又跟他聊了几句。挂了电话，上了在一旁等着她的车。

开车的小方问道：“岚姐现在回去了吗？刚才老大有打电话问我。”

高语岚的脸继续红，“影帝”先生真是太可以了，看来不能让他闲着，男人一闲就爱查岗。她刚跟小方说回家，电话又响了。

2

她拿起来一看，是陈若雨。

“岚岚，你听我说，我打听到一些事。这几天我托洋洋侧面跟老同学聊聊以前的事，然后她刚才给我打了电话，她说当初你带回来的男同学刘伟程曾经问过陈胖和李子，他说听说你跟郑涛的关系不好，问他们是不是这样。”

“什么意思？”高语岚没明白。

“就是我们猜的肯定没错，郑涛那时说早听说你跟刘伟程有染，为什么刘伟程又听说你与郑涛感情不和？齐娜能在当场撒谎陷害你，难道之前不会真做什么坏事，散布什么谣言吗？我这样猜也许不厚道，但我觉得她干得出这事。而且郑涛和她配合得这么好，难道里面真的没有鬼吗？”

高语岚愣了好一会儿。

陈若雨又继续说：“齐娜为什么这么做我们都清楚，你也看到了，现在她得到了想要的结果。也许齐娜说的就是那两个男人心里想得到的，所以刘伟程愿意相信，也愿意顺他们的意这样做。郑涛对你感情淡了，但他想把这样的事归咎于你，而刘伟程对你有意，当然也希望你与郑涛根本是对怨偶。往更坏了想，会不会是大家合伙演了一场戏呢？”

高语岚没说话，所以整件事不是偶然发生的？不是正好刘伟程对她不礼貌被别人看到，然后给了齐娜一个可乘之机？她跟齐娜可是从小学到高中的同学，是好朋友！而她与郑涛，七年感情……

高语岚心里难过，她看向窗外，陈若雨的声音从电话里继续传来：“岚岚，你还在听吗？”

“我在听。”高语岚低声应了。这时正红灯，车子停下了，高语岚正想跟陈若雨说什么，却忽然看到街边咖啡店门前站着两个女人。

其中一个背对着她，背影看着有几分眼熟，而面对她的那个，却是再熟悉不过的脸，温莎。

温莎正对着面前那个女人温柔地笑，那眼神中透着满满的情意。这种神情高语岚在尹则脸上常常看到，她觉得那代表着爱情。

车子重新启动，高语岚的心“怦怦”乱跳，难道她这是撞见了温莎和她的情人？那个背对的女子背影有些熟悉，她脑子有点儿乱，似曾相识也许是因为那个背影像自己？可她看不到自己的背影啊。唉，都是那张照片闹的。

电话里陈若雨还在说话，她问高语岚之前说要找刘伟程有没有找到，记得要问问他这个情况，是谁告诉他她跟郑涛感情不好要分手的。高语岚说她没联系上，刘伟程的号码换了，她打了一次空号后就没再跟进这事，最近忙别的，还真把这事给忘了。

“嗯，反正也不是什么急事，那回头再说吧。我这边有消息也会告诉你的。”两个人又聊了几句，挂了。

高语岚回到家，尹则乐颠颠地迎上来：“亲爱的，你回来了。为夫寂寞了。”

高语岚蔫蔫的，接了陈若雨的电话后情绪就一直很低落，此时也没心情跟尹则瞎贫，她脱了鞋，丢了手上的包包，然后一把抱着尹则，偎在他怀里不想动。

伤心难过的时候，靠着尹则最舒服了。

“怎么了？”尹则拍拍她，把她抱到沙发那儿，两个人一起窝在沙发里。

高语岚闷闷的，摇摇头，抱着他不说话。

尹则也不追问了，亲亲她的头顶，就这么抱着她也不说话。

过了好半天，高语岚终于瓮声瓮气地说：“尹则，我知道有些人坏，会造谣，会落井下石，可那是和我从小一起长大的朋友呢，你说人生为什么会这样？”

高语岚的话刚说完，脑袋上“啪”地被尹则拍了一记：“屁大点儿的小姑娘装什么深沉，人生什么的轮得到你这年纪的人感叹吗？等你跟我都老得走不动了，我们再一起窝在沙发里谈人生。”

高语岚撇嘴，抬头看着尹则，伸手摸摸他眼角的细纹，不说话了。

“喂，喂，不是说好了不许摸皱纹的嘛，不对，我这是笑纹。”

尹则的表情语气把高语岚逗笑了，尹则侧头咬她的手，高语岚把手缩回来，继续窝在他怀里不动。

尹则由她赖着，两个人都不说话，就这样抱在一起不动。过了一会儿，尹则的电话忽然响了，高语岚推推他：“你电话。”

“嗯。”

“快去接。”

“亲爱的，当你的全身重量都压在我腿上的时候，能不能不要发出移动口令？”

“Go，Go，Go。”高语岚偏要闹他。

“那你也先 Go 一下。”

“No，No，No。”她就是不想动，话刚说完，忽然觉得身体一轻，整个人被抱了起来。她吓了一跳，放声大叫，尹则哈哈笑，把她抱回房间扔到床上，然后拿起自己的电话，听了几句，“嗯嗯”应了，对那头说“好的”。

他挂了电话，扑到床上挠高语岚的痒痒，高语岚哈哈大笑，又闪又躲。两个人闹了一会儿，尹则停了下来，拨开高语岚脸上的发丝，亲亲她：“你看，笑笑多好，多有精神，不要再闷闷的，总有些人会让你不开心，你管他们干啥，过好自己的生活，多想开心的事。”

高语岚笑着点头，说道：“尹则，你一定不会像那些坏蛋一样骗我、欺负我的，对吧？”

“当然，笨蛋。”尹则低头吻她的唇，亲了两下，压低头，将她深吻住。

“尹则……”高语岚将他紧紧抱住，她觉得自己很幸运，遇到了他。

一吻毕，高语岚又去摸他眼角的细纹，他在对她笑，他一笑起来，细纹更深了。

“说好不许摸的。”尹则嘀咕，抱着她倒在床上不想动，“好可惜，我们得出门去。我今天特意回‘食’铺蒸了好多凤爪准备给你吃的，唉，只能明天吃了。”

“要去哪里？”

“尹妹要请我们吃饭，她说今天逛街，顺手买了礼物，还有你的礼物。”

“又有我的？你妹妹好客气哦。”

“嗯，可是我不想动。”

高语岚推他：“起来了，你很重的。”

“重什么重，你要多练习。”

“练习你的头，快起来。你妹妹约在哪里？”

“是一家近来很火的餐厅，我正想去吃吃看，考察考察。”

“你妹妹特意选的吧？她对你真好。”

“你干吗？吃醋啊？”尹则贼贼地笑，“放心，我的身心都是你的。”他翻身平躺，张开双臂，嚷嚷着，“快来蹂躏啊，快来啊，救命……”

高语岚用力拍他：“不要闹，起来了。不是要准备出门了？”

“对，我还得去接上我姐和妞妞。”妞妞今天去参加学前儿童活动，尹则叹息，“亲爱的，我的情路真坎坷，对不对？”

“你是说你的邪念吗？”高语岚一语中的，尹则捂胸中箭，嚷嚷着：“你好懂我。”

两个人笑闹一阵，这才出门。

3

尹妹选的地方果然很好，尹则点菜也相当有水平，妞妞很有气势地把折叠的菜谱摊了一桌，颇有小皇太后指点江山的架势，把几个大人都惹笑了。

尹姝给妞妞买的衣服，给尹则买的皮鞋，给尹宁和高语岚买的高档护肤品。高语岚拿礼物拿得很不好意思，她总觉得自己跟尹姝这才是第二次正式见面，每次人家都送东西，而她什么礼物都没给过。

尹则帮她收下，还直说反正是要叫嫂子的，一家人，收下没关系。尹姝听了显得很高兴，还真叫了声“嫂子”。

大家说说笑笑，一顿饭吃得很开心。之后高语岚去了一趟洗手间，回包厢的时候，隔着纹花的艺术玻璃门，看到了尹姝的背影。

高语岚推门的手一顿，一道闪光忽从脑中掠过——那张害她被公司开除的照片，那个被温莎深情凝视的背影……高语岚僵在那儿，她其实认人认脸的本事算不上特别好，但这些事印象太深，她觉得她怎么都不该认错。而且让她觉得眼熟的不只是身影，还有那衣服。尹姝现在身上这件，就是当初照片上的背影身上穿的。

隔着艺术玻璃看到的人影有些朦胧，却反而跟照片上模糊的背影效果相似。高语岚心跳得厉害，难怪，她去见胡天那次第一次看到尹姝的背影就有些感觉，现在加上衣服，竟然……原来如此！

高语岚呆立半晌，终于还是推门进去。她不太会伪装，脸色受心思影响有些不好看了。尹则揽过她，关切地问：“怎么了，不舒服吗？”

高语岚勉强点点头：“嗯，好像有些胃痛。”

“胃痛？”尹则的手捂上她的胃，“这里吗？”

高语岚不敢看向尹姝，只点点头：“嗯。”

“好可怜。”尹则亲亲她的太阳穴，“果然还是得我亲手做饭给你吃才行，你看你一吃别人做的饭就会胃痛。”他开着玩笑，试图让高语岚放松下来，握着她的手，又说，“痛得厉害吗？要不要看医生？”

“不用，没关系。现在好多了。”高语岚盯着桌布，心里很乱。

尹姝靠近门，此时已经起身出去叫了服务员倒杯热水进来。她把热水端给高语岚，柔声说：“先喝点儿热的，也许会舒服些。”

“我没事。”高语岚抬头，正对上尹姝关切的眼神。她也不知自己怎么了，脱口而出问了一句：“对了，姝姝跟我一般大吧？有没有男朋友？”

包厢里众人都僵了一下，高语岚看看尹则，又看看尹宁，然后转回满脸通红的尹姝身上。

“我，我……”尹姝有些结巴，“我还没有男朋友呢。”

高语岚点点头，没说话，拿起水杯喝水掩饰自己的尴尬。她这是怎么了？如果那个被保护的女人是姝姝，她又能怎么样呢？

饭局在有点儿微妙的气氛中结束，高语岚努力让自己表现如常，但她不知是自己心虚还是因为她问了那个问题，她总觉得气氛大不如前。

饭后尹则把大家各自送回家，妞妞认真地问：“舅舅，你不回家吗？”

“舅舅最近住在另一个家里。”尹则答道。

高语岚有些紧张，生怕妞妞继续问出什么尴尬的问题来，结果妞妞却说：“那馒头归我了吗？”

“不行，馒头是舅舅的宝贝，妞妞要好好照顾它哦。”尹则说着，忽然想到，“对了，我的脚好了，其实可以把馒头接过来。”

妞妞反应很快：“不行，要是接走馒头，就得把妞妞也接走。”

尹则一挑眉：“接走了妞妞，那妈妈怎么办？她会孤单的。”

“这好办，把妈妈也一起接走就行了。”小娃娃很爽快地给尹则提供了解决办法。

尹则抚额：“姐，快把你家宝贝蛋儿带上楼吧，这小妞的杀伤力与日俱增啊。”妞妞“咯咯”笑，觉得这是在夸她，在妈妈的带领下，最后还是挥手跟尹则和高语岚说了“拜拜”。

尹则启动车子，开车回高语岚家，一路上逗高语岚说话，高语岚却完全没心情，当车子停在她家楼下时，她终于忍不住问：“尹则，你知道温莎的女朋友是谁吗？”

尹则一愣，他将车熄了火，慢慢转头看向高语岚，然后答：“知道。”

高语岚呆了一下，她直视他，缓缓吐出两个字：“是谁？”

尹则用手指敲敲方向盘，想了想说：“我们回家再谈怎么样？”

高语岚摇头：“我现在就想知道。”

尹则顿了顿，又问：“怎么今天突然想问这个了？”

“为什么你之前没有说过你知道？”

“你没问我。”尹则说，“但这个不是重点，只是你没问我，我觉得不主动提更好。”

“为什么？”

尹则犹豫了两秒，说：“因为关乎一个女孩的个人隐私。”

高语岚盯着他看：“如果我没发现，你是打算一直瞒着我吗？”

“当然不会。我只是需要一个合适的时机。”

“什么时机才合适呢？”

尹则语塞。

高语岚很难过，非常难过：“是尹姝，是吗？”

尹则看着她，好半天才挤出一个字：“对。”

“你和温莎早就认识了，是吗？”

“从前姝姝带我见过一面，不熟，但我知道她的公司和她的名字。”

“所以那天你上门来，我告诉你们发生了什么事，给你看了温莎的名片，你就知道了，是吗？”

“不能百分百肯定。”

“所以你去找她，不是为了我，对吧？我还奇怪呢，怎么会有人这么无聊为了一个只见过一次面的人跑去别人的公司找人聊天？而温莎愿意理你，认真接待你，因为你是尹姝的哥哥，对不对？不然依她的个性，肯定会叫保安赶你了。”

“去了解情况一半是为了尹姝，另一半也是为了你。”

“我不信！”高语岚很暴躁。为了尹姝，这样才解释得通。只有神经病才会为了一个抢了自己的狗、踢伤了自己的女人打抱不平。她拉开车门出去，觉得完全没法坐在那儿心平气和地谈话。

尹则追了下来：“岚岚，真的也是为了你，不然我不会说我是你的男朋友，我是说给你公司的人听，警告温莎不要太过分。”

“那又怎样？为了我冒充一下我的男朋友又怎样？了不起吗？”高语岚完全不能接受这样的说法，鬼扯，她不相信，“你喜欢我什么呢，尹则？”

“我喜欢……难道你以为我是为尹姝才接近你，假装爱上你？”

“难道不是？只有这种可能。你怕我追究，怕我报复，所以想接近我看看情况。”

“看完了顺便把我自己搭给你吗？怕你报复？笑话，就你这包子样能报复谁？别二百五的脑子林黛玉的心，醒醒。我要跟谁谈恋爱，一定是我真的爱上她。”

“什么二百五的脑子林黛玉的心，会骂人了不起吗？”高语岚跳脚，“你才发情期的状态便秘的脸！”

“这话逻辑对吗？”尹则真是被她气到要笑。

“你管我！”

尹则举高双手呈投降状："好了，好了，瞒着你是我不对，我认错。可你不能质疑我对你的心意。"

高语岚瞪着他，瞪着瞪着忽然问："如果我和尹姝都掉进水里了，你救谁？"

"尹姝会游泳。"尹则想都不用想。

高语岚抿紧嘴，觉得很想哭。她瞪着尹则，泪意泛了上来，尹则在她眼里变得模糊。

"在你掉进河里之前，我会教会你游泳。"尹则说。

高语岚的眼泪滑落下来："如果我就是学不会呢？"

"你愿意这样吗？我认识的岚岚，虽然包子了点儿，但也是要强的。你想要永远不会游泳等着别人来救吗？"

高语岚再也忍不住，"哇哇"大哭起来，上前两步给了尹则几拳，然后扭头就走。尹则急忙追上去，跟在她身后想一起上楼，可高语岚按开了电梯，转身将他堵在门外，用力抹去泪水说道："你曾经教过我，如果有什么对我乱来了，就给它一拳。现在我得告诉你，我觉得你很乱来，我不想跟你住在一个屋子。你回自己家去。"

尹则僵在外头，高语岚退了几步，退到电梯里，在与尹则的对视中，电梯门关上了。

再看不到尹则，高语岚又哭了起来，哭得上气不接下气，哭得站在自家大门前好半天也没摸出钥匙。然后旁边忽然伸出一只手，把钥匙插进钥匙孔里，把门打开了。

高语岚吸吸鼻子，不用看也知道旁边这个人是谁。她抹了把眼泪，推门进去，转身就把门关上了。

"岚岚。"尹则无奈地在门外喊。

高语岚不理他，却有些后悔没把他手上的钥匙拿回来："你不许开我家门，这里不欢迎你！"

尹则不敢硬闯，只好敲门。高语岚背靠着门坐下了，脑子里空空的，就是觉得很难过。尹则叫了两声，隔着大铁门也不确定高语岚听没听到，又怕她说话自己没听到，他叹气，拿出手机拨给她。

响第一次高语岚没接，一直响到铃声停了。尹则继续拨，第二次高语岚接了。

尹则赶紧道："岚岚，对不起，我真不是有意要瞒你。只是我好不容易找到你了，我并不想因为尹姝的事被你嫌弃。我本来打算等时机合适的时候再说的。这种事也不可能瞒一辈子，以后你嫁给了我，大家亲戚往来，你肯定也会知道的。”

“你的意思是说能瞒一辈子就瞒了？”

“不，我是说不会瞒。”尹则满头大汗，他家包子小姐发起火来还真是挺难搞的呀，“我对你是真心的，真的。”

“真心什么，你是贾宝玉的脑子王熙凤的心。”

“什么意思？”

“脑袋多情心太狠。”

“你对《红楼梦》真的熟吗？”

“你管我！”高语岚在屋里又要跳脚了，“反正我不相信你了，原本就觉得哪里怪怪的，现在都找到原因了。你才见过我一次，还是那么狼狈的见面，然后你见过温莎之后就说要追我了。”高语岚说到这个，“呜呜”哭了起来。

“不是的，那不是我们第一次见面，我们三年多前就见过。只是你不记得了。我坐轮椅来那次，问你‘你不记得我了吗’是指的三年多前，不是前一晚。”

“大骗子。我又没有失忆。”

“真的。”

“我不想跟你说话了。你走开，不要站在我家门外。”

“岚岚……”尹则话没说完就被高语岚挂了电话。尹则叹气，揉了揉额角，没想到她反应这么大。也不知道她是怎么发现的，算了，算了，这个不是重点。尹则站了好一会儿，在进门与不进门之间犹豫，最后他还是放弃了，现在她在气头上，他还是不要火上浇油的好。她性子软好说话，等她气消了再来哄她。

尹则回去了。高语岚趴在窗口那儿偷偷看他的车，看到他的车子启动离去，她又哭了一场。

4

高语岚一晚上没睡好，脑子里乱七八糟晕晕沉沉的全是尹则。在床上一直熬到十点多，实在是难受，爬起来收拾行李。一时冲动，她又想回家了，如果是别的事，她想她能应付，因为她有尹则。可现在是尹则的事，她应付不了，她想回家待几天。

高语岚知道这样不好，她又懦弱了。想起尹则问她愿不愿意做他的螃蟹，说要把她宠得横着走，可原来是骗她、哄她的。一想到这个她又想哭了。

高语岚昏头昏脑地到了车站，想起早饭没吃，午饭也没着落，觉得饿了，但还是不想吃。尹则说过还是得他亲手做饭给她吃，她又想哭了。她买了个面包和一瓶矿泉水，等着上车的时间。

这时候手机短信声响了，高语岚点开一看，是尹则，他问她休息好了吗？愿不愿意跟他聊聊。

高语岚咬咬唇，把手机放回口袋。她还不想和他聊，她觉得自己还没准备好。她头脑清楚的时候都不是尹则的对手，何况现在乱糟糟的没有逻辑。她最后肯定得跟他聊聊，但她希望自己能先把情绪整理好了。尹则说得对，人遇事的结果，看态度。她不能三两下又被他糊弄住了，也不想这么糊涂地结束这段感情，虽然她伤心，但她还明白感情的事不简单的道理。尹则对她怎样她还是记在心里的，虽然现在她质疑很多事，但他对她的好她仍记得。

不能想，一想眼眶又湿了。

手机铃声响起，她摸出来一看，尹则来电。高语岚把手机塞回口袋，不接。响了半天终于停了，高语岚觉得心里空荡荡的。过了一会儿，短信提示音响了，高语岚又把手机摸了出来。

短信是尹则发的：我真的爱你，我不会拿感情的事开玩笑。你可以怪我隐瞒了尹姝的事，但不能否定我对你的感情。我找了你三年多。我们第一次相遇是在花荫市，三年多前你失恋在青松公园里哭，喝醉了，跟我说了很多话。我们约好再见，但你没有再出现。你说你没有失忆，我知道，你没有失忆，你只是不记得我了。

高语岚看得一愣，然后心开始发慌，三年多前她确实有一晚喝醉了，但她不记得发生了什么事，倒是有印象跑到青松公园大哭。好像是有人跟她说话来着，不过她记不清了，回家倒头大睡一直睡到下午，又决心忘了过去，把不开心统统抛掉，她真不记得那天的事了。

不会吧？高语岚正努力回想，又一条短信来了。

我去接你好不好？我们去“食”铺，我做饭给你吃。

高语岚的心更慌了，想了想，还是给他回复了一条：我回家待一段时间，过几天回来再说吧。

这条发过去，那边没回复了。

高语岚有些发怔，不敢猜尹则现在是什么反应和表情。这时候广播通知上车时间到，高语岚背起背包验票上车，找了个靠窗的位置坐下了。过了好一会儿，车子开动起来。她的手机又响了。

打开一看，这次尹则发的是图片，是一个小男孩大哭的样子，哭得鼻涕眼泪全下来了，嘴还张得老大，真是要多惨有多惨。高语岚看着图片，也不知怎的，笑了。心情似乎好些了，她抱着包，靠在窗边闭目养神。稍不留神，脑子里都是尹则。

我愿做你的胸脯肉，你愿做我的肋骨吗？

高语岚回到家，高妈非常吃惊。怎么又不提前打招呼就回来了？出了什么事？

“没事，就是回来清静下，写写工作规划书什么的。”

高妈傻眼，这是多重要的工作，得花几个小时跑到另一座城里写啥规划书。好吧，写规划书等于谈恋爱出了问题，她虽然年纪大了，可也能明白。于是火速偷偷给上班的高爸去了电话，让他下班就回家，买些岚岚爱吃的熟菜。

高语岚叹气，其实回到家她又有些后悔，让爸妈担心了，可是看到他们紧张又关心她的样子，她又觉得超级温暖，果然还是亲爹亲妈好啊，永远不会嫌弃她，不会对她有坏心眼。

高语岚困了，回房间睡了个午觉，晚上跟爸妈欢欢乐乐地吃了晚饭。席上她忍不住问：“三年前，就是我喝醉酒回来的那次，有没有跟你们说什么？”

高爸高妈对视一眼，很警觉，小心翼翼地答道：“把郑涛和齐娜骂了好几顿算不算？”

“只说了这些吗？”

高妈问：“岚岚啊，你是不是遇着什么事了？郑涛他们又欺负你了？”

“没有，我跟他们早没往来了。我就是想不起那天的事了。”

“哦，哦。”高爸猛点头，“想不起来挺好的呀，伤心事想它干吗。人喝醉了不记事是正常的，没关系了。”

嗯，高语岚只得笑笑。确实没关系了。尹则爱不爱她，关键也不在过去，在现在，在将来。

吃了晚饭，高语岚看了会儿电视，手机就拿在手边，可一直没有响过。尹则没再联系她，连条短信都没有。高语岚又郁闷又伤心，没多久就说回房休息去。高爸高妈忧心，但没敢问。

高语岚回了房，从背包里拿出笔记本电脑，今天该发一篇美食博客，她记得呢。

虽然他们吵架了，但该做好的工作她还是会做的。博客文章和图片她早就整理准备好了，直接排好版发出去就行。看了看博客下面的留言，有些关于菜的做法和厨具知识的问题尹则都给回复了，时间在今天下午。高语岚一条一条地翻，看他的留言就看了好一会儿。一边看一边想象他说话的样子，发现自己非常想念他。

她叹口气，觉得自己真没用。接着她又想到了尹姝，想到温莎，想到尹则明知是什么情况却半点儿没透露，那她在他面前抱怨时，他到底在想什么？

高语岚关掉博客，等她发现的时候，自己的手已经点开了尹则的微博。今天又有更新，依然是转发以前写过的菜谱。这次是水煮鱼。

我此刻的心情就像这道菜里的鱼片，在热烫的油里煎熬，被烫熟，卷曲，盼着自己好味道地摆在某人面前，她若肯吃下，欢喜，原谅，我便满足。

高语岚看得心里一紧，竟有些心疼起来。觉得尹则的鱼片形容再戳人不过，她竟能感觉到被烫熟卷曲的痛，他今天跟她一样不好过吧？高语岚咬了咬唇，想想这样也好，他们都冷静冷静，分开一阵是好事。

不过这种心情只有当事人能懂，因为微博下面的留言显然完全没感应到尹则所谓的“煎熬”。

不会这么快秀恩爱的报应就来了？大厨男神，我祝福你。

你只心疼鱼片，没看到下面的豆芽菜在哭泣？

鱼片不哭，到我嘴里来。

请问这个吃下是我理解的那个吃下吗？尹老板，你这么露骨的上床邀请让我以后如何直视水煮鱼？

高语岚败给网友们了，大家的想象力真不是一般的厉害。她翻了几页评论，看笑了。希望尹则看了评论心情也能好些吧。其实她现在已经不太气了，她也不想他受煎熬。事情已经发生了，无法改变，她只是想从这事里找到自己的位置。但其实她到现在也没什么想法，就是觉得不高兴，很难过。

5

高语岚给陈若雨打了电话，跟她说了自己回花荫市住几天，又说跟尹则闹得不愉快，他瞒了她一件事，而她在这件事里受过委屈，很在意。聊得乱七八糟，倒了许多心情垃圾，最后陈若雨问她：“你是对自己没信心，还是对尹则没信心？”

高语岚想啊想：“也许我是对爱情这件事没信心吧。”

这晚实在没什么事情可干，她心情也不好，决定早睡。临睡前，高语岚忍不住又刷了一下尹则的微博，他又更新了，这次是转发了她今晚更新的菜谱博客。“更新了，更新了！”后面很夸张地打了好几颗心和飞吻。高语岚想他大概是觉得自己还在帮他更新博客就是没太生他的气的意思吧，居然高兴成这样，她脑子里自动浮现尹则兴高采烈的样子来。

她笑了笑，决定睡觉。

翻来覆去睡不着，然后她的手机响了，她跳起来看，是尹则发的短信：宝贝，我想你。晚安。不生气了就给我来个电话，好吗？

高语岚把手机放在枕边，没有回短信，但这回睡着了。

第二天一早起来，高语岚穿上运动鞋，跟高爸高妈说她要出去跑跑步，一会儿回来再吃早饭。她精神不错，高爸高妈悬着的一颗心放了下来。

高语岚打车去了青松公园。

青松公园虽名字叫公园，其实也就是市中心的街心花园，面积挺大，免费开放，供大家休息、散步、健身用。高语岚到了那儿，站着看了看，这地方没什么变化，但她仍然想不起来，她沿着公园小道跑了两圈，跑得一身汗，日头已经开始热烫，太热了，高语岚依旧什么都没想起，然后她就回家去了。

回到家吃过早饭，她帮高妈收拾了厨房，打扫了家里，然后坐下来认真写工作规划。无论如何，工作做了一半，还是要有始有终，她还没想跟尹则分手，就算分手不好再做“书香甜地”的店长，她也要把规划书做完，不白拿他给发的工资。

高妈一看，女儿还真是认真工作，更放心了一些，赶紧跟高爸电话报告情况。高爸说：“那就好，咱们先别追问她，等她心情好了，我们找机会再好好聊。”

一上午就这么过去，其间高语岚接到尹宁的电话，问她是不是跟尹则吵架了，又说尹则脾气是有些差，要是哪里让高语岚不高兴了，让她原谅，还说自己一定会帮高语岚骂骂尹则的。

这让高语岚不知该怎么答，好在尹宁也没有追问，倒是高语岚忍不住问了问尹则怎样了。

“还能怎样，就那副死样子。他心情一不好就会不说话，平常有心情犯嘴贱就还好，现在不说话我才知道问题大了。岚岚啊，你们怎么了我不问，一定是他惹你生气了，不过你看在我的面子上，早点儿原谅他吧。不是我偏帮他，但他的为人我很清楚，他真的是个好男人，虽然有时候是让人生气些，但你好好教教他，他这么喜欢你，一定会改的。”

“他喜欢我吗？”高语岚问得小心。

“当然了。”尹宁拔高了声调，觉得高语岚这么问简直不可思议，“你居然怀疑这个？我跟你说，虽然我唯一的一次感情经历是失败的，但我现在看男人也看得清楚了。如果他在你面前笑得像个傻子，总做些孩子气的事，那他是真的爱你。当初林渊在我面前就是各种帅气沉稳，状态一点儿不乱，那是他心里没有我，所以他才能冷静演戏。尹则也爱闹，但他不乱调戏姑娘的，所以我很早就发现他喜欢你，他各种耍宝，无非是想你多注意他一点儿。”

又不是馒头，还耍宝吸引人注意嘞。

“你仔细观察他，他爱不爱你，能观察到的。他只有在亲近的人面前，才会变成‘神经病’。在外人面前，他还是正常的大厨形象。”

高语岚被那句“神经病”逗笑了。观察他吗？可她还在生他的气，比对温莎还生气。所以最后她决定在家里多住几天，写完业务规划书再说。她与尹宁交代了几句杂志社那边活动安排的事，细节她都谈好了，经过上次活动，对方也清楚“书香甜地”的状况，这次合作会更得心应手。下期活动日期定在九月一日，到时高语岚肯定会回去，就是谈的细节她得跟尹宁交代一下。

尹宁答应了，说她会提前烤好蛋糕、准备好饮品。

结束通话，高语岚想再好好写规划书却专心不起来了。她忍不住去刷尹则的微博。他中午的时候更新了一条，依旧是转了一篇他从前写的菜谱——蓑衣黄瓜。

等待的心情就像这菜里的黄瓜，被正面切完反面切，最后被各种调料腌拌。

高语岚抚额，以后还能好好吃黄瓜吗？

下面的留言还是各种闹：“哇塞，大厨你还不如做黯然销魂饭呢，黄瓜招谁惹谁了？”“米饭也不服啊，凭啥要黯然销魂。”

这都什么跟什么。高语岚叹气，人生啊，想伤心生气就得离尹则远一点儿，他的粉丝真的跟他是一个路数啊。他还说什么事到了她这儿会变得好笑，其实他才是。

第二天，尹则的微博又更新了，这次发的是一张居家照片，照片里是个小巧但温馨的客厅，一只小狗坐在沙发上吐着舌头卖萌。配图文字只有一个字——“家”。

高语岚看懂了。他是想说，有她的地方是他想要的家。可是等等，他带着馒头占了她的窝吗？不会她回去之后发现那地盘已经归他了吧？高语岚又好气又好笑，她给尹则发了条短信：不许让馒头在沙发上尿尿。

尹则回复得飞快：宝贝，你快回来管教它啊！！！！！！！！！！！后面那一串感叹号惊心动魄，多得让高语岚只想回他一串省略号。她最后还是没有回，因为她想不到什么话既自然又有气势还能表明她的心情。

但她真是越来越想他了。气消了，于是剩下思念。她想她应该是嫉妒，嫉妒他对尹姝比对她好，他保护尹姝，却忽略她的心情。而他真的爱她吗？她现在不怎么怀疑了。这晚她躺在床上，想着尹则，决定陪爸妈过完周末，周一就回去。

似乎刚睡着就听到手机响了，她爬起来一看，是尹则。看了看时间，都一点了。她赶紧接起。

“宝贝，我很想你。”尹则一开口就是这句。

“这么晚了，你明天还要上班呢，快睡觉吧。”她柔声哄他，想说她大后天就回去了，可还没说到那句，就听见尹则道：“我在你家小区门口。”

高语岚一愣：“什么？”

尹则报了街道名和小区名字：“我就在小区门口。”

第十五章 不堪回首的糗事

尹则看着高语岚就是笑，她当初就是这么糗的，他每每回忆，总是笑个半死。现在看她一脸糗样，他就好想逗她。

1

他居然大半夜的开车过来！高语岚急得跳起来，火速披了件薄外衣就跑了出去，生怕被父母听到动静，她轻手轻脚地开门关门，然后冲下楼跑到小区门口。左右一看，不远处，一个男人正倚在一辆车子旁，这距离看不清脸，但从身形姿态看，高语岚就知道是他！他居然真的来了！

高语岚以百米冲刺的速度向尹则奔去，此刻，她脑子里、心里已经没了别的，只剩下尹则。

尹则抬眼看到了她，脸上顿时咧开了大大的笑脸，他张开双臂，一把将扑过来的她紧紧抱住。高语岚很激动，抬头看尹则，还没来得及说话，就被尹则吻住了。

尹则的吻很霸道，高语岚完全不想抵抗。她踮起脚尖，迎合他的吻。然后她想起他说自己像水煮鱼里的鱼片受尽烫油的煎熬，又说像蓑衣黄瓜被刀凌迟，高语岚忍不住笑了。

她一笑，他就吻不下去了，横眉竖眼瞪她："你串戏了吧，现在不是久别重逢激情难耐的桥段吗？你这个没良心的女人居然还笑？"

高语岚还在笑，她抱着他的腰，把脸藏在他的怀里。尹则把她的脸挖出来，捧着左看右看，亲她的眉心，亲她的鼻子，亲她的嘴。他说："你是不是瘦了？没有我给你做饭，你就吃不好对不对？"

"不对。"高语岚冲他皱鼻子。

这时候尹则终于发现高语岚的穿着打扮，单薄的睡衣外头套了件外套，光着两个小腿肚子，趿了双拖鞋。尹则赶紧把她往车里带："夜里凉，怎么不穿好衣服再出来，着凉了怎么办？"

高语岚只顾笑。

尹则拥着她挤在后座上，看到她的拖鞋，他也笑了："你练过田径拖鞋跑项目吧，这么飞奔过来鞋子居然没掉。"

高语岚被他调侃得脸红，伸手给了他一拳。

尹则一脸讨好，拿了她的拳头敲自己："多打几拳，打完了就不气了啊，我都认错了。哪有生这么久的气不原谅的？"

高语岚把拳头收回来，咬咬唇不说话。尹则又长叹一声："你现在真是厉害了，不过我一想是我教出来、惯出来的，我又挺有成就感的。岚岚你看，我这么妻奴，你一定不能错过了。"

高语岚笑了，仰着脸看着他，他对她笑，眼角细纹显得深了。她伸手去摸，他的眼睛真亮，鼻子真挺，眼角的小皱纹也很可爱。高语岚刚认识尹则的时候，不觉得他帅，可现在却是越看他越觉得顺眼，觉得好看。

尹则也不说话了，他咬她的手指，又低头吻她，两个人气喘吁吁地在后座缠绵成一团。然后他问她："你原谅我了吗？"

高语岚白他一眼，这不废话吗？不过她确实也起了要好好考察他们恋爱深度的心。

"瞒你是我不对，可那时候我要追求你，总不能一上来就说我就是害你被公司开除的那个背影的哥哥。那你还不得把我打出去？之后我们感情有所发展，可我也不敢贸然提起，我怕你会看不起姝姝，也怕你对我好不容易有点儿好感就这样没了。再说特意说这件事会很奇怪。"

"你有这么怕吗？我怎么一点儿都感觉不出来？"高语岚拍他一下，"狡辩。"明明他只会耍宝演戏，乱开玩笑，她一点儿没感觉到他在追她，更别提战战兢兢了。

"真的。"尹则端正脸色，"我很正经的。"看了看高语岚的表情，"好吧，我知道我在你这儿信任度被扣了很多分。"他歪歪头，又问："你困不困？"

高语岚摇头，她现在见到尹则很兴奋，一点儿不困。

尹则咧嘴笑："我也不困。虽然几天没睡好，不过看见你我就觉得一点儿不累。走，我带你去一个地方。"

他出了车子，转到驾驶座去。高语岚也移位副驾驶座，一点儿不担心他要带自己去哪里。

车子开起来，驶了一段路后，高语岚知道了："青松公园？"

"对。我想告诉你我们第一次见面的情形。虽然你不记得了，但我不会忘。我不是因为姝姝的事才假装爱上你，我得证明这一点。"

高语岚看他的侧脸，她觉得不需要用三年前的事证明，但她很好奇那时候究竟发生过什么。

此时已午夜快两点，青松公园里没有人。高语岚坚持说她并不冷，于是尹则带她走进了公园，走到一条长椅旁坐下了。

"就是这里。"尹则说。他牵着她的手径直就过来了，显然对这个地方挺熟。他似乎知道高语岚在想什么，笑了笑，"我之后又来过这里好几次，想着有没有可能遇到你，结果都没有。但对这里却熟了起来。"

“你来找过我好几次？”

尹则没好气地斜她一眼，然后堆起悲伤的表情：“对，所以你知道，当我发现你这没良心的居然不认得我时，我的芳心碎了一地。”

“没看出来。”高语岚戳他的脸，又演，还芳心呢。

“哎，你戳我的脸，证明你是爱我的。”尹则拿脸蹭她的手，“你想把我戳丑了，让别人看不上我，这样你就能达到独占我的目的了，是不是？”

“你到底要不要说当年是怎么回事？”高语岚又戳戳他的脸，这人太爱演了。

尹则大笑，抓住她的手：“你记不记得，三年前，嗯，其实是三年多了，三月四日那天。”

高语岚安静下来。那年二月二十八日是元宵节，那天她记得特别清楚，她们一堆同学出去玩，她被打了一巴掌，她被人骂成贱人，她被大学同学陷害，被自己的闺蜜污蔑，她被相恋七年的男朋友甩了。她当然记得！那阵子特别难过，她的朋友们都疏远她，她连个倾诉的对象都没有。有一天她特别难过，跑去买醉。她喝了酒，不敢回家，想找个没人的地方哭，她隐约记得好像是青松公园，但并不确定是哪一天了。

尹则斜眼瞪她：“你一喝醉就失忆了，是不是？”

“哪有？”高语岚脸红，她这辈子就醉过两次，哪能判定她一喝醉就失忆。

“那你说，你抢馒头那次，如果不是我第二天找上门来，你能记得是怎么回事吗？”

她记不得，她还以为她抢了个男人。

她心虚地看了看尹则，尹则正一脸鄙视地瞅她。

“你废话真多，到底要不要告诉我？”高语岚恼羞成怒。

“就是你喝醉了，在青松公园对我这样那样，那样这样，事发后你挥挥衣袖走了，留我独自伤心。然后三年后，你再次出现，搅乱了我的一池春水。”

“骗人。”

“句句真话。”

“那什么叫这样那样，那样这样？你说具体点儿。”

“你真想知道？”

“对。”

“很羞人的。”尹则捂脸。

“影帝先生，容我提醒你，我们还有旧账没算清，你再不正经，我就不要理你了。”

“哎，别这样。”尹则迅速放下手，端正脸色，“我可严肃了。我要开始说了啊。”尹则握住高语岚的手，捏了捏，然后慢慢说开了，“那个时候，我的餐厅生意不好，农场刚开始赚钱不久，要负担餐厅和我姐的那家店，钱根本不够，我的压力很大。”

高语岚点点头，她能理解。

“我那时候处在一个很尴尬的时期，如果结束餐厅和我姐的店，负担就会少很多，但是我姐那时候状况刚刚好一些，妞妞不到两岁，正是黏人可爱的时候，我姐每天带带孩子，又有店可以忙，开始有了生活的寄托，你别看她现在好好的，那几年我是真的很担心，我已经失去父母了，我不能再失去她。”

尹则把高语岚的手十指交握，握得紧紧的。他每次一说到往事，高语岚就觉得心特别软。尹则接着说：“所以那个时候，我看她开心又充实，就很犹豫，我不想关店，无论是餐厅还是她的店，我要是关了，她会担心的，而一旦我放弃了，松懈了，承认失败，我想我不会再有勇气开店了。我不想认输。”

高语岚只看到现在的“食”铺经营成功，却没料到当初竟然还有快倒闭的时候。

“于是我决定再努力一下，找找这生意不赚钱的原因。我那时候卖的是家常菜，薄利。我自认菜品不错，回头客也是有的，但你知道这个地段很好，所以租金很贵，我也有一些特色菜，但成本一高，菜价一贵，卖得就不好了。我思前想后，琢磨了很多，最后我还是觉得是我这儿没什么招牌特色的原因，针对的顾客群也不太对。于是我到处找知名的餐厅去吃饭，学习人家的卖点，品尝他们的推荐菜。但是我还是没有头绪，不知道要怎么改良餐厅才好，时间越拖越长，我手上的钱快不够用了。”

高语岚听得津津有味，这是尹则的创业史啊，比她那被人抛弃的故事精彩多了。

“后来呢？”她问。

“有一天，我来到了花荫市。这里江滨路有一家‘河福红烧肉’，店不大，菜色品种少，但生意火爆，名气都传到外市去了。我是特意去考察那家店的。”

“那家店对你有启发吗？”

“也算有吧。”

“是什么？”

“嗯，其实他家的红烧肉不见得比我做的好吃。”

好臭屁的人啊，高语岚捏他的脸，尹则笑笑：“真的，我说的是实话。”

“做得不如你好，就是启发？”

“不是。我那时候是想，我也做得出来，为什么我的红烧肉没有他的有名？”

“人家是老店嘛。”高语岚从小就知道那家店了，老字号，出名很正常。

“还有炒作。”尹则说道，“连我这从来没到过花荫市的人都慕名来品尝，你说这名声炒作得多成功。”

“所以你也想炒一把吗？”

“我不知道该炒什么。”尹则说，“我那天晚上就在花荫市一直走，一边散步一边想这个问题。我走啊走啊，累了，走到一个街心花园，我抬头一看，青松公园，我就去坐了坐。我坐了一会儿，还没有想到什么好主意，心里烦，就开始抽烟。这时候有个醉猫走过来……”

“猫怎么会醉？”

“比喻，这是比喻好吗？”

“哦，是说它摇摇晃晃像喝醉了……”所以尹则当时捡了一只猫吗？他真的好爱捡东西。

“不，是用猫比喻人！”尹则没好气，这妞脑袋里打结了吗？

“哦，哦，那你就说有个醉鬼走过来嘛。”

“好，那时候就有个醉鬼走过来，手里还抱着一提啤酒，哭哭啼啼的，坐在我旁边。”

“咦。”高语岚忽然反应过来了，“是说我吗？”

2

尹则不理她，接着说：“我当时想换个地方，可左右一看周围没别的椅子了，我又很累，不想再走，于是就想着不理她，继续抽烟。”

“是不是在说我啊？”

“那个醉鬼一身酒气臭不拉唧的，还一直哭，一边哭一边还开啤酒喝，喝完一罐就随手乱丢，很没有公德心。然后哭着哭着，鼻涕口水全出来了，脏得要死。”

“喂！”高语岚拍他一下，说得这么过分，肯定就是在说她了。

尹则笑：“干吗打人？我说的句句实话。”

“你肯定是故意丑化我。”

“真没有。我当时应该拍下照片给你看看。”

高语岚嘟嘴，伸手掐他，尹则哈哈大笑，抓住她的手：“你还要不要听？”

“快说！”

“然后我就实在受不了啦，正准备走，结果那个醉鬼拉着我的衣服问我有没有纸巾。我身上还真有，就给她了。她擦干净脸，接着哭接着喝，于是脸又脏了。然后几个回合下来，纸巾用光了，她又问我要，我没有了，她就骂我小气，说我不讲卫生，为什么纸巾都不带。”

高语岚猛摇头：“那绝对不是我。”

“你觉得过分吧？”

高语岚不答，死都不能承认是她，反正她一点儿印象都没有了，不是她干的。

“我告诉你还有更过分的。她骂完了我，还捶了我几拳，紧接着从自己的包包里掏出了纸巾……”

高语岚无语，这更不是她了，绝对不是她！

“岚岚啊，你对这事怎么看？”

尹则看着高语岚就是笑，她当初就是这么糗的，他每每回忆，总是笑个半死。现在看她一脸糗样，他就好想逗她。

高语岚咬咬牙，想半天，她能有什么看法？

“好贱啊！打你你都不走啊？”

“我倒是想走，人家不让。”

“为什么？”

“谁知道，也许贱贱惹人爱？”尹则抓起高语岚的手咬一口。

“不信。”

“真的，你拉着我，不让我走。你说没有人相信你，你说爱情是假的，友情也是假的。你说你想离开这里，找个没人认识你的地方。”

高语岚安静了，她想那确实是她了。因为那个时候，“离开这里”这个念头一直控制着她的大脑，她的愤怒、悲伤最终让她离开了家，离开了这座城市。

她静了一会儿，问：“我还跟你说了什么？”

“你骂我臭。”尹则一脸无辜，“明明你自己臭得要死，你还骂我臭。”

“哈……”高语岚想象了一下，觉得这情景很好笑，“然后呢？”

“然后我就对你说，你才臭。”

高语岚哈哈大笑，又去戳尹则的脸："你才臭呢。"

"哎，就是的，你那时候也戳我。你问我你哪里臭，我就问你我哪里臭，然后你说我抽烟臭死了，我就告诉你你一身酒味，臭死了。"

高语岚一边听一边笑，催着问："后来呢？我揍你没？"

尹则白她一眼："你怎么总想着打人呢？你没揍我，你请我喝酒。硬塞啤酒给我，让我喝。我想你大概是想让我也臭一臭吧。"

"那你喝了吗？"

"喝了啊，不喝白不喝。"

高语岚很佩服他："不认识的人给的，你也不怕加了料？"

"不怕。反正你也不怕。"尹则接着说，"我也把烟递给你抽了，让你也臭一臭。"

"我才不会抽。"高语岚大叫，她从小就是个乖宝宝，认真听话懂事，从来没抽过烟，而且她超级讨厌烟味。

"你抽了。"尹则想到又是笑，"你不但抽了，还是抢的，而且很用力地连吸好几口，拦都拦不住。"

"不是吧？"高语岚又傻眼了，喝醉了就会吸烟？

"然后你就狂咳嗽，就发脾气，然后还动手揍人。"

"我又打你了？"高语岚已经不知道该说什么好了。

"嗯，不过这次我不理你，我走了。"

"你走了？"高语岚大叫，"你就这样把我一个人丢在那里？我喝醉了耶，你也不怕我遇到什么坏人？"

"小姐，你要是看到你那时候的样子，你就会知道，别说什么坏人，就算是外星人来了你也不怕。"

高语岚语塞，想了想："我能平安到家，真是福大命大。"

"你想得挺美呢。"尹则道，"最后还是我送你回家的。"

"你不是走了吗？"

"是啊，可是我一走，你也走，你抱着剩下的三听啤酒跟在我屁股后面，甩也甩不掉。而且你跟踪我就算了，你还一路在后面唠叨，一边唠叨一边哭，都不知道你哪来那么多眼泪。"

"那一定是憋太久了，人家在家里怕爸妈担心，都没敢好好哭。"

尹则叹气，伸手把她揽住："你跟着我就算了，唠叨也就算了，但你很委屈的一副可怜相，让路人以为我们是情侣吵架。一位遛狗的大妈还好心劝我别跟你生气了，看小姑娘怪可怜的。”

“嘿嘿。”高语岚傻笑，“大妈真好心，是位好大妈。”

尹则斜眼：“可是醉鬼姑娘冲上来把好大妈骂跑了。我好怕醉鬼姑娘把大妈打了，所以赶紧把她拎走。于是我们又回到了青松公园。可是那么不巧，那条长椅上已经有对情侣坐了。”

“所以你就送我回家了？”

“不，我还没想好怎么办，你就已经挥舞着啤酒罐冲上去大声喊‘这椅子是我们的’，那副女流氓的架势，把人赶跑了。然后你没事人一样地招呼我坐。紧接着很豪迈地又灌了自己一听啤酒。”

高语岚不发表意见了，看来那个晚上她还真是被怪兽附身了。

3

尹则继续说：“然后你就拉着我聊天，你说自己的事说得乱七八糟的，我也没听懂，反正就是男朋友把你甩了，朋友也陷害你，但具体是怎样我没太听懂，你就反复说你要离开这里。然后你就问我的事，问我为什么在这里，是不是流氓，想晚上在这儿泡妞，又说晚上不安全，让我不要一个人在街上晃。”

高语岚真是无语，她还要最后挣扎一下：“你一定是骗我的，都三年多了，怎么可能记得这么清楚？连我最后抱着剩下的三听啤酒跟着你走都记得，还说了这么多话，怎么可能记得？你一定是骗我的，嗯，要不就是夸大其词。”

“我绝对没夸大，事实上，我的语言能力形容不出你当时糗态的三分之一，如果你遇上这么一个人，又跟她聊了一晚上，你一定会印象深刻，再也不忘。别说三年了，三十年后我们再说这事，我保证还记得清清楚楚的。好了，你别老打岔，我还没有说完呢，重点在后面，你擒获我芳心的重头戏。”

高语岚撇嘴：“你好变态，我都糗成这样了，跟个女流氓似的撒酒疯，你还能献出你的芳心，太可怕了。”

“喂，不许说我心上人的坏话。”

高语岚觉得好笑，又去戳戳他的脸，尹则抓住她的手，开始说了：“我那时候原本心情也很糟，我的压力和烦恼也没有什么人可以倾诉，你一直问我一直问我，我终于把餐厅的事说了出来，反正我们互不相识，而你也不过是个醉鬼，我就当你是个垃圾桶，吐一吐糟糕的情绪。我说完了情况，就问餐厅要卖什么才能红火，我想赚很多钱，然后你就骂我笨，你说这太简单了，就卖虚荣心。”

高语岚呆了一下：“原来人喝醉了，智商是会高一点儿的。”

“我问你卖虚荣心是怎么个卖法，你说让那些人不是来吃饭的，是来当大爷的。而且大爷不是人人都能当得了的，有钱也不一定能当上，让他们排队，让他们吃不上饭。在家里能做的菜在餐厅卖没什么意思，别家餐厅能做的菜也没什么意思，拼不了便宜的，就拼别家没有但是卖得很贵的。”尹则看着高语岚笑，“其实你说得挺疯的，要是早几个月有人这么跟我说，我一定觉得是个神经病，但我那几个月想了很多很多，看了太多的店，其实我也有些想法，但总是没有点透，所以你这个貌似不靠谱的主意，忽然让我受了启发，我觉得你说得对，就得卖虚荣心。”

“哇，哇，那你的‘食’铺要分我股份，是我让你发达的。”

“笨蛋，你把‘食’铺的老板收了，连人带店都是你的，还要什么股份，真是目光短浅啊。”尹则斜睨她，“你说，你什么时候收‘食’铺的老板？”

“现在没空，正听故事呢。”高语岚很敷衍地把“食”铺老板打发了，接着问，“后来发生什么事了，然后你就送我回家了吗？”

“嗯，你一直喋喋不休地说话，给我出了很多主意。你说光贵也不行，要编得让人觉得贵得值，稀罕，总之说了很多话。后来你又哭了，你说你爱了七年却换来背叛，你想剁了你男朋友和那两个害了你的朋友，把他们的肉送给我包包子卖，还起名‘消灭贱人大肉包’，定价四十一块四，说是人渣都要死一死的意思。然后我说我送你回家，你说有人陪你聊天你很开心，你约我明天在这里再见面。我答应了。”

高语岚一听这个，心道要糟，她回去之后睡一觉起来什么都记不清了，就记得自己在一个地方哭够了好像跟人说了话，什么明天在这里再见面，她完全没印象。

果然尹则正瞪她，他说：“我打车送你回去，你这家伙说不清要去哪里，瞎指挥，司机师傅说应该这么走，你说的小区是这边，你说不是，你非让司机师傅走另一边，原来二十分钟就到的地方，你拐着人家跑了五十分钟，我下车付账的时候，司机师傅那同情的眼神啊。”

尹则咬牙切齿：“你这没良心的，我穷得要死，还得帮你付天价的士费，这还不算，一回头你就不见了，趁我正付钱，你自己跑进小区消失了。我想你都到了家门口，应该没事，结果第二天我去青松公园等你，你却没有来。”

“对不起嘛，我真的不记得了。”高语岚有点儿内疚，好心疼那的士费啊。难怪他今天开车过来找得到她家小区门口，她明明没跟他提过。

尹则“哼”了一声，接着说：“我在青松公园等了你一天，一边等一边有了好主意，你没有来，我到你家小区门口转了几圈，也没有看到你，我就回东麓市了。之后我就将餐厅转型，结合农场，炒作概念。后来‘食’铺很成功，也赚了钱，可我还一直惦记你，不知道你怎么样了，你那男朋友有没有跟你道歉，你们有没有复合，也或者你真的离开了那个地方找到了新的生活。后来我又去过几次青松公园，也去过你家小区门口转，但都没有再见过你。”

“后来我在街上遇到了馒头，它可怜巴巴地一直跟着我，我想起你当时抱着酒一边哭一边跟在我后面走的样子，我就收养了馒头。很久之后的某一天，我正带着馒头散步，有一个醉鬼突然从路边的酒吧冲出来，大声嚷嚷着要找个男人。她直冲着我跑了过来，我定睛一看，就呆住了。”

高语岚“嘿嘿”傻笑，全是糗事，她真是……啊，往事不堪回首。

“我一发呆，就给了那醉鬼可乘之机，她踢了我两脚，又使劲推了我一把，我身后正好有台阶，就倒在地上，扭到脚了。那醉鬼抱着馒头跑了。我当时心里那个气啊，久别重逢，居然这么暴力，不抢我抢我家的狗，虽然都是男的，可是这差别也太大了吧？”

高语岚还是笑，继续傻笑。

“我想我这次一定要找到她，于是就记下了车牌号，做了一连串的动作，找了雷风，追查到你的家，第二天就找上门来了。我想过许多我们见面的情景，我以为你会惊讶地说‘哎呀，居然是你啊’。可是你没有，你完全不记得我是谁，也不记得前一天晚上抢狗的事。你傻乎乎的，跟三年前一样好玩。”

尹则终于把事情都说完了，抬眼瞅着高语岚。

高语岚清清嗓子：“那好吧，这么听起来，你还不算太变态。我以为你当时上一个陌生女人家装残疾是你的恶趣味呢。”

她想了想，又问：“所以你喜欢我，是因为我揍你了，然后又帮你出了点子，让你赚了钱？”

“你的总结能不能更合理一点儿？”

“难道不是？通篇听下来，我就记住我把你揍了和帮你赚钱了。”

“你真是太会找重点了。”尹则没好气，“那换成你了，你说，我英俊潇洒风流倜傥玉树临风幽默风趣出得厅堂入得厨房，所以深深地把你吸引住了对不对？”

高语岚嘿嘿傻笑，说：“比较起来，我觉得很可能你前面说得对。”

“什么？”

“你贱贱惹人爱？”

尹则盯着高语岚笑：“你承认爱我就行。”

高语岚脸一红，端正坐好：“你别忘了，我们现在还在考察期。”

“考察什么？”尹则有些急了，“明明都解释清楚了不是吗？你怀疑我对你虚情假意，现在我不也告诉你原因了嘛，或者你需要我把温莎和妹妹拎到你面前来道歉？”

高语岚不说话，她倒觉得不至于。温莎那边她是已经说清楚了，妹妹对她不错人又害羞，要这么郑重其事地让两个人到她面前道歉，她其实觉得挺尴尬的，事情过去了，她对这两个人的恼怒其实真没有对郑涛和齐娜强。

尹则叹了一口气：“其实我对妹妹也是很心疼的。虽然我们不是一个妈生的，虽然她妈妈抢走了我爸爸，虽然她妈妈为了报复我们恶意霸占我爸留给我们的遗产，但妹妹是不一样的。那时候我们日子过得很不好，我没学历，只能做很辛苦但是钱又少的工作，妹妹省吃俭用，把她的零花钱全给了我，她跟她妈妈撒谎，经常这里要点儿钱那里要点儿钱，然后都省了下来。她不买新衣服，不买化妆品，在学校里吃最便宜的菜，省了钱，全接济了我们。”

高语岚紧紧握着他的手。

尹则低声说：“在我心里，她是最好的妹妹，跟我姐一样重要。”他顿了顿，转脸看着高语岚的眼睛，“跟你一样重要。”

高语岚被他的眼神吸引住，心里一荡，情不自禁地仰了脸探过头去，尹则的吻压了下来，两个人的唇瓣一碰，他将她紧紧抱住。

4

“我其实很愿意学游泳的。”高语岚被他吻得脸红扑扑，“我只是，觉得很嫉妒妹妹。”

“是我不好，让你对我没信心。”尹则自我检讨，这样的他让高语岚觉得很不习惯，然后忍不住笑了。

“笑什么？”尹则很不满意，拉拉她的头发。

“我那时候打你，痛不痛？”高语岚问。

“痛啊，不痛怎么会印象深刻？”

“所以你真是个怪人啊，要是我碰到这种醉鬼，还打人，我肯定走了。怎么可能惦记？”虽然那个醉鬼就是自己，但高语岚实话实说。

“也不是这样，岚岚，那个时候，我觉得我快被压垮了。其实我很明白，那时候开餐厅、开书吧都太急进，其实我没那么厚的底子同时承担三个地方的生意投入，但我那时脑子发热，农场开始赚钱后我得意忘形，我想我要在最好的地段开最好的店，让那个欺负我们姐弟俩的死女人看看，我妈妈的孩子，不是她能随便打垮的。”

高语岚抱紧他，觉得真心疼。

尹则继续说：“而我姐吧，她好不容易才能正常生活，她受到伤害的时候我没能阻止，但我一定要让她过得很好，要让那个人渣看到，她过得很好。所以，岚岚你看，人就是这么贪心，我当时一边想着怎么才能让店的生意好起来，一边又想着我死守着那两家店为什么，我为什么输不起？店要是关了，我姐一定会担心，她会不会再消沉下去，会不会再责怪自己拖累我，但其实这个又是不是我给自己找的不肯认输的理由？”

高语岚听懂了。那个时候，她对爸妈说东麓市大公司多，经济好，工作的机会多，薪水高，她奋斗几年，比在花荫市混十年都强。她心里也是这么告诉自己的，所有的客观条件摆出来，东麓市就是比花荫市强。只是当她独自在这座城市挤在上下班的路上，假日里默默看电视上网没人陪时，她也曾想过，东麓市所有的好，是不是她给自己找的逃避的理由？

“我们是一路人，岚岚，虽然你醉得稀里糊涂，说话不清不楚，但你嚷嚷着想离开，那也是我的心情。我也想离开，去一个没有人认得我的地方。我好累，我撑了好几年，最苦最绝望的时候我都是干劲十足的，可那天我却忽然觉得我好累，我也想逃开。”

“可是觉得，去了哪里都逃不开。”

尹则捏捏她的手：“对，心里在意，去哪里都逃不开。但是你把这么难过的事，弄得很好笑，我明明情绪很低落，却被你闹得没脾气。所以我印象非常深，以至这三年里我总会想起你，你明亮的眼睛，红扑扑的脸，你挥舞啤酒罐抢座位，一边骂人一边说自己好惨，我想着你，不知道你现在怎么样了。也许也是因为一直见不到所以才会一直惦记，而当我再看见你的时候，那种心情简直无法形容。然后我上门找你，你还是那么可爱。我去温莎那儿询问她陷害你的事，我问了许多关于你的问题，我知道你很努力，很认真，工作表现很好。然后那时候你出现了，你站在公司过道中间，瞪着眼睛努力装出凶悍的样子来，我那时候就想，我真的太喜欢这个姑娘了。”

高语岚靠在他肩头，觉得心里软得一塌糊涂，如果有这么一个男生这样对你说话，要说不感动那真是不可能。“可我还是觉得有点儿快。尹则，我的经历是，谈了七年的感情，最后也有淡到毁灭的一天，那时候我也努力在经营，可结果并不好。现在太快了，我真的挺慌的。而且如果我们的感情不够牢固，某天你突然发现我不再可爱了，不再能让你开心了，怎么办？”

她握着他的手，他的手指修长，皮肤比较粗，肤色也比较黑，与她这不沾阳春水的手相比，真是差别很大。她握着他的手，手指与他的交叉紧扣，他也紧紧握着她的。

“尹则，从前你批评我的都对，是我的态度问题，自己对自己认真还不够，还需要让别人也对自己认真。我决定好好改过。所以我希望我能变得让你对我很认真，不是不开玩笑、不耍宝的认真，是很重视我的每件事的那种认真。这种重视，是重视我的意见，重视我的看法，重视我的感受。尹则，你是一个很好的男人，但你太累了，你把所有的事情都自己扛，这并不好。所以造成了你的大男人脾气，大家都得依靠你你才觉得踏实，你姐姐这样，你妹妹这样，现在你觉得我也该这样。”

尹则张嘴想辩，可高语岚抢着继续说了：“我不想这样，尹则。我想让你也能依靠我。尹宁姐单纯浪漫，什么事都可以不管，那是被你惯的，你觉得她做不了什么，又怕她受伤害，但其实如果你放开手，她脱离了你的保护，也许她也能做出成功的事来。我想过了，尹则，我觉得没有安全感。不是不相信你，不是不相信我自己，我想是对感情这件事没把握而已。而这个把握，我想我们一起慢慢走，一起找到它，好吗？”

“好。”他低头，用眼神示意她。高语岚微笑，红着脸把唇送上去，让他吻住。

“不是一有好事就乐晕头，也不是一有坏事就愁眉不展，我希望我是能好好生活的高语岚。我想这样，行吗？”

“行。”他应了，再吻住她，“这是我爱的高语岚。”

“尹则，我们现在这情况你还能想出什么菜吗？”她忽然很好奇，如果他要发菜谱还能发什么。

“荷塘月色。”尹则冲她挤挤眼，左前方有个小小的绿植池塘，周边绿树香花，还挺浪漫，“别拿菜谱考我，我容易得意。”

没人考你你也容易得意好吗？高语岚白他一眼：“不就是莲藕炒银杏加黄瓜片吗？我吃过。”有什么好得意的，这菜跟现在这个情景没什么搭的，就是名字好听。

“你在开玩笑？”尹则睁大眼故作惊讶，“我可是高级餐厅的超级大厨，怎么会做这么家常的菜？跟我回去吧，我做荷塘月色给你吃。”

“不行。”虽然高语岚很想答应，但还是狠下心拒绝了，她也有她的生活节奏，说好了慢慢来，就是大家各自安排好日子怎么过，“我都回来一趟了，怎么都得陪我爸妈过个周末，我下周回去，正好在这边清静一下，把规划书写完，回去后帮着杂志社把会员活动做好，紧接着就是我们自己的业务要开展了。”

尹则不说话，高语岚看看他，一脸坚持。

“好吧。”尹则叹气，又吻住她，“那我们算正式和好了，你以后不许翻我旧账，不许再偷偷跑掉。”

“那你也不许有事瞒我，也不许偏心你家里人。”

“哼，我还不够偏心你？我好几天没睡安稳，今天实在没忍住大晚上开车过来。你也真够狠的，竟然不回短信、不回电话。”他嘀咕着，“算了，算了，我大人有大量，不跟你计较。”

高语岚心里很甜，但还要教训他：“以后你不许开长途夜车，太危险了。”

“那你也得有短信必回，有电话必接。”

“行。”孩子一样地甩了甩手，两个人一起笑。

“我不想放你回去。”

“不行，你得找个宾馆睡一觉。”

“不想一个人待着。”

“不行，我家里没地方让你睡。”

“我可以睡地板。”

“我爸妈看到我半夜领个男人回家会吓死。”

“不会，你太低估咱爸咱妈了。”尹则装可怜，“要不我在车上窝一晚，反正离天亮也没几个小时了，熬到天亮我再去敲门，这总行吧？”

“不行。我家真的没地方，你也不许窝车上，装可怜没人理，你就找个宾馆好好睡一觉，然后睡醒了来找我，给你介绍我爸妈。啊，你明天店里有事吗？要不要赶回去？”

尹则认真想想，“有我当然更好，没我也不差，明天我给店里打个电话交代下就好。”他笑起来，眼睛明亮，“让我留下来跟你家人一起过周末吗？然后周一我们一起回去？”

“如果你表现好的话就可以。”她脑袋抬得高高的。尹则哈哈大笑，紧紧抱住她。

之后两个人在高语岚家小区附近找了个宾馆，尹则去开好了房，再出来送高语岚回家。高语岚要自己回，他坚持：“你穿成这样走在街上，人家会以为是疯婆子，会报警的。”

“……”

“或者你考不考虑，我们共度良宵之后明天再一起回你家？”

高语岚都不用答，只是看着他。

“好吧，为了岳父大人和丈母娘的好感。”他喃喃自语，那撇眉头的愁苦样让高语岚大笑。

第十六章 月亮代表我的心

菜虽然被她吃得七零八落，但月亮还是打动了她的心。

1

回到家里，她轻手轻脚开门，做贼一样。父母都没有醒，她安全回到床上。睡不着，给尹则发短信：你回到宾馆了吗？

到了，你要来吗？死性不改就爱调戏。

晚安，尹则。高语岚笑着，心情非常好。所有的不确定，都在他千里迢迢赶来见她的时候烟消云散了。高语岚有些小得意，也有些小甜蜜，然后她睡着了。

第二天，高语岚被高爸高妈早起的声音吵醒。她一看表，才睡了四个多小时，可她精神很好，干脆爬起来开始收拾家里，这里扫扫那里擦擦，务必给尹则一个好印象。

高爸高妈有些傻眼，这一大早的怎么劳动人民精神发扬光大了？高语岚很害羞，说今天会有一个朋友来，她给爸妈介绍介绍。高爸高妈互视一眼，明白过来了。于是一家三口将劳动人民精神发扬得更光大，很快家里焕然一新。

高爸高妈有些急，问几点到，高语岚舍不得吵醒尹则，觉得该是中午。老两口一合计，准备出门买菜去，要给女儿的男友露一手。高语岚刚进厕所坐下，没来得及报告她家影帝先生是大厨，妈，你就别露你那手了。

这时候门铃响了，高妈打开门一看，一个高大帅气的年轻男人站在外头，干干净净，端正又有精神。“我是尹则。”声音很好听。

高妈顿时年轻了二十岁：“哎呀，是尹则啊，快，快进来。”尹则就是女儿的男朋友吧，是叫这名吗？高妈转头用眼神问高爸。高爸也有些愣，他不记得女儿说的男朋友的名字了，反正是两个字没错。

“呃，你认识高语岚吗？”高爸觉得还是谨慎些，别又闹乌龙了让女儿不好看。

尹则笑了，刚要回话，坐在马桶上听到老爸问话差点儿要挠墙的高语岚大声喊：“尹则，我在厕所。”

“哦。”尹则不回高爸的话了，直接先安抚一下女友，“你别急，慢慢拉，没事。我跟爸妈正认识呢。”

高爸高妈心里顿时踏实了，看来就是这位没错。连上个厕所都能搭上几句。厕所里的高语岚垂头丧气，怎么每次都是上厕所的时候男人进门呢？偏偏她还没那么快，真着急。

门外的感情联络进行得如火如荼，没聊上几句，高妈说赶紧要去买菜，尹则说那他陪着去吧，中午他来下厨，高爸一听尹则要去，那他当然也得跟着，于是在高语岚出厕所之前，三个人已经兴高采烈地出发了。

着急忙慌出厕所的高语岚，最后只能留下看家。高语岚不放心啊，给尹则打电话，想嘱咐几句，结果尹则刚说了句："岚岚……"电话就被高妈拿走了，"我们跟尹则正聊得好呢，你先别插话。"然后电话挂上了。

高语岚郁闷啊，亲妈，你是亲妈吧？

高妈高爸带着尹则买菜一个多小时才回来，三个人拎了一大堆东西，除了菜还有调料和厨具。高语岚心想肯定是大厨职业病犯了，嫌弃他们东西不够、工具不好。三个人回来后热情洋溢地继续聊天，没高语岚插话的份儿。之后尹则就进厨房做菜去了。好不容易趁爸妈回房间说悄悄话去了，高语岚赶紧进厨房，抱住了尹则的腰。

尹则回头对她笑："你放心，你爸妈对我满意。"

高语岚脸红，她才不是担心这一点。她把脸靠在尹则的胳膊上，尹则低头亲亲她的头顶，她抬头，两个人鼻子对鼻子，正打算亲一口，高妈却突然出现了。高语岚吓了一大跳，结果高妈反应更大，转身就走，再没出现过，连高爸也不出来了。

高语岚想着这事觉得好笑，可看尹则也笑，她忍不住咬他一口。

尹则只用了一顿饭的工夫就完全征服了高爸高妈，两位老人一致认为高语岚嫁过去每天能吃到这么好吃的饭菜简直就是占了大便宜。

"哪有用饭菜来衡量幸福的。"高语岚顶嘴。

"不只饭菜，人家还大半夜开车过来跟你认错，哄你高兴呢。你爸这几十年都没干过对我这么好的事。"高妈完全不把尹则当外人了，"有福就先享着，回头他对你不好了，妈肯定不放过他。"

高语岚无奈地看了尹则一眼，就说中午吃饭不要喝酒嘛。尹则笑得温文尔雅，回视了高语岚一眼，那意思高语岚明白，是笑话她喝了酒也会一样的。

"妈，吃螃蟹。"尹则给高妈夹了个大螃蟹，又对高语岚笑。高语岚又明白意思了，她家影帝是想说，把丈母娘宠得横着走，他也是乐意的。

高语岚同情地看了高爸一眼，再回尹则一个眼神，你也不看看人家配偶的意见。

尹则冲她笑，笑得高语岚脸红了，笑得高爸高妈很满意。这一天高爸高妈都没闲着，不停地跟尹则说话。实在是把尹则从出生到现在的所有事都打听清楚了。知道他还有店、有农场生意要顾，赶紧赶他们回东麓市，又听说原来高语岚现在是在给尹则姐姐的店做店长，在给尹则挣钱，于是把高语岚好好鼓励了一番，让她一定要认真干，做出成绩来。给自家人打工更得加倍努力，绝不能恃宠而娇。

高语岚不服气啊，她哪儿娇了，她一点儿都不娇。不过饭是尹则做的，水果是尹则切的，然后尹则跟高爸高妈说："岚岚想陪你们过周末，我那边生意交代好了没问题，可以多待一天。还想让岚岚陪我走走花荫市，这是她长大的地方，想好好看一看。还有这次来得匆忙什么都没带，该请爸妈出去吃顿好的，聊表心意，还是多待一天吧。"

这些举动和话语，真是显得高语岚很娇，被尹则宠得一塌糊涂，想辩驳都无从辩起了。尹则在高家待了一天，晚上被高语岚赶回酒店睡觉。第二天，周日，他过来带高语岚出去走走，定好下午一家人下馆子，不过老人家不想当电灯泡，于是约好了时间地点，老两口自己过去，逛街的事就让尹则和高语岚自己去。

尹则和高语岚逛街就是走走看看，因为高语岚什么都不舍得买。她觉得不缺任何东西，而且她的业务规划里会有一笔较大的支出，她替尹则心疼钱，不让他花。拉着尹则要走，说"钱不够，别乱花"时，她转头就看到了齐娜和郑涛，两个人拎着名牌购物袋从他们身边走过，齐娜还回头给了高语岚一个轻蔑的笑。

高语岚给她瞪了回去，一直瞪到她一脸尴尬地转过头去为止。

尹则没注意这边，后来听说了很生气，说："你应该告诉我，让为夫对付她。"那语气让高语岚笑倒了。

2

逛了一天，高语岚又累又饿，虽然约定的时间还没有到，不过尹则还是先带高语岚去餐厅。那是家挺高档红火的餐厅，高语岚进去就笑话尹则是职业病犯了，去哪儿都要找好餐厅考察业务。尹则哈哈大笑，揽过她亲亲她的脸颊："小姐，你的意见很多哦。"

两个人说说笑笑，跟着服务生找了一张餐桌坐下了。尹则照例把人家的菜单当武林秘籍看，高语岚知道他的毛病，但她饿晕了，于是先点了两道最家常的醋熘土豆丝和鱼香肉丝加碗米饭垫肚子，然后尹则研究菜谱等高爸高妈来再点。高语岚吩咐服务生："先这样，快下单，快上菜，越快越好。菜单留一本我们再看，一会儿加菜再叫你。"

服务生走了，尹则眼睛不离菜单，脑袋凑过来亲亲高语岚，夸了句："贤内助。"

高语岚拧他一下，也探头过去一起看菜单："图片都好漂亮……这个是什么做的……这个好像很好吃……这道菜我没见过……"问题小姐的点评和提问让尹大厨研究菜单的时间更久了，等服务生把高语岚点的菜都上齐了，他还没看完。

高语岚饿坏了，帮尹则布好筷子，招呼他快吃。

尹则正说："爸妈还没来呢，你饿了先垫垫，不过你吃土豆丝吃饱了，一会儿好菜就只能看了吧。"语音还没落，觉得身边的高语岚僵了一僵。他抬头一看，看到一男一女停在前方，正朝着他们这桌看。

看那对男女的位置，应该是吃完了正要出去，无可避免地要经过他们这一桌。尹则转头看向高语岚，高语岚小声说："是郑涛和齐娜。"

"哦。"尹则点点头表示明白了，还没说什么，郑涛与齐娜转眼已经走到跟前。

"真是巧啊。"齐娜皮笑肉不笑地说，"好久不见了，语岚。"

"还不够久。"高语岚也皮笑肉不笑地回，尹则就坐在她身边，她觉得心里特别有底气。

郑涛脸色不太好，齐娜倒是又笑。她冷眼看了看尹则和高语岚，这两个人一桌吃饭不面对面坐着，非挨在一块，什么关系一目了然。她又打量了下尹则，问高语岚："这是你朋友吗？在哪里高就？"

尹则笑笑答："厨师，开了家餐厅。"

齐娜眼中流露出满意和轻视，厨师而已，肯定是路边小馆子。她主动告诉高语岚："郑涛在财政局当科长。"

高语岚还没说话，尹则就满脸堆笑开口了："啊，真是年轻有为。人民公仆很辛苦的呢，做什么都得小心点儿，不然会被举报。"

郑涛和齐娜都皱了眉头黑起脸，什么举报，会不会说话？齐娜斜眼看看尹则他们桌上寒酸的两道菜，说道："这里的菜价不便宜，要想多点菜的话，隔壁馆子里更合适。"

"好关心我们，管得好宽哦。"尹则捂心口一脸感动地跟高语岚说。

高语岚在一边夹菜吃饭，不打算为了这对贱人饿肚子。她吃口菜，很配合地说："嗯，放心，她不嫌累。"

"高语岚，"齐娜横眉竖眼的，"你不是跟郭秋晨谈恋爱的吗？怎么转眼又换了一个？这几年不见，你倒是一点儿没变。"

"你也没变。"高语岚眼角都不瞥她，"还是一样尖酸刻薄，造谣诬陷，惹是生非。”

“你……”齐娜脸一变，准备开骂。郑涛拉拉她：“走了，没什么好说的。”齐娜看看左右，这公众场合，确实不便发作。她咬咬牙，“哼”了一声扭头走了。

“好贱啊，好想跟他俩多聊一会儿，人家竟然不给机会。”尹则一脸遗憾。话音刚落，齐娜踏着高跟鞋去而复返，她仰着鼻子趾高气扬地对高语岚说：“春节老同学都回来，今年我和郑涛办一个同学会，你敢来吗？”

“来，为什么不来？”高语岚给她瞪回去。

“是免费吃喝的吧？能带家属吧？”尹则问，气得齐娜差点儿没噎着。

她不理尹则，跟高语岚道：“让陈若雨也来，我也很久没见她了。”说完，扭着腰又走了。

“老婆，我现在特别能理解你的心情了。你的前闺蜜真的是贱到了一个境界，让人心里牵挂啊。”

高语岚被齐娜搅得胃口都不好了。尹则说：“正好少吃点儿，要不一会儿点好菜你都吃不动了。”他想了想拿肩撞撞她，抛个眼神，“老婆，春节我带姐姐和妞妞回来过年吧，都一家人了。然后我陪你去参加同学会，这么好玩的事一定不能缺了我。”

“你春节还想来啊？”

“当然了，我多少年没体验过大家庭的温暖了，没有爸爸妈妈的春节很凄凉的，让我来嘛，我把家属全带上，过个热闹年。”

尹则的这个提议得到了随后到达的高爸高妈的热烈欢迎。餐桌上的气氛非常好，讨论得非常活跃，从尹则的姐姐喜欢吃什么到要给妞妞送什么，然后火速发展到以后尹则高语岚要生一个还是两个，还有东麓市的幼儿园入学是什么情况，要不要早早排队。

高语岚被吓到，怎么回事？难道她不是当事人吗？怎么像没她什么事似的？

有了两位老人家做后台，尹则的腰杆挺得笔直。周一一早开车带高语岚回东麓市时，高爸高妈十八里相送，拼命往尹则车上塞吃的和特产，高语岚真想挥手说："哈喽，你们亲生的女儿在这边。”

她吃醋的样子太明显，逗得尹则忍不住当着高爸高妈的面用鼻子蹭她鼻子笑话她，然后高爸高妈也笑话她。弄得高语岚只好偷偷掐尹则。

回到东麓市，当天特别忙，落下的工作全要补，然后还得跟尹宁、妞妞、陈若雨、郭秋晨等一起吃晚饭，交代花荫市之行。席上众人对尹则大半夜的难耐相思千里追妻的事迹狠狠嘲笑了一番。

尹则抬头挺胸：“你们这些单身的家伙是无法理解我这即将为人夫的喜悦心情的，你们就笑去吧，笑得越热烈就表示你们对我的羡慕嫉妒越强烈，我理解，我会包容你们这样不适宜的举动。”

众人又轰他，尹则始终洋洋得意，他连岳父母都搞定了，还怕什么？结果晚上他要回高语岚那儿住就被她扫地出门了：“我们说好的，要过好各自的生活，放慢步调，慢慢谈恋爱。”

慢慢谈恋爱的意思，就是各回各家，不能同居？

尹则这一晚上没睡好，第二天起床气颇大，给高语岚发了短信说：不是要跟你说早安，只想告诉你我昨晚睡得特别香。你要请我回去的话我得考虑考虑。

高语岚失笑，给他回了一条：早安。

3

这一天高语岚也很忙，她约了尹宁开会，讨论她的业务规划书。这份东西她跟尹则讨论过，尹则已经初步同意，但需要她出执行性的方案和报预算表。于是高语岚跟尹宁约好了，两个人像模像样地商量细节。

高语岚的设想是这样的，对于杂志和其他会所做的时尚小资类的活动，她与尹宁都不太有优势。因为里面涉及各类品牌和产品，还要有专业知识的老师或是主持人之类的，才能把互动做得有趣又有知识感。而她与尹宁一来没有资源，二来不具备这类的专业知识，三来请相关人等费用太高，勉强介入，吃力不讨好。

所以高语岚决定这部分还是积极开展与杂志社或是相关单位的合作，收点儿经费，学点儿经验，拓展媒体合作的资源，为店铺的宣传推广做积累。

而她最后的点子，还是整合利用尹宁、尹则的技能和平台，做一个美食烘焙课堂。开班授课，卖卖食材什么的，一举两得。

“我们针对的对象是小资女性，有闲钱、有闲情、有兴趣学做这些的，收费可以高一点儿，卖的是乐趣和服务。每堂课最多只收二十名学员，两人一组，每人都能独立操作，也能互相配合，这样比较有乐趣。所以我们需要十个操作台，电子炉灶，增加烤箱，还有排烟系统也得重装。”高语岚一边说着，一边冲店里比画了一下，“里面这部分用玻璃墙围开，做课堂，外面这部分书吧照常经营，产品销售和沙龙活动，这样吧台的位置也要改，还需要一些货品的展示架。”

“空间应该是没问题。”尹宁也看了看场地，觉得这事很靠谱，烘焙，她在行，她还可以顺手教大家怎么煮咖啡，做饮料。

“材料工具我们可以按配方配好，大家学完了之后顺手买回去继续做，省心又省力，这样我们在材料上也可以赚一些。这方面还可以开个网店，一边做课程网络营销，一边可以销售产品。尹宁姐，你负责出菜谱，制订教学方案，我们不必弄得这么认真严肃，其实大家花钱就是来图一乐，做做蛋糕烤烤面包，要教她们制作成功率高的，成品卖相有档次的，还有配什么饮料，煮咖啡泡泡茶，这些都很好玩。把全套弄出来，就容易满足她们的成就感，也让她们回去之后可以跟朋友、老公炫耀显摆。她们开心了，下次还会再来。”

尹宁看着计划书连连点头：“这样很好，让我觉得自己非常重要。”这是她擅长的事，而且很有兴趣。

高语岚笑了：“那当然了，你很重要。”

尹宁看高语岚一眼，笑了：“岚岚，你现在说话语调开始有点儿像尹则了。”

“哪有。”高语岚脸一红，又说，“如果按这个计划走，那我们店里不但有时尚课程活动，又有小资美食活动，针对的人群客户是一样的，就能借杂志方面帮我们打广告。营销这部分我来负责，可以开网店，上媒体报道，论坛开话题，博客和微博都得上。”

尹宁越想越兴奋。高语岚又说：“课程不用排得太密，我们先一周一次，定在周末就好，然后看反响情况再增加到一周两次。等发展起来了，再增加一两次课。人手方面，可以请些大学生来做小时工，准备材料，洗洗涮涮的，没什么技术性，好招人，这样人员花销上也不会太大。”

“实在不行，可以让尹则调人来帮我们的忙。”尹宁出主意。

高语岚点头：“是要让‘食’铺那边的人手帮忙，不过不要服务生，我们要大厨过来授课，教做精品菜，这样我们的课程内容可以丰富些。”

尹宁一拍手掌：“找尹则，还不用给工钱！”

高语岚窃笑：“我也是这么想的。”

两个女人击掌，很为自己的机智开心，又省了一笔，真是太好了。

高语岚又跟尹宁协商了细节和工作流程，要定好课程，要拍好成品照，要做菜谱，要订材料，要做平面宣传单，做网页设计，这样摄影师、设计师、印刷、食材、教学工具、烤箱、操作台等费用，还有店里需要改改装修等，大致预估了一个费用表出来。尹宁非常开心，干劲十足，已经开始琢磨教程了。

高语岚花了一整天，把整个执行方案又做了细化，弄了个很详细的计划执行书兼预算报告出来，然后给尹则发了邮件。

尹则一整天都没有出现，中饭晚饭都是让“食”铺的服务生给送来的，高语岚一心扑在工作上，都没在意，直到她晚上在家加完班，把邮件发出去时才意识到很晚了，而尹则似乎一整天只发了条短信。她知道尹则今天事情多，离开几天压了不少工作，农场那边还找他过去签文件开会什么的。她看了看时间，已经十一点了。她一想这几天尹则都没休息好，今天应该睡了，于是没打扰他，收拾收拾睡了。

第二天高语岚一早就在外头跑，跑装修、跑厨具、跑厨房电器，虽然这些尹则肯定有门道，但她还是想自己多了解了解，多听多问才好入行。这一连串跑下来已经到了下午快下班的时间，她又赶紧约了杂志社的人一起吃饭，聊一聊后面的长项合作。

吃完了饭又聊了很久，高语岚打上车的时候都快十点了，她坐在车上闭目养神，后猛地一想，今天一整天都没有接到尹则的电话和短信，于是拿出手机，给尹则打了过去。

尹则接到电话的第一句话就是：“你都没有跟我说早安。”

高语岚无语：“现在该说晚安了。”

“你昨天跟我说的唯一一句话是早安，今天唯一一句难道是晚安？那明天呢？”

大厨先生心情不好哦。高语岚顿生警惕：“呃，你在店里吗？要不要我过去找找你？”

“过来做什么呢？没看我忙着吗？”

哦，那就算了呗。高语岚赶紧说：“那你别太累了，早点儿回家休息。有什么明天再说吧。我挂了。”

尹则那边没说话，高语岚想了想，挂了。

尹则瞪着手机不可置信，她挂了！居然就挂了！没听出来他是在撒娇吗？他的意思明明是你赶紧过来不得延误。

尹则那个气！真是白疼她了！而且她一定没有上网看他的博客和微博！尹则继续憋着，他就是要看看她到底什么时候来找他。

4

高语岚回到家里，想想总觉得哪里不太对。尹则心情不好呢，她能感觉到。应该是她前天晚上没让他住进来不高兴，不过都过两天了他还发脾气，真是小气啊。她一边这么想一边先收拾家里打扫卫生，都弄好了，又洗了个澡，然后擦了擦头发，坐到电脑前，打算明天去哄哄他好了。

她先点开了他的博客，今天得更新一篇菜谱，可是打开后一看，尹则居然自己更新了一篇——荷塘月色。

这道菜！高语岚傻眼，口水直流，要不要这么夸张？

超大的盘子，清鱼汤铺得浅浅的做底，几块碎藕片堆在角落，像是池边的石头。鱼肉泥捏成莲蓬状，上面压的是小青豆点缀。几朵莲蓬下面是绿色的西蓝花衬托，像绿叶。一旁有牛肉丸捏得圆滑，鹅卵石形状，排到盘旁。几只虾剥了壳，尾巴从虾身中间穿过，形成了肉团成一团，而虾尾冲上的漂亮造型，摆在池中像是在嬉戏。另一边是熏肉、白火腿片卷成的两种不同颜色的花朵。在鹅卵石与花朵中间，是一颗白嫩的心形荷包蛋，就像映在池底的心形月亮。

摆盘精致，栩栩如生。

尹则的菜谱说明，洋洋洒洒一大篇。从鱼汤怎么熬，不能熬白，要清透才能显出池底景色，但清透还要有浓浓的鱼香，这里头有讲究。鱼泥莲蓬怎么做，牛肉丸怎么打才能筋道圆滑，藕片的火候掌握，要甜脆可口，两种肉片怎么卷成花，虾怎么处理，造型怎么做等。

然后下面还写道：**前两天跟某人花前月下，某人问我，现在这情景你能想出什么菜谱，我说荷塘月色。她说她吃过，我说我的不一样。现在把我的版本做出来给她看，她一定能看懂。月亮代表我的心。**

高语岚眼眶一下热了，这家伙这么浪漫太犯规了！她心情无比激动，下面那些被尹大厨技艺镇住的疯狂留言她都已经顾不上看了，拿上钥匙冲出门就直奔“食”铺而去。

“食”铺门已经关上了，高语岚抬头看楼上还有光亮，不禁急得团团转，她忘了带手机，而现在又太晚了，正犹豫要不要像个疯婆子一样大喊大叫，但又怕尹则已经回家。

这时门忽然被打开，有名服务生从里头出来，看到高语岚就笑了：“老板在上面，跟大厨在试新菜。”

新菜？荷塘月色？

高语岚加大马力往上奔，那是她的菜啊，是她的。她气喘吁吁地跑上三楼，尹则跟主厨大叔正吃着两盘菜，小小的盘子，不是她的荷塘月色。主厨大叔看到她就笑了，对尹则说：“那就这样吧，我先回去了。”

主厨大叔很快走了。厨房里就剩下尹则跟高语岚两个人。尹则挑高了眉毛：“干吗？”

高语岚有些不好意思，半夜杀上来要吃的这种事真是有些难以启齿：“我想要我的荷塘月色。”

尹则又挑眉毛：“是你的吗？”话说得很痞，不过嘴角的笑意还是被高语岚发现了。她赶紧点头：“是我的，是我的。”

“没了。”

“没了？”高语岚一愣。

“那种菜怎么会放凉呢？剩菜重热就不好吃了。”尹则说得理所当然。高语岚觉得好遗憾，脸垮了下来。

“不过我可以现在做给你吃。”

高语岚眼睛一亮，身后要有尾巴现在已经猛摇了起来。

“但是你每天要给我打电话三次以上，不许冷落我。”

尾巴继续猛摇：“可是你也没打电话。”一边摇，一边指控他。

“现在是谁想吃那道菜的？”

“我。”

“所以呢？”

“我保证以后每天给你打电话三次以上，绝不冷落你。”

尹则满意了，笑了笑，冲她勾勾手指：“你过来。”

高语岚屁颠屁颠过去。

“再过来一点儿。”

高语岚听话地又挪了两步。然后尹则侧了侧脸，在她唇上吻了一记：“你就站这儿。”

“站这儿做什么？要我帮忙？”

“站这儿让我亲。”

高语岚无语，走开了。拖了把椅子在料理台这边坐下，一副等吃状。

尹则笑了，打开墙边几个超大冰箱其中的一个，拿出几颗草莓，用盐水泡着。又开了另一个冰箱拿出一个小锅，放到炉子上热。再开另一个冰箱，拿出几包肉。

高语岚看着他的动作，心里充满期待。

尹则把东西准备就绪，开始做菜。高语岚忽然反应过来：“这么大一盘菜，是不是要很久？”那她耽误他休息了吧，心疼。

“不久。”尹则看上去心情很好，“东西都是准备好的，动一动手就能弄好。”他看她一眼，“洗头发了？头发湿湿的就乱跑。哪次你奔向我的时候能衣冠楚楚些啊，虽然我很喜欢你的家常菜样子，但被别人看到我也会不爽。”

家常菜样子？高语岚又无语了，大厨先生，你真是三句不离本行啊。高语岚在椅子上动了动：“那原来做的那盆呢？你吃了吗？好不好吃？”

“好不好吃这种问题用得着问吗？”尹大厨一脸坏笑。放过来一个小小的陶瓷空花瓶，高语岚看着，不知道他想干吗。荷塘月色里没看到有花瓶道具啊。

接着尹则拿了颗草莓，“唰唰”几刀，下面切几刀，中间切几刀，上面切几刀，一朵漂亮的草莓玫瑰花就完成了。刀法之利落让高语岚看得目瞪口呆，一脸崇拜。尹则拿根竹扦插在草莓底部，放进了花瓶里。很快他做好了第二朵，又放进了花瓶。

高语岚忍不住了，拿了一朵草莓玫瑰放嘴里。太好吃了，汁水足，很香甜，忍不住又拿一朵塞进嘴里。尹则削草莓花的速度很快，不过不及高语岚往嘴里塞得快。然后尹则忍不住白她一眼：“你就不能等我摆完再动手？这个是想摆在盘子旁边装饰用的，调节点儿气氛，懂不？等吃完菜再吃。”

“气氛表示不介意。”高语岚再塞一颗草莓。然后额头被尹则弹了一记。高语岚“嘿嘿”傻笑，揉了揉额头，“这草莓一定很贵，我买的没有这么好吃。”

“农场自己种的，外面的当然没这个好。”尹则捏捏她的脸，“看在你识货的分儿上原谅你偷吃。”

他转身去忙，高语岚不知悔改地继续吃，都摆在她面前了就是让她吃的，这哪叫偷吃。没一会尹则转身，把那个超大盘子摆了过来，上面摆好了烫熟的西蓝花，尹则接着摆藕块石头，再然后滑脆的牛肉丸也好了，他认真摆盘。他的手指修长，拿着筷子的手很好看，摆盘的时候垂着眼睛，很认真。高语岚觉得这个时候的他相当性感，还很帅。

5

尹则摆好这些，看了一眼蒸锅里的鱼泥莲蓬，然后动手做虾。

高语岚实在忍不住，拿了筷子偷偷吃了一块藕，又脆又甜，也不知道他怎么弄的。再尝一块西蓝花，也很脆，还以为会没味道，结果也很不错。

“不要偷吃。”尹则后脑勺跟长了眼睛似的。高语岚吐吐舌头，把筷子伸向了牛肉丸。一口下去，感动坏了。太好吃了，怎么会这么好吃？她为了牛肉丸想嫁给他，妈妈会为了她这出息打死她吗？

一口气吃了好几个，等尹则转身把烟肉白火腿的花朵做好拿过来，鹅卵石已经快没了。

“高语岚小姐。”尹则没好气地说。

高语岚两眼冒着粉红星星：“尹则，我太爱你了。”

一句话把尹大厨成功搞定，几颗鹅卵石算什么，她把盘子偷啃了他都不介意。蒸锅上的鱼肉泥莲蓬好了，尹则转身去拿。再转头鹅卵石全没了，花也没了两朵，莲蓬下面的“绿叶”西蓝花也没了。

尹则放弃了，算了，算了，摆什么盘啊。一边抱怨一边小心把莲蓬摆好，虾子也摆上。没了鹅卵石，那虾子摆起来的美感真是差好多。尹则继续抱怨，一边抱怨一边猜等他弄好心形荷包蛋转身这盘子里会少什么。

答案是花没了，虾没了，莲蓬少了一半，藕块只剩下零星几个。

孤零零的心形白嫩荷包蛋摆上去，再浇上香味四溢的鱼汤也已经无法补救这道菜的美感了。

“哦，我养了一头猪。”影帝先生捂心口感叹。

这头猪现在不吃了，静静地看着那只心形荷包蛋，忽然红了眼睛，要去揉眼睛。

“好了，又没嫌弃你。”影帝与大厨一秒切换，“宠得你横着走和把你喂成猪我一样有成就感，不哭不哭。”

高语岚跳下椅子，绕过料理台奔到尹则身边抱住了他。

月亮代表我的心。

菜虽然被她吃得七零八落，但月亮还是打动了她的心。

月亮也代表她的心。

高语岚踮脚吻住尹则。

“你刚吃了一堆东西，嘴上油油的。好吧，我不介意。宝贝，再亲一下。宝贝，我天天做菜给你吃好不好？”

“好。”

第二天，高语岚在尹则怀里醒过来，她刚动，他的手臂就收紧，把她更深地抱在怀里。她的意识都回来了。如果为了牛肉丸想嫁他没被打死，那为了一颗荷包蛋引狼入室、奉献身心，她妈也一定不介意的。

尹则又搬回了高语岚的小屋，他为此得意洋洋，春风满面。之后一段时间又发了几则秀恩爱的菜谱。有以前发过的三杯鸭菜谱，他转发后重新诠释意思：一杯酒表示热情，一杯糖表示甜蜜，一杯酱油那是生活必需的味道。所以恋爱中的你我，记得保持热情，制造甜蜜，还要好好面对生活里躲不开的平常滋味。

再有肥牛金针菇卷。他说：肥牛好吃，缺点在于油腻，金针菇有口感，缺点在于无味，两者紧紧结合，互取所长，互补所短，才是最好的滋味。我一身臭毛病，幸而找到了某人。

尹则自从开始把恋爱心情写到菜谱里，微博就开始爆红，原来五十多万粉丝，一下激增到快一百七十多万。美食杂志来约专访，电视台节目来请他去做嘉宾，还有他的图书编辑找他谈新书策划，建议做一本“让爱情与美食相遇”的书。尹则大手一挥，全部推给高语岚，声称高语岚是他的经纪人，让大家找她谈。

于是每一个来洽谈合作的人看到高语岚都会笑眯眯地问：“哦，你就是那个某人吧？”弄得高语岚很害羞。

高语岚变得非常忙碌，比从前在公司上班的时候还忙。她不但负责尹则个人的宣传和“食”的品牌营销，还负责“书香甜地”的业务。所幸“书香甜地”这边尹则也帮了不少忙，他的采购经理完成了所有需要跑腿采买的事项，且品质价格都很好。装修这部分尹则也找了相熟的朋友，干活那是尽心尽力，效果出来相当好。尹宁也起到了重要作用，她的课程写得很细，材料的准备和包装以及大小事细节也能盯上手，高语岚发挥所长，工作得非常开心。

跟杂志的第二次、第三次合作都相当成功，高语岚与他们签了长期合同，也引进了另一家手工类杂志的地面活动合作，又因为店里装潢漂亮有品位，还借了场地给杂志为明星做专访拍照片，也起到了不小的宣传效应。照片发出的那段时间，不少粉丝到店里坐坐，在同样的位置拍个照。

“书香甜地”迅速有了起色。博客论坛和官方微博粉丝迅速上涨。高语岚很激动，她知道，时尚美食课堂的时机终于到了。十月中旬，美食课堂的宣传品开始制作，公开课的宣传开始筹备。

宣传海报上，妞妞和馒头上镜，配着面包和茶点的画面温馨又有童趣，尹宁的美女蛋糕老师的造型又漂亮又有气质，尹则的那套照片更是帅得无与伦比，其中有一张是他靠在“食”铺那张干净明亮、超华丽的厨房操作台旁，双臂向后撑在台边，面带微笑，眼神温柔得可以杀死人。

高语岚对尹则的那张照片最满意，那是她远远站在他的对面拼命逗他、哄他才让他有这么迷人的表情。高语岚给这张海报配上了很煽情的广告语，还让设计师按套图做成了电脑桌面，事实证明，尹则的那套桌面被下载的次数最多。没办法，谁让他们店里的潜在客户都是女生多呢。

尹则对高语岚利用他的美色和魅力来卖课程表示了不满：“我是你男人，知道吗？”

“知道。”她答得非常诚恳。

“你应该把我藏着，怎么能跟别的女人分享？”

“借她们看一下不吃亏。”高语岚哄他。

“快，快。”尹则一脸焦急，“在别的女人染指我之前，你一定要多染指我几次，这样才是真的不吃亏。”

“不要演。”高语岚推开他凑过来的脸。

“你对我不好。”尹则撒娇。

“那你要怎样？”高语岚叹气。

尹则咧嘴笑：“我把那张你最喜欢的照片做成了你的电脑桌面、手机桌面，还做了相架摆在你的办公桌和床头柜上了。”

“……”什么时候干的？

尹则继续说：“你要好好对我的照片，不许删，不许换，要天天想我。”他握拳，“绝不让你有变心的机会！”

高语岚无语，好幼稚，她彻底服了！

6

幼稚的大厨先生还很狡猾，他还偷偷地搞定了她的爸妈。这事是有一次尹则去农场开会，忘了带手机被高语岚发现的。那次他的手机不停地响，高语岚怕有什么急事，就帮他接了，做了来电记录。其中一次手机响，上面显示的名字是“爸”。

高语岚愣了愣，他爸爸不是去世了吗，哪来的爸？结果电话接通，她家老爸那大嗓门就响起了：“尹则啊，我是爸爸，你现在忙不忙啊？”

高语岚无语，“我是爸爸”这句话，跟每次给她打电话时说的一样，她家老爸的语气都不带变的，看来还真是把尹则当亲儿子看了啊。

高语岚清清嗓子，回道：“爸，是我。”

“岚岚？”高爸有些惊讶，“尹则呢？”

“尹则没在，他忘带手机了。”

“哦，那他什么时候回来？”

“快了吧，他一般下午都在这边的。”

“那行，我回头再给他打。”高爸很爽快地就要挂电话。

“等一下。爸，你找尹则干吗？”

“有事问他啊。”

“什么事？”高语岚追问，怎么她爸跟尹则都发展到互通电话的地步了？

“告诉你也没用。”

高语岚深吸一口气：“怎么没用？你说来听听。”

高爸说道：“我就是想问问尹则，年夜饭是他来做呢，还是我们全家一起出去吃？再有三个月就过年了，要在外面吃，就得提前预订啊。”

高语岚无语了，这种事都要问尹则吗？

高爸又说了：“尹则上次在电话里说他来做的，可我跟你妈商量了，做年夜饭太累，不想让他太辛苦。我们可以找个好的饭馆，订年夜饭就好。可是尹则手艺好，标准大概会比我们老两口要求的高，所以我们又怕选错地方。于是干脆问一问他，看最后怎么定。”

高语岚直想叹气，这爸妈也太快进入岳父母的角色了吧？又是心疼尹则，又是要以尹则的意见为先。

“怎么样？你说你也能拿主意，那最后要怎么定？”

“呃……”虽然高语岚刚腹诽完爸妈的行径，可轮到她了，她也觉得还是让尹则拿主意的好。高爸一听也知道女儿跟自己一样，哼哼两声：“你看，就说告诉你也没用吧。”

“怎么没用？我可以先转告尹则，让他想好了给你回电话。”

高爸呵呵笑：“女儿啊，尹则人挺好的。你对人家好一点儿。”

高语岚很无辜，她对他很好啊。

高爸又说了："这小伙子，很细心。你妈说想学做菜，他就托人带了食谱和食材过来，连厨具都送过来最好的。你妈为了厨房能配上厨具，还把厨房重新装修了一下。"

高语岚无语，头一次听说为了配厨具装修厨房的，而且她爸妈平常可是很节俭的。

"尹则时不时打电话回来嘘寒问暖，比你打得都勤。换季了还给咱家寄了新被子和新衣。"

"哦。"高语岚羞愧又有些感动，尹则这样真是做得比她都好。

"你妈还让对门的大刘教她怎么看微博，跟你说，楼下四楼那家的准女婿，好像就是在微博上被抓到了出轨的迹象，你妈听了也说想看看尹则的。结果她一看啊，那个高兴，上面都是尹则和你过得很好的消息。"

高语岚一听，脸红了，有个爱秀恩爱的男朋友真的不是件好事啊。上次他们一起去逛街，也不知道他什么时候偷偷拍了他们十指交握的双手，然后发到微博上写"执子之手"。结果下面又有一堆疯狂的评论，还有人说尹大厨下一道菜难道是十指交握的凤爪？

高语岚简直要哭昏在厕所。结果尹则第二天出了个菜谱——比翼。一对大个头鸡翅，抽掉骨头，保持鸡翅原型，腌渍入味，然后一只鸡翅里面塞入蒸熟的糯米香菇，另一只里面塞入碎肉香葱，烤制。摆盘时盘子下面放炒香的蒜末面包糠，似沙漠，盘子上面是特制的酱料，另一角堆了土豆泥，像小山，然后西蓝花和甜玉米粒围半圈。意指沙漠、山丘、沼泽与森林，天涯海角，比翼双飞。

还好不是真的十指交握的凤爪，高语岚真是庆幸。那对鸡翅最后进了她的肚子，好吃到她完全不介意她的爪子被摆到微博上去了。

又有一次，尹则身体不舒服，没上班，又不想出去吃，高语岚就在家给他做粥和小菜。她笨拙地切着土豆丝想给他做个凉拌土豆丝开开胃，结果切出了粗细不一的土豆条。她拿刀的手和切出的土豆条被尹则拍了下来，又放到微博上去了：

如果某人明知道你厨艺超级好，却还愿意展示她那笨拙的手艺照顾你，为你做饭，就娶了她吧！

下面的评论又疯狂了。不止疯狂，很多粉丝纷纷展示自己切土豆丝的手艺，圈给尹则看，大笑调侃劝他别冲动，好好斟酌。展示出来的个个都比高语岚切得好。

高语岚又差点儿哭晕在厕所。

还有粉丝说：我的关注点错了吗？我怎么觉得那手太圆润。高语岚咬牙啊，真想亮手拍个高清给他看，哪里圆润了，虽然恋爱以后她确实长了好几斤肉，可她才不算胖，简直是诬蔑，又要哭晕在厕所。结果尹则特意挑了那条评论转发回复：我喂的。

又有粉丝说：切成这样也好意思哦。尹则转发回复：我宠的。

再有粉丝说：那肯定不好吃。尹则转发回复：我乐意吃。

高语岚不在厕所哭了，抬头挺胸。后来她还做了个拍黄瓜嘞，那个做得挺好的。不过她又想起尹则粉丝说的黄瓜不能挺立的调侃话。哼哼，她可以证明，尹大厨的挺得很好，不过被拍的黄瓜确实挺不起来了。不过这黄色笑话她没敢跟尹则说，她怕这个没脸没皮的家伙真发微博挑衅一下大家。

总之，她家大厨先生真的太没节操，各种秀恩爱，高语岚一听老妈居然时刻关注着尹则的微博，那心情简直无以言表，她那点儿丑事就像曝光在阳光下毫无遮挡啊。而且他们在同居，等等，她妈不会真知道了她为了颗荷包蛋就把自己赔进去的事吧？高语岚真想捶心肝。

下午，尹则回来了。高语岚把他的几个工作上的电话记录给他，让他该给人回电话的就快回。尹则直夸她是贤内助，等他把公事的电话回完，过来说：“我看到有爸的来电。”

高语岚把年夜饭的事说了，尹则说：“当然是在家做，我和我姐多少年没过热闹年了，在家做热闹。”他拿起电话，给高爸回过去。

高语岚在旁边竖着耳朵偷听，又听见他们在电话里说结婚什么的，尹则跟高爸告状说高语岚没答应。也不知高爸在那边说了什么，尹则又说：“没事，没事，我随她。爸，别着急，我再好好哄她。”

高语岚听得一激灵，尹则是跟她提过结婚，她是拒绝了，哪有谈恋爱不到一年就谈结婚的，正常人都知道这样太快了。可尹则居然在拉外援了，还说得这么温柔好听，实际惹到他了，他的手段可不是哄啊。好吧，其实也有哄，连哄带吓带拐的。

高语岚暗暗下决心，一定要把持住。

第十七章 变成蟹肉馅儿包子

她不但有了自己的事业，更能帮助尹则实现他的事业理想，她觉得非常开心。

1

“书香甜地”的美食课堂在大家的努力之下，准备工作非常顺利。已有许多人来报名公开课，不过名额有限，许多人表示遗憾只能等看网上的录播。官网注册人数激增，微博关注度也节节高升。高语岚和尹宁都很开心，工作的劲头更足了。

郭秋晨三天两头往店里跑，找到各种正当理由帮忙，还会在尹宁工作忙的时候，主动提出去接送正在上学前班的妞妞。甚至会为妞妞上小学的事情四处打听，想为妞妞找所好学校。

高语岚再迟钝，也发现不对劲了。这正常男人表现友谊，热心肠，也不会到这种地步吧。

她把这事告诉了尹则，尹则笑笑：“你真是神经大条，现在才发现？”

“啊？你早知道了？”

“那当然了，不然他成天在你身边打转，我哪容得下他！”

高语岚“呸”他一下，又问：“那尹宁姐知道吗？”

“知道……吧？”

“干吗‘知道’和‘吧’字中间要停顿这么长？你也不确定吗？”

“我一问我姐，她就转移话题了，好像很不在意似的，但我觉得她在认真考虑这事。”

高语岚一下精神了，八卦的心蠢蠢欲动：“她怎么认真考虑的？”

“那你应该去问她啊。”尹则看见高语岚那模样就想笑，她那表情真是可爱。

高语岚横眉竖眼，用力拍他：“你说不说？”

“说，说。你真是越来越凶了。”尹则嬉皮笑脸，一点儿没显出怕来，“因为我姐这段时间很认真。你知道，女人一碰到感情就会变认真。所以我觉得她应该是知道，她不说话不谈，也许是她没想好。”

“也有可能是小郭先生没明说，那尹宁姐也不好自己挑明了吧？”

“肯定没说，要是他说了，我姐现在也不能装傻了。她其实对感情没信心，她说过她不想再找男人了，就自己带着妞妞过。不过现在她没赶小郭先生，也许对他也有好感吧。”

“好复杂哦。”高语岚叹气，“其实小郭先生人挺不错的，我觉得尹宁姐可以考虑一下，她还年轻，不该被那个烂男人毁了一生的幸福。”

“对了，我差点儿忘了。”尹则忽然想起某人的托付，“孟古那家伙让我转告你，请你给陈若雨传个话，说要是她再不老实点儿，就让她等着瞧。”

高语岚没明白：“什么意思？”

“我也不知道，原话就是这样，再不老实点儿就让她等着瞧。”

“若雨都说不会去找他，那他还想怎样？”高语岚想着从前陈若雨说的热脸贴人冷屁股什么的，肯定是在孟古那儿受委屈了，她都已经表明了不会再去找孟古，那孟古居然还敢找她麻烦。

高语岚越想越不高兴，她跟尹则说：“你跟你那个讨人厌的兄弟说说，我是不会给他转达的，他最好不要欺负若雨，不然让他等着瞧！”

“哎哟，我家小包子近来真是长进了，越来越有气势呢。”尹则装模作样，“来，来，快跟你老公说说，你打算给孟古什么颜色看看？我跟你说，那家伙嘴巴贱，心眼多，脸皮还厚，可不好对付了。”

高语岚横了尹则一眼，这些形容词放在他身上，也是一个都错不了，他还好意思说别人。“他好不好对付我才不管呢，我又不亲自动手，自然会有人帮我的。”

“谁帮你？”

“你啊。”

“不，不，一边是兄弟，一边是老婆，这太为难我了，我不能帮你，我围观看戏就好。”

高语岚也不与他争，慢条斯理地说：“反正他要是欺负若雨了，我就对付你，你不帮我就试试。”

尹则一呆，对付他？她能对付他的手段……嗯，是他非常不喜欢的。

“老婆，老婆。”尹则马上变了张谄媚的脸，“我刚才是逗你呢，兄弟哪有老婆重要，你说什么我就做什么，放心，孟古要是让你不高兴了，我铁定收拾他。”

“不是说他嘴巴贱，心眼多，脸皮还厚，可不好对付了吗？”

“老婆，你要对自己的老公有信心，我哪一样都不比他差，交给我就好，放心。”

高语岚满意地笑了，而在医院值班的孟古却一个劲儿地打喷嚏。

当晚，尹则给孟古打电话通风报信，说自家媳妇不愿帮他传话，还说了自己是站在老婆这边的，让他不要惹陈若雨不高兴，不然万一惹恼了他家岚岚，他们兄弟间就得刀戈相见，多不好看。

孟古静静地听完，冲他吼道：“你滚蛋，你这个满脑子女人的淫贼，谁跟你是兄弟？”说完直接挂了电话。

尹则瞪着手机，哇哇叫："谁说我满脑子女人？我这么专一，我满脑子只有我家岚岚。"他说完，又想，"不过，我家岚岚确实是女人，满脑子女人，也不算说错。"

他决定不理这个挂他电话的兄弟了，这简直是浪费感情，他还是办正事要紧，找老婆亲热去。

高语岚以为尹宁和陈若雨这两边近期总该有什么动静了，结果什么都没有发生。

转眼"书香甜地"的课堂活动准备好了，十一月中旬，高语岚举办了第一堂美食公开课。公开课是免费的，既给大家做个示范和课程体验，又是一个促销活动，主要是为了卖课程卡。公开课得到了一本时尚杂志、一本美食杂志的宣传支持，而尹则此刻的微博粉丝数已涨到两百多万，书香甜地美食课堂官方微博的粉丝人数也已近五万。所以受关注度自是不用说，尤其尹则这个情话大厨首次面对面与粉丝一起做菜，大家反响热烈。

课堂上，尹则在教大家做一道中式菜，尹宁教做比萨饼。整个店里被塞得满满的，虽然能上手试做的人员有限，但在一旁看着的，也都拿着相机笔记本认真记录。高语岚还请了摄像，将授课过程拍下来，之后要放到网上宣传。

尹宁没被这么多人围观过，非常紧张，好在有尹则在撑场面。他语言风趣，动作潇洒，讲解操作步骤非常清楚，对大家的提问也应答自如，且能举一反三，所以现场的气氛非常热烈。大家起哄让他做那道"荷塘月色"，他笑称就是靠那招抱得美人归，而且材料比较多，准备工作复杂，等下次再做。他还承诺明年情人节前夕会推几道情人大餐教大家回去谈情说爱，让大家好好关注课堂官方微博。这引得现场一片掌声和大笑。

尹则这次公开课堂示范的是那道"比翼"，他讲解如何抽骨保持住鸡翅的原型，内馅调料怎么做，烤制的火候，还有后期摆盘的重要。尹宁做比萨饼的时候，他也在一旁帮忙，尹宁是用机器和面，尹则用手，他跟大家讲解不同面粉与水的比例，用手和面与用机器的不同，建议没有力气的姑娘可以考虑使用机器。他一边说一边飞快地揉着面团，又说一定要迅速用力，面团才能筋道，又笑称这时候大家应该给点儿掌声，不然视频放出来大家会以为是快进。

然后所有人都笑了，掌声如雷。尹宁在旁边笑个半死，一边笑一边教大家用机器时要调整面团位置，判断水分合不合适。尹则露着大半截胳膊，揉面团时粗壮的胳膊隆起结实的肌肉线条，高语岚注意到现场很多女生都盯着他不放，她也觉得尹则这个样子很性感，越看越觉得脸红，因为她想起那双胳膊抱着自己的样子。她低头掩饰了一下，心里暗想你们看也没用，这男人是我的。

最后人力揉的面团和机器揉的面团都摆出来，扯开了薄如纸、透如纱的面筋膜，尹宁讲解面团揉成这样，才可以做面包，嚼劲才好，比萨饼的口感也才是最筋道的。

等面团发酵时尹则穿插讲鸡翅的做法，面团和好后又一起做比萨，两样菜的时间互相搭配着，一点儿都没空闲下来，节奏非常好。高语岚暗自佩服尹则对时间的把握和厨房的经验丰富。最后两个小时课程结束，两道菜都出炉，香味四溢。比萨饼烤了三个，鸡翅做了二十只，再加上现场二十位学员的作品，分给旁听围观的人一起吃，大家热闹又开心。最后又有个大合影。活动超级成功。

店里第一期十堂课的课程卡当场就被卖光了。第二期的也被预订一空，连这堂课里用到的食材和调料器具，也都被买光了。高语岚暗自责怪自己准备不足，早知道就多备一些。尹则笑她财迷，她用眼神警告他当着这么多人的面不许亲她。好在他很快被粉丝拉走去合影了，高语岚松了一口气。

活动结束好一会儿了，许多人还没有走，留在这儿问尹则姐弟俩问题，高语岚有些激动，她觉得这么辛苦努力没有白费，她的事业要开始了。陈若雨在现场看到客人们参与的热情和积极度，连夸高语岚厉害。郭秋晨、雷风和孟古等朋友们都向她表示了祝贺。高语岚觉得很满足，非常满足。

高语岚清点了一下，课程都卖掉了，食材和食具的供货还需要加量再谈，配合活动销售的情况比她预期的要好，还有人手方面的准备也比她预想的要紧张，虽然以后上课不会像这次一样挤满人，但她们收费不低，服务就一定要好，从这次活动来看，客户们现场需要的提点和帮助还是挺多的，问题太多，需要有人马上响应。再有课后几天淘宝店销量激增，这点儿货打包发货就忙不过来，也得请专职人员了。库管这块也得跟尹则商量。

另外，有个厨具品牌想找尹则代言，这个事高语岚在跟进。“当爱情遇到美食”的策划也已经基本确定，高语岚跟尹则商量了一下菜式，与图书编辑讨论再推一本同系列适合一家老小享用的“当幸福遇到美食”，这选题在出版社那边也已经通过了。接下来就是做菜、拍照、配图配文字。

2

短短几个月，高语岚已经从厨房小白变成了菜谱通，做她是不会做，可她现在已经能背下各菜系和认识许多大众菜谱了。跟各厨具厂商还有食材供应商都聊得起来，美食杂志那边的沟通也不像第一次那样完全听不懂人家说什么了。要知道原先她真的只知道“食”铺和她家尹大厨。不过就算知道更多美食名人和知名餐厅，她还是很偏心地觉得还是“食”铺最好，还是她家影帝最棒。

而且她还知道其实尹则有意再开一家特色餐厅，不走“食”铺这种高端豪华路线，而是小资情调风格的，因为一种概念久了总会过时，但考虑到经济状况，他也不敢贸然出手。现在高语岚这边很有起色，她算过了，她明年一定可以扭亏为盈，“书香甜地”不再会是尹则的负担，而且会成为品牌的一部分为他加分，盈收这块肯定也会越来越好，而且食材厨具的销售也会越发红火，各条线都能发展起来，高语岚觉得颇自豪。她从来没有在工作上得到过这么大的成就感。

她不但有了自己的事业，更能帮助尹则实现他的事业理想，她觉得非常开心。

还有一件事也让高语岚觉得踢开了堵心的石头，那是尹姝。尹姝带着温莎约她一起喝了个下午茶。她说听尹则说了高语岚生气的事，她觉得非常抱歉。其实她知道温莎做了那件事害高语岚失业后就一直很抱歉，但她不敢说，只好给高语岚买贵重的礼物表示歉意。后来尹则千里追女友，她听说后，决心好好跟高语岚道歉，还带上了温莎。

温莎是很傲气，不过为了尹姝还是来了。事到如今，高语岚也不好说什么。三个人一开始只是尹姝说话，不停说“抱歉”，后来高语岚忍不住安慰她，于是温莎也开口说了她们的现状，主要还是在尹姝的母亲身上，她母亲逼着她相亲嫁人很久了，那阵子还盯上了温莎，想逼走温莎，所以才闹出那张照片的事。

“尹姝。”高语岚握着尹姝的手，“我不了解你的世界，可能我说得不对，我只是觉得，人生这么长，你这么年轻，你瞒不了一辈子。我确实帮不了你什么，我想无论是谁，都不可能代替你去恋爱，去生活，你只能自己帮自己。”

尹姝抿紧嘴，眼睛红红的，看了温莎一眼，似乎快要哭出来。

“尹姝，我想我会成为你的嫂子，我们是一家人。我希望我的家人都能快快乐乐，幸福地生活。你不要再埋怨自己，不要总琢磨过去的伤心事，要向前看。”

“我不知道还能怎么办，我想瞒一天是一天，也许以后有机会。”尹姝的眼泪忍不住涌出眼眶，“我只希望能跟温莎在一起，这跟性别无关，我只是爱上了我爱的人而已，可是我好害怕。岚岚，我没有你这么豁达，我不敢跟妈妈说，我知道她一定不会同意，我没有办法，我不敢让她知道，她会逼我嫁人的。我还能怎么办？”

“我不知道，尹姝，我不知道你能怎么办。我一点儿也不豁达，我也是遇事就躲的个性，但我知道这不应该，我在努力勇敢起来。尹姝，你也一定可以。也许不是现在，也许不是明天，也许还会很久，但你一定可以。”

“如果我一直做不到呢？也许我真的做不到……”尹姝想到自己母亲的严厉和铁腕就完全失去了信心。

“办不到，就按你妈妈的意愿嫁人生子，这个答案，你不是很清楚吗？”

尹姝一呆，温莎伸出手紧紧握住她的手。

高语岚静了一会儿，又说：“我那时候向尹则问了一个很蠢的问题，我问他，如果我跟你都掉进了河里，他先救谁？”

“啊？”尹姝眼眶里还含着泪，却惊讶地张大嘴，“岚岚，我会游泳，我哥肯定是救你的。”

高语岚无语，果然她这个问题大家都觉得无聊透顶吗？她清清嗓子，咳了两声：“我是想说，尹则的答案是，在我们落水之前，他要先教会我游泳。”

尹姝笑笑：“这确实像他会说的话，他也跟我说过差不多意思的，他说不会每次一有麻烦就有人帮我，能永远依靠的只有自己。其实我一直挺好的，只有这件事。”

“嗯，我就是想说，游泳这事，其实如果我们都掉进河里了，我们就一起游回来，不管尹则。”

尹姝笑了：“好，好，那我们等我哥跳下河再游回来，让他泡水里。”话说得温莎也笑了。

三个女人算是冰释前嫌。临分别的时候，温莎说：“我听客户说到你，说你现在很厉害。我也留意了一下，‘食’铺的品牌经营比过去强很多。我很抱歉对你做过那样的事，你现在发展得很好，我觉得很佩服。”

高语岚没说什么，但回到家里，她心里的得意开始冒头。啊啊啊！啊啊啊！让公司第一女强人夸她能干说佩服她，这种感觉不能再好了！

扬眉吐气！

高语岚自信满满的状态太招人，尹则都忍不住笑话全靠他的滋润让她越来越美，他说他会努力多滋润她，他体力好，做得到的。高语岚给他一记白眼，还警告他这么黄色的话绝对不许编菜谱，不然休了他。

尹则答应了，结果没过两天，他又没经过她的审核偷偷发了篇菜谱——蟹肉小笼包。注解称：我曾说某人像枚包子，软不拉唧太好欺负，我要把她宠成螃蟹，让她能横着走。不过她天资太差，想来横着走她是不会了，不过现在变成了蟹肉馅包子，也算不错。

下面评论又癫狂了。“情话大厨，你总发这种不负责任的微博，我女朋友天天看，你让我怎么办？她本来就是属螃蟹的，我也想让她只做蟹肉馅包子就好啊。”“男神，你的这篇微博其实重点在于你已经把包子一口一个吞进肚子了是吗？”“已经吃了 +1”“已经吃了 +2”“已经吃了 + 身份证号”……

当天晚上尹则在床上被高语岚抡起枕头揍了。

尹则大呼冤枉：“我是无辜的，我没有发黄色食谱，那是多么纯洁的包子食谱啊。我明明在跟他们谈论人生，他们却跟我讲让人害羞的事。”

羞他个头。高语岚一顿揍：“我妈也看你微博，她今天特意打电话过来问啥时候要个孩子，还说赶紧结婚吧，不然肚子大了不好看！”

尹则哈哈大笑，丈母娘真是开明啊，他好爱她。当然最爱的还是他的蟹肉馅包子，他翻身过去，把包子吃掉了。

3

时间过得飞快，“书香甜地”的第一期十堂课圆满结束，学员们好评如潮，第四期课程卡都已卖完。尹则建议高语岚别太急进，收钱不是着急的事，现在授课上还有些问题，比如最大的问题就是他。他越来越忙，不可能每期都过来帮她们撑场面，而没了他，她们没有明星老师，学员有怨言，课程卡卖得多投诉也多。

这个情况高语岚知道，也确实需要捧些明星老师出来。尹宁第一期过后已适应了很多，但没了尹则确实不行。于是她开始物色新老师，这一点，一直合作的美食杂志资源帮上了忙。杂志里头有不少名厨合作，有些不适合授课，不些不愿意为“食”品牌授课，还有一些是可以谈的，高语岚把他们的业务平台宣传效果做好资料，拜访了几个人，一来授课是付费的，二来也为对方打名气，针对不同大厨，提供不同的宣传服务，当然价码也要好好谈。

终于在春节放假前，高语岚签下了三名颇有知名度又有个人特色的大厨做课堂讲师，节后就可以开始运作。另外明年的年度计划也安排好了，人手上的增加和职位的安排，还有办公场所，库房等，在尹则的指导下，她越来越得心应手。

另外，《当爱情遇上美食》食谱图书已经下了印刷厂，春节前上市。《当幸福遇上美食》也已经完成了一半，她甚至已经开始能帮尹则想点子了，她能做的事越来越多，事情越办越好。高语岚对自己很满意。

春节到了，“食”铺放假，尹则、高语岚带着尹宁、妞妞还有馒头直奔花荫市，回家过年。

高爸高妈早早就在家里等着，打了电话问，尹则说是马上就到了，不过他们要先去酒店把行李放下再过来。

高爸高妈听了，知道时间差不多，倒也安下心来，泡了壶茶，准备好了瓜果，就等着见客。又等了好一会儿，听见门铃响了，高爸赶紧去开门，门一开，呆住了。

门外站着个五六岁的女娃娃，粉嫩粉嫩的，俏丽的小卷发，戴着个卡通小兔发箍，水汪汪的大眼睛，红艳艳的小嘴，要多可爱就有多可爱。

女娃娃怀里抱着只棕色小狗，此刻正咧着嘴，好奇地看着高爸。小娃娃甜甜地笑着，用脆生生的童音喊了一声：“爷爷。”

高爸那颗柔软的心啊，瞬间就化了。这是谁家的娃啊，这家子真是太幸福了。

女娃娃又接着说：“我是妞妞。”她摸了摸怀里的狗狗，“这是馒头。”

高爸还在发愣，这两个都好可爱，不过名字听着怎么这么耳熟？这时高妈出来了，喊道：“是妞妞来了？”

妞妞用力点头，娇滴滴地喊了一声：“奶奶，我和馒头来了。”

高妈赶紧把女娃娃拉进来：“快让奶奶看看，妞妞真漂亮。”

“奶奶也好可爱，爷爷也好精神。”妞妞这小嘴甜的，拍马屁的话说得溜。高爸顿时醒悟了。妞妞，可不就是尹则姐姐的孩子嘛。

这时候电梯响了，尹则、高语岚带着尹宁走出来，妞妞回头一看，童音童气地嚷：“你们真慢，我都跟爷爷奶奶相认了。”

尹宁敲她小脑袋瓜子，还相认嘞，她以为她是跟亲人失散的儿童啊。

妞妞嘟了小嘴，转身扑进高妈的怀里：“奶奶，妈妈对儿童使用暴力，好疼的。”把高妈弄得心里软绵绵的。

尹宁不理妞妞，笑着对高爸高妈道：“爸、妈，我能跟岚岚一样叫吧，我父母走得早，好久没这样叫过了。”

高爸高妈一听，这尹家的大人孩子都是招人疼的啊，赶紧连声应了：“好，好，就叫爸妈，就把这儿当自己家里一样。”说着，热情地招呼尹宁、尹则和妞妞喝饮料吃水果，亲生闺女高语岚倒是给撇到了一边。

高语岚只好抱着馒头坐一边，自己拿了个苹果吃。她吃一口，咬一口喂馒头。

那边高爸越看妞妞越是喜欢，最后大手一挥，对尹则和高语岚说：“快结婚，快生娃。”

尹则高兴得合不拢嘴，笑着应：“好的，爸，我一定加油。”

当天高爸高妈高高兴兴地请尹则、尹宁他们一家子出去吃了顿饭，妞妞小朋友全程讨欢心，让高爸高妈一天都乐得合不拢嘴。

席间定好了要带妞妞去公园玩，还要去动物园看小动物，之后还有花荫市新开的商场，老两口也想带妞妞去逛一逛，那里有玩具城，还有年货市场，花鸟市场什么的。

妞妞小朋友掐着指头一算，这节目安排得好，她可以玩个四五天不带重样的。小家伙眼睛弯弯，小嘴甜甜，抱着高妈拍马屁：“奶奶，妞妞还可以陪奶奶去买菜哦，我知道舅舅年夜饭要做什么。”

“好啊。”尹则接口，“那妞妞就负责跟在后头提菜篮子，不许喊累哦。”

妞妞闻言嘟起了嘴，高妈赶紧哄：“妞妞个子小，哪有妞妞提菜篮子的，当然是舅舅来。”

高语岚在一旁哈哈大笑，掐掐尹则腰眼，小声道：“让你派妞妞来卖萌，这下失宠了吧？”

“哼。”尹则鼻子朝天，“我不跟小朋友计较。”

妞妞在那边也鼻子朝天，模样跟尹则如出一辙：“哼，我不跟大人一般见识。”一番话又把大人们逗笑了。

妞妞疯玩了几天，转眼就到了大年三十，这天大人们正在热火朝天地准备年夜饭，妞妞和高爸在玩跳棋，门铃响了，高妈跑去开门，一看，竟然是郭秋晨。

高妈一愣，她家岚岚都把男朋友全家带回来了，这小郭不会是来讨说法的吧？

郭秋晨进了屋，客客气气地祝大家新年好，说公司才放假，他今天才回来。妞妞见了郭秋晨，冲过去一个飞扑一个香吻，大声叫：“小郭叔叔。”

郭秋晨把她抱起来，逗了她一会儿，然后有些不好意思地对尹宁说：“可不可以跟你聊一会儿？”

高爸高妈面面相觑，怎么小郭是来找尹宁的？

4

尹宁一愣，想了想，点点头，把妞妞抱下来让她好好跟爷爷玩，然后自己穿了件厚外套，开门跟郭秋晨出门去了。

郭秋晨没有开车，他跟尹宁出了小区，慢慢沿着街走，一开始两个人都没有说话，只是肩靠着肩，慢慢一起走。

走了两条街，郭秋晨终于开口："你以前来过花荫市吗？"

"第一次来。"尹宁浅浅地笑。

"觉得这里好吗？"

"挺好的。"

郭秋晨又不说话了，闷头走了一段，又问道："跟东麓市比呢？"他转头，看到尹宁不解地看他，他的脸微微一红，"我是说，跟东麓市相比，你觉得花荫市怎么样？"

尹宁眨着眼睛看了他一会儿，慢吞吞地说："尹则和妞妞在哪里，我就喜欢哪里。"

郭秋晨脚下顿了一顿，明白过来，地方不在于哪里好，而在于人。心里牵挂和爱的人在哪里，哪里就是好的。

郭秋晨深吸了一口气，一咬牙说道："尹宁，你应该知道，我喜欢你。"

尹宁点点头："知道。"她又不是傻子，他做得很明显了，只是他不说，她也就不提。

"我一直不跟你说透，不表白，一开始是因为怕你拒绝，后来是因为，我对自己没把握。"郭秋晨停下来，转身认真地看着尹宁。

尹宁这下有些不明白了："怕我拒绝和对自己没把握不是一回事吗？"

"不是。"郭秋晨有些紧张，"你知道，我过去也谈过恋爱，真心爱的那次，因为家里反对，最后没成功。我父母对我的期望值一直很高，他们有他们的想法，我过去服从了他们的想法，所以我的爱情失败了。这一次，我年纪比你小，又有妞妞，我知道这一定不符合他们的标准要求，我没把握我会不会又顺从他们的心意。所以，我不想跟你表白了之后，再告诉你因为我父母反对我不得不放弃你。"

尹宁看着他的眼睛，认真说："也许你不必这么烦恼，你跟我说了，我拒绝了你，你就不必跟你父母闹得不愉快。"

郭秋晨涩涩地一笑："你果然是要拒绝的吗？我想过，也许你这一关比我父母那关还难过，心里受的伤也许会比世俗的成见更固执。”

尹宁想了想，点头说：“对。我想我很难再爱一次了。”

郭秋晨看着她，心里一痛，她总是这样淡淡地说着对自己残忍的话，似乎伤痛已经远去，其实她还困在深渊里。她以为结果已经有了，可他却希望能够成为她的开始。

尹宁又接着说：“其实，我一直在等你跟我谈，因为你不说，我也觉得好像没法与你说。也许你没弄明白自己的心，你知道，男人对女人，有时候是同情，是怜悯，那种保护欲会让人误会是爱情。你刚刚换了一个新环境奋斗，你没什么朋友，你遇到了我，我正好有一个让人伤感的过往，又有一个讨人喜欢的女儿，然后那个坏男人时不时出现欺压一下我们，所以，这种情况，很容易激起你的同情心。如果你弄错了，其实也很正常。”

郭秋晨也一直看着尹宁的眼睛，听着她的话，她说完了，静静地看着他，他对她微笑：“我刚开始察觉我有这心思的时候，就考虑过了，我确定，不是同情。”

他的声音不大，却掷地有声，每个字都重重地敲在了尹宁的心上。尹宁咬咬唇，摇摇头：“很抱歉，我只能说对不起，辜负了你的一番心意。”

郭秋晨低头，苦笑。

尹宁又说：“你看，这样说开了就好了，你不必跟你父母说什么，没必要闹得不愉快，也许你很快会遇到一个全家皆大欢喜的好对象……”

尹宁的话没说完，郭秋晨却抬头道：“我已经说了。”

“什么？”

“我已经跟父母说了。今天一到家，我就告诉他们我爱上了一个什么样的女人，我把你的情况和我们之间的毫无进展都说了。”

尹宁惊讶得张大了嘴，郭秋晨接着说：“他们很生气，我爸暴跳如雷，说我不但没眼光还自作多情，他把我骂了一通，我却觉得如释重负，因为我跟他们说开了，就能来跟你表白了。”

尹宁闭上嘴，抿紧唇不知该怎么说，心里似乎有什么东西涌了上来，热得发烫。

郭秋晨道：“我知道多半你会拒绝我，毕竟我表现得这么明显，你却什么都没有说，你也说过，你不想再谈恋爱，不想再找男人了。可我觉得，我必须跟家里坦白一切才有资格跟你说这些，就算听到的是拒绝，我也必须这么做，我想，这样才对你足够尊重。”

尹宁的心拧得紧紧的，她听见郭秋晨说：“我绝了自己的后路，我确定我不会退缩了，我爱你，尹宁！”

高爸负责陪妞妞玩，高妈负责跟高语岚打听郭秋晨跟尹宁的八卦，尹则自己在厨房做年夜饭。一家人各自分工，正忙得热火朝天时，尹宁回来了。

屋子里瞬间安静了几秒，妞妞冲上去问：“妈妈，小郭叔叔有没有说什么时候带我去游乐园？”

尹宁摸摸她的头说：“小郭叔叔要忙啊，过年了，没空带妞妞去玩。”

高爸赶紧说：“妞妞还想去游乐园啊，爷爷明天就带你去。”

“好。”小朋友很快高兴起来，跳着跑到高爸那儿接着玩飞行棋。尹宁对她笑笑，转身进了厨房。高语岚怕有什么情况，也赶紧过去了。

尹宁没太多说，她当然看到了尹则和高语岚疑问的眼神，于是一边帮忙洗菜一边似不经意地说：“小郭先生只是把心意说出来了，你们应该也知道的吧。”

“哇。”高语岚兴奋了，“他终于说了，尹宁姐，你怎么答复他的？”

“我……”尹宁顿了顿，“我应该算是没有答复。”

高语岚一愣，没答复的意思是听完了不说话吗？那也行，起码以后还有机会。

尹宁又低声说：“其实我是拒绝了……”

高语岚又一愣，没答复的意思原来是拒绝吗？也对，没答应嘛。她脸一皱，觉得好可惜。

“但是……”

5

高语岚正惋惜，尹宁的“但是”又让她张大了嘴，后头还有“但是”啊，这么曲折。

高语岚一惊一乍的，脸上的表情变幻莫测，把尹则逗得哈哈大笑。高语岚用胳膊肘顶顶他：“说正经事呢，你笑什么？”

尹宁也笑道：“岚岚，你的表情要不要这么丰富？”

尹则把高语岚拉过来亲一口：“你这爱操心的，听个八卦还这么投入。”这话说完，立刻遭到尹宁、高语岚一人一记铁掌，“啪”的一声，分外响亮，正巧高妈过来看他们三个人忙些什么，把尹则被两个人欺负的惨状看个正着。

高妈白了高语岚一眼，心疼地对尹则说：“阿则啊，累不累啊，要不歇会儿再做？”

“不累，不累。”尹则应着，看高语岚被自家妈妈白眼了正嘟嘴不乐意，就对她说：“你去帮我把那边泡着鱿鱼的大碗拿过来。”

高语岚磨磨蹭蹭地去了，尹宁闷头继续洗那已经很干净的菜，尹则又对高妈笑笑：“妈，您先休息休息去，我们很快就弄好了。”

高妈看看，点点头：“需要我来帮忙的就说啊。”尹则应了，高妈这才回客厅跟高爸抢妞妞去了。

高语岚看高妈走了，赶紧抱着那碗鱿鱼蹭到尹宁身边：“尹宁姐，那最后你怎么考虑的？其实小郭先生挺不错的，他跟妞妞不是也处得挺好的吗？”

她话说完，就被尹则敲了一记，高语岚对尹宁说：“尹宁姐，你偷偷告诉我，不要告诉尹则，他自己明明也想知道，还欺负我。”

尹宁笑起来，高语岚的脸被尹则凑过来咬了一口，高语岚不服气，转身拍他两下。

尹宁咳了两下：“你俩不能克制一下？我好怕尹则把年夜饭里的调料放错了，甜倒牙。”

高语岚脸红，胳膊肘撞撞尹则：“你别闹，我跟尹宁姐谈正事呢。”

“谈完他们的正事，再谈谈我们的。”

“去，去，女人聊天男人别插嘴。”高语岚赶他干活去，自己凑到尹宁身旁，一副竖着耳朵准备听的模样。

尹宁原本刚回来的时候心情还比较沉重，现在被这两个活宝闹了闹，倒是轻松了起来，她说：“小郭先生是很好，他让我很感动，可是，我不想因为感动就答应，这对他不公平。”

高语岚和尹则都沉默下来，尹宁笑笑：“我有心结，我不想骗他，他很好，他值得拥有更好的女孩，而且他家里不会答应的。”

高语岚不知道说什么好，尹则开水龙头洗手，洗完了一边甩手上的水珠子，一边说：“你就管好你自己，你喜不喜欢他，想不想跟他一起生活，你想这些就行，他家里什么的，那是他一个大男人该处理的，你管别人呢。他要是处理不了，那就是他不值得你托付了，到头来还是他的问题，所以跟别人都没关系，就是他而已。你想他就好，别的什么都是虚的。”

高语岚连连点头，这话说得虽然不中听，但其实在理呢，如果想太多，那岂不是什么感情都能被搅烂了？

“我，我对自己都没把握。”尹宁对感情的事完全没有信心，接受一个男人的感情，对她来说是件危险的事。

“他要是搞不定你的想法，那还是他的问题。”尹则“哼”了一句“男人真命苦”，走出去了。

“好臭屁。”高语岚撇嘴。

“大男人主义。”尹宁也皱眉不满。

高语岚看看尹宁，觉得要是错过了郭秋晨，对尹宁来说真是可惜：“尹宁姐，你等等小郭先生，再给他一次机会吧。”

“不是我给他机会，岚岚，是他给我机会。”尹宁苦笑，“我也不是不知好歹的，我这条件，没什么好的。他说他等我，我很紧张，我不知道自己行不行。”

“当然行。”高语岚抱住她，“尹宁姐，别错过幸福。”

尹宁苦笑，哪有这么容易？

高语岚看她在纠结，不由得检讨自己，尹则对她那么好，她肯定是嫁定他了，可他说结婚她一直没答应，是不是自己太刁难他了？想到他刚才说男人真命苦，不知道是不是有感而发？

高语岚这么一想又觉得自己不好。要不，她找个机会去跟尹则说说，他们选个好日子？

很快到了年夜饭时间，一家人吃得特别高兴，高爸高妈连呼好几年没这么热闹开心了。妞妞还在尹宁的要求下，给爷爷奶奶跳了支舞。她玩得高兴，主动要求还要唱首歌，她唱就唱了，却提出要舅舅给伴舞。

尹则还真是放得开跟她疯，于是妞妞一边唱《采蘑菇的小姑娘》，尹则一边在她身后演情景剧。妞妞一边唱一边还要监督尹则，最后歌也不唱了，去纠正尹则的动作：“舅舅，采蘑菇要这样，你动作做错了，不是蹬脚用手拔的。”

“妞妞，蘑菇没有了，只能拔萝卜啊。”

一家人看着他们笑得肚子疼。高妈一边抹眼泪一边跟高语岚说：“阿则这孩子好啊，你也别拿架子了，快把婚事定了吧。”

当晚，一家老小一起出去放鞭炮、点烟花，妞妞满场跑。高语岚胆子小，不敢动手，只远远站着看，尹则陪妞妞玩了好一会儿，跑过来亲她一下又跑掉。过了一会儿，抱着妞妞过来，一人亲她一下又跑掉。等到他第三次跑过来，高语岚拉着他问：“尹则，你跟爸把日子选好了吗？”

这么问，够直白吧，他应该明白意思吧？

尹则却是一直笑，没答话，只是抱着她用力啃了好几口。

璀璨的烟花在他们头顶的天空炸开，高语岚抬头看，尹则把她抱得紧紧的，她听到妞妞大声的惊叫笑闹，听到爸妈的大笑声，她想，这是她过得最快乐的年吧。

第二天，大年初一。

高语岚接到了陈若雨的电话：“岚岚，他们通知你了吗？年初四，在‘迎宾楼’包厢开同学会，你可别忘了啊。”

高语岚当然没忘，只是她不在意了。她现在有事业，有男人，有朋友，还有爱她的亲人，她非常自信。所以同学会，她一点儿都不惧。

第十八章 同学会上幸福收官

高语岚泪流满面，激动得根本没听清他说什么，反正她知道他的意思，她拼命点头，用力点头，尹则笑着，把戒指拿出来戴在高语岚的手指上，然后捧着她的手，用力亲了亲。

1

“迎宾楼”是花荫市的老字号酒楼，在高爸高妈那个年代，去迎宾楼吃顿饭可是件大事。可后来餐厅酒楼越来越多，“迎宾楼”一直守着老一套经营模式，菜谱没什么变化，服务员永远板着脸，上菜用甩的，于是最后也慢慢没落下去。

一年前，某知名餐饮集团将迎宾楼收购，重新装修整顿，调整风格，重订菜谱，再开业时，迎宾楼已经焕然一新。不但环境好，菜式新，服务生的制服加笑脸在花荫市里也是名列前茅的。现在如果去迎宾楼吃饭，得排起长队耐心等待才行。

同学会由齐娜发起张罗，她早早就订了迎宾楼，以此显摆一下自家的财力和门道，要知道春节期间订迎宾楼，可不是赶早有钱就行的。

齐娜订的是“富贵花开”包厢，里面两张大桌，差不多有三十个位置。高语岚带着尹则和陈若雨准时到了，包厢里已有不少老同学在等待，看到高语岚居然也来了，都很吃惊。

已经到了的人坐了一桌，高语岚他们后面来的，看大家一脸尴尬，打招呼别别扭扭的样儿，干脆坐了另一桌。

高语岚早被尹则养刁了嘴，什么好吃的都见识过，所以什么迎宾楼不迎宾楼的，她倒没多大兴趣。倒是尹则到了这个地方就犯职业病，先让人家拿菜谱过来研究研究。

一屋子人，大家都还在客气等主办人齐娜和郑涛过来，只有尹则像没见过世面似的大大咧咧地捧着菜单看，还问服务生这种包厢消费的餐前饮料和点心推荐，惹得大家纷纷对他侧目。

过了一会儿，洋洋带着男朋友还有两个同学到了，看包厢里阵营分明的架势，想了想坐到了陈若雨这一桌。陈若雨正跟尹则介绍洋洋，齐娜和郑涛也跟着几名同学一起走了进来。

大家都站起来招呼欢迎，高语岚和陈若雨瞥了他们一眼，继续坐着说话，尹则却是继续研究菜谱。

齐娜看到高语岚来了，非常高兴，看到尹则土包子似的埋头在菜谱里，心里更是得意。她走过去，装模作样亲热地搭着高语岚的肩说道：“好久不见了，语岚，你能来我真高兴。”

高语岚没说话，低头喝茶，陈若雨撑着下巴斜眼看齐娜，像在看好戏。齐娜心里相当不舒服，不禁把炮口转向陈若雨：“若雨啊，听说你是卖保险的，卖得怎么样？要不要我给你介绍一些客户？我也知道，干这行就得找熟人朋友买，要不哪里卖得出去？天天打电话求爷爷告奶奶也不是个事啊，对不对？”

“对啊。”陈若雨嘻嘻笑，用力点头，“齐娜，你真是个大好人，既然你这么爽快，就由你开始好了，先帮我买十份吧，这样显得有诚意一点儿，你说呢？”

大家都安静下来，显然没想到陈若雨不但没有不好意思，还真敢厚颜要求齐娜买她的保险。不过话是齐娜起头的，显然大家也知道她也不是什么真心介绍客户，所以现在谁也不好说什么。

郑涛这时赶紧打圆场说大家等久了，先别着急聊天，快安排上菜，大家边吃边聊。齐娜咬着牙顺着台阶下，叫来服务生让快上菜。

高语岚暗暗好笑，对陈若雨竖起了大拇指。陈若雨嘻嘻笑得得意，剥了颗花生吃。高语岚凑到她耳边说：“你之前不是说，吃多了口水就会变得跟那个人一样了嘛，你现在口才比过去好，是不是吃口水了？”

陈若雨被一颗花生米卡在喉咙那儿，差点儿噎死。她一阵狂咳，好不容易缓过劲来了，伸手去掐高语岚：“你果然是口水吃多了，居然敢开我玩笑。”

高语岚笑着往尹则那边躲，尹则大掌一挡，冲陈若雨说：“哎，哎，看清楚，我家岚岚现在有家有口有人罩的。”

他这话说得大声，引得大家往这边看，陈若雨哈哈假笑两声：“我好怕哦。”

“知道怕就好。”尹则一仰下巴，眼神带笑，有意无意地瞅了一眼旁边那桌的郑涛。

齐娜正好催完菜走回来，看到尹则的表情，回了一记冷冷的眼神过去。尹则大大方方地对视，冲着她笑，还眨了眨眼。齐娜气得扭头过去，跟旁边两名同学低声说话。

很快人来齐了，两桌坐得差不多，菜也很快上来，大家举杯说了一番祝词和客套话，然后就开动。大家一边吃一边聊，大多数人都带了家属，于是，多有起哄要交代情史的，也有人问高语岚跟尹则是怎么认识的。

尹则一边给高语岚夹菜，一边说：“我跟岚岚特别有缘。差不多四年前我来花荫市出差，在青松公园捡到岚岚，她那时候刚刚被人诬陷劈腿，然后她那个花心又脑残的男朋友把她甩了，我家岚岚伤心难过，可怜巴巴的一个人躲着哭，我们就这样遇上了，很浪漫对不对？”尹则表情丰富地说，“多亏了欺负她的那些贱人啊，不然我怎么能找到这么好的女朋友，你们说对不对？”

一屋子人脸都是绿的，有些人尴尬地点头，有些人佯装听不见，有些人忙低头吃东西，整个屋子安静了好几秒才恢复动静。

尹则像是没察觉，继续很欢乐地给高语岚夹菜吃。

过了一会儿，齐娜忍不住了，说道："尹先生是厨子，那么，从厨子的角度看，觉得这里的菜怎么样？"

"很好。"尹则吃得津津有味，继续给高语岚夹菜。

齐娜身边的女同学开口："原来岚岚的男朋友是厨师啊，厨师工作很辛苦吧，整天跟油烟打交道，还得站一天，一定又累又脏。"

"还好，各行有各行的辛苦。"尹则笑笑。

那个女同学继续说道："做厨师毕竟是体力活，要是上班的餐馆环境不好，请的人不够多，那会更辛苦吧。不知道尹先生在哪家餐厅高就？"

尹则还是笑："这位同学吃遍东麓市各大餐厅？我说一个名字你就能知道？你知道别人也未必知道，别人不知道就会以为你在这儿装模作样呢，那就不太好了，你说呢？"

那个女同学脸一黑，不说话了，那个女同学的老公坐在一边很不高兴："尹先生怎么说话呢？"

齐娜赶紧插话："阿堂别生气，今天是同学会，又是大过年的，大家开开心心，犯不着生气。尹先生是当厨师的，受的教育、平常接触的人跟我们不一样，也许平常说话就这样了，也不是有心的。"

这话说得绵里藏针，不动声色地把尹则损了一顿，说他没受过良好教育，平常接触的也不是什么入流的人物，所以才会说话不得体。但话说出来却是像开解僵局，给大家台阶下。

其他人也赶紧附和，纷纷道："对，对，过年要高兴，大家好不容易聚一次，犯不着生气，都是无心的，无心的。"

尹则却是笑："齐同学真是会说话，难怪呢……"他尾音拖得长长的，明显意有所指，但他偏偏不把话说全了，只是抚抚高语岚的头发，"不像我家岚岚，嘴笨，只会受欺负。"

齐娜脸色一凛，却没发作，反正她就是想当着大家的面跟高语岚再比一比，她现在工作好，老公好，家里条件各方面都好，而高语岚什么都没有，找的男朋友也只是个厨子，不必再多说，反正她的目的达到了。

羞辱一个人，不必蹬鼻子上脸骂难听话，点到即止，大家明白就行。

齐娜想鸣金收兵，尹则却是不依不饶，他接着说："我虽然是个厨子，可是我不偷不抢不干坏事，不背后捅人刀子，不无中生有，不诽谤陷害，不抢人老公，我堂堂正正挣钱养家，所以大家不必太同情可怜我。”他捂起心口，非常诚恳，“大家热烈的眼神让我真的好感动，我差点儿都忘记了人言可畏这句话。大家放心，我有能力养老婆，一定让岚岚不愁吃穿，保持良好健康的心态，决不会像这丑恶社会里的某些女人一样，心肠太坏，见不得人好，非得找机会踩在别人身上找优越感，也不怕扭脚摔着自己。而且你们知道，有些人坏得吧，自己不好就算了，还要把别人当枪使，有人傻傻就跟上了，我都不好意思说什么，你们也觉得尴尬，对吧？”

尹则说着，大手一挥：“来来，别客气，齐同学这么好请大家吃饭叙旧，不能辜负了她的美意，大家该吃吃，该喝喝，该说八卦的说八卦，这两桌菜好贵的呢。”他拉着高语岚站起来，举起酒杯，“我家岚岚笨，这些年承蒙大家的照顾，她才会有今天，我捡了个便宜，找到个好姑娘，做梦都偷笑。现在呢，我跟她一起，向大家道谢，谢谢你们！”

陈若雨举着酒杯也站起来，这下大家只得跟进。喝了一杯不知啥滋味的酒，还得附和说客气话，齐娜再自我安慰也忍不住爆脾气，她冷冷地说道：“苍蝇不叮无缝的蛋。”

其实这天能被齐娜请过来一起“见证”高语岚过得不好的老同学，都是当初见到高语岚劈腿被“揭穿”的见证人。他们对当初高语岚的“作为”都有印象，也都目睹了郑涛遭到背叛后痛心疾首，怒不可遏的模样。“苍蝇不叮无缝的蛋”是那时候齐娜对高语岚辩解时的点评。如果不是女孩不检点，那么哪个男人能把她勾引劈腿呢？所以大家听到这句话，都明白是什么意思。

2

从现在的情况看，高语岚肯定是对她男朋友说了当初的事，所以她的男朋友一直帮她说话。当然高语岚的版本一定是齐娜郑涛陷害她，毕竟最后高语岚孤孤单单远走他乡，而齐娜与郑涛却由此喜结良缘，幸福美满。从某种角度来看，确实显得高语岚是弱者，但按当时摆在眼前的事实，也可以理解成见异思迁的女人自食其果、自作自受。

只是事隔四年，谁是谁非，旁观者都不会追究也不会太在意，只当是茶余饭后的谈资。大家早就没了当初第一时间目睹时的义愤填膺，毕竟事不关己，四年的时间足够让他们高高挂起了。

现在齐娜再说“苍蝇不叮无缝的蛋”讥讽高语岚时，大家都尴尬地不说话，只有尹则大声呼应：“说得太对了，齐同学，我们做男人的一定要做颗好蛋，不能做浑蛋，不能让那些邪恶的女人有机可乘。准备好苍蝇拍、灭蝇纸，作为一颗好蛋，就要把苍蝇都拍死，不然娶回家悔恨终生。”他说得眉飞色舞，相当投入地表明自己是颗好蛋，洋洋忍不住“扑哧”笑了出来。

齐娜脸色一变，就要发作，郑涛拉拉她，用不大不小的声音道：“何必跟他们一般见识？”

尹则当没听见，自己举杯招呼：“来来，觉得自己能做颗好蛋的男同胞们干一杯，我们的口号是让苍蝇无机可乘。”

好几个男同胞都笑起来，大家都是带女友或老婆来的，这杯要是不喝，岂不是表示自己心有不轨？赶紧投身到“好蛋”的行列中来，人人举杯喝了。

齐娜撇了撇嘴冷眼看着，不说话了，闷头夹菜。于是尹则也中场休息，跟大家一起开心吃喝，他那桌有人请教做菜方法，尹则大方说了，大家七嘴八舌地讨论起来，气氛渐渐热烈，倒是齐娜那桌没什么人说话，显得冷清。

正吃着，服务员敲门，领进来一个人，大家转头一看，是个高大儒雅的年轻男人，外形不错，气质良好。陈若雨“噗”地一下，嘴里的饮料差点儿喷出来。

洋洋赶紧给她递纸巾拍背，高语岚看着来人，惊讶道：“你怎么来了？”居然是孟古。

“不是说可以带家属的吗？”孟古一脸坦然，飞快地打量了一圈这屋里的情况。

众人交头接耳，这个人难道也是高语岚的家属？她有几个男朋友啊？尹则会不会发脾气？

齐娜逮着机会，又高兴了。她问：“你是谁的家属啊？”

高语岚用胳膊肘顶顶陈若雨，陈若雨一瞪眼：“关我什么事？”高语岚给了一个“不好意思”的眼神给孟古，尹则嘻嘻笑着看热闹，不说话。

孟古站那儿没人认领，一脚踹向尹则的椅子：“笑屁啊，以后有事别求我。”

尹则一惊，猛然想到自己正有事求他，赶紧起来拉他：“哎哎，你说你这人，怎么来晚了呢？来来，饿了吧，快坐下吃饭。”他一边说一边抬头喊，“这是我的家属，我的家属啊。”

齐娜身边那位女同学说：“这个不合适吧，没见过别人同学会请客还有家属带家属的。”

高语岚又捅捅陈若雨，陈若雨一扭头冲那女同学喊：“这是我朋友。”她拖过把椅子，往身边一摆，孟古老实不客气地坐了过去。

“人家来你也来，你凑什么热闹？”陈若雨不满意地冲孟古嘀咕道。

孟古很无辜地用下巴指指尹则：“是那家伙叫我来的，你有意见找他。”

陈若雨撇嘴，孟古却是看她的杯子不满意：“不是跟你说了可乐对身体没好处嘛，怎么还喝？”

“你管这么宽。”陈若雨瞪他。

“我高兴。”孟古说着，伸手拿了她的杯子一口气把剩下的半杯可乐喝了，把空杯子给尹则递过去，“给她换果汁。”

其他人原本还以为陈若雨是给高语岚打掩护呢，这么一看这迟到的家属好像还真是陈若雨的男朋友，就有人问：“若雨，你男朋友做什么的？”

孟古自己答了：“医生。”

“医生啊。”这职业又让大家有兴趣了，有人问了几件生病治疗的事，被孟古三言两语打发了。有人问：“孟医生是哪科的？”

“宰人科的。”尹则答，“孟医生最爱给人开全身检查项目，开好贵好贵的药。”他捂心口，“我就是活生生的受害人。”

“你赚这么多钱不花掉会折寿的，我是在做好事。”孟古一点儿没觉得不好意思。

这两个人一定有仇，几个人交换个眼神。一个人赶紧岔开话题：“对了，还不知道岚岚现在做什么工作。”

“我在我男朋友店里当店长。”高语岚答了。

“那店长应该比厨师大吧，你管他吗？”

“不是一家店，而且他是老板，他比较大。”高语岚照实答，“我那间店分两个区，外区是咖啡馆沙龙性质的，跟杂志社做些活动，另外我们主营美食课堂。尹则自己那家店就是纯粹的餐厅。”

“咦，尹先生不只是厨师，还自己开店吗？”

尹则点头。

“生意怎么样？”

“还挺好的。”只要不是齐娜那类不怀好意提问的，尹则都还能用正常态度回应。可这平静没维持几分钟。

齐娜眼看厨师变老板，虽然很有可能就是又脏又累的老板，但她的心里还是不能平衡，她又说：“现在要当老板太简单了，拿个一万块钱就能开个摊了。”

大家暗想真糟，又要开战了？结果尹则没回话，孟古倒是接了话头：“我们医院门口的小吃摊都要不了一万块钱。”

嗯，这医生跟厨师一定有仇。大家不约而同地看了眼尹则，尹则正笑着往嘴里塞菜，好像没听见。

齐娜见有人帮腔，还是尹则认识的人，不由得有些高兴。她接着说：“不过我想尹先生的店一定有些规模。不知道能不能承办喜宴？我在东麓市的亲戚过两个月差不多要摆喜酒，我可以介绍他们看看你的餐厅，要是合适，也是个大单子，他们至少要订四十桌的。”

“四十桌？真好，是个大单子啊。”孟古夸张地大叫，其他人却是不说话，能摆下四十桌喜宴的，肯定是什么大酒楼之类的才行，齐娜这样说，分明是想让尹则难看。

果然，孟古说了：“这种好事轮不到尹则那家伙，他家餐厅才五张桌子，摆不了。”

齐娜身边的女同学“扑哧”一下笑了出来：“才五张桌子也叫餐厅，小吃店吗？”

“那不知尹先生的餐厅主打什么菜系？摆不摆喜宴？我让朋友过去捧一下场生意也是好的。”齐娜又问。

“什么菜系都行，让你朋友想好要吃什么，提前预订就行。”尹则笑得灿烂，真敢来，宰不死你的。

还提前预订呢，摆什么谱？齐娜心里冷笑，又说：“那请尹先生一会儿给我张名片，我让他过几天就去捧个场。”

“过几天？”孟古又说话了，“过几天不行，那个家伙的黑店要至少提前一个月才订得上，最长还有排队三四个月的。就连我去了，也只能在厨房里的小桌上吃饭。”

“哇塞，你每次去都不给钱，给你个位置你就该感恩戴德了。”尹则轰他。

“你好意思提，每次一样菜只分我一点儿。”

“你怎么不说几十样菜呢，猪？”两个人习惯性拌嘴。

这时，一个同学说道：“东麓市有家餐厅，很有名，只有五张桌子，价格很高，需要提前预订，点什么菜都行，那家餐厅叫‘食’，不知道尹先生知不知道？”

“知道。”尹则答。

“很熟。”孟古答。

那位同学又说：“‘食’的老板还有一间美食课堂，新书《当爱情遇上美食》

刚上市，我总觉得尹先生有点儿眼熟，是我想的那样吗？”

尹则一愣：“你在网上看到的？”

那位同学有些激动：“真的是你吗？我老婆没来，她是你的粉丝，天天刷你微博，还让我学上面的菜。她还在网上订了你所有的书，不过还没收到。她要是知道你在这儿，一定高兴坏了。”

“等等，那位情话大厨？”另一位同学叫道，她也看尹则的微博，但微博上并没有照片。

“情话大厨？”高语岚对这绰号深感羞愧。

“你有哪里不满意？”尹则对自家老婆的反应不乐意了。他的情话都只对她说，只是公开了一点儿。

“哈哈，真的是你。”那位同学笑了，“那个某人是岚岚？岚岚，你的土豆丝切得好丑。”

高语岚这下是真羞愧了。

“还有蟹肉包子。”另一位同学也笑。

高语岚想找地洞。

其他人问怎么回事，那位同学兴奋地介绍“食”铺怎么有名气，怎么特别，他老婆想上那课堂可惜得去东麓市：“她说要等你的情人节大餐视频。”

“二月十日左右会播，那个跟电视台合作了。”尹则对粉丝的态度是很好的。他在课堂上说了要教做情人节大餐后，电视台那边的美食节目就找上来，希望能合作一期情人节主题节目。最后尹则答应了，节前就录制完毕。

3

这边聊得热闹，那边郑涛脸色很不好看，在座的都知道他是高语岚的前男友，现在高语岚的现男友把他比了下去，他心里很不痛快。

齐娜就更不用说了，她组织这同学会就是为了让高语岚难看，现在风向不对，她很生气，于是故意对郑涛道：“店长不过是打杂看店，卖保险就更没法说了，都是辛苦不讨好的活，虽说什么人配什么命，不过大家同学一场，也不好不帮她们，你在这边看看有没有合适的单位，给她们介绍一下也好。”

她话音刚落，却听得那边孟古“哼”了一声：“我跟你说，从我的专业角度来看，太过自以为是的优越感是种病，没药治，你也不必去医院了。”

郑涛猛地一板脸，齐娜更是气得站起来，回敬道："我说错了吗？陈若雨不是卖保险吗？求爷爷告奶奶骗熟人的钱，还被主管当众在咖啡厅里骂，我朋友亲眼看到的。你才有病，你以为你是谁啊，这里不欢迎你，请你出去。"

孟古冷笑："怎么，恼羞成怒啊？哥哥我可不怕这个。就许你们骂人、羞辱人，不许人家回敬一下？请客的了不起啊？哪里了不起你说来我听听？"

齐娜脸色铁青。孟古转头问尹则："是这两个吗？"

尹则点头。

孟古转过来接着骂："还敢诬蔑我家若雨骗人钱，羞辱她的职业。胆肥了你们。你以为岚岚和若雨还是当年刚出校门的傻女孩，任凭你们欺负了？现在有家属了，知道吗？小样的，你去打听打听，我跟尹则吵架输过谁？我们一个拿菜刀一个拿手术刀，打架也不怕！老子一把刀从头划到尾，切不到骨头捅不到器官也能让你流一身血。验伤也就是个轻伤却能让你痛到哭爹喊娘。你好好照照镜子，人品人品比不上，美貌美貌比不上，可爱这东西你没有，老公就更不用说了，跟我们连可比性都没有。"

陈若雨捂脸，妈呀，刚才就不该一时心软认领这厮做家属。她忘了这个家伙跟尹则都是嘴贱皮厚小分队的。

高语岚也被孟古镇得无语，她看了看正津津有味听骂架的尹则，小声问他："你特意找他来增强战斗力的？"

"不是，我找他来是为了别的事。"尹则摸摸自己的下巴，"不过你说得对，这家伙的战斗力真不错，老子太欣赏他了。"

孟古还在跟齐娜对骂，尹则忽然对陈若雨说："多亏有你啊。"

陈若雨脸一横："他爱吵架，关我什么事。"

这话刚说完，就听到孟古的声音停了，陈若雨一抬头，看到孟古正低头看她。陈若雨赶紧赔笑摆手："你忙你的，你忙你的，我不打扰你。"

孟古一瞪眼，一屁股坐下来，对尹则说："我不吵了，你们上，等打起来了再叫我。"

尹则白他一眼，这家伙真是讨厌，场面节奏都破坏了，他还想多吃些菜，吃饱了再乱来一场大的，现在可好了，那坏苍蝇肯定沉不住气，没脸跟他们斗了。

果然齐娜被孟古气得手都在发抖，她办这场同学会就是为了让高语岚当众难看的，谁知道局面完全不是这么回事，整个儿一个反效果。齐娜是极要面子的人，这下确是如孟古说的，完全恼羞成怒了。

她手一指，大声喝道："高语岚！"

尹则撑着脑袋看看自己家的包子小姐，齐娜已经骂开了："你别给脸不要脸，好好的同学会，你居然带人来砸场子？你也好意思！给我滚！"

尹则没看齐娜，他对着自家包子小姐微笑，高语岚回他一个微笑，尹则笑容大了，咧着嘴乐，他家包子小姐真是长进了，等她顶不住了他再上！

高语岚站起来，转过身直视齐娜，声音稳稳地回道："齐娜，你有脸说我砸场子我都没脸听。你摸摸你自己的良心，哦，对了，我忘了你没有那玩意儿，那你还是别摸了。你摸摸自己的胸，用它来发誓，你是不是那天见到了我和尹则在餐厅吃饭，看到我们很寒酸只点了两个菜，又知道尹则是个厨师，你觉得我们日子过得不好，不如你，所以你才摆下这个场子，想让以前那些见证我所谓劈腿罪行的老同学们都看看，我这个坏女人过得不好，不，应该说，我过得不如你好。"

好几个人都低头不说话，其实大家对此都心知肚明，这样被点破，真是尴尬。

高语岚继续说道："但是你有没有想过，我为什么会来？我明知道你的心思这么龌龊我还来，是因为我想告诉你，不管我们吃饭的时候是花二十块还是两百块还是两千块钱，不论尹则是厨子还是老板，不论是开小吃店还是大餐厅，那又怎么样呢？你的心是要有多扭曲才需要从这里面找到快乐？我告诉你，我现在过得很幸福，比从前任何时候都要充实和满足，是你的恶毒和郑涛的无耻改变了我，让我迈入了全新的人生。尹则说得对，是该谢谢你们。"

"你胡说八道。"齐娜脸色铁青，气得已经不知道驳什么好了，"几年不见，你倒是脸皮厚得让人恶心。"

"你谬赞我了，我可不敢跟你比，你比我强太多。我根本做不到一边跟别人做朋友，一边到处散布谣言说她坏话，我也做不到把人陷害了还若无其事地装好人请她吃饭，只为了让大家知道她不如自己。难道你不觉得为了这个理由开个同学会很别扭吗？你为什么一定要看到我过得不好，让大家都鄙视我、唾弃我你才能满足呢？"高语岚接着问。

"心理变态。"尹则接得很顺溜。

"根据她刚才自以为是、被害妄想等症状，确实是有知觉、思维、智力、意念及人格等心理因素的异常表现，应该去精神科做个全方位的认真检查。不过我依旧是那个判定，绝症，治不了。"孟古冷冷地说，看到齐娜瞪过来，他微笑着摊手，“没办法，我的医术就是这么高明。”

“对！”陈若雨在旁边附和点头，“可以怀疑他的人品，不能怀疑他的医术。”

“哎呀，你真是了解我。”孟古这调调跟尹则真是像。陈若雨白他一眼，不理他。

齐娜气得没了理智，她“噌”地冲出座位，郑涛拉她也拉不住，任她冲到了高语岚的面前。

齐娜还没来得及说话和动手，尹则已经站到了高语岚的面前。他伸长手臂一挡，把齐娜挡在了高语岚的一臂之外，对她说：“你别忙着开战，先听我说。”他冷冷一笑，“我是个拿菜刀的，我跟你们受过的教育不一样，我大一没念完就退学打工养家，我洗过碗、当过搬运工、做过理货员，我接触的地痞流氓小混混多不胜数。我就是想告诉你，基于我们层次不同，我一点儿都不介意打女人和干群架。所以你跟我家岚岚说话，最好保持距离，要是碰到她、伤到她了，我一激动真保不齐做出什么出格的事来。”

这话如当头一盆冷水泼向了齐娜，她愣了愣，转头朝郑涛厉声喝道：“你就这么任由他们欺负到我们头上来？”

郑涛黑着脸走过来，尹则对着他微笑。旁边的同学们也坐不住了，纷纷过来拉开他们。孟古四平八稳地坐着吃菜，一脸遗憾地总结道：“打不起来，打不起来。”

陈若雨瞪他一眼，这人是唯恐天下不乱还是怎样？她站起来，走到了高语岚身边，冲齐娜说道：“好了，齐娜，你戏也演了，讽刺话也说了，只不过你没想过大家跟四年前都不一样了，你自找没趣，是你活该。我看今天这聚会只怕是到了尾声，我也说几句。当年你说岚岚跟你说过，她觉得跟郑涛在一起没意思了，可这么多年不知道该怎么甩他，你认真劝她，说郑涛对她很好，她不能做出对不起郑涛的事。可你没想到她表面上看着清纯乖巧，背地里却勾搭了刘伟程，不但勾搭，还无耻地带刘伟程来这里当众给郑涛不好看，对不对？”

“事实就是如此。”齐娜大声喝道，转头对尹则说，“你少得意，这女人有的是本事让你戴绿帽子。”

尹则上前一步就要揍她，被高语岚抱住了：“为这种人不值得动手。”

陈若雨摇头，又接着说：“齐娜，你真的是我见过的最不要脸的女人。我完全理解不了你的心态究竟是什么。你为什么这么恨岚岚，是因为我们读书的时候你的成绩总是比她差一点儿？还是因为你也看上了郑涛，于是才玩出这种横刀夺爱的把戏？你把郑涛装扮成受害者，把自己当成了正义使者，你揭穿了岚岚所谓的真面目，可最后岚岚远走他乡，并没有跟刘伟程有什么勾勾搭搭，反倒是你，迅速飞快地爬上了郑涛的床，你以为这些事大家看在眼里，真的一点儿想法都没有吗？”

跟齐娜交好的女同学护着齐娜，冲陈若雨大声说：“你编排娜娜这个那个的，又何必把其他人拉下水，大家有什么想法难道还需要你代表？”

陈若雨笑笑：“我不代表大家，不需要，人人心里都跟明镜似的。他们不说出来，你就当他们没想吧。”

4

高语岚拍拍陈若雨的肩，接口道：“齐娜，其实横刀夺爱有更好的方式，能被你夺过去的，我也真是没办法再继续稀罕他。但你不但要做这样的事，还要让我背黑锅做坏人，说你变态我觉得一点儿都不过分。说件让你高兴的事，四年前我真的很痛苦，每天吃不下睡不着，不知道还能怎么生活下去，我每天混混沌沌的，又不敢让爸妈太担心，只好偷偷躲起来哭，我这样，你开不开心？”

齐娜黑着脸不说话，高语岚又说：“可是你看，现在过去这么久了，我可以摆脱过去过上新的生活，而你却还在惦记着要怎么继续打压我，你到处去说我的坏话，继续造谣，你甚至说若雨的坏话，你就靠着这点儿精神安慰过日子吗？你是有多空虚，多害怕我们过得好呢？我跟你说，只有自卑的人才会时时想着显摆，心虚的人才会不停求表现。你分明是对自己没信心，对生活没目标，你害了我，你心虚，所以你根本放不下。非常感谢你办的同学会，让我看到了你这么凄惨的生活，我感到很高兴。”

高语岚说完这些，拉拉尹则的衣服：“我们走吧，我看她的嘴脸真是看够了。就让她用谎话自己为自己高兴吧。”

“等一下，还不能走。”尹则说着，搂了一下高语岚，把她按在座位上坐下了，“我还有很重要的事要做，你等我一下。”

他飞快地跑到门口，开了门叫来一名服务生，低声说了几句，那服务生点头走了。

尹则折返回来，大声说：“好了，请大家等一下，看情况不会打架，所以大家不要跑，岚岚有件重要的事请大家做个见证人。”

齐娜在那边脸都是绿的，她一推郑涛：“叫服务生进来埋单，我们走！”

郑涛点头，过去开门，门一开，一个年轻男人正走进来，两个人面对面，愣住了。

屋子里众人都看到了那个男的，脸色都是一呆，一起转头看齐娜，又看看高语岚。

高语岚也很惊讶，她捅一捅尹则：“他是你找来的？”

尹则一脸无辜：“他是谁啊？”

“刘伟程。”是那个当初追求她的大学同学，也就是他的当众一吻使得后面发生了一连串的事。她倒是联络过他，但没找到，后来她一忙，生活又很开心，就没再想这事了。

尹则眉头一皱：“我不认识他，不是我找来的。”

这时洋洋站了起来：“是我叫他来的。”刘伟程点点头，走了进来。郑涛黑着脸，出去不是，跟着进来又不是。

洋洋说道：“陈胖和李子跟我说了当初的一些事，若雨也提了一些疑点，我知道其实真相是什么，可能大家都不在意了，但当年我对岚岚很不客气，我们对她的态度确实是很伤人的，所以我自己很想知道，当初到底谁说的才是真的。若雨说岚岚打了刘伟程的电话，是空号，没找到。我怕我最后也找不到，所以就没先说这事。我打听了好几圈，春节前终于找到了刘伟程，我们谈过之后，他说他欠岚岚一个道歉，于是我把同学会的消息告诉他了。”

“抱歉，我来晚了，你们看起来准备散场的样子。”刘伟程说了些客套话，然后看着高语岚，认真说了一句，“对不起。”

高语岚点点头。

刘伟程笑笑，又说：“谢谢。”他看了看屋里的人，最后目光定在了齐娜身上。他点点头，说道，“正好大家都在，有些事，我想跟大家说。”

齐娜脸色铁青，扭头想走，刘伟程却是一伸手将她拦住：“我要说的事，跟你有关，你最好能在场。”齐娜咬牙，刘伟程堵着她的路，开始说了。

“当初，我很喜欢岚岚，可我听她说有男朋友，所以一直不敢表白。后来她要回花荫市工作生活，我不甘心，也想跟她回来看看，看看她男朋友究竟什么样。岚岚一点儿也没怀疑我，把我介绍给她的朋友们，认真帮我在花荫市找工作。于是我趁机向岚岚的朋友们打听岚岚跟郑涛的事。”

有几名跟刘伟程聊过这类话题的同学都点点头，刘伟程看着齐娜，接着说：“齐娜是最先主动找我聊的，她问我是不是喜欢岚岚，她说岚岚和郑涛感情不好，郑涛早就变了心，但大家一直没有捅破这层纸，她说岚岚是她最好的朋友，她跟我说要勇敢追求，让岚岚幸福。”

刘伟程看着齐娜那脸色，讽刺地笑笑：“我信了，我确实很喜欢岚岚，所以我愿意相信，虽然问了其他人，大家似乎并不知道什么内情，但我想齐娜是岚岚的好朋友，也是闺蜜，也许真的跟她倾吐过什么心声。所以，我在齐娜的建议下，当众向岚岚表白，齐娜说她会帮我，所以当事情闹开了，齐娜说那些话，我还以为是她在帮我的忙，虽然我觉得有些不对劲，但一开始我没有说话。等我真的确定事情并不是我想象的那样时，我已经被岚岚列为拒绝往来户了。直到洋洋找到我，她问我当初到底发生了什么事，我才猛然发现，原来齐娜对着不同的人，说了许多完全不同的话。”

齐娜咬牙冷笑："根本没有的事,你们串通一气,编了这些话,联合起来陷害我。"

大家不说话，一阵静默，这时门口有敲门声，一名服务生敲门，推进来一辆小推车：“尹先生，你寄放的东西拿来了。”

尹则眉开眼笑，他道了谢，把推车接过来，然后挥一挥手说：“好了，不必再说四年前了，人家是死猪不怕开水烫，你们跟一头猪讲什么道理。事实摆在眼前人家咬死不认，大家也挺没意思的，还是来说些开心的事。”

他说着，从推车上揭开两个大蛋糕盒，把蛋糕摆在了桌上：“这是我昨天跑来这里借人家的烤箱做的，是我跟岚岚的订婚蛋糕，请大家吃。”

高语岚张大嘴：“昨天什么时候？我怎么不知道？”

“我说累了先回酒店睡觉的时候。”尹则笑道，亲亲她的脸蛋，然后一转眼冲孟古喊，“东西呢？带来了没？”

“带了，带了。”孟古从口袋里掏出个戒指盒子，丢给尹则。尹则手忙脚乱地接过：“喂，喂，怎么用丢的？”

接到手里，打开一看，戒指好好的。尹则高兴地说：“戒指我节前就订了，不过后来要提前来家里，就没等到人家出货的日子，所以我让孟古帮我去领，今天送过来。这是订婚戒指，等结婚时我再给你买一个。”

高语岚又惊又喜，捂着嘴不知说什么好，泪水在眼眶里直打转。她看着尹则又从推车上打开两个大盒子，盒子下面放着冰，一打开冰雾腾腾冒出来，尹则从盒子里拿出两大捧花，一捧是橘红色的，大家仔细一看，居然是用三文鱼肉一片一片卷成花瓣拼成的花束，另一棒是绿色的，是用西蓝花、菜心、芥蓝等蔬菜包装成的，虽然材料听起来不可思议，但花束却异常漂亮。

尹则把两束花交给高语岚，然后自己把戒指盒捧在手上，单膝跪在了地上，仰着头对高语岚说："包子小姐，你是我心里最可爱最动人的姑娘了，我对你日思夜想，在你没有成为我的法定老婆之前，我每天都吃不好睡不着，我保证以后一定天天让你开心，天天让你吃好吃的，做饭洗碗这些活我全干，你嫁给我，管制我的钱包，监督我的身材，天天鞭策我给咱家赚钱，好不好？"

高语岚泪流满面，激动得根本没听清他说什么，反正她知道他的意思，她拼命点头，用力点头，尹则笑着，把戒指拿出来戴在高语岚的手指上，然后捧着她的手，用力亲了亲。

他站起来，高语岚扑进他怀里"哇哇"哭，尹则朝大家挥挥手："总是让你们当见证人，不见证些好事真是说不过去，今天我向岚岚求婚，你们都是证人啊，我们结婚会请大家来喝喜酒。"

大家在一旁祝贺，孟古从高语岚手里接过花束："我帮你拿。"高语岚只管抱着尹则哭，顺手就把花束递他了。

孟古把菜叶子的花束放一边，拿着三文鱼的那束对陈若雨说："快去叫服务员上酱油和芥末。"

陈若雨正被尹则和高语岚的事感动得想哭，听孟古这么说，她用力拍他："你真无聊，这是尹则的心意，你别捣乱。"

"这有什么，我也能用骨头拼个新奇的出来。"

陈若雨立时一个激灵，起了身鸡皮疙瘩。

这边尹则接受了大家的祝福，他给高语岚擦了擦脸上激动的泪水，自己走到刘伟程和郑涛的面前，不管人家什么脸色，他用力握住对方的手，特别诚恳地道谢："谢谢你们啊，岚岚是我的了。"

齐娜再也忍不住，扯起了自己的包包，用力"哼"了声，拉了郑涛就走了。

孟古大声喊："喂，记得付了账再走啊。"

尹则也大声道："放心吧，这里春节订餐是要先交订金的，她跑不了。"

齐娜一边走一边听得他们在后面喊，气得路也不会走了，脚一扭，摔在了地上。郑涛把她扶起来，回头看，尹则正搂着高语岚说话，高语岚正用力拍他，两个人显得幸福又开心。

在花荫市青松公园里，尹宁和郭秋晨正在散步，她还没有做决定，不过郭秋晨还是说他可以等。尹宁听说尹则是在青松公园捡到了高语岚，她想来看看，她想到了郭秋晨，于是两个人就来了。

还没有结果，却还有希望。

东麓市一间小公寓里，尹姝跟温莎靠在沙发上。

尹姝在过年的时候把事情跟母亲说了，果然母亲勃然大怒，她要求尹姝相亲，选一个对象结婚。尹姝跑了出来找温莎，温莎对她说：“我有一个计划，我们放弃这里，去过全新的生活吧。”

还没有结果，却还有希望。

番外一 请个免费的老师不容易

高语岚要请尹则给“书香甜地”的美食课堂做老师，她本以为那是他自家的生意，他肯定会满心欢喜地答应。结果影帝心海底针，当她提这要求时，大厨先生看了她一眼，问：“给多少钱？”

高语岚张大了嘴，老实答：“没有钱。”

尹则斜眼看她：“那你们也好意思请我？”

高语岚嘟嘴，影帝，你好大牌啊，让人真想踹一脚啊。她咬咬唇，打算晓之以理：“那边店里的生意也是你的嘛，你想想，‘书香甜地’没什么名气，但‘食’铺是有的，虽然尹宁姐做的蛋糕面包很好吃，但毕竟没什么宣传噱头，这年头没宣传就没生意，如果我们说最佳人气餐厅‘食’铺的帅哥老板亲自授课，你想这听着得多拉风。”

马屁拍到这份儿上了，总该行了吧？可惜尹则老板脸上没什么满意欣喜的表情。他说：“这么说来，你不但是要借助我的烧菜技能，还要利用我的名气，然后还想着一毛不拔，有这么便宜的事吗？”

“那薪水还不是花你的钱发的，你把自己的钱，从左边口袋放到右边口袋，有什么意思？”

“这笔账是算到你头上的，就有意思了。”尹则冲着高语岚咧嘴一笑。

高语岚改用撒娇这一招：“那你还是人家的男朋友呢，哪有不帮人家的？”

“你要不是我女朋友，我才不跟你谈这些呢。你知道多少人想收购我的店，想请我去任职的，我都没搭理。”尹则一副你真不识货的模样，让高语岚气结。

“那你到底要怎样吗？”

“你自已想！”

讨厌鬼！高语岚嘟嘴生闷气，她想不出来啊！这段日子跟她家大厨先生过得甜甜蜜蜜，没招他惹他啊。

“我渴了。”尹大厨忽然说。

高语岚屁颠屁颠去倒了水。尹则老实不客气地喝完，没有任何表示。高语岚问他：“你要怎样才答应帮我们呢？”

尹则看着她，看得她心里发毛，然后他坏笑，凑到她耳边说了几句。高语岚的脸瞬间爆红，“不行，不行。”

“不行就算了。”他一脸诚恳，没关系的样子。

“喂。”高语岚的脚打拍子。

“嗯？”他拖长了声音，含笑看她，一脸我又没有提什么过分要求的表情。

高语岚一咬牙，扑过去抱着他的腰使劲摇：“答应嘛，答应嘛……”

“喂，喂，你几岁了，不许使用家庭暴力。”

“不要小气嘛……”

“我没有，我最大方。我不但大方，我还对你一心一意，一往情深，忠贞不贰……”

高语岚的脚又开始打拍子：“还有什么词？”

“等我想到了再补充。”

高语岚败了，嘟嘴不高兴。

“要不这样吧，我们来一场公平友好的比赛，我们互相说说对对方的印象，只许说优点，看最后谁在对方脑子里的优点多。”

“要是我赢了，你就帮我们店做免费老师？”

“嗯，输的那方必须每天夸奖对方一次，只许夸优点，而且要听对方的话，赢的那方让输的干什么都行。所以，如果你赢了，别说让我做免费老师，让我做什么都行。”

“好。”热血岚岚上阵了，完全没去想这件事简直就是洗脑。

尹则很高兴，咧了嘴笑，说道：“那我先说了，你很可爱。”

“你很潇洒。”

“你很漂亮。”

“这夸得太虚伪了，我哪儿算得上很漂亮？说假话的不算数。”高语岚哇哇叫。

“哪里虚伪，情人眼里出西施你知道吗？我就是觉得你漂亮，谁敢不服？”尹则先生理直气壮。

高语岚被他夸得有点儿脸红：“那，你也很帅。”

“你很孝顺。”

高语岚想了想，他父母不在了，想夸他孝顺也不合适，但这样她就少了一个词了，他的优点好像不太多，少了一个词她会很吃亏：“那个，对姐姐和外甥女好，该怎么说？”

“啊，你少一个了，认输了没？”

“我想到了想到了，你很亲切，和善。”高语岚急得跳脚，终于憋出了词。

“这听起来好像没什么诚意。”

“诚意大大的有，哪里没诚意？”高语岚一卷袖子，豪迈一挥手，“别扯别的，接着来！”她就不信她会输。嗯，早知道有这么一天，她平常就该多翻翻词典的。

“你的身材我喜欢，抱起来很舒服。”

高语岚脸腾地红了，要不要说这么狠的话啊，她要是接招，是不是得说他的身材也很棒，她也很享受？

尹则笑得那个得意，瞅着高语岚，似乎在等着看好戏。

高语岚一咬牙，说了：“你长得高，挺拔！”

“你做事认真。”

“你也是个很努力的人。”

尹则笑，接着说：“你爱干净，把家收拾得很好。”

“你厨艺很棒，菜做得很好吃。”

“你很善良。”

“你很幽默。”“幽默”这两个字简直是从牙缝里挤出来的。

尹则咧着嘴笑，又说：“你善解人意，很体谅人。”

“你见多识广，很有头脑。”

哟嗬，还真是对答如流啊。尹则挑挑眉，又说了：“你聪明伶俐。”

“你嘴贱脑快。”

“嘴贱是在夸人吗？”

高语岚抬头挺胸：“别人我不知道，放在你身上一定是夸奖的。”

尹则微眯眼：“行吧，勉强算你是诚恳的。这种特质在你心里都是优点，你一定非常非常爱我，我好感动。”最后一句用上了影帝的语调。

高语岚无语，尹则捏捏她的鼻子：“你这种眼神是什么意思？”

“就是这么厚脸皮的话，你说的时候没有捂心口加强效果，我有一点点不习惯。”

尹则把她搂在怀里，额头撞撞她的额头：“不许在心里说我坏话哦。”

“没有，没有。”高语岚捂着额头，“还比不比了？要不比就是你认输。”

“我赢定了，来来，接着来。你老实可靠。”

“咦，这么快又开始了？”高语岚赶紧接口，“你机智勇敢。”

尹则把她抱紧，在她唇上吻：“你的唇很香，很好亲，我喜欢。”

这招使得厉害，高语岚呆了一呆，硬着头皮应了：“你，你，也好亲……”

“那我们要多亲亲。”他低头堵住她的嘴，吻了下去。这吻绵长有力，高语岚喘不上气来，心里想着果然是被报复了啊，这人太贼了，哪有比赛的中途开小差袭击人家的？

尹则吻够了，放开她，又说：“你的舌头很软。”他看看高语岚脸红又呆呆的样子，继续说道，“换你了。”

“啊？”高语岚完全没回过神来。

尹则笑了，摸摸她的脸，又说：“你的皮肤白白嫩嫩的，摸起来手感很好。”

高语岚还在愣，那他的皮肤肯定不如她的，不嫩，而且一点儿都不白，也许是当初开农场的时候被晒的。

尹则捧着她的脸，又亲亲她，然后接着说：“你的声音很好听，我很喜欢。”他说得那么暧昧，似乎充满暗示，高语岚的脸更红了。然后她看到尹则眼里的笑意，有些得意，又有些窃喜，她猛然醒悟过来，张嘴想说什么，却发现已经对不上了。

“那个，那个……”她着急，使劲想，刚才他说了几个她的优点来着？

尹则哈哈大笑，用力紧紧抱住她，宣布：“你输了！”

“没有，没有。刚才不算，刚才是你打岔了，我们重新来。”

重新来？想得美。尹则笑，敲敲她的脑袋：“愿赌服输。”

“再比一场嘛。”

“不行。”

“再比一场嘛。”

“一次论输赢。”

“那比别的？”

“好啊，比谁做的菜好吃。”尹则应得爽快，高语岚恨恨地瞪他，这真是太没诚意了。

“反正你输了，以后我们俩之间，我说了算。”

高语岚的回答是低头看脚尖，装可怜。

尹则搂着她，说道：“好了，之前是逗你的，我当然会去给你当老师，宣传随便你用。”

“真的？”她扭头看他，装可怜这招居然管用？他点头。高语岚掩不住小得意，伸出小手指：“拉钩。”两个人拉了钩，高语岚满意了。尹则这时突然把她横抱起来，在她耳边说了几句，高语岚的脸爆红，嚷道：“不行，不行。”

不行吗？影帝不同意，抱着她回卧室去了。

高语岚割地赔款，终于请到了免费老师。她在尹则怀里睡过去前愤愤地想，小说都是骗人的，霸道的不只总裁啊，还有大厨。

番外二
最重要的是看脸

在同学会那一年的六月，高语岚嫁给了尹则，成了尹太太。婚礼是在尹则新开的餐厅举办的。那家餐厅的名字叫“当幸福遇见美食”。

新书《当幸福遇见美食》同期上市，而餐厅开张后的第一天营业内容就是老板的婚礼。

老板说了，在前厅那里会摆满签名书，若有人为他们在签到本上写一句祝福的话，就回赠一本签名书。许多粉丝过来了，不但签下了祝福，还留下了礼物，当然，上千本签名书被一抢而空。

签下的祝福跟老板微博下的祝福一样疯狂。

“祝男神与某人幸福美满。”

“某人，你要多进补，多吃凤爪以形补形，一抓人二抓钱，两手都要硬。”

“要小心哦，某人不要变肥牛，男神不要变金针菇哦。开玩笑了，请一定要幸福，你们的爱情有鼓励到我，我正在寻找能跟我一起看荷塘月色的人。”

“我知道，你们一个人负责煮，一个人负责吃，然后两个人一起负责幸福美满。”

……

签到本签出了五十多本，摞得高高的。婚礼后，高语岚光翻这些就翻昏头，简直败给粉丝们。

“当幸福遇见美食”的主题定位很受欢迎，装潢走精致浪漫温馨路线也很投消费者的缘，是情侣、家庭聚餐的首选。一开张就天天爆满排队。

同年十一月，一家美食杂志联合电视台举办了“东麓市十佳最有特色餐厅评选活动”。高语岚身为餐厅品牌运营自然大力推动“当幸福遇见美食”入围并拿奖。

竞争非常激烈，但高语岚胸有成竹，这一年多的磨炼，她已经成长为干练的职场人，眼光准，下手快，组织能力强。入围肯定没问题，她的目标是排名，要拿大奖。

她不但组织各种投票活动，大力营销，并督促尹则好好健身，好好保养，还给尹则买了高档护肤保养品，比自己的脸还重视。

“餐厅评选，关我的身材和脸什么事？”

“嗯，拼厨艺嘛，其实各家大厨都有绝活，拼名声嘛，各家餐厅都红得不行。”

“所以呢？”

“所以我们出绝招，拼老板的脸。宣传的时候大厨都得亮相啊，这时候我们的优势就显示出来了。”

尹则挑眉头给她看：“你确定？”

“这么说吧。当初你装神经病闯入我家时，要不是雷风长得帅气逼人，你看着也不差，我早抡菜刀把你们赶出去了。”

等等，这话哪里不对？

“所以最重要还是看脸。”

尹大老板确定那话非常不对。

番外三
一家醋坛子

“苹果片用糖浆水煮软后，捞出沥干备用。刚才用黄油和面粉和好的面团，现在可以派上用场了……”电视屏幕里，尹则正在教大家做苹果玫瑰花甜点。

“苹果片摆在面片上，像这样，卷起，卷成玫瑰花的样子，摆入铺好油布的烤盘。烤箱刚才我们已经预热了，现在时间刚刚好，烤盘摆到中层，180℃……”

高语岚啃着脆甜的苹果，津津有味地看着她家大厨教做菜。这是“当爱情遇上美食”的第三期节目，电视上已经播过了，她放的光盘，随时重温。

大门处传来钥匙开锁的声音，高语岚懒洋洋的不想动，靠在沙发上，看着尹则走进来。

“怎么又在看？”尹则笑眯眯的，一屁股坐在她旁边，抢了她手上的半个苹果，三两口吃掉了。然后也不管唇上沾着苹果汁，就这么凑过去亲了亲高语岚的脸蛋，“别看了，你的厨艺没救了。反正家里也不指望你做饭。”

高语岚横他一眼，哼，就这么看不起我？好吧，我也没打算提高厨艺，这方面就不争强好胜了。

“就要看。”她撒娇地抱他的腰继续看。

“我的节目你反复看好几遍了，这是向我示爱的意思吗？”

“不是，是在胎教。”

“这样能教出什……”尹则话说了一半，猛地反应过来，“你说什么？”

高语岚抬眼看他，眼神里满是得意：“我这段时间有强烈的预感嘛，然后今天去医院查了。”她把一旁的包包拿过来，翻出检查单，“我们有宝宝了，尹则。”

尹大厨呆愣愣的，高兴得合不拢嘴。好半天正待欢呼，却听得老婆大人说：“现在趁宝宝在肚子里，我要好好培养她，让她多看看美食，以后当个幸福的小吃货，让她爸爸做饭做得很有成就感，还要让她多看看爸爸，以后才会觉得爸爸帅。”

“等等，她爸本来就很帅。”

“这个不是重点。”

“这个挺重点的。”

“总之，以后我们母女俩都喜欢吃，你的厨艺有用武之地，这样你会很有成就感。你看，我多体贴。”

“好吧。”帅不帅确实不是重点了。尹则跟着老婆的描述想象着一个粉嫩嫩圆嘟嘟的可爱女娃娃喊“爸爸，我想吃这个，你快做给我吃”的情景，觉得超级幸福。

可是，世上不如意之事，十有八九。孩子生下来了，不是女儿，是儿子。

尹则和高语岚都有些失望，但是生都生了，儿子就儿子吧。儿子也能够成为小吃货，儿子也有粉嫩嫩、圆嘟嘟的时候。尹则给儿子起名尹卓，希望他长大后成为一个卓越成功的人。

尹卓并没有按尹则和高语岚希望的那样成长，他根本就不是个吃货，虽然小时候长得粉嫩嫩、圆嘟嘟的，但脾气那个倔，又倔又挑食，用吃的从来不能引诱他，只能用玩具哄。

然后从五六岁开始，尹卓开始展现厨艺上的天分。吃了什么菜，他会说：“这个有什么，我也能做。”然后他真的摸菜刀要做，要是没做成功，他觉得不好吃，他会一连做好几次，直到成功为止。

高语岚愁眉苦脸：“胎教居然教错了方向。”她明明想要一个软萌软萌的小吃货，陪她一起调戏爸爸，陪她一起撒娇，一人拉一只袖子说“老公我要吃这个，爸爸我要吃这个”。现在可好，生了个小倔娃。

这娃倔也就算了，居然还敢鄙视她这当妈的贪吃，还嫌弃她这当妈的吃什么都香。

“这有什么？”这是她家倔娃常说的一句话，配上那挑剔的表情，好像她这妈妈的味觉有问题似的。

她哪里有问题？不就是爱捧场吃个美食，吃什么都香嘛。

高语岚决定了，她被这娃的爹用美食诱惑，最后被拐进家门的事一定不能向这娃透露半个字，不然她这当妈的这辈子都会被鄙视的。

可尹卓这孩子也怪，虽然挑剔，但依旧热爱做菜，他十岁的时候已经跟着他爸学做了一手好菜。他爸还把他带上了电视，参加厨艺大赛。

参赛时高语岚很紧张，她老公见过世面就算了，这么小的孩子，她担心压力太大。

尹卓参赛前，在“食”铺厨房把要做的菜都做了一遍，高语岚帮他品菜，实在太好吃了，好吃得她幸福地眯起眼睛。尹卓很高兴，但高语岚怕万一最后输了小孩子心里落差太大，于是安慰儿子："宝贝啊，胜败乃兵家常事，你爸也输过的，你这次是跟你爸一起搭档，所以输赢没关系。"

"所以重点是我爸也输过，还是一起搭档？"小尹卓问。

高语岚一愣，对，这安慰人的角度好像没把握好。可是儿子这种小大人样真是不讨喜啊，能不能愉快地做个儿童啊？

父子俩去比赛了。尹卓很臭美地买了新衣，剪了头发。

高语岚泼儿子冷水："儿子啊，反正穿厨师装戴厨师帽，人家也看不到你的衣服和发型。"

尹卓说："赢了之后要做采访的，那时候就能看到了。"

这真是……信心满满啊！高语岚无语。

"你放心。"换儿子安慰她，"我跟我爸都很帅，会赢的。最重要的是看脸。"

等等，这是谁乱教的？这次是现场评审，没有观众投票好吗？看脸有什么用？儿子啊，你被你爸误导了！

比赛那天，高语岚也去了。她坐在观众席上，看到老公和儿子领着助手们一出场，全场掌声雷动。好吧，无可否认，她家这队可以命名为"最帅参赛组"。尹卓个子小小的，很是抢眼，这也是第一次有小孩能出现在厨艺争霸赛上。尹卓听到掌声还向观众们挥手致意，颇有大将之风，把大家都逗笑了。

主持人也特别喜欢问这孩子问题："小朋友，你为什么来参赛？"

"因为我厨艺好。"尹卓大言不惭。全场再爆笑。

高语岚注意到有尹则的粉丝也在现场，论坛粉丝群里有人发言："果然是大厨的亲生儿子！说话的调调都一样！哈哈哈哈哈！"

还真是。高语岚看着那父子俩，长得很像，都爱做菜，说话的语气表情都很像。只是当爸的那个宠她，当儿子的那个总挑剔她，真是不贴心。

比赛开始了。各队选手展开厮杀。尹卓个子小，所以工作人员专门给他搭了块垫脚板，他平日里常跟着尹则一起做菜，相当默契。小小年纪表现沉稳，动作帅气，跟助手叔叔和大厨爸爸配合时还会有各种酷酷的表情，吸引了很多目光。现场大屏幕上给的镜头也是他最多。

最后评审时，评委们提的问题居然也是问年纪最小的尹卓最多。得到夸奖时，尹卓抿着嘴笑了，笑容里透着羞涩，惹得一位女评委说太喜欢了。

最后结果出炉，"食"铺这一队获胜。高语岚心道："这年头，还真是得靠脸啊！"

获奖后尹卓领着爸爸做电视台专访去了。高语岚看不到，事后她问儿子都说了什么，儿子瞪她一眼，跑了。哎，搞什么？于是她去问儿子他爸。尹则笑着亲亲她，说：“电视台播出后你就能看到了，别着急。”

两个星期后，电视播出了。高语岚早早地坐在电视机前等着。尹卓很不给面子地回房间去了，只有尹则陪老婆看。

高语岚抱着老公的胳膊撒娇：“你说儿子怎么就不亲我呢？我真是太没地位了。”

尹则但笑不语。看完了比赛，接下来就是专访，这专访时间还不短，因为这次大赛首次有十岁孩子参加，所以赚足了眼球。关注度高，自然给的宣传资源就多。访谈前面一直是问尹卓怎么学的厨艺，将来有什么理想之类的话题。后来看尹卓还挺健谈，主持人也放开了，开玩笑地问他：“在家里，爸爸妈妈谁的地位更高些？”

“嗯。”尹卓想了想，“在我家，不会做菜的人地位比较高。”

主持人笑了。

尹卓接着说：“我妈是个贪吃鬼，她很爱吃我爸做的菜，都被养刁了，我得很努力地学做菜，才能让她吃得开心。”

主持人又笑了，尹则在旁边也笑。“这是吃爸爸的醋吗？”主持人问他。

尹卓不好意思了：“也不是吃醋。就是爸爸说过，妈妈爱吃他做的菜，他特别开心。我也觉得，妈妈爱吃我做的菜，我就特别开心。”

“好羡慕啊！”主持人大叫。

尹卓害羞地笑了。

高语岚眼眶湿润了，这个儿子，总嫌弃她不挑，其实是害羞，其实是想让她只喜欢吃他做的菜。

高语岚抱着儿子他爹哇哇哭。不会做菜的那个，在家里地位比较高。这情话她太喜欢了。“老公啊，咱儿子太害羞、太别扭了，好可爱。”

尹则抱着她，摸她脑袋：“是啊，这么别扭，醋劲还大，以后可怎么得了啊。我对儿媳妇先表示下同情。”

等等，高语岚抬头：“我在说我呢，说儿子爱我呢，关儿媳妇什么事？”

“你在吃醋吗？”尹则鼻尖抵上她的鼻尖，“现在就吃儿媳妇的醋？”

“乱讲，明明是你吃儿子的醋。”

“怎么可能？是那臭小子吃我的醋。”

一家醋坛子。

后记

这篇文是我写的第一篇都市爱情故事。

翻翻我在晋江文学城上的专栏发文时间，发现那竟然已经是 2011 年 10 月的事了。我还记得当时开这文时很冲动。那时候是突然想起绝大多数的一夜情套路都是喝醉了，早上起来惊觉怎么自己全身光溜溜，旁边也躺了个光溜溜的。于是我想，要是醒过来发现自己光溜溜，但是没看到男人，看到只狗，会发生什么？

这个场面实在是太激动人心了。于是我兴奋地立马决定——把它写出来！

好了，好了，不要再提醒说这作者是有多变态了。看不到男人看到只狗狗也很萌啊！对不对！作者就是要叛逆一点儿嘛！

但是呢，那个时候我有一个很严重的问题，就是我不会写都市爱情，或者说，不会写纯粹简单只是谈恋爱的爱情故事。因为，没写过！

之前写的文都是古言，江湖啊、悬案啊……要不就是现代玄幻，阎王啊、鬼怪啊……所以，如果没有案件发生，如果没有悬疑或古怪的事发生，我不知道故事里的角色能干吗。

但因为醉酒醒后家里发现只狗这个点子让我很激动，所以我还是很冲动地写了。网络原文的名字《喂，别乱来》其实是告诉我自己，冷静啊，别乱来，万一你写不下去呢？

不管了，开写！

其实起床后看到家里突然多只狗可以有很多种可能性，比如狗精、狗妖怪、狗神仙，当初快饿死了，你随手丢一个馒头救了它一命，然后现在它来报恩了。又或者它快饿死了，别人给它一个馒头，你顺手抢了，它来报仇了。

但那是玄幻文了。

我写过玄幻文，却还没写过都市爱情，所以，我要试一试没写过的题材。所以狗就只是一只狗而已，然后狗主人来敲门了。

“你不抢男人，居然抢只狗？”

这是这个故事的开始。

很小白，很无厘头，但是我很喜欢。

很开心地列了个粗略的大纲，然后我就写下去了。前十万字写得还挺顺利，但我得说，十万字确实是写文的一个坎。因为瞬间的灵感和依靠激情开始的码字，到了八万十万字的时候差不多就消耗光了。

因为没有经验和准备不足，加上文下热情的读者们一片呐喊“让他们在一起”，使我急切地加快节奏写到了表白和接受的这一步，写跳了，所以写了差不多十万字，我陷入了瓶颈。

表白和接受了，然后呢？男女主人公要做什么啊？

我并没有更好的想法。

大团圆其实应该是结局的时候用的。大纲也写了他们之间的矛盾戏码，但怎么引导剧情到那一步，我没有太多的灵感。

于是剧情有点儿跳，写得有些拖。

最后还是写完了。

但我得承认，我对那一版并不满意。但具体缺了什么，我也说不清，或许应该说，要怎么才能调整好，我说不清。我只是想，等有时间的时候，我一定转回头把这篇文修了。

我得说，这篇文的初稿我虽然不满意，但它对我日后写现代言情都市文有着很重要的意义。写完了这篇，我对写纯粹简单的爱情故事有了些想法。没有大狗血、大波折，没有命案、没有死别，只是简简单单，现代男女的恋爱。

有时候不去做，就真的不知道自己能做到。

所以我对这篇文一直有很深的感情，我一直惦记着，要把它变得更好。可虽然早早重修了大纲，也陆陆续续写了一些，却一直没有足够的时间去完成。

这期间我又写了其他的文。现在，时隔三年，我终于把这篇文重新写了一遍。

这一次，我满意了。

高语岚可爱又聪明干练，尹则嘴贱又浪漫深情。我补充了细节，让人物丰满起来。也试图让故事变得更顺畅明快，人物之间的感情发展更合理和自然了。

于是有了“情话大厨”，有了那些菜谱情话，有了尹则更多的“贱贱惹人爱”，而高语岚也从“包子小姐”最终成长为尹大厨的王牌经理人。

事业与爱情都圆满，大团圆结局。

如果生活中有什么对你乱来了，那就给它一拳。

“喂，别乱来”是当初我对自己写这个故事时说的话，是高语岚对尹则乱七八糟的攻势的警告，最后，成了这篇文的主题。

后记

我很高兴，我终于把它完成了，也很高兴，它有机会出版。

希望这短短的二十多万字，能让你有段快乐的阅读时光。

明月听风

2014 年 9 月 2 日

图书在版编目（CIP）数据

不在回忆里错过你 / 明月听风著. -- 北京 : 新世界出版社, 2015.1
（甜城蜜恋）
ISBN 978-7-5104-5354-0

Ⅰ. ①不… Ⅱ. ①明… Ⅲ. ①长篇小说 – 中国 – 当代
Ⅳ. ①I247.5

中国版本图书馆CIP数据核字(2015)第121837号

不在回忆里错过你

作　　者： 明月听风
顾　　问： 杜　务
总 策 划： 魏　娜
责任编辑： 冀　晖
图书统筹： 空心菜
绘　　图： 藤
美术编辑： 夏　冬
责任印制： 李一鸣　黄厚清
出版发行： 新世界出版社
社　　址： 北京西城区百万庄大街24号(100037)
发 行 部： (010)6899 5968　(010)6899 8705（传真）
总 编 室： (010)6899 5424　(010)6832 6679（传真）
http：//www.nwp.cn　http：//www.newworld-press.com
版 权 部： +8610 6899 6306　**版权部电子信箱：** frank@nwp.com.cn
印　　刷： 北京嘉业印刷厂　**经　　销：** 新华书店
开　　本： 700mm×1000mm　1/16
字　　数： 300千字　**印　　张：** 19
版　　次： 2015年7月第1版　2015年7月第1次印刷
书　　号： ISBN 978-7-5104-5354-0
定　　价： 25.90元